HEYNE<

Das Buch
Travis Parker lebt in einem Haus mit wunderbarer Aussicht, verbringt traumhafte Wochenenden mit seinen Freunden beim Wassersport oder Grillen und liebt seine Arbeit als Tierarzt. Für eine Frau ist in seinem Leben kein Platz mehr, meint er und scheut jede feste Bindung. Doch dann tritt Gabby Holland in sein Leben, seine neue Nachbarin, von der er sich sofort angezogen fühlt. Gabby ist allerdings zunächst nur genervt von dem smarten Sonnyboy, der Partys feiert, laut Musik hört und ein absolut sorgenfreies Leben zu führen scheint. Außerdem hat sie seinen riesigen Hund in Verdacht, ihr Collieweibchen geschwängert zu haben.
Als sie dann aber in einem Notfall schnelle Hilfe braucht, ist Travis ganz für sie da und zeigt seine wahre Tiefe. Er selbst hat sich schon längst Hals über Kopf in sie verliebt. Entsetzt hört er, dass Gabby seit Jahren einen netten Freund hat. Doch er ist bereit, um sie zu kämpfen. Noch weiß er nicht, dass seine Liebe ihn vor die schwerste Entscheidung seines Lebens stellen wird.

Der Autor
Nicholas Sparks, 1965 in Nebraska geboren, lebt in North Carolina. Mit seinen Romanen, die ausnahmslos die Bestsellerlisten eroberten und weltweit in über 50 Sprachen erscheinen, gilt Sparks als einer der meistgelesenen Autoren der Welt. Mehrere seiner Bestseller wurden erfolgreich verfilmt. Alle seine Bücher sind bei Heyne erschienen, zuletzt: »Wo wir uns finden«.

Ein ausführliches Werkverzeichnis finden Sie am Ende dieses Buches.

Große Autorenwebsite unter www.nicholas-sparks.de.

NICHOLAS SPARKS

BIS ZUM LETZTEN TAG

ROMAN

Aus dem Amerikanischen
von Adelheid Zöfel

WILHELM HEYNE VERLAG
MÜNCHEN

Die Originalausgabe erschien unter dem Titel
THE CHOICE bei Grand Central Publishing/
Hachette Book Group USA, New York

Sollte diese Publikation Links auf Webseiten Dritter enthalten,
so übernehmen wir für deren Inhalte keine Haftung, da wir uns
diese nicht zu eigen machen, sondern lediglich auf deren Stand
zum Zeitpunkt der Erstveröffentlichung verweisen.

Verlagsgruppe Random House FSC® N001967

Vollständige deutsche Taschenbuchausgabe 03/2020
Copyright © 2007 by Nicholas Sparks
Copyright © 2008 der deutschen Ausgabe
by Wilhelm Heyne Verlag, München,
in der Verlagsgruppe Random House GmbH,
Neumarkter Str. 28, 81673 München
Printed in Germany
Umschlaggestaltung: zero-media.net, München,
unter Verwendung von Arcangel/Jayne Szekely;
Getty Images/Hannah Bichay; Fine Pic®, München
Satz: Leingärtner, Nabburg
Druck und Bindung: GGP Media GmbH, Pößneck
ISBN 978-3-453-42392-3

www.heyne.de
www.nicholas-sparks.de

*Für Familie Lewis: Bob, Debbie, Cody und Cole.
Meine Familie.*

Prolog

FEBRUAR 2007

Geschichten sind ebenso einzigartig wie die Menschen, die sie erzählen, und am schönsten sind die Geschichten, die mit einer Überraschung enden. Wie oft hatte sein Vater das zu ihm gesagt, als er noch klein war! Travis Parker erinnerte sich lebhaft daran, wie Dad bei ihm auf dem Bettrand saß und wie seine Mundwinkel nach oben gingen, wenn Travis ihn anbettelte, doch noch eine Geschichte zu erzählen.

»Was für eine möchtest du hören?«, fragte sein Vater immer.

»Die beste Geschichte der Welt«, antwortete Travis.

Eine Weile lang saß sein Vater dann ganz still da, bis seine Augen aufleuchteten und er lächelnd den Arm um Travis legte. In dramatischem Tonfall begann er zu erzählen ... Und nachdem Dad das Licht ausgemacht hatte, lag Travis häufig noch lang wach, weil die Geschichten so aufregend waren, voller Abenteuer und Gefahren und spannend bis zum Schluss. Sie spielten immer in Beaufort und Umgebung. Beaufort war die kleine Küstenstadt in North Carolina, in der Travis Parker seit seiner Kindheit lebte.

Erstaunlicherweise kamen in den meisten Geschichten irgendwelche Bären vor, Grizzlybären, Braunbären, Kodiakbären ... Sein Vater nahm es nicht so genau mit der natürlichen Lebenswelt der Bären, ihn interessierten vor allem die haarsträubenden Verfolgungsjagden quer durch die sandigen Ebenen von North Carolina, und bis zur sechsten Klasse hatte Travis schreckliche Albträume, in denen er auf den Shackleford Banks von wild gewordenen Eisbären gehetzt wurde. Doch gleichgültig, wie viel Angst ihm die Geschichten seines Vaters einflößten – er fragte trotzdem jedes Mal: »Und wie geht's weiter?«

Das waren unschuldige Erinnerungen an längst vergangene Tage. Travis war inzwischen dreiundvierzig. Als er jetzt auf den Parkplatz des Carteret General Hospital einbog, wo seine Frau seit zehn Jahren arbeitete, musste er allerdings wieder an diesen Satz denken, mit dem er damals seinen Vater zum Weitererzählen bringen wollte.

Er stieg aus und nahm den Blumenstrauß, den er gerade gekauft hatte, vom Beifahrersitz. Bei ihrem letzten Gespräch hatten er und seine Frau sich gestritten. Er wäre sehr froh gewesen, wenn er das, was er gesagt hatte, irgendwie hätte zurücknehmen können, er wollte sich um alles in der Welt mit ihr versöhnen, damit alles wieder gut wurde. Zwar machte er sich keine Illusionen, dass die Blumen etwas ändern würden, aber ihm war nichts Besseres eingefallen. Das, was passiert war, belastete ihn entsetzlich, aber seine verheirateten Freunde versicherten ihm, Schuldgefühle seien typisch für eine gute Ehe. In ihren Augen waren sie der Beweis dafür, dass man ein Gewissen hatte und moralische Werte ernst nahm. Im Prinzip sollte man natürlich am besten dafür sorgen, dass es gar keinen Anlass für Gewissensbisse gab. Seine Freunde gaben zu, dass auch sie das nicht immer schafften. Das galt für alle Paare, die er kannte, davon war Travis überzeugt. Kein Mensch war vollkommen, und er sollte nicht so streng mit sich sein. Seine Freunde wollten ihm helfen, damit er sich besser fühlte. »Wir alle machen Fehler«, versicherten sie ihm. Und er nickte dann immer, als würde er ihnen zustimmen, aber tief in seinem Inneren wusste er, dass sie nie verstehen würden, was er durchmachte. Sie *konnten* es gar nicht verstehen. Sie schliefen jede Nacht neben ihrer Frau, keiner war je länger als ein Vierteljahr von seiner besseren Hälfte getrennt gewesen, und sie mussten sich nicht die quälende Frage stellen, ob ihre Ehe je wieder so sein würde wie vorher.

Während er den Parkplatz überquerte, dachte er an seine beiden Töchter, an seinen Job, an seine Frau. Die drei Säulen seiner Existenz – aber in letzter Zeit schien keine der drei zu tragen. Travis hatte das Gefühl, auf allen Ebenen versagt zu haben. So etwas wie *Glück* schien meilenweit entfernt, unerreichbar wie ein Flug ins Weltall. Doch das war nicht immer so gewesen. Es hatte in seinem Leben eine lange Phase gegeben, in der er sehr glücklich gewesen war. Wie gut er sich daran erinnern konnte! Doch jetzt war alles anders. Die Menschen veränderten sich. Alles veränderte sich – dagegen war man machtlos. Es gehörte zu den unerbittlichen Naturgesetzen, denen der Mensch ausgeliefert war. Man machte Fehler, man bedauerte sie, aber man musste die Konsequenzen tragen, und plötzlich erschien einem selbst etwas so Einfaches wie das Aufstehen am Morgen wie eine unzumutbare Überforderung.

Kopfschüttelnd betrat er das Krankenhaus. Vor seinem inneren Auge sah er sich selbst, wie er als Kind gebannt den Geschichten seines Vaters gelauscht hatte. Sein eigenes Leben war die beste Geschichte auf der ganzen Welt gewesen, dachte er, eine Geschichte, die eindeutig auf ein Happy End zusteuerte. Und als sich die Tür des Krankenhauses hinter ihm schloss, überfielen ihn, wie so oft, die Erinnerungen. Und tiefes, tiefes Bedauern.

Erst später, als er sich seinen Erinnerungen wirklich hingeben konnte, wagte er es, sich die Frage zu stellen, die er seinem Vater als Kind immer gestellt hatte: Und wie geht's weiter?

TEIL I

Kapitel 1

MAI 1996

Kannst du mir bitte mal sagen, wieso ich mich bereit erklärt habe, dir zu helfen?«, knurrte Matt. Sein Gesicht war feuerrot angelaufen, weil er sich verzweifelt bemühte, den Riesenkarton mit dem neuen Whirlpool ans andere Ende der großen Terrasse zu schieben, wo sie die entsprechende Vertiefung vorbereitet hatten. Er fand keinen richtigen Halt mit den Füßen, der Schweiß lief ihm in Strömen über die Stirn und tropfte ihm in die Augen, was unangenehm brannte. Es war heiß, viel zu heiß für Anfang Mai. Und erst recht für diese Plackerei, so viel stand fest. Sogar Travis' Hund Moby hatte sich ein schattiges Plätzchen gesucht, wo er jetzt mit hängender Zunge vor sich hin hechelte.

Travis Parker, der gemeinsam mit Matt den Whirlpool an seinen vorbestimmten Platz zu befördern versuchte, zuckte nur die Achseln. »Du hast eben geglaubt, es würde lustig«, sagte er und drückte wieder mit der Schulter gegen die Kiste. Der Whirlpool, der mindestens zweihundert Kilo wog, bewegte sich ein paar Zentimeter vorwärts. Wenn sie in diesem Tempo weitermachten – wie lange dauerte es dann, bis sich das Ding endlich an Ort und Stelle befand? Na ja, irgendwann im Lauf der nächsten Woche würden sie es schaffen.

»Das Ganze ist doch total absurd«, schimpfte Matt und stemmte sich mit seinem ganzen Gewicht gegen die Kiste. Eigentlich bräuchten sie ein paar Maulesel, dachte er. Der Rücken tat ihm weh, und einen Moment lang hatte er das Gefühl, als würden sich seine Ohren aufgrund der Anstrengung vom Kopf lösen und in die Luft sausen wie zwei Feuerwerkskörper – so ähnlich wie die Raketen, die er und Travis als Kinder immer an Silvester aus irgendwelchen Flaschen abgeschossen hatten.

»Das hast du schon mal gesagt.«

»Und Spaß macht es auch nicht«, brummte Matt.

»Auch das sagtest du bereits.«

»Und es ist garantiert nicht leicht, das Ding richtig anzuschließen.«

»Doch, doch.« Travis richtete sich auf und deutete auf den Karton. »Siehst du, was da steht? ›Einfach zu installieren.‹« Von seinem Schattenplatz unter dem Baum aus begann Moby – ein reinrassiger Boxer – laut und zustimmend zu bellen, während Travis fröhlich grinste. Überhaupt wirkte er sehr zufrieden mit sich selbst.

Matt platzte innerlich fast vor Wut. Diesen sorglosen Gesichtsausdruck von Travis konnte er nicht ausstehen. Das heißt – manchmal mochte er ihn auch. Eigentlich meistens. Im Grund gefiel ihm nämlich die unbändige Lebenslust seines Freundes. Aber heute hatte er etwas dagegen. Sehr viel sogar.

Frustriert griff er nach der Bandana, die in seiner hinteren Jeanstasche steckte. Sie war schon ganz nass, weil er sich dauernd den Schweiß damit abgewischt hatte, und die Feuchtigkeit hatte sich auch auf die Sitzfläche seiner Hose ausgebreitet. Matt fuhr sich übers Gesicht und wrang das Tuch dann mit einer schnellen Bewegung aus. Flüssigkeit tropfte heraus wie aus einem undichten Wasserhahn und landete auf seinem Schuh. Wie hypnotisiert starrte er darauf, bis er merkte, dass die Nässe durch das dünne Gewebe seiner Freizeitschuhe drang, sodass sich seine Zehen ganz glitschig anfühlten. Na, super!

»Wenn ich mich richtig erinnere, hast du gesagt, dass Joe und Laird auch kommen, um uns bei deinem kleinen ›Projekt‹ zu helfen, und du hast außerdem versprochen, dass Megan und Allison Hamburger für uns machen. Und dass es Bier gibt! Und du hast behauptet, es dauert höchstens zwei Stunden, das Ding hier zu installieren.«

»Sie kommen gleich«, sagte Travis.

»Das hast du schon vor vier Stunden gesagt.«

»Sie haben sich eben ein bisschen verspätet.«

»Oder du hast sie gar nicht angerufen.«

»Selbstverständlich habe ich sie angerufen! Sie bringen auch die Kinder mit. Ich schwör's.«

»Wann kommen sie denn?«

»Bald.«

»Wer's glaubt!« Matt stopfte die Bandana wieder in die Hosentasche. »Wenn sie nicht demnächst hier aufkreuzen, wie sollen wir zwei dann dieses Monsterding an der richtigen Stelle versenken?«

Mit einer lässigen Handbewegung wischte Travis das Problem beiseite und widmete sich wieder der Kiste. »Uns wird schon etwas einfallen, keine Sorge. Bisher haben wir es doch ganz gut hingekriegt, finde ich. Wir haben bereits die halbe Strecke geschafft.«

Matt knurrte wieder. Heute war Samstag. Samstag! Da wollte er sich erholen, sich entspannen – es war seine einzige Chance, dem Hamsterrad zu entkommen, es war die verdiente Pause, nachdem er fünf Tage in der Bank geschuftet hatte, und er brauchte diesen Ruhetag. Schließlich arbeitete er als Darlehensberater, Himmel noch mal! Sein Job bestand darin, Papiere hin und her zu schieben, keine Whirlpools! Er hätte Baseball gucken können – heute spielten die *Braves* gegen die *Dodgers*. Oder er hätte auf den Golfplatz gehen können. Oder sich ganz locker am Strand tummeln. Natürlich hätte es auch die Möglichkeit gegeben, einfach auszuschlafen und danach gemeinsam mit Liz zu ihren Eltern zu fahren. Wie fast jeden Samstag. Aber stattdessen war er in aller Herrgottsfrühe aufgestanden und leistete nun schon acht Stunden am Stück körperliche Schwerstarbeit, unter der sengenden Sonne des Südens …

Er hielt inne. Wem wollte er hier etwas vormachen? Wenn er ehrlich war, musste er zugeben, dass die Vorstellung, den Tag mit Liz' Eltern zu verbringen, nicht so wahnsinnig prickelnd erschien – eigentlich war der Gedanke daran sogar der Hauptgrund gewesen, auf Travis' Vorschlag einzugehen. Aber *so* hatte er sich das nicht vorgestellt. Das war echt zu viel.

»So habe ich mir das nicht vorgestellt«, sagte er. »Das ist echt zu viel.«

Travis schien ihn gar nicht zu hören. Er war schon wieder in Stellung gegangen und fragte erwartungsvoll: »Bist du so weit?«

Mit einem gewissen Gefühl der Verbitterung senkte Matt die Schulter und begann wieder zu drücken. Seine Knie zitterten. Ja, sie wackelten regelrecht! Ihm war jetzt schon klar, dass er morgen früh Muskelkater haben würde, und das nicht zu knapp. Garantiert kam er nicht ohne Schmerztabletten über den Tag. Im Gegensatz zu Travis schaffte er es nämlich nicht, viermal in der Woche ins Fitnesscenter zu gehen, außerdem Racquetball zu spielen, zu joggen, in Aruba in der Karibik zu tauchen, auf Bali zu surfen, in Vail, Colorado, Ski zu fahren – oder was dieser Typ sonst noch alles unternahm. »Das macht null Spaß, weißt du das?«

Travis zwinkerte ihm zu. »Das hast du schon mindestens zweimal gesagt, erinnerst du dich?«

»Wow!«, rief Joe und zog anerkennend die Augenbrauen hoch, während er um den Whirlpool herumging. Inzwischen näherte sich die Sonne schon dem Horizont und schickte ihre goldenen Strahlen schräg über die Bucht. In der Ferne löste sich ein Reiher aus dem Gestrüpp und inspizierte graziös die Wasseroberfläche, wodurch das Licht zu tanzen begann. Joe und Megan waren vor ein paar Minuten eingetroffen, gemeinsam mit Laird und Allison, die Kinder im Schlepptau, und Travis führte ihnen nun seine neueste Errungenschaft vor. »Echt super! Und das habt ihr zwei heute geschafft?«

Travis nickte, ein Bier in der Hand. »War gar nicht so schwierig«, sagte er. »Und Matt hatte auch seinen Spaß, glaube ich.«

Joe warf einen kurzen Blick auf seinen Freund, der völlig erledigt in einem Liegestuhl am Rand der Terrasse lag, einen kalten Waschlappen auf dem Gesicht. Selbst sein Bauch – Matt war schon immer ein bisschen rundlich gewesen – wirkte müde und abgeschlafft.

»Man sieht's«, murmelte Joe grinsend. »Ist das Ding eigentlich schwer?«

»Schwerer als ein ägyptischer Sarkophag!«, ächzte Matt. »Du weißt schon – einer von diesen goldenen, die man nur mit einem Kran transportieren kann.«

Joe musste lachen. »Und – können die Kinder schon rein?«

»Noch nicht. Ich habe das Wasser gerade erst eingelassen, und es dauert eine Weile, bis es warm genug ist. Aber es geht schnell, und die Sonne hilft mit.«

»Die Sonne heizt das Ding in zwei Minuten auf«, stöhnte Matt. »Ach, was sag ich – in zwei Sekunden!«

Joe fand die Situation sehr amüsant. Er, Laird, Matt und Travis kannten sich seit dem Kindergarten und hatten die ganze Schulzeit gemeinsam verbracht.

»Das war ganz schön anstrengend, was, Matt?«

Matt nahm den Waschlappen vom Gesicht und warf Joe einen vernichtenden Blick zu. »Du hast ja keine Ahnung. Und übrigens – besten Dank, dass ihr so pünktlich gekommen seid.«

»Travis hat gesagt, wir sollen um fünf hier sein. Wenn ich gewusst hätte, dass ihr Hilfe braucht, wäre ich selbstverständlich früher gekommen.«

Matt drehte langsam den Kopf zu Travis. Manchmal hasste er seinen Freund regelrecht.

»Und – wie geht's Tina?«, erkundigte sich Travis, der einen Themawechsel für angebracht hielt. »Kriegt Megan genug Schlaf?«

Megan saß mit Allison an dem Tisch am anderen Ende der Terrasse. Joe warf einen Blick in ihre Richtung. Die beiden Frauen waren in ein offensichtlich hochinteressantes Gespräch vertieft. »Na ja, ab und zu schläft sie ein paar Stündchen. Tina hustet endlich nicht mehr und schläft wieder durch, aber manchmal habe ich den Eindruck, dass Megan gar nicht mehr auf Schlaf gepolt ist, seit sie Mutter ist. Sie steht sogar auf, wenn Tina keinen Pieps von sich gegeben hat. Es ist fast so, wie wenn die Stille sie aufwecken würde.«

»Sie ist wirklich eine gute Mutter«, sagte Travis. »War sie schon immer.«

Joe schaute Matt fragend an. »Wo steckt eigentlich Liz?«

»Sie muss jede Minute hier sein.« Matts Stimme klang, als käme sie aus der Unterwelt. »Sie ist zu ihren Eltern gefahren.«

»Wie schön«, bemerkte Joe trocken.

»Na, na! Ihre Eltern sind gute Menschen.«

»Irgendwie glaube ich mich zu erinnern, dass du mal geschworen hast, wenn du dir noch ein einziges Mal anhören musst, wie dein Schwiegervater von seinem Prostatakrebs berichtet oder wie deine Schwiegermutter sich darüber beklagt, dass Henry schon wieder entlassen wurde, obwohl er doch gar nichts dafür kann, dann steckst du den Kopf in den Gasherd.«

Matt richtete sich auf. Mit Leidensmiene. »Das habe ich nie gesagt!«

»Doch, hast du.« Joe zwinkerte vergnügt, weil Matts Frau Liz gerade ums Haus herumkam. Der kleine Ben wackelte tapfer vor ihr her. »Aber keine Sorge – ich verrate kein Sterbenswörtchen.«

Matts Blick schoss nervös von Liz zu Joe und wieder zurück, weil er sich nicht sicher war, ob seine Frau nicht doch etwas gehört hatte.

»Hallo miteinander!«, rief Liz und winkte allen zur Begrüßung zu, dann nahm sie Ben an der Hand und wollte ihn mit zu Megan und Allison ziehen, doch der kleine Zwerg riss sich los und torkelte zielstrebig zu den anderen Kindern, die im Garten spielten.

Joe sah, dass Matt erleichtert aufatmete, und schmunzelte. Mit gesenkter Stimme sagte er zu Travis: »Ja, ja, Matts Schwiegereltern – hast du sie etwa als Argument benutzt, um ihn rumzukriegen?«

»Kann sein, dass ich sie nebenbei erwähnt habe«, murmelte Travis verschmitzt.

»Was flüstert ihr zwei da?«, rief Matt misstrauisch.

»Gar nichts«, erwiderten die beiden Freunde wie aus einem Mund.

Später, als die Sonne untergegangen und das Essen aufgegessen war, rollte sich Moby zu Travis' Füßen zusammen, und die Kinder planschten im Whirlpool. Während Travis den anderen zuhörte, überrollte ihn eine Welle der Zufriedenheit. Er liebte diese Abende, an denen sie gemeinsam um den Tisch herumsaßen, redeten, lachten und sich gegenseitig neckten. Sie kannten sich alle so gut – Allison plauderte erst mit Joe, dann wandte sie sich zu Liz, um anschließend ein paar Sätze mit Laird oder Matt zu wechseln, und bei den anderen war es genauso. Sie mussten nicht irgendwelche anstrengenden Rollen spielen, keiner wollte den anderen imponieren, es herrschte fröhliche Harmonie. In solchen Situationen dachte Travis gelegentlich, dass sein Leben an einen Werbespot für Bier erinnerte, und meistens genoss er es uneingeschränkt, sich auf dem Strom der guten Laune treiben zu lassen.

Zwischendurch stand immer wieder eine der Frauen auf, um nach den Kindern zu sehen. Laird, Joe und Matt beschränkten ihre erzieherischen Aktivitäten darauf, in unregelmäßigen Abständen die Stimme zu erheben in der Hoffnung, auf diese Weise die Kinder zu beruhigen und zu verhindern, dass sie einander zu sehr ärgerten oder sich aus Versehen wehtaten. Klar, ab und zu bekam eins der Kinder einen Wutanfall, aber die meisten Probleme wurden durch einen Kuss auf ein aufgeschlagenes Knie oder durch eine tröstliche Umarmung aus der Welt geschafft, was von Weitem genauso liebevoll aussah, wie es sich vermutlich für die Kinder anfühlte.

Travis blickte in die Runde und freute sich, dass sich seine Sandkastenfreunde nicht nur zu guten

Ehemännern und Vätern entwickelt hatten, sondern auch immer noch Teil seines Lebens waren – was man keineswegs als Selbstverständlichkeit betrachten durfte. Er war jetzt zweiunddreißig und wusste, dass das Leben manchmal ein Glücksspiel war. Im Lauf der Jahre hatte er mehr als genug Unfälle überlebt. So vielen gefährlichen Situationen war er nur mit knapper Not entkommen – ohne allerdings je eine schwere Verletzung davonzutragen. Man wusste nie, was die Zukunft bereithielt, das Leben war unvorhersagbar. Von den Menschen, die er seit seiner Kindheit kannte, waren manche bei Autounfällen umgekommen, einige hatten geheiratet und waren schon wieder geschieden, andere waren alkohol- oder drogenabhängig. Viele waren einfach weggezogen aus dieser kleinen Stadt, und ihre Gesichter wurden in der Erinnerung immer verschwommener. Wie groß war die statistische Wahrscheinlichkeit gewesen, dass er und seine drei besten Schulfreunde sich mit Anfang dreißig immer noch trafen, um die Wochenenden gemeinsam zu verbringen? Ziemlich gering, schätzte Travis. Gemeinsam hatten sie die Turbulenzen der Pubertät durchgestanden, begleitet von Akne, von Liebeskummer und von Auseinandersetzungen mit den Eltern; danach waren sie zu vier verschiedenen Colleges aufgebrochen, mit ganz individuellen Berufsvorstellungen. Aber aus irgendwelchen Gründen waren sie alle vier nach Beaufort zurückgekehrt. Sie waren eher wie Geschwister als Freunde, mit dem entsprechenden Schatz an Sprüchen und Anekdoten, die kein Außenstehender richtig verstehen konnte.

Und erstaunlicherweise kamen auch ihre Frauen bestens miteinander aus. Sie stammten zwar aus ganz unterschiedlichen Familien und aus entgegengesetzten Ecken von North Carolina, aber Ehe, Mutterschaft und der typische Tratsch in einer amerikanischen Kleinstadt hatten sie zusammengeschweißt. Sie telefonierten regelmäßig und standen sich so nahe wie Schwestern. Laird hatte als Erster geheiratet. Gleich in dem Sommer, nachdem sie das College in Wake Forest abgeschlossen hatten, fassten er und Allison den Entschluss, sich das Jawort zu geben. Ein Jahr später waren Joe und Megan ihnen gefolgt – sie hatten sich während ihres letzten Studienjahrs an der University of North Carolina ineinander verliebt. Matt, der auf der Duke University in Durham, North Carolina, gewesen war, lernte Liz hier in Beaufort kennen, und bereits nach einem Jahr schlossen sie den Bund fürs Leben. Bei allen drei Hochzeiten war Travis Trauzeuge gewesen.

Natürlich hatte sich in den letzten Jahren manches verändert, vor allem weil die drei Paare Familienzuwachs bekamen. Laird hatte kaum noch Zeit, mit dem Mountainbike loszuradeln, Joe konnte nicht mehr wie früher ganz spontan mit Travis zum Skifahren nach Colorado fliegen, und Matt versuchte bei den meisten Dingen schon gar nicht mehr, mit ihm Schritt zu halten. Aber das war kein Problem. Entscheidend war: Die drei Freunde waren immer noch da, und mit ihrer Hilfe – und einem gewissen Maß an Planung – gelang es Travis immer, seine Wochenenden zu genießen.

Weil er so in Gedanken versunken war, hatte Travis gar nicht gemerkt, dass die anderen ihn fragend anschauten.

»Habe ich etwas verpasst?«

»Ich habe dich gerade gefragt, ob du in letzter Zeit mal mit Monica geredet hast«, wiederholte Megan. An ihrem Tonfall merkte Travis, dass es kein Entrinnen gab. Alle sechs interessierten sich ein bisschen zu intensiv für sein Liebesleben, fand er. Das Problem mit verheirateten Freunden war, dass sie glaubten, alle Leute, die sie kannten, müssten ebenfalls einen Ehering tragen. Jede Frau, mit der Travis ausging, wurde dezent, aber kritisch taxiert – vor allem von Megan. Sie war immer die Wortführerin und wollte unbedingt herausfinden, wie Travis in Bezug auf Frauen tickte. Und Travis machte sich seinerseits einen Spaß daraus, sie ein bisschen zappeln zu lassen.

»Nein, schon länger nicht mehr«, antwortete er auf ihre Frage.

»Warum nicht? Sie ist sehr nett.«

Sie ist vor allem neurotisch, dachte Travis. Aber das tat jetzt nichts zur Sache.

»Sie hat mit *mir* Schluss gemacht – schon vergessen?«

»Na und? Das heißt noch lange nicht, dass sie nicht will, dass du sie anrufst.«

»Ich dachte, genau das meint eine Frau, wenn sie Schluss macht.«

Megan, Allison und Liz schauten ihn an, als wäre er komplett verrückt. Ihre Männer amüsierten sich königlich – wie immer bei diesem Thema. Diese Diskussion führten sie fast jedes Mal, wenn sie zusammensaßen.

»Ihr habt euch gestritten, stimmt's?«

»Ja, klar.«

»Bist du schon mal auf die Idee gekommen, dass sie einfach nur deswegen Schluss gemacht hat, weil sie sauer auf dich war?«

»Ich war auch sauer auf sie.«

»Wieso?«

»Sie wollte unbedingt, dass ich eine Therapie mache.«

»Lass mich raten – du hast darauf geantwortet, dass du so etwas nicht brauchst.«

»Eins könnt ihr mir glauben – wenn der Tag kommt, an dem ich zu einem Therapeuten gehe, kann ich auch gleich einen Rock anziehen und süße kleine Babyschuhe häkeln.«

Joe und Laird mussten lachen, aber Megan zog streng die Augenbrauen hoch. Alle wussten, dass sie zu den Leuten gehörte, die so gut wie jeden Tag *Oprah* im Fernsehen schauten.

»Du findest, Männer brauchen keine Therapie?«

»Ich brauche jedenfalls keine.«

»Und die Männer im Allgemeinen?«

»Ich will nicht von mir auf andere schließen, deshalb kann ich dazu nichts sagen.«

Megan lehnte sich zurück. »Vielleicht liegt Monica ja gar nicht so falsch. Wenn du mich fragst – meiner Meinung nach leidest du an Bindungsangst und willst dich nicht festlegen.«

»Dann frag ich dich lieber nicht.«

»Wie lange hat deine längste Beziehung gehalten?« Jetzt musterte Megan ihn prüfend. »Zwei Monate? Vier Monate?«

Travis überlegte. »Also – mit Olivia war ich fast ein ganzes Jahr zusammen.«

»Ich glaube, sie redet nicht von Highschool-Freundinnen«, warf Laird lachend ein. Gelegentlich bereitete es seinen Freunden Vergnügen, ihn den Löwinnen zum Fraß vorzuwerfen, bildlich gesprochen.

»Vielen Dank für deine Unterstützung, Laird«, brummte Travis.

»Wozu hat man Freunde?«

»Du lenkst ab«, bemerkte Megan.

Travis trommelte mit den Fingern auf seinen Schenkel. »Ich fürchte, ich muss gestehen, dass ich mich nicht erinnern kann, wie lange meine längste Beziehung gedauert hat.«

»Mit anderen Worten, nicht lange genug, um sie wirklich im Gedächtnis zu behalten?«

»Was soll ich dazu sagen? Ich warte darauf, dass ich endlich eine Frau kennenlerne, die es mit euch aufnehmen kann.«

Obwohl es schon ziemlich dunkel war, konnte er sehen, dass Megan strahlte, weil ihr diese Antwort gefiel. Er hatte schon vor einer ganzen Weile begriffen, dass bei solchen Debatten Komplimente die beste Waffe waren, vor allem wenn man sie ehrlich meinte. So wie er jetzt. Er meinte es ernst: Megan, Liz und Allison waren drei großartige Frauen – warmherzig, loyal, großzügig. Und außerdem besaßen sie alle einen gesunden Menschenverstand.

»Also, dann erkläre ich jetzt noch einmal ganz offiziell: Ich finde sie gut«, verkündete Megan.

»Aber du magst alle Frauen, mit denen ich ausgehe.«

»Stimmt doch gar nicht. Leslie konnte ich zum Beispiel nicht ausstehen.«

Keine der drei Frauen hatte Leslie Sympathien entgegengebracht, wohingegen Matt, Laird und Joe durchaus mit ihr einverstanden gewesen waren. Vor allem wenn sie einen Bikini trug. Leslie sah einfach klasse aus – und auch wenn sie nach Travis' Ansicht keine Frau zum Heiraten war, hatten sie doch viel Spaß miteinander gehabt.

»Ich finde, ehrlich gesagt, du solltest Monica noch mal anrufen«, beharrte Megan.

»Ich werd's mir überlegen«, versprach Travis, obwohl er genau wusste, dass er es nicht tun würde. Er stand auf, um dem Verhör und den guten Ratschlägen zu entkommen. »Wer will noch ein Bier?«

Joe und Laird hoben ihre Flaschen, die anderen schüttelten den Kopf. Travis ging zur Kühlbox, aber an der Glasschiebetür überlegte er es sich anders und lief schnell ins Haus, um eine neue CD aufzulegen. Bevor er die Bierflaschen an den Tisch brachte, lauschte er noch eine Minute der Musik, die nun durch den Garten tönte. Megan, Allison und Liz unterhielten sich inzwischen über Gwen, ihre gemeinsame Friseurin: Gwen hatte immer sehr interessante Geschichten auf Lager, die sich meistens um die heimlichen Affären der lieben Mitbürger drehten.

Schweigend trank Travis sein Bier, den Blick hinaus auf den Fluss gerichtet.

»Was denkst du gerade?«, erkundigte sich Laird.

»Ach, nichts Wichtiges.«

»Komm, sag schon.«

Travis schaute ihn an. »Ist dir schon mal aufgefallen, dass manche Farben als Nachnamen verwendet werden und andere nicht?«

»Wie bitte?«

»Zum Beispiel *White* und *Black*. Denk an Mr White, den Besitzer des Reifenladens. Oder an Mr Black, unseren Lehrer in der dritten Klasse. Und bei dem Spiel ›Cluedo‹ gibt es einen Mr Green. Aber kein Mensch heißt Mr Orange oder Mr Yellow. Es ist fast so, als würden sich manche Farben als Nachname eignen, während andere albern klingen. Was meinst du?«

»Ich könnte nicht behaupten, dass ich schon mal über diese Frage nachgedacht habe.«

»Ich auch nicht, das heißt, bis vor einer Minute. Aber es ist doch wirklich seltsam, oder?«

»Stimmt.« Laird nickte nachdenklich.

Sie schwiegen beide für eine Weile. »Hab ich dir nicht gesagt, es ist nichts Wichtiges?«, brummte Travis dann.

»Stimmt.«

»Und? Hatte ich recht?«

»Ja. Du hattest recht.«

Als die kleine Josie den zweiten Wutanfall innerhalb einer Viertelstunde bekam – es war inzwischen kurz vor neun –, nahm Allison sie auf den Arm und warf

Laird einen vielsagenden Blick zu, mit dem sie ihm zu verstehen gab, es sei Zeit zu gehen und die Kinder ins Bett zu bringen. Laird versuchte erst gar nicht zu widersprechen, und als er sich vom Tisch erhob, schaute auch Megan ihren Mann auffordernd an, und Liz nickte Matt wortlos zu. Travis wusste, dass der Abend zu Ende war. Eltern bildeten sich ein, sie hätten in der Familie das Sagen, aber letzten Endes waren es die Kinder, die alles bestimmten und die Regeln aufstellten.

Er hätte versuchen können, seine Freunde zum Bleiben zu überreden, und vielleicht wäre es ihm sogar gelungen, einen von ihnen umzustimmen, aber im Grund hatte er sich längst daran gewöhnt, dass seine Freunde ihr Leben nach einem anderen Rhythmus lebten als er. Außerdem vermutete er, dass Stephanie, seine jüngere Schwester, später noch vorbeischauen würde. Sie kam heute Abend aus Chapel Hill, wo sie an der University of North Carolina ihren Master in Biochemie machte. Zwar würde sie zu Hause bei den Eltern wohnen, aber nach der langen Autofahrt war sie meistens ein bisschen überdreht und hatte das Bedürfnis, noch mit jemandem reden – und ihre Eltern lagen um diese Zeit immer schon im Bett.

Megan, Joe und Liz erhoben sich und wollten den Tisch abräumen, aber Travis winkte ab.

»Ich mach das schon. Lasst ruhig alles stehen.«

Ein paar Minuten später waren zwei SUVs und ein Minivan mit Kindern vollgepackt, und während sie die Einfahrt hinunterfuhren, winkte Travis ihnen von der vorderen Veranda aus nach.

Als sie weg waren, beschloss er, noch ein wenig Musik zu hören. Er ging ins Haus, um seine CDs zu inspizieren, entschied sich für *Tattoo You* von den Rolling Stones und drehte die Stereoanlage auf volle Lautstärke. Auf dem Weg nach draußen schnappte er sich noch ein Bier, legte die Füße auf den Tisch und lehnte sich gemütlich zurück, während sich Moby neben ihm niederließ.

»Tja, jetzt sind nur noch wir zwei übrig«, sagte er. »Was denkst du, wann Stephanie kommt?«

Moby drehte den Kopf weg. Außer wenn Travis *Gassi* oder *Bällchen* oder *Auto fahren* oder *feiner Knochen* rief, interessierte sich der Hund herzlich wenig dafür, was sein Herrchen so redete.

»Findest du, ich soll sie anrufen und fragen, ob sie schon unterwegs ist?«

Gelangweilt starrte Moby in die Ferne.

»Ja, das würde ich auch sagen. Sie kommt, wenn sie kommt.«

So saß er da, trank sein Bier und blickte hinaus aufs Wasser. Moby winselte leise. »Hol das Bällchen!«, forderte Travis ihn schließlich auf.

Da schoss Moby so blitzschnell hoch, dass er fast den Stuhl umgeworfen hätte.

Es war die Musik, die ihr den Rest gab – dabei war schon die ganze Woche so nervig gewesen. Und jetzt noch dieses laute Gedröhne! Okay, neun Uhr an einem Samstagabend, das ging ja noch, zumal ihr Nachbar offensichtlich Gäste hatte, und zehn Uhr fand sie eigentlich auch noch in Ordnung. Aber nachts um elf? Außerdem war der Typ jetzt allein und spielte mit seinem Hund *Bällchen holen*.

Von ihrer Terrasse aus konnte sie ihn sitzen sehen. Er trug dieselben Shorts wie schon den ganzen Tag und hatte die Füße auf den Tisch gelegt. Er warf den Ball und starrte zwischendurch gedankenverloren hinaus auf den Fluss. Was ihm wohl durch den Kopf ging?

Vielleicht sollte sie nicht so streng mit ihm sein und ihn einfach ignorieren. Es war sein Haus, oder? Und in seinem Haus war er König, er konnte tun und lassen, was er wollte. Daran gab es nichts zu rütteln. Das Problem war nur, dass hier noch andere Leute wohnten, nämlich seine Nachbarn, und zu diesen gehörte sie. Und in ihrem Haus war *sie* die Königin. Es war ein ungeschriebenes Gesetz, dass Nachbarn Rücksicht aufeinander nehmen sollten. Und er hatte, ehrlich gesagt, eine Grenze überschritten. Nicht unbedingt mit der Musik. Im Grund gefiel ihr seine Musik sogar, und meistens war es ihr völlig egal, wie laut und wie spät abends er noch eine CD auflegte. Nein, das eigentliche Problem war sein Hund Nobby – oder wie er hieß. Genauer gesagt, das Problem war, was dieser Nobby ihrer Hündin angetan hatte.

Molly war nämlich trächtig. Jedenfalls mit an Sicherheit grenzender Wahrscheinlichkeit.

Molly, ihre liebe, schöne, reinrassige Collie-Hündin mit dem preisgekrönten Stammbaum! Diese Hündin hatte sie sich als Allererstes gekauft, nachdem sie ihre Ausbildung an der Eastern Virginia School of

Medicine abgeschlossen und auch sämtliche Praktika absolviert hatte. Genau von dieser Art Hund hatte sie immer geträumt. Aber nun hatte Molly in den letzten Wochen ganz eindeutig zugenommen. Ein noch beunruhigenderes Zeichen war, dass ihre Zitzen immer dunkler wurden und anschwollen. Man konnte sie deutlich fühlen, wenn sich Molly auf den Rücken rollte, um sich den Bauch kratzen zu lassen. Und außerdem bewegte sie sich viel langsamer als sonst. Wenn man das alles zusammenrechnete, konnte man nur zu einer Schlussfolgerung kommen: Molly würde demnächst einen Wurf Welpen in die Welt setzen, die garantiert kein Mensch haben wollte. Ein Boxer und eine Collie-Hündin? Gabby verzog das Gesicht, als sie sich ausmalte, wie die kleinen Hunde aussehen würden. Nein, diese Vorstellung musste sie schnell beiseiteschieben.

Es konnte nur der Hund dieses Mannes gewesen sein. Als Molly läufig war, hatte sein Boxer ihr Haus observiert wie ein Privatdetektiv, und er war auch sonst der einzige Hund, den sie in der Nachbarschaft herumstromern sah. Aber machte ihr lieber Nachbar etwa Anstalten, seinen Garten einzuzäunen? Oder den Hund im Haus zu halten? Oder ein Hundeareal einzurichten? Nein. Im Gegenteil. Sein Motto schien zu lauten: »Mein Hund ist ein freier Hund!« Das wunderte sie nicht. Dieser Typ schien sein ganzes Leben nach völlig verantwortungslosen Prinzipien zu führen. Wenn sie zur Arbeit ging, sah sie ihn beim Joggen, und wenn sie abends nach Hause kam, radelte er, paddelte in seinem Kajak auf dem Fluss, kurvte mit seinen Inlinern durch die Gegend oder warf Körbe in seiner Einfahrt, am liebsten mit ein paar Kids aus der Nachbarschaft. Vor einem Monat hatte er sich auch noch ein Motorboot angeschafft und spezialisierte sich jetzt auf Wakeboarden. Als würde er nicht schon genug andere Sportarten betreiben. Und so etwas wie Überstunden schien es für ihn nicht zu geben. Nur keine Minute zu viel arbeiten! Sie hatte auch schon herausgefunden, dass er freitags gar nicht zur Arbeit ging. Und überhaupt – bei welchem Job konnte man Jeans und ein T-Shirt tragen? Sie hatte keine Ahnung, aber sie hatte einen Verdacht, der ihr eine bittere Art von Genugtuung verschaffte – sie vermutete nämlich, dass man bei seinem Job eine Schürze und ein Namensschild brauchte.

Okay, vielleicht war sie nicht fair. Er war bestimmt ein netter Kerl. Seine Freunde kamen ihr ganz normal vor, sie hatten jede Menge Kinder und waren anscheinend gern mit ihm zusammen, denn sie kamen oft zu Besuch. Ihre Frauen waren schon bei ihr in der Praxis gewesen, weil die Kinder einen Schnupfen oder eine Mittelohrentzündung hatten. Aber was war mit Molly? Die Hündin saß jetzt vor der Hintertür und schlug mit dem Schwanz auf den Boden. Bei dem Gedanken an die Zukunft wurde Gabby schwer ums Herz. Molly würde sicher alles gut überstehen – aber die Welpen? Was sollte sie mit ihnen anfangen, wenn niemand sie haben wollte? Sie konnte die kleinen Hunde doch unmöglich ins Tierheim oder zum Tierschutzverein bringen, wo man sie einschläfern würde.

Nein, das brachte sie nicht übers Herz. Mollys Welpen durften nicht sterben!

Aber was sollte sie dann mit ihnen machen?

An allem war nur dieser Typ schuld. Und jetzt saß er da drüben auf seiner Terrasse, die Füße auf dem Tisch, und tat so, als hätte er keine Sorgen und als wäre auf der Welt alles in bester Ordnung.

So hatte sie sich das nicht vorgestellt, als sie Anfang des Jahres das Haus hier besichtigt hatte. Es war zwar nicht in Morehead City, wo Kevin, ihr Freund, wohnte, aber man brauchte nur über die Brücke zu fahren, dann war man da – wirklich keine große Entfernung. Das Haus war klein, fast ein halbes Jahrhundert alt und nach Beaufort-Maßstäben definitiv renovierungsbedürftig, aber die Aussicht auf den Fluss war spektakulär, der Garten groß genug für Molly, die dort unbesorgt herumrannte, und die Krönung des Ganzen war: Sie konnte es sich leisten. Zwar nur knapp, weil sie zur Finanzierung ihres Studiums sehr hohe Kredite hatte aufnehmen müssen, aber die Darlehensberater reagierten insgesamt ziemlich verständnisvoll, wenn es darum ging, Leuten wie ihr Geld zu leihen. Das heißt, Leuten mit einer soliden Ausbildung und einem gesicherten Monatseinkommen.

Da unterschied sie sich doch ziemlich von ihrem Nachbarn, der nach der Devise »Mein Hund ist ein freier Hund« und »Freitags wird nicht gearbeitet« zu leben schien.

Gabby atmete tief durch. Garantiert ist er gar nicht so übel, ermahnte sie sich wieder. Er winkte ihr immer, wenn er sie von der Arbeit nach Hause kommen sah, und als sie vor ein paar Monaten hier eingezogen war, hatte er einen Korb mit Käse und Wein vorbeigebracht, um sie in der Nachbarschaft zu begrüßen. Genau – das hatte sie schon fast wieder vergessen. Sie war nicht zu Hause gewesen, also hatte er den Korb auf der Veranda abgestellt, und sie hatte sich fest vorgenommen, ihm als Dank ein Kärtchen zu schicken, aber bis jetzt war sie leider noch nicht dazu gekommen.

Wieder zog sie eine Grimasse. So viel zum Thema moralische Überlegenheit! Okay, sie war auch nicht perfekt, aber das Thema war jetzt nicht ihre versäumte Dankeskarte, sondern Molly, der streunende Hund und die unerwünschten Welpen. Vielleicht wäre es eine gute Idee, die Gelegenheit beim Schopf zu packen und das alles gleich jetzt anzusprechen. Ihr Nachbar war ja offensichtlich noch wach.

Sie ging zu der hohen Hecke, die ihr Grundstück von seinem trennte. Ein Teil von ihr wünschte sich, Kevin wäre bei ihr, aber das war illusorisch. Auch weil sie sich heute Morgen gestritten hatten, was damit angefangen hatte, dass Gabby ganz beiläufig erwähnte, ihre Cousine werde demnächst heiraten. Kevin, der gerade den Sportteil der Zeitung studierte, sagte kein Wort dazu. Anscheinend zog er es vor, so zu tun, als hätte er sie nicht gehört. Schon das Wort *Hochzeit* ließ diesen Mann zu Stein erstarren, vor allem in letzter Zeit. Eigentlich sollte sie sich nicht wundern – sie waren seit vier Jahren zusammen (nur ein Jahr weniger als ihre Cousine und ihr Partner, hätte sie gern hinzugefügt), und aus Erfahrung wusste Gabby inzwischen: Wenn Kevin ein Thema irgendwie unangenehm fand, dann zog er sich einfach in sich zurück und sagte gar nichts mehr.

Sie wollte jetzt nicht über Kevins Verhalten nachdenken. Auch nicht darüber, dass ihr Leben in letzter Zeit öfter nicht so verlief, wie sie es sich vorgestellt hatte. Genauso wenig wollte sie an die unerfreuliche Woche in der Praxis denken – allein am Freitag war sie dreimal vollgekotzt worden, *dreimal*, das war absoluter Praxisrekord, behaupteten jedenfalls die Arzthelferinnen, die sich nicht einmal die Mühe machten, ihr spöttisches Grinsen zu verbergen, und die Geschichte voller Schadenfreude weitererzählten. Und am allerwenigsten wollte sie an Adrian Melton erinnert werden, den verheirateten Arzt in ihrer Praxis, der sie immer betatschte, wenn sie etwas miteinander besprechen mussten. Jedes Mal ließ er seine Hand ein wenig zu lang liegen. Warum hatte sie es bisher nicht geschafft, sich dagegen zu wehren? Aber nein – auch darüber wollte sie heute Abend lieber nicht nachdenken.

Jetzt ging es einzig und allein um *Mr Party*. Als verantwortungsbewusster Nachbar müsste er sich doch sofort bereit erklären, gemeinsam mit ihr eine Lösung für das Problem zu suchen. Dazu war er moralisch verpflichtet, nicht wahr? Und wenn sie schon mit ihm redete, konnte sie gleich auch noch erwähnen, dass es eigentlich schon zu spät war, um noch so laut Musik zu hören (egal, wie gut sie seinen Geschmack fand). Er sollte gleich merken, dass sie es ernst meinte.

Während sie über den Rasen marschierte, wurden ihre Zehen feucht, weil sie dünne Sandalen trug. Im taunassen Gras funkelte das Mondlicht und bildete eine geheimnisvolle Silberspur. Aber Gabby war so darauf fixiert, ihre Strategie zu planen, dass sie es gar nicht bemerkte. Höflichkeitshalber sollte sie ums Haus herumgehen und an der Vordertür klopfen, aber bei der lauten Musik würde er sicher gar nichts hören. Außerdem wollte sie die Sache so schnell wie möglich hinter sich bringen – solange sie noch richtig wütend war und fest entschlossen, ihm die Meinung zu sagen.

Sie entdeckte eine Lücke in der Hecke und steuerte zielstrebig darauf zu. Wahrscheinlich war das die Öffnung, durch die sich Nobby geschlichen hatte, um über die arme kleine Molly herzufallen. Ihr Herz zog sich wieder zusammen, und dieses Mal versuchte sie, dieses Gefühl festzuhalten. Das war wichtig! Sehr wichtig sogar.

Sie konzentrierte sich so auf ihre Mission, Mollys Ehre zu retten, dass ihr etwas Wesentliches entging: der Tennisball, der direkt auf sie zuflog, als sie aus der Hecke trat. Verschwommen nahm sie noch wahr, dass auch noch ein riesiger Hund angeschossen kam – dann landete sie unsanft auf dem Rasen.

Verwirrt starrte sie nach oben. Funkelten da oben nicht viel zu viele Sterne? Überhaupt erschien ihr der Himmel etwas zu hell. Und warum bekam sie keine Luft? Was hatte dieser heftige Schmerz zu bedeuten, der sich unaufhaltsam in ihr ausbreitete? Sie vermochte sich nicht zu rühren, sondern musste auf dem Rücken liegen bleiben und konnte nur hilflos blinzeln.

Von irgendwoher drangen konfuse Geräusche zu ihr, aber nach und nach sah sie wenigstens die Umgebung ein wenig klarer, und dann merkte sie auch, dass sie kein unartikuliertes Summen und Brummen hörte, sondern menschliche Stimmen. Oder besser gesagt, eine Männerstimme, die sie fragte, ob alles okay sei.

Gleichzeitig spürte sie an ihrer Wange ein warmes, übel riechendes, rhythmisches Hecheln. Sie blinzelte wieder und drehte den Kopf leicht zur Seite – und sah einen gigantischen, eckigen, behaarten Schädel vor sich. Nobby, dachte sie erschöpft.

»Aaahhh …«, wimmerte sie und versuchte, sich aufzurichten. In dem Moment leckte ihr der Hund das Gesicht.

»Moby! Platz!«, rief die Stimme, die näher zu kommen schien. »Ist wirklich alles in Ordnung? Ich glaube, Sie sollten lieber noch liegen bleiben.«

»Nein, keine Sorge, mir geht es gut«, brummelte sie und setzte sich auf. Sie holte ein paarmal tief Luft, weil ihr schwindelig war. *Hilfe*, dachte sie, *das tut ja wahnsinnig weh!* Vage nahm sie wahr, dass ein Mann neben ihr kauerte, aber richtig sehen konnte sie ihn in der Dunkelheit nicht.

»Es tut mir schrecklich leid«, sagte die Stimme.

»Was ist passiert?«

»Moby hat Sie umgeworfen – er hat nicht aufgepasst, weil er hinter dem Ball hergejagt ist.«

»Wer ist Moby?«

»Mein Hund.«

»Und wer ist dann Nobby?«

»Wie bitte?«

Sie rieb sich die Schläfen. »Ach, egal.«

»Sind Sie sicher, dass Ihnen nichts fehlt?«

»Ja, klar.« Die Benommenheit blieb, aber die Schmerzen ließen allmählich nach, und sie versuchte aufzustehen. Ihr Nachbar fasste sie am Arm, um sie zu stützen. Unwillkürlich musste sie an die Kleinkinder in der Praxis denken, die auch immer so wackelig auf den Beinen waren. Sobald sie aufrecht stand, ließ ihr Nachbar ihren Arm wieder los.

»Tolle Begrüßung, was?«, sagte er mit einem verlegenen Grinsen.

Er klang immer noch weit weg, obwohl sie wusste, dass er neben ihr stand. Als sie sich zu ihm drehte, merkte sie, dass er fast einen Kopf größer war als sie und sie zu ihm aufblicken musste – woran sie mit ihren Einssiebzig gar nicht gewohnt war. Kantige Wangenknochen, reine Haut, wellige braune Haare, die sich unten lockten, weiß schimmernde Zähne. Von Nahem sah er gut aus – ausgesprochen gut sogar –, aber sie hatte den Verdacht, dass er das sehr genau wusste. Sie öffnete den Mund, machte ihn aber gleich wieder zu, weil sie vergessen hatte, was sie fragen wollte.

»Es ist mir furchtbar peinlich – da kommen Sie extra hierher, um mich zu besuchen, und schon werden Sie von meinem Hund umgeschubst«, fuhr er fort. »Wie gesagt, es tut mir sehr leid. Normalerweise passt er besser auf. Sag Hallo, Moby.«

Der Hund setzt sich auf und schien zu strahlen wie ein Schneekönig. Brav hob er die Pfote, um Gabby zu begrüßen, was irgendwie niedlich aussah – für einen Boxer war dieser Hund richtig hübsch –, aber sie hatte nicht vor, darauf hereinzufallen. Sie wusste jetzt auch wieder, weshalb sie überhaupt hergekommen war. Dieses Untier hatte nun schon zwei Missetaten auf seinem Konto: Er hatte sie umgestoßen und davor hatte er Molly ins Unglück gestürzt. Wahrscheinlich sollte man ihn *Gangster* nennen. Oder noch besser: *Perverso*.

»Fehlt Ihnen doch etwas?«

Was für eine Frage! Ja, sie hatte sich ihre Begegnung mit diesem Herrn anders vorgestellt. Gabby versuchte, sich wieder ins Gedächtnis zu rufen, wie wütend sie gewesen war.

»Es geht mir blendend«, antwortete sie in scharfem Ton.

Sie musterten sich wortlos, und einen Moment lang herrschte peinliche Stille. Schließlich deutete Travis mit dem Daumen über die Schulter. »Wollen wir uns nicht kurz hinsetzen? Ich höre gerade Musik.«

»Wie kommen Sie auf die Idee, dass ich das möchte?«, fauchte sie ihn an. Allmählich bekam sie sich wieder in den Griff.

Er stutzte. »Vielleicht, weil Sie hier sind?«

Hm, dachte sie, stimmt eigentlich.

»Aber wir können natürlich auch hier bei der Hecke stehen bleiben, wenn Ihnen das lieber ist«, sagte er.

Sie hob die Hand, um ihn zum Schweigen zu bringen. Sie wollte so schnell wie möglich loswerden, was sie auf dem Herzen hatte. »Ich bin hier, weil ich mit Ihnen reden muss –«

Sie verstummte verwirrt, weil er sich plötzlich auf den Arm schlug. Was sollte das? »Mir geht es genauso«, sagte er schnell, bevor sie weiterreden konnte. »Ich hatte schon die ganze Zeit vor, bei Ihnen vorbeizuschauen, um Sie offiziell in unserem Viertel willkommen zu heißen. Haben Sie meinen Korb mit dem Wein bekommen?«

Sie hörte ein Sirren am Ohr und wedelte mit der Hand. »Ja. Vielen Dank«, erwiderte sie ein wenig abgelenkt. »Aber eigentlich wollte ich etwas anderes mit Ihnen besprechen, nämlich –«

Sie sprach abermals nicht weiter, denn sie merkte, dass er ihr nicht zuhörte, sondern mit der Hand in der Luft herumfuchtelte. »Möchten Sie nicht doch mit auf meine Terrasse kommen?«, fragte er. »Hier bei der Hecke sind die Moskitos so wahnsinnig aufdringlich.«

»Also, was ich sagen wollte –«

»Da sitzt ein Moskito auf Ihrem Ohrläppchen.« Er zeigte mit dem Finger.

Instinktiv fasste sie sich mit der rechten Hand ans Ohr.

»Nein, auf dem anderen.«

Sie klatschte danach, und als sie ihre Finger anschaute, entdeckte sie eine winzige Blutspur. Wie eklig, dachte sie.

»Und jetzt sitzt einer auf Ihrer Wange.«

Gabby versuchte, den immer größer werdenden Insektenschwarm abzuwehren. »Was ist denn hier los?«

»Tja – das kommt von der Hecke. Die Moskitos leben normalerweise am Wasser, aber hier im Schatten der Hecke ist es fast genauso feucht, und ...«

»Gut. Sie haben mich überzeugt. Unterhalten wir uns auf Ihrer Terrasse.«

Sie rannten los, um dem lästigen Viehzeug zu entkommen. »Ich hasse Moskitos!«, rief Travis. »Deshalb habe ich immer ein paar Zitronengraskerzen auf dem Tisch stehen. Das genügt meistens, um sie fernzuhalten. Später im Sommer werden sie allerdings noch viel schlimmer.« Er hielt gerade genug Abstand, um Gabby beim Laufen nicht zu berühren. »Ich glaube, wir haben uns noch gar nicht richtig vorgestellt. Ich bin Travis Parker.«

Eine Sekunde lang war Gabby verunsichert. Sie war nicht gekommen, um Freundschaft mit ihm zu schließen, aber andererseits war sie doch so wohlerzogen, dass sie brav antwortete: »Und ich bin Gabby Holland.«

»Schön, dass wir uns endlich kennenlernen.«

»Ja, das stimmt«, erwiderte sie, verschränkte aber trotzig die Arme vor der Brust. Im nächsten Moment tastete sie unauffällig mit der Hand seitlich über ihre Rippen, weil sie dort immer noch einen dumpfen Schmerz spürte. Dann fasste sie sich ans Ohr, das bereits zu jucken begann. Na, wunderbar.

Travis studierte ihr Profil. Er sah ihr an, dass sie wegen irgendetwas wütend war. Sie presste die Lippen aufeinander – diesen Gesichtsausdruck hatte er schon öfter bei seinen Freundinnen beobachtet. Ihm war auch klar, dass die Wut gegen ihn gerichtet war, obwohl er nicht die geringste Ahnung hatte, was der Grund dafür sein könnte. Ärgerte sie sich noch, weil sein Hund sie angefallen hatte? Nein, das war es nicht, entschied er. Er dachte unwillkürlich an seine kleine Schwester Stephanie. Sie machte auch manchmal so ein Gesicht, wenn sie sauer war, vor allem wenn sich die Frustration aus irgendeinem Grund aufgestaut hatte – und genauso sah Gabby jetzt aus. Als hätte sie sich immer mehr in ihre Wut hineingesteigert. Doch da hörte die Ähnlichkeit mit seiner Schwester auch schon auf. Stephanie hatte sich mit den Jahren zu einer echten Schönheit entwickelt. Gabby hingegen war zwar auch sehr attraktiv, aber nicht auf diese makellose Art. Ihre blauen Augen standen etwas zu weit auseinander, ihre Nase war ein kleines bisschen zu groß, und rote Haare hatten ja immer etwas Eigenwilliges. Aber irgendwie verliehen ihr gerade diese winzigen Unvollkommenheiten eine Aura der Verletzlichkeit, die bestimmt alle Männer hinreißend fanden.

Gabby versuchte, ihre Gedanken zu sortieren. »Also, ich bin vorbeigekommen, weil –«

»Bitte, warten Sie noch einen Moment, bevor Sie anfangen«, unterbrach er sie. »Würden Sie schon mal Platz nehmen? Ich bin gleich wieder da.« Er ging zur Kühlbox, wandte sich aber noch einmal zu Gabby um. »Trinken Sie auch ein Bier?«, fragte er.

»Nein, danke«, antwortete sie. Ach, wenn sie es doch schon hinter sich hätte! Sie hatte keine Lust, sich hinzusetzen. Nein, sie wollte lieber stehen bleiben und ihn gleich zur Rede stellen, wenn er zurückkam. Aber sie verpasste den entscheidenden Moment, und ehe sie sich's versah, hatte er sich schon wieder auf seinen Stuhl fallen lassen, lehnte sich zurück und legte wie vorhin die Füße auf den Tisch.

Verunsichert stand Gabby vor ihm. So hatte sie das alles nicht geplant.

Er trank einen kleinen Schluck Bier, dann sah er zu ihr hoch und fragte: »Wollen Sie sich nicht setzen?«

»Ich stehe lieber, danke.«

Travis blinzelte und legte schützend die Hand über die Augen. »Aber so kann ich Sie gar nicht richtig sehen«, wandte er ein. »Die Terrassenlampe blendet mich, und Sie stehen im Gegenlicht.«

»Ich will ja nur kurz etwas mit Ihnen besprechen –«

»Könnten Sie vielleicht ein bisschen weiter nach links treten?«, fragte er.

Mit einem ungeduldigen Seufzer machte sie ein paar Schritte zur Seite.

»Gut so?«, fragte sie.

»Noch nicht ganz.«

Jetzt stand sie direkt neben dem Tisch. Genervt warf sie die Hände in die Luft.

»Ich glaube, am einfachsten wäre es, wenn Sie sich hinsetzen würden.« Travis ließ nicht locker.

»Na, dann – meinetwegen!«, rief sie, zog einen Stuhl heran und nahm Platz. Dieser Mann brachte sie völlig aus dem Konzept. »Ich bin hier, weil ich mit

Ihnen reden muss«, begann sie wieder, aber auf einmal wusste sie nicht mehr, ob sie mit Mollys Zustand anfangen sollte oder mit einer Belehrung zu dem Thema, was ihrer Meinung nach gute Nachbarschaft bedeutete.

Er musterte sie prüfend. »Das sagten Sie bereits.«

»Ich weiß! Ich nehme dauernd Anlauf, aber Sie lassen mich ja nicht ausreden!«

Sie blitzte ihn böse an. Auch das kannte Travis nur zu gut von seiner Schwester, aber er verstand immer noch nicht, weshalb sie so aufgebracht war. Also wartete er geduldig ab. Gabby schluckte, und nach einer kurzen Pause begann sie zu sprechen – zuerst etwas zögernd, als hätte sie Angst davor, gleich wieder unterbrochen zu werden. Doch da er schwieg, kam sie immer mehr in Fahrt. Sie erzählte, wie sie das Haus gefunden und wie sie sich darüber gefreut hatte, weil sie schon immer davon geträumt hatte, ein eigenes Heim zu besitzen. Und dann berichtete sie von Molly und dass Mollys Milchdrüsen angeschwollen seien. Zuerst begriff Travis nicht, wer diese Molly war – wodurch der Monolog ziemlich absurd wirkte –, aber nach einer Weile dämmerte es ihm, dass es sich um die Collie-Hündin handeln musste, mit der er Gabby schon öfter gesehen hatte. Anschließend ging es um hässliche Welpen und um Mord, aber danach versicherte sie seltsamerweise, mit dem Arzt und seinen Grapschfingern habe das alles nichts zu tun, auch nicht mit den kotzenden Kindern, nein, deswegen sei sie nicht so aufgebracht – Travis verstand nur Bahnhof, er konnte keine logische Verbindung zwischen den verschiedenen Geschichten entdecken. Bis Gabby auf Moby deutete. Endlich vermochte er eins und eins zusammenzuzählen, und ihm wurde klar, worauf das Ganze hinauslief: Gabby machte Moby dafür verantwortlich, dass Molly trächtig war.

Er wollte ihr gleich versichern, dass Moby unmöglich der Erzeuger dieser Welpen sein konnte, aber Gabby war inzwischen nicht mehr zu bremsen. Also beschloss er, mit seinem Einspruch zu warten, bis sie ihre Tirade beendet hatte. Doch sie hörte nicht auf, sie kam vom Hundertsten ins Tausendste, es sprudelte regelrecht aus ihr heraus, Fragmente und Anekdoten aus ihrem Leben, ohne nachvollziehbaren Zusammenhang, und zwischendurch warf sie ihm immer wieder wütende Blicke zu. Er hatte das Gefühl, dass sie schon mindestens eine halbe Stunde lang auf ihn einredete, aber das konnte nicht stimmen. Doch er fand es wirklich nicht besonders angenehm, sich von einer Frau, die er gar nicht kannte, anhören zu müssen, was für ein unmöglicher Nachbar er sei, und es gefiel ihm auch nicht, wie sie über Moby herzog. Für ihn war Moby nämlich der beste Hund der Welt.

Zwischendurch schwieg sie immer wieder kurz, und Travis nahm jedes Mal Anlauf, um sich konstruktiv einzubringen. Aber das klappte nicht – weil sie ihn sofort unterbrach. Also gab er diese Versuche ganz auf und hörte nur noch zu, und wenn sie nicht gerade seinen wunderbaren Hund beleidigte, glaubte er zu spüren, dass sie unterschwellig ziemlich verzweifelt war und nicht recht wusste, was sie mit ihrem Leben anfangen sollte. Die Sache mit ihrer Hündin war im Grund nur ein Nebenschauplatz. Aber das war ihr vermutlich gar nicht bewusst. Mit der Zeit bekam Travis fast Mitleid mit ihr und nickte immer wieder verständnisvoll, um ihr zu signalisieren, dass er aufmerksam folgte. Manchmal stellte sie plötzlich eine Frage, aber ehe er darauf eingehen konnte, hatte sie ihre Frage schon selbst beantwortet. »Finden Sie nicht, dass Nachbarn sich überlegen sollten, was sie tun?« Ja, klar, wollte er sagen, aber Gabby war schneller als er. »Selbstverständlich sollten sie das!«, rief sie, und Travis nickte wieder nur zustimmend.

Als sie endlich mit ihrer Predigt fertig war, starrte sie erschöpft vor sich auf den Boden. Sie kniff erneut die Lippen zusammen, und Travis sah, dass sie Tränen in den Augen hatte. Durfte er ihr ein Taschentuch anbieten?, überlegte er. Dafür müsste er allerdings ins Haus gehen ... Da fiel ihm ein, dass neben dem Grill noch ein paar Papierservietten lagen. Rasch stand er auf und reichte Gabby eine der Servietten. Sie zögerte kurz, aber dann griff sie zu und tupfte sich die Augenwinkel. Sie schien sich jetzt doch etwas zu entspannen, und Travis merkte, dass sie noch viel hübscher war, als er anfangs gedacht hatte.

Sie holte zitternd Luft. »Die Frage ist also: Was werden Sie jetzt unternehmen?«

Er wusste nicht, worauf sie hinauswollte. »Wie meinen Sie das genau?«

»Wegen der Welpen!«

Er hörte ihrer Stimme an, dass die Wut wieder zu brodeln begann, also hob er schnell beschwichtigend die Hände. »Lassen Sie uns doch noch mal von vorn anfangen. Sind Sie sicher, dass Molly trächtig ist?«

»Ja, natürlich – ich bin mir absolut sicher! Haben Sie mir überhaupt zugehört?«

»Waren Sie schon mit ihr beim Tierarzt?«

»Ich bin medizinische Assistentin. Ich habe eine Fachausbildung und ein ganzes Jahr in verschiedenen Praxen gearbeitet. Ich sehe es, wenn jemand Nachwuchs erwartet.«

»Ja, bei Menschen vielleicht, das glaube ich Ihnen gern. Aber bei Hunden ist es ein bisschen anders.«

»Woher wollen Sie das wissen?«

»Ich habe Erfahrung mit Hunden. Ich bin nämlich –«

Ja, klar, du blöder Besserwisser, dachte sie und schnitt ihm mit einer schroffen Geste das Wort ab. »Sie bewegt sich langsamer, ihre Zitzen sind angeschwollen, und sie verhält sich merkwürdig. Was soll es denn sonst sein?« Also ehrlich – jeder Mann, den sie kannte, hielt sich für einen Fachmann in allen Hundefragen, nur weil er als Kind mal einen Dackel besessen hatte!

»Sie könnte zum Beispiel eine Entzündung haben. Bestimmte Arten von Entzündungen führen dazu, dass die Zitzen anschwellen. Und das kann Schmerzen verursachen – was wiederum Mollys verändertes Verhalten erklären würde.«

Gabby wollte etwas erwidern, aber ihr wurde schlagartig bewusst, dass sie auf diese Idee noch gar nicht gekommen war. Er hatte recht. Eine Infektion konnte zu ähnlichen Symptomen führen, auch zu vergrößerten Milchdrüsen – dann hätte Molly eine Mastitis oder etwas Ähnliches. Zuerst war sie fast erleichtert – aber dann wären nur eine oder zwei Zitzen angeschwollen, und in Wirklichkeit war es das ganze Gesäuge. Ärgerlich zerknüllte Gabby die Serviette in der Hand. Wenn dieser Typ ihr wenigstens richtig zuhören würde!

»Molly ist trächtig, und sie wird Junge bekommen. Und Sie müssen mir helfen, für diese Welpen ein Zuhause zu finden, weil ich nicht die Absicht habe, sie im Tierheim abzuliefern.«

»Es war garantiert nicht Moby.«

»Ich wusste genau, dass Sie das sagen.«

»Aber er kann es nicht gewesen sein, weil –«

Erneut blitzten ihre Augen zornig. Das war doch wieder mal typisch! Schwangerschaft galt immer als Frauenproblem. Sie stand auf. »Sie müssen Ihren Teil der Verantwortung übernehmen. Und ich hoffe, Ihnen ist klar, dass es bestimmt nicht einfach sein wird, die Welpen unterzubringen.«

»Aber –«

»Was war das denn?«, fragte Stephanie.

Gabby war in der Hecke verschwunden, und Travis hatte beobachtet, wie sie gleich darauf durch die Glasschiebetür in ihr Haus trat. Er saß immer noch am Tisch, ein wenig unter Schock. Seine Schwester hatte er gar nicht bemerkt.

»Wie lang bist du schon hier?«

»Lange genug«, antwortete sie lachend. Ihr Blick fiel auf die Kühlbox neben der Tür, und sie nahm sich ein Bier. »Einen Moment lang habe ich schon befürchtet, sie verpasst dir einen Kinnhaken. Dann habe ich gedacht, gleich bricht sie in Tränen aus. Aber zum Schluss sah's wieder eher nach einer Schlägerei aus.«

»Gut beobachtet«, seufzte er und rieb sich verwirrt die Stirn.

»Du schaffst es immer wieder, deine Freundinnen zu verzaubern.«

»Sie ist nicht meine Freundin. Sie ist eine Nachbarin.«

»Noch besser!« Stephanie ließ sich auf einen Stuhl fallen. »Wie lange triffst du dich schon mit ihr?«

»Überhaupt nicht. Ich habe heute Abend das erste Mal mit ihr geredet.«

»Nicht übel.« Seine Schwester musterte ihn anerkennend. »Ich hätte nicht gedacht, dass du so etwas kannst.«

»Was?«

»Du weißt schon – dass du jemanden so schnell dazu bringen kannst, dich zu hassen. Das ist eine seltene Begabung. Meistens muss man die Leute dafür etwas länger kennen.«

»Sehr witzig.«

»Find ich auch. Und Moby ...« Sie schaute den Hund streng an und drohte ihm mit dem Finger. »Moby, du müsstest es doch eigentlich besser wissen!«

Moby wedelte mit dem Schwanz, dann erhob er sich, ging auf Stephanie zu und legte die Schnauze in ihren Schoß. Sie drückte mit der flachen Hand gegen seine Stirn, aber er hielt nur noch entschlossener dagegen.

»Immer mit der Ruhe, du alter Ganove.«

»Moby hat nichts damit zu tun.«

»Das hast du ja immer wieder gesagt. Aber sie wollte es nicht hören. Was ist denn mit ihr los?«

»Sie war wütend.«

»Das hat man gemerkt. Ich habe allerdings eine ganze Weile gebraucht, bis ich überhaupt kapiert habe, worum es geht. Aber ich muss zugeben, es war extrem unterhaltsam.«

»Sei nicht so giftig.«

»Ich bin doch gar nicht giftig.« Stephanie lehnte sich zurück und musterte ihren Bruder aufmerksam. »Sie ist hübsch, findest du nicht?«

»Ist mir gar nicht aufgefallen.«

»Wer's glaubt, wird selig. Ich wette, du hast das sofort registriert. Das hat man schon daran gemerkt, wie du sie angeschaut hast.«

»Oh, là, là. Du bist aber heute Abend komisch drauf.«

»Dazu habe ich auch allen Grund. Ich habe gerade eine Prüfung hinter mir. Die reinste Folter, sag ich dir.«

»Was heißt das? Konntest du eine Frage nicht beantworten?«

»Nein, das nicht. Aber bei ein paar Aufgaben bin ich ganz schön ins Schwitzen gekommen.«

»Klingt so, als hättest du viel Spaß gehabt.«

»Stimmt. Und nächste Woche habe ich noch mal drei Prüfungen.«

»Armes Häschen. Das Leben als ewige Studentin ist scheinbar sehr viel härter, als wenn man sich seinen Lebensunterhalt verdienen muss.«

»Da kann ich nur sagen: Wer im Glashaus sitzt ... Du hast viel länger studiert als ich. Dabei fällt mir ein: Wie würden unsere Eltern wohl reagieren, wenn ich ihnen offenbare, dass ich noch zwei Jahre an der Uni weitermachen will, um zu promovieren?«

Bei Gabby ging jetzt in der Küche das Licht an. Das lenkte Travis ab, und er antwortete nicht gleich.

»Sie haben sicher nichts dagegen«, sagte er schließlich. »Du kennst doch Mom und Dad.«

»Ja, klar. Aber in letzter Zeit hatte ich ganz oft das Gefühl, ihnen wäre es am liebsten, wenn ich jemanden kennenlernen und eine Familie gründen würde.«

»Das geht nicht nur dir so. Dieses Gefühl habe ich seit Jahren.«

»Stimmt, aber bei mir ist es anders. Ich bin eine Frau, meine biologische Uhr tickt.«

Das Küchenlicht nebenan ging wieder aus; gleich darauf wurde das Schlafzimmerfenster hell. Ob Gabby jetzt schlafen ging?, fragte sich Travis.

»Du darfst nicht vergessen, dass Mom schon mit einundzwanzig geheiratet hat«, fuhr Stephanie fort. »Und als du auf die Welt gekommen bist, war sie gerade mal dreiundzwanzig.« Sie wartete auf eine Reaktion, aber ihr Bruder schwieg. »Andererseits – wenn man sich ansieht, was aus dir geworden ist ... Vielleicht kann ich deinen Zustand ja als Argument zu meinen Gunsten vorbringen.«

Er hatte nicht richtig zugehört, aber als ihre Worte endlich zu ihm durchdrangen, runzelte er irritiert die Stirn.

»Soll das eine Beleidigung sein?«

»Ich glaube schon.« Stephanie grinste. »Aber in Wahrheit wollte ich nur testen, ob du überhaupt mitkriegst, was ich sage, oder ob du in Gedanken immer noch bei deiner neuen Freundin von nebenan bist.«

»Sie ist nicht meine Freundin!«, protestierte er wieder. Er hörte selbst, wie defensiv er klang, konnte jedoch nichts dagegen machen.

»*Noch* nicht«, sagte seine Schwester. »Ich habe allerdings das seltsame Gefühl, dass es bald so weit sein wird.«

Kapitel 2

Gabby war völlig durcheinander, als sie nach Hause kam. Was war nur mit ihr los? Erschöpft lehnte sie sich von innen gegen die Tür, atmete tief durch und versuchte, ihr seelisches Gleichgewicht wiederzufinden.

Vielleicht hätte sie lieber nicht zu ihrem Nachbarn gehen sollen, dachte sie. Es hatte eigentlich nichts gebracht. Er hatte sich nicht entschuldigt – und er hatte sogar die Frechheit besessen, zu behaupten, sein Hund habe nichts mit Mollys Trächtigkeit zu tun. Trotzdem lächelte Gabby zufrieden, als sie in die Küche ging. Immerhin hatte sie etwas unternommen. Sie hatte sich vor ihm aufgebaut und Klartext mit ihm geredet. Dafür brauchte man ganz schön viel Mut, fand sie. Normalerweise schaffte sie es nicht so ohne Weiteres, Leuten die Meinung zu sagen. Zum Beispiel brachte sie es nicht über sich, Kevin direkt zu fragen, warum seine Zukunftspläne nie über das nächste Wochenende hinausgingen. Oder Dr. Melton endlich in seine Schranken zu weisen und ihm zu sagen, dass sie es nicht leiden konnte, wenn er sie ewig betatschte. Nicht einmal bei ihrer Mutter vermochte sie sich zur Wehr zu setzen – vor allem nicht gegen die unzähligen guten Ratschläge, was ihre Tochter alles besser machen müsste.

Das Lächeln verschwand wieder von Gabbys Gesicht, als ihr Blick auf Molly fiel, die zusammengerollt in der Ecke schlief. Es stimmte – im Grund war die ganze Aktion ohne Ergebnis verpufft. Die Situation blieb unverändert. Vielleicht, ganz vielleicht, hätte sie es ja doch ein bisschen geschickter anstellen können, ihm klarzumachen, dass er verpflichtet war, ihr zu helfen. Während sie in Gedanken das Gespräch noch einmal durchging, wurde ihr ganz heiß vor Verlegenheit. Sie wusste, dass sie ziemlich konfus losgequasselt hatte, aber nach dem Sturz war in ihrem Kopf alles chaotisch durcheinander gewesen, und aus lauter Frustration hatte sie einfach ohne Pause weitergeredet. Ihre Mutter hätte sich bestimmt köstlich amüsiert. Gabby liebte ihre Mutter, aber leider gehörte Mom zu den Frauen, die in keiner Situation die Nerven verloren. Das brachte Gabby oft auf die Palme. Während der Pubertät hätte sie ihre Mutter häufig am liebsten gepackt und geschüttelt, um endlich mal eine spontane Reaktion aus ihr herauszuholen. Aber sie wusste genau, das hätte nichts geholfen. Ihre Mutter hätte nur gewartet, bis sie aufhörte, und dann irgendetwas geäußert, was Gabby nur noch rasender gemacht hätte, zum Beispiel: »Nun, liebe Gabrielle, nachdem du dich ein wenig ausgetobt hast, können wir die Sache jetzt vielleicht vernünftig diskutieren – wie zwei Ladys?«

Ladys. Gabby konnte dieses Wort nicht ausstehen. Wenn ihre Mutter es verwendete, überkam sie immer das schreckliche Gefühl, dass sie auf allen Gebieten eine komplette Versagerin war und dass sie noch einen endlos langen Weg vor sich hatte – ohne Landkarte, ohne Navigator.

Natürlich konnte ihre Mutter nichts dafür, genauso wenig wie Gabby. Mom war eine typische Südstaatendame, die schon als Kind in Rüschenkleidchen herumgelaufen war und beim *Christmas Cotillon*, einem der exklusivsten Bälle im ganzen Land, als Debütantin in die Gesellschaft von Savannah, Georgia, eingeführt worden war. Außerdem hatte sie während des Studiums bei den Tri Delts, einer Frauenverbindung an der University of Georgia, als Schatzmeisterin gedient, was ebenfalls eine Familientradition war. Und insgesamt war sie damals der Meinung gewesen, eine Frau sollte sich lieber einen Mann mit gutem Examen angeln als selbst ein gutes Examen machen. Einen erstklassigen Ehegatten zu finden, war ihrer Überzeugung nach die Hauptaufgabe einer Südstaatenlady. Und selbstverständlich musste der Erwählte zu ihrer Familie passen – was unter dem Strich so viel bedeutete wie: Er musste reich sein.

An dieser Stelle kam ihr Vater ins Bild. Er war ein erfolgreicher Immobilienmakler und Bauunternehmer, zwölf Jahre älter als seine Frau und zwar nicht der reichste Mann weit und breit, aber doch durchaus wohlhabend. Gabby konnte sich gut an die vor der Kirche aufgenommenen Hochzeitsfotos ihrer Eltern erinnern. Immer, wenn sie diese Bilder studierte, fragte sie sich, wie es möglich war, dass zwei so unterschiedliche Menschen sich ineinander verliebt hatten. Während ihre Mom am liebsten im Countryclub Fasan speiste, zog ihr Vater die herzhafte Südstaatenküche vor, zum Beispiel *Biscuits and gravy*, also Schmalzbrötchen mit Hackfleischsoße, am besten in irgendeinem Lokal an der Ecke. Während ihre Mom nie ohne Make-up aus dem Haus ging, nicht mal bis zum Briefkasten, trug ihr Dad mit Vorliebe Jeans, und seine Haare waren immer ein bisschen zerzaust. Aber sie liebten einander sehr – daran zweifelte Gabby keine Sekunde. Wenn sie morgens in die Küche gekommen war, hatte sie ihre Eltern manchmal in zärtlicher Umarmung angetroffen, und sie hatte nie erlebt, dass die beiden sich stritten. Sie schliefen auch nicht in getrennten Schlafzimmern, wie viele Eltern von Gabbys Freundinnen, die ihr oft wie Geschäftspartner vorkamen und nicht wie liebevolle Ehepaare. Auch jetzt saßen Mom und Dad, wenn sie zu Besuch kam, oft aneinander geschmiegt auf dem Sofa, und wenn ihre Freundinnen wissen wollten, wie Gabby sich das erkläre, zuckte sie nur die Achseln und sagte, aus irgendeinem Grund würden die zwei einfach perfekt zusammenpassen.

Zur großen Enttäuschung ihrer Mutter hatte Gabby allerdings seit jeher große Ähnlichkeit mit ihrem Vater – ganz anders als ihre drei goldblonden Schwestern. Schon als Kind trug sie lieber Overalls als Röcke und kletterte für ihr Leben gern auf Bäume. Sie hatte stundenlang im Garten gespielt, bis sie völlig schmutzig war. Hin und wieder durfte sie ihren Vater zu einer

Baustelle begleiten, und sie ahmte ihn begeistert nach, wenn er kontrollierte, ob die neu eingesetzten Fenstern richtig abgedichtet waren, oder wenn er in irgendwelche Kartons spähte, die gerade von Mitchells Eisenwarengeschäft geliefert worden waren. Ihr Dad brachte ihr bei, wie man einen Köder am Haken befestigte und wie man angelte, und sie fand es immer ganz toll, wenn sie neben ihm sitzen durfte, während er in seinem klapprigen alten Pick-up-Truck mit dem kaputten Radio durch die Gegend tuckerte. Nach der Arbeit spielte er mit ihr Schlagball, oder sie warfen in der Einfahrt Körbe. Mom beobachtete sie vom Küchenfenster aus, und ihre Blicke erschienen Gabby immer leise vorwurfsvoll und ohne jedes Verständnis. Oft standen ihre Schwestern mit offenem Mund neben ihr.

Gabby erzählte immer gern, was für ein wildes, fröhliches Kind sie gewesen war, aber in Wirklichkeit versuchte sie im Lauf der Zeit doch, die gegensätzlichen Vorstellungen ihrer Eltern irgendwie miteinander zu verbinden. Ihre Mutter schaffte es mit viel Geschick, sie indirekt zu manipulieren. Nach und nach passte sich Gabby immer mehr den mütterlichen Kleidervorschriften an, und sie lernte auch, sich wie eine vornehme Lady zu benehmen – schon allein deswegen, weil sie nicht immer mit einem schlechten Gewissen herumlaufen wollte. Von all den strategischen Waffen im mütterlichen Arsenal gehörten die Schuldgefühle zu den wirkungsvollsten, und ihre Mutter wusste ganz genau, wie sie dieses Mittel einsetzen musste. Eine hochgezogene Augenbraue hier, eine tadelnde Bemerkung da – und schon besuchte Gabby wie alle anderen Mädchen die Cotillon-Kurse und die Tanzstunde. Sie nahm Klavierunterricht und wurde, genau wie ihre Mutter, beim Weihnachtsball offiziell in die Gesellschaft von Savannah eingeführt. Und Mom war an diesem Abend sehr stolz auf sie – das konnte Gabby ihr am Gesicht ablesen. Aber gleichzeitig spürte sie auch, dass sie nun endlich alt genug war, um ihre eigenen Entscheidungen zu treffen. Und mit manchen dieser Entscheidungen war ihre Mutter ganz bestimmt nicht einverstanden, das wusste Gabby schon im Voraus. Klar, sie wollte eines Tages heiraten und Kinder bekommen, genau wie Mom, aber gleichzeitig wollte sie auch Karriere machen, so wie Dad. Konkret hieß das: Sie wollte Ärztin werden.

Nun, ihre Mom sagte genau das, was eine Mutter in solch einer Situation sagen muss. Als sie von Gabbys Plänen erfuhr, war sie Feuer und Flamme. Jedenfalls am Anfang. Mit der Zeit ging sie dann allerdings zu einer subtilen Offensive über, die wieder auf das schlechte Gewissen zielte. Während Gabby am College eine Prüfung nach der anderen mit Auszeichnung bestand, runzelte Mom besorgt die Stirn und fragte sich laut, ob eine junge Frau eigentlich gleichzeitig als Ärztin arbeiten und Ehefrau und Mutter sein konnte.

»Aber wenn dir die Karriere wichtiger ist als eine Familie«, fügte sie am Schluss immer seufzend hinzu, »dann musst du auf jeden Fall Ärztin werden, das ist klar.«

Gabby versuchte, sich von den indirekten Attacken ihrer Mutter nicht unterkriegen zu lassen, aber schließlich gab sie doch nach und entschied sich gegen einen Doktortitel. Sie schloss einen Kompromiss und beendete ihre Ausbildung mit einem Examen, das es ihr ermöglichte, als medizinische Assistentin zu arbeiten, das heißt, sie war weder Krankenschwester noch vollwertige Ärztin. Sie konnte mit Patienten arbeiten, hatte aber klar umrissene Arbeitszeiten und war nicht verpflichtet, Bereitschaftsdienste zu übernehmen – also eindeutig eine familienfreundlichere Berufsvariante. Trotzdem nervte es sie gelegentlich, wenn sie daran dachte, dass diese Idee eigentlich von ihrer Mutter stammte.

Aber sie konnte nicht leugnen, dass sie sehr gern eine Familie gründen wollte. So war das, wenn man als Kind glücklich verheirateter Eltern aufwuchs. Man glaubt, dass sämtliche Märchen Wirklichkeit werden können, und außerdem geht man ganz selbstverständlich davon aus, dass man selbst in einem dieser Märchen die Hauptrolle spielt.

Aber bisher hatte das alles nicht richtig geklappt. Sie und Kevin waren zwar schon mehrere Jahre zusammen, sie waren verliebt, klar, ihre Beziehung hatte das übliche Auf und Ab überstanden, an dem die meisten Paare scheiterten, und inzwischen redeten sie sogar andeutungsweise über die Zukunft. Gabby war zu dem Schluss gekommen, dass Kevin der Mann war, mit dem sie ihr Leben verbringen wollte. Aber bei dem Gedanken an ihren letzten Streit runzelte sie besorgt die Stirn.

Molly schien ihren Kummer zu spüren – sie erhob sich, kam langsam auf sie zu getapst und stupste mit der Schnauze gegen ihre Hand. Gabby streichelte ihr Fell. Was für ein angenehmes Gefühl es war, die Haare durch die Finger gleiten zu lassen.

»Vielleicht liegt es ja am Stress«, murmelte sie. Ach, wenn ihr Leben doch so sein könnte wie das von Molly! Unkompliziert, ohne Pflichten, ohne Sorgen ... mal abgesehen von der Schwangerschaft. »Findest du, dass ich sehr gestresst wirke?«

Molly antwortete nicht, aber das war auch nicht nötig. Gabby wusste ja, dass ihre Nerven angespannt waren. Das spürte sie in der Schulterpartie, wenn sie zum Beispiel ihre Rechnungen bezahlen musste oder wenn Dr. Melton sie anzüglich musterte oder wenn sich Kevin dumm stellte und so tat, als würde er nicht kapieren, warum sie in seine Nähe gezogen war. Es war natürlich auch schade, dass sie hier in der Gegend keine richtigen Freunde hatte bis auf Kevin. Außerhalb der Arztpraxis kannte sie kaum jemanden, und ihr Nachbar war, ehrlich gesagt, der erste Mensch, mit dem sie sich länger unterhalten hatte, seit sie in ihr neues Haus gezogen war. Hätte sie nicht doch ein bisschen netter zu ihm sein können? Sie bereute es inzwischen beinahe, dass sie so mit ihm geschimpft hatte. Eigentlich machte er einen ganz sympathischen Eindruck. Als er ihr nach ihrem Sturz aufhalf, hatte sie plötzlich das Gefühl gehabt, ihn schon lange zu kennen. Und bei ihrem endlosen Monolog hatte er sie kein einziges Mal unterbrochen. Das hatte ihr gutgetan.

Dass er sich so geduldig verhalten hatte, war sogar richtig verblüffend, wenn man es sich richtig überlegte. Sie hatte sich aufgeführt wie eine Furie – aber er hatte gar nicht genervt reagiert. Kevin hätte sie garantiert angeblafft. Und wenn sie daran dachte, wie behutsam Travis sie gestützt hatte, wurde sie nachträglich noch ganz rot vor Verlegenheit. Und als er ihr die Serviette reichte, hatte er sie lange angeschaut – und auf eine Art, die ihr das Gefühl gab, dass er sie attraktiv fand. Es war schon eine ganze Weile her, dass ihr so etwas das letzte Mal passiert war, und auch wenn sie es nicht zugeben wollte – es hatte sich sehr gut angefühlt. Genau das fehlte ihr im Alltag. Schon komisch, was ein bisschen Bewunderung für die Seele bewirken konnte.

Gabby ging ins Schlafzimmer, um sich umzuziehen – eine bequeme Jogginghose und ein ausgeleiertes altes T-Shirt, das sie seit ihrem ersten Studienjahr am College hatte. Molly trottete hinter ihr her, bis Gabby begriff, was sie wollte.

»Willst du raus?«, fragte sie und deutete zur Tür.

Molly wedelte mit dem Schwanz und lief los. Gabby betrachtete sie ganz genau. Ja, sie sah trächtig aus – aber vielleicht hatte ihr Nachbar doch recht. Sie sollte mit ihr zum Tierarzt gehen, um auf der sicheren Seite zu sein. Außerdem hatte sie keine Ahnung, wie man mit einer trächtigen Hündin umgehen musste. Brauchte Molly zusätzliche Vitamine? Dabei fiel ihr ein, dass sie ihren Plan, gesünder zu leben, ziemlich vernachlässigt hatte. Sie wollte nahrhafter essen, Sport treiben, früh ins Bett gehen. Dazu Stretchübungen und Gymnastik. Eigentlich hatte sie sich fest vorgenommen, sofort nach dem Umzug mit diesem Programm anzufangen. Gute Vorsätze fürs neue Haus, sozusagen. Aber irgendwie gelang es ihr nicht, konsequent zu sein. Sie musste endlich loslegen. Gleich morgen früh würde sie eine Runde joggen. Zum Mittagessen würde sie nur einen Salat essen – zum Abendessen ebenfalls. Und wenn sie schon anfing, ein paar zentrale Punkte in ihrem Leben zu ändern, dann musste sie sich auch aufraffen, Kevin ganz direkt zu fragen, wie er sich eigentlich die Zukunft vorstellte.

Andererseits – vielleicht war das doch keine gute Idee. Sich mit einem Nachbarn auseinanderzusetzen, war nicht weiter riskant, aber war sie bereit, die Konsequenzen zu ziehen, wenn ihr Kevins Antwort nicht gefiel? Was würde sie tun, wenn er gar keine Zukunftspläne hatte? Würde sie ihre erste Arbeitsstelle schon nach ein paar Monaten wieder kündigen? Ihr Haus verkaufen? Umziehen? Wie weit würde sie gehen?

Sie konnte diese Fragen nicht beantworten. Nur eines wusste sie mit Sicherheit: dass sie Kevin nicht verlieren wollte. Und dass sie gesünder leben musste, wusste sie natürlich auch. Aber immer schön einen Schritt nach dem anderen, nicht wahr?

Sie trat hinaus auf die hintere Terrasse und schaute zu, wie Molly die Stufen hinuntertappte und zum anderen Ende des Gartens lief. Die Luft war immer noch warm, aber es wehte jetzt eine leichte Brise. Am dunklen Himmel bildeten die Sterne komplizierte, undurchschaubare Muster, die sie nicht benennen konnte, außer dem Großen Wagen. Und gleich fasste

Gabby noch einen Vorsatz: Morgen in der Mittagspause wollte sie sich ein Buch über Astronomie kaufen. Sie würde es ein paar Tage studieren, und wenn sie die Grundbegriffe beherrschte, konnte sie Kevin zu einem romantischen Abend am Strand einladen, zum Nachthimmel zeigen und ganz beiläufig ein paar interessante astronomische Details einfließen lassen. Sie schloss die Augen, um sich die Szene auszumalen. Dann straffte sie sich. Morgen war der erste Tag ihres neuen Lebens. Sie würde ein anderer Mensch werden. Ein besserer Mensch. Dann fand sie garantiert auch eine Lösung für Mollys Schicksal! Selbst wenn sie betteln musste – alle Welpen sollten ein liebevolles Zuhause bekommen.

Aber als Allererstes musste sie mit Molly zum Tierarzt.

Kapitel 3

Wie sich herausstellte, gehörte der erste Tag ihres neuen Lebens zu den Tagen, an denen sie sich fragte, wie sie eigentlich auf die Idee gekommen war, ausgerechnet in einer Kinderarztpraxis zu arbeiten. Immerhin hätte auch die Möglichkeit bestanden, eine Stelle auf der kardiologischen Station in einem Krankenhaus anzunehmen. Während ihrer ganzen Ausbildung hatte sie genau das vorgehabt. Sie hatte ausgesprochen gern bei komplizierten Operationen assistiert, und ihr beruflicher Weg schien klar vorgezeichnet. Bis zu ihrem letzten Praktikum. Da arbeitete sie bei einem Kinderarzt, der ihr beweisen wollte, dass es besonders beglückend war, für die Kleinsten zu sorgen. Dr. Bender war ein grauhaariger, erfahrener Kinderarzt, der immer lächelte und jedes Kind in Sumter, South Carolina, kannte. Er gab zu, dass man in der Kardiologie zwar mehr verdiente und die Jobs prestigeträchtiger zu sein schienen, versuchte Gabby jedoch gleichzeitig davon zu überzeugen, dass es aber nichts Schöneres gab, als ein Neugeborenes in den Armen zu halten und mitzuerleben, wie sich dieses Kind in den prägenden Jahren seines Lebens entwickelte. Meistens nickte sie nur pflichtbewusst, aber an ihrem letzten Tag unterstrich er seine These noch einmal ganz konkret, indem er ihr einen Säugling in die Arme drückte. Das Baby seufzte selig, und Gabby hörte Dr. Benders Stimme: »In der Kardiologie geht es ständig um Notfälle, und die Patienten werden oft immer noch kränker, gleichgültig, was man als Arzt für sie tut. Auf die Dauer ist das extrem anstrengend und zehrt an den Kräften. Wenn man nicht aufpasst, verliert man sehr schnell den Schwung und fühlt sich ausgelaugt. Aber wenn man für so ein kleines Wesen sorgen darf ...« Er machte eine Pause und deutete auf das Baby. »Das ist wirklich das höchste Glück auf Erden, die schönste Berufung.«

Obwohl Gabby von einem der Krankenhäuser ihrer Heimatstadt einen Job in der Kardiologie angeboten bekam, entschied sie sich für die Stelle in der Kinderarztpraxis von Dr. Furman und Dr. Melton in Beaufort, North Carolina. Dr. Furman wirkte zwar oft etwas zerstreut, und Dr. Melton wollte vor allem mit ihr flirten, aber Beaufort hatte einen großen Vorteil: Sie war in Kevins Nähe. Außerdem vermutete sie, dass Dr. Bender recht haben könnte. Zumindest was die Babys anging, bestätigte sich seine Prognose. Die Arbeit machte ihr Freude, auch wenn die Säuglinge bei den Impfungen so laut brüllten, dass man sich am liebsten die Ohren zuhalten wollte. Auch die Kleinkinder waren okay. Gabby fand die meisten sogar unglaublich süß, und es rührte sie, wenn die winzigen Knirpse ihre Kuscheldecken oder Teddybären an sich drückten und ihr treuherzig in die Augen schauten. Das Problem waren die Eltern, die sie manchmal fast zur Verzweiflung trieben. Einen ganz entscheidenden Punkt hatte Dr. Bender nämlich zu erwähnen vergessen: In der Kardiologie hatte man mit Patienten zu tun, die in die Praxis kamen, weil sie es wollten oder weil sie dringend Hilfe brauchten. Als Kinderarzt beschäftigte man sich hingegen mit Patienten, die häufig von neurotischen, besserwisserischen Eltern begleitet wurden. Und ein typisches Beispiel für diese Kategorie war Eva Bronson.

Diese Eva Bronson saß nun im Behandlungszimmer, ihren Sohn George auf dem Schoß, und musterte Gabby herablassend. Die Tatsache, dass sie »nur« medizinische Assistentin und außerdem noch ziemlich jung war und dass sie keinen Doktortitel vorweisen konnte, weckte bei vielen Eltern den Verdacht, sie sei im Grund nicht viel mehr als eine überbezahlte Krankenschwester.

»Sind Sie sicher, dass Doktor Furman keinen Termin mehr frei hat? Vielleicht kann er uns ja doch dazwischenschieben.« Das Wort *Doktor* betonte sie ganz besonders.

»Er ist momentan leider im Krankenhaus und kommt erst später zurück«, erklärte Gabby. »Aber ich bin davon überzeugt, dass er meiner Diagnose zustimmen würde. Ihr Sohn ist gesund.«

»Aber er hustet immer noch.«

»Wie ich schon sagte: Bei Kleinkindern kann sich ein Husten nach einer Erkältung gelegentlich bis zu sechs Wochen hinziehen. Die Lungen heilen langsamer, aber das ist in diesem Alter absolut normal.«

»Das heißt, Sie wollen ihm kein Antibiotikum verschreiben?«

»Nein – er braucht keins. Seine Ohren sind nicht entzündet, die Nebenhöhlen sind frei, und seine Bronchien weisen keinerlei Geräusche auf. Er hat keine erhöhte Temperatur und sieht gesund aus.«

George, der gerade zwei Jahre alt geworden war, zappelte auf dem Schoß seiner Mutter herum und versuchte, sich zu befreien – ein wildes kleines Energiebündel. Eva Bronson drückte ihn fester an sich.

»Wenn Doktor Furman nicht da ist, dann sollte sich vielleicht Doktor Melton meinen Sohn ansehen. Ich glaube fest, dass George ein Antibiotikum braucht. In der Kinderkrippe nehmen zurzeit fast alle Kinder Medikamente. Irgendein Erreger geht um.«

Gabby tat so, als würde sie etwas auf Georges Krankenkarte notieren. Eva Bronson wollte unbedingt jedes Mal ein Antibiotikum für George, sie war ein Antibiotika-Junkie, falls es so etwas gab.

»Wenn er Fieber bekommen sollte, können Sie gern wieder mit ihm herkommen. Dann werde ich ihn noch einmal untersuchen.«

»Ich will aber nicht noch einmal kommen. Ich möchte hier und heute einen Arzt sehen.«

Gabby musste sich zusammenreißen, um ruhig und höflich zu bleiben. »Okay. Ich sehe mal nach, ob Doktor Melton Sie dazwischenschieben kann.«

Sie verließ rasch das Behandlungszimmer, und draußen auf dem Flur atmete sie erst einmal tief durch. Eigentlich hatte sie keine Lust, mit Dr. Melton zu reden. Den ganzen Vormittag über war sie ihm geschickt ausgewichen. Kaum war Dr. Furman aus dem Haus gegangen – er musste wegen eines Notkaiserschnitts ins Carteret General Hospital in Morehead City –, da stand Dr. Melton schon neben ihr, und zwar so dicht, dass sie riechen konnte, mit welchem Mundwasser er gegurgelt hatte.

»Ich glaube, wir sind heute Vormittag nur zu zweit«, sagte er leise.

»Vielleicht ist ja nicht so viel zu tun«, erwiderte Gabby diplomatisch. Sie war immer noch nicht so weit, ihm zu offenbaren, was sie von seinen Annäherungsversuchen hielt. Schon gar nicht in Dr. Furmans Abwesenheit.

»Ach, montags ist immer ganz schön Betrieb. Ich hoffe nur, wir müssen nicht die Mittagspause durcharbeiten.«

»Ja, das hoffe ich auch.«

Dr. Melton nahm die Karte, die an der Tür des Untersuchungszimmers auf der anderen Seite des Flurs steckte, und überflog sie. Als Gabby gehen wollte, hörte sie seine Stimme: »Apropos Mittagessen – haben Sie schon mal Fisch-Tacos gegessen?«

Sie begriff nicht gleich. »Wie bitte?«

»Ich kenne ein sehr nettes Lokal in Morehead, ganz nahe am Strand. Hätten Sie Lust hinzufahren? Wir könnten auch den anderen etwas mitbringen.«

Obwohl er wie immer in betont kollegialem und professionellem Ton mit ihr redete – mit Dr. Furman hätte er auch nicht anders gesprochen –, spürte Gabby, wie sie innerlich zurückzuckte.

»Ich kann leider nicht«, sagte sie. »Ich muss mit Molly zum Tierarzt. Den Termin habe ich heute Morgen vereinbart.«

»Und dort kann man Ihren Hund so schnell behandeln, dass Sie rechtzeitig wieder hier sind?«

»Das hat man mir jedenfalls versprochen.«

Er zögerte für einen Moment. »Na, dann machen wir es einfach ein andermal.«

Während Gabby zur nächsten Patientenkarte griff, verzog sie gequält das Gesicht. »Tut Ihnen etwas weh?«, fragte Dr. Melton besorgt.

»Ich habe nur ein bisschen Muskelkater vom Sport«, antwortete sie schnell, ehe sie in ihrem Behandlungszimmer verschwand.

Das war stark untertrieben. In Wirklichkeit tat ihr alles weh. Es war schon fast albern – vom Nacken bis zu den Fußgelenken ziepte und klopfte es, und die Schmerzen wurden immer schlimmer. Wenn sie am Sonntag einfach nur joggen gegangen wäre, hätte sie es jetzt wahrscheinlich aushalten können. Aber das Joggen hatte ihr nicht gereicht. Die neue, bessere Gabby brauchte mehr! Nach dem Laufen – sie war stolz auf sich, denn sie hatte zwar ein relativ gemäßigtes Tempo angeschlagen, aber kein einziges Mal auf Schrittgeschwindigkeit zurückgeschaltet – war sie noch ins Fitnesscenter gefahren, ins Gold's Gym in Morehead City, um sich dort als Mitglied anzumelden. Sie unterschrieb den Vertrag, und der Trainer erklärte ihr die verschiedenen Kurse, die alle sehr komplizierte

Namen hatten und fast stündlich stattfanden. Sie wollte sich schon verabschieden, da erwähnte er noch, dass in ein paar Minuten ein ganz neuer Kurs anfange, der den schönen Titel »Body Pump« trug.

»Das ist eine absolut fantastische Sache«, schwärmte er ihr vor. »Der gesamte Körper wird beansprucht, es ist gleichzeitig Kraft- und Ausdauertraining. Sie sollten das unbedingt mal probieren.«

Also hatte sie kurz entschlossen mitgemacht. Und das Ergebnis war katastrophal gewesen.

Nicht sofort, versteht sich. Vor allem während der Übungen selbst hatte sie sich noch superfit gefühlt. Obwohl sie tief in ihrem Inneren wusste, dass sie sich ein bisschen zurückhalten sollte, bemühte sie sich, mit der knapp bekleideten, gelifteten, extrem geschminkten Frau neben ihr mitzuhalten. Sie stemmte und drückte Gewichte, lief nach dem vorgegebenen Rhythmus auf der Stelle, widmete sich dann erneut den Gewichten, um anschließend wieder zu laufen. Ohne Pause. Als der Kurs zu Ende war, zitterten ihre Muskeln richtig, und Gabby hatte das Gefühl, die nächste Stufe der Evolution erreicht zu haben. Draußen an der Theke bestellte sie sich noch einen Proteindrink, um die Transformation zu vervollständigen.

Auf dem Heimweg fuhr sie beim Buchladen vorbei, weil sie ja ein Buch über Astronomie kaufen wollte, und später, kurz vor dem Einschlafen, merkte sie, dass sie der Zukunft schon lange nicht mehr so optimistisch entgegengeblickt hatte. Nur dass dummerweise ihre Muskeln von Minute zu Minute mehr wehtaten.

Und leider fiel es der neuen, besseren Gabby furchtbar schwer, am nächsten Morgen aufzustehen. Jede Bewegung schmerzte. Nein, das stimmte nicht – was sie empfand, war schon jenseits von Schmerz. Es war tausendmal schlimmer. Es war Folter. Jede Faser ihres Körpers fühlte sich an, als wäre sie durch den Saftmixer gedreht worden. Rücken, Brust, Bauch, Beine, Po, Arme, Nacken ... sogar die Finger taten ihr weh! Sie musste drei Mal Anlauf nehmen, um sich im Bett aufzusetzen, dann taumelte sie ins Badezimmer, und selbst beim Zähneputzen musste sie sich zusammenreißen, weil sie sonst laut losgeschrien hätte. Verzweifelt kramte sie in ihrem Arzneischränkchen – wo hatten sich nur die Schmerzmittel versteckt? Da: Tylenol, Aspirin, Aleve! Sie beschloss, einfach alle auf einmal zu nehmen. Mit einem großen Glas Wasser spülte sie die Pillen hinunter, aber selbst beim Schlucken litt sie, weil es nicht ohne Schmerzen abging.

Okay, anscheinend hatte sie es doch ein wenig übertrieben.

Aber für Reue war es zu spät. Und bedauerlicherweise halfen die Schmerztabletten überhaupt nichts. Oder doch? Immerhin schaffte sie es, einigermaßen zu funktionieren, solange sie aufpasste und keine abrupten, schnellen Bewegungen machte.

Aber die Schmerzen meldeten sich immer wieder, auch jetzt gerade. Außerdem war Dr. Furman nicht da, und das Letzte, worauf sie Lust hatte, war ein erneutes Zusammentreffen mit Dr. Melton.

Aber ihr blieb keine andere Wahl. Sie fragte eine

der Sprechstundenhilfen, ob er in seinem Behandlungszimmer sei, und als diese bejahte, klopfte Gabby kurz an und steckte den Kopf durch die Tür. Dr. Melton blickte von seiner kleinen Patientin auf und lächelte erfreut, als er Gabby sah.

»Entschuldigen Sie bitte die Störung«, sagte sie. »Kann ich Sie einen Moment sprechen?«

»Aber selbstverständlich, gern.« Er erhob sich von seinem Hocker, legte die Patientenkarte auf den Schreibtisch, trat auf den Gang und schloss die Tür hinter sich. »Haben Sie es sich mit dem Mittagessen anders überlegt?«

Gabby schüttelte den Kopf und berichtete ihm von Eva Bronson und George. Er versprach, sich so bald wie möglich um den Fall zu kümmern, und während Gabby den Flur hinunterhumpelte, spürte sie seinen Blick im Rücken.

Es war halb eins, als Gabby mit der Behandlung ihres letzten Vormittagspatienten fertig war. Sie nahm ihre Handtasche und stakste mit steifen Schritten zum Auto. Viel Zeit hatte sie nicht – in fünfundvierzig Minuten war schon ihr nächster Termin. Aber wenn sie beim Tierarzt nicht allzu lange warten musste, konnte sie es schaffen. Das gehörte zu den angenehmen Dingen, die das Leben in einer Kleinstadt mit weniger als viertausend Einwohnern mit sich brachte: Alles war immer nur ein paar Minuten entfernt. Morehead City – auf der anderen Seite der Brücke, die über den *Intracoastal Waterway* führte – war fünfmal so groß wie Beaufort, und die meisten Leute erledigten dort ihre Wochenendeinkäufe. Aber schon die geringe Distanz genügte Beaufort, um sich als absolut eigenständige Stadt zu fühlen. Das galt übrigens für die meisten Ortschaften *down East*, wie die Menschen, die hier lebten, diesen Teil von North Carolina nannten.

Alles war sehr hübsch, vor allem das historische Viertel. An einem Tag wie heute, zumal bei den idealen Temperaturen, entfaltete Beaufort seinen ganz speziellen Charme, und Gabby dachte, dass es in Savannah, Georgia, früher wahrscheinlich auch so ausgesehen hatte, zumindest im ersten Jahrhundert nach der Stadtgründung 1733.

Eine bezaubernde Szenerie: breite Straßen, Schatten spendende Bäume und mehr als hundert wunderschön renovierte Gebäude in der Front Street, der attraktiven Hauptstraße von Beaufort. Und dann natürlich die Uferpromenade, von der man auf den Jachthafen hinausblickte. Dort gab es Anlegeplätze für Boote in allen Formen und Größen; eine grandiose Jacht, die viele Millionen gekostet hatte, konnte neben einem kleinen Fischerboot liegen, während sich auf der anderen Seite ein liebevoll gepflegtes Segelboot wiegte. Von den paar Restaurants am Ufer aus hatte man einen herrlichen Blick aufs Wasser; es waren hübsche Lokale mit überdachten Terrassen und Picknicktischen, die durch ihr regionales Flair den Gästen und Urlaubern das Gefühl vermittelten, dass an diesem Ort die Zeit still stand. An den Wochenenden spielten in diesen Restaurants abends alle möglichen Bands, und als Gabby letztes Jahr am

4. Juli hier gewesen war, um Kevin zu besuchen, waren so viele Menschen gekommen, die das Feuerwerk sehen und Musik hören wollten, dass der ganze Hafen buchstäblich voller Boote war. Die Anlegeplätze reichten nicht aus, also banden die Leute einfach die Boote zusammen, hüpften von einem zum anderen, bis sie ans Ufer gelangten, und nahmen unterwegs von Leuten, die sie noch nie gesehen hatten, lächelnd eine Bierdose entgegen oder verteilten selbst irgendwelche Getränke.

Auf der anderen Straßenseite befanden sich Immobilienagenturen, Künstlerläden, Galerien und die üblichen Touristenfallen. Abends schlenderte Gabby gern durch diese Geschäfte, vor allem um zu sehen, was es in der Kunstszene Neues gab. In ihrer Jugend hatte sie davon geträumt, als Malerin oder Zeichnerin ihren Lebensunterhalt zu verdienen. Es hatte ein paar Jahre gedauert, bis sie begriff, dass ihre ehrgeizigen Ziele wesentlich weiter reichten als ihr Talent. Das bedeutete allerdings nicht, dass sie keinen Blick für Qualität hatte, und hin und wieder entdeckte sie ein Foto oder ein Gemälde, das sie wirklich tief berührte. Zweimal hatte sie sogar etwas gekauft, und die beiden Bilder hingen jetzt in ihrem Haus. Sie hätte sich schrecklich gern noch mehr geleistet, aber bedauerlicherweise erlaubte ihr Monatsbudget das nicht – jedenfalls *noch* nicht.

Wenig später bog sie in ihre Einfahrt. Beim Aussteigen stöhnte sie kurz auf, weil auch diese Bewegung eine Qual war. Molly erwartete sie schon hinter der Haustür. Draußen beschnupperte die Hündin ausführlich die Blumen, ehe sie ihr Geschäft verrichtete und dann auf den Beifahrersitz sprang. Gabby ächzte wieder vor Schmerzen, als sie einstieg, und öffnete schnell das Fenster, damit Molly den Kopf hinausstrecken konnte, was sie sehr gern tat.

Die Tierarztpraxis *Down East* war nur ein paar Minuten entfernt. Erleichtert fuhr Gabby auf den Parkplatz. Der Kies knirschte unter den Reifen. Das Gebäude war eine alte Villa, die eher wie ein Wohnhaus aussah als eine Praxis. Gabby leinte Molly an und warf einen Blick auf die Uhr. Hoffentlich beeilte sich der Arzt.

Die Gittertür quietschte, und Molly zerrte sofort an ihrer Leine, als sie die typischen Praxisgerüche witterte. Gabby ging zur Anmeldung, und noch ehe sie etwas sagen konnte, kam die Sprechstundenhilfe hinter ihrem Schreibtisch hervor.

»Ist das Molly?«, erkundigte sie sich freundlich.

Gabby konnte ihre Verwunderung nicht verbergen. An die Umgangsformen in einer Kleinstadt musste man sich wirklich erst gewöhnen. »Ja, das ist Molly. Und ich bin Gabby Holland.«

»Schön, Sie kennenzulernen. Übrigens – ich bin Terri. Was für eine wunderschöne Hündin.«

»Vielen Dank.«

»Wir haben uns schon gefragt, wann Sie kommen. Sie müssen gleich wieder zur Arbeit, stimmt's?« Terri nahm sich ein Klemmbrett. »Dann wollen wir lieber sofort loslegen. Kommen Sie mit, wir gehen am besten in eins der Behandlungszimmer und erledigen den Papierkram dort. Anschließend können Sie gleich mit dem Arzt sprechen. Es dauert nicht lange. Er wird in ein paar Minuten bei Ihnen sein.«

»Vielen Dank«, sagte Gabby wieder. »Ich wäre wirklich sehr froh, wenn es zeitlich klappen würde.«

Die Sprechstundenhilfe führte sie zuerst noch in einen kleinen Nebenraum, in dem sich die Waage befand. Sie half Molly raufzuklettern, damit sie gewogen werden konnte. »Das ist doch selbstverständlich«, sagte sie zu Gabby. »Schließlich komme ich mit meinen Kleinen auch oft genug in die Kinderarztpraxis. Wie gefällt es Ihnen dort?«

»Die Arbeit macht mir große Freude«, antwortete Gabby. »Insgesamt ist wesentlich mehr los, als ich erwartet hatte.«

»Und Dr. Melton ist einfach genial«, murmelte Terri, während sie Mollys Gewicht notierte. »Er kann mit meinem Sohn sehr gut umgehen.«

»Das richte ich ihm gern aus.«

Sie gingen nun den Flur hinunter, und Terri öffnete die Tür zum Behandlungszimmer, in dem sich nicht viel mehr befand als ein Metalltisch und ein Plastikstuhl. »Füllen Sie doch bitte das Formular aus. Ich sage rasch dem Doktor Bescheid, dass Sie hier sind.« Mit diesen Worten reichte sie Gabby das Klemmbrett und ging.

Gabby setzte sich ganz vorsichtig auf den Stuhl. Aber es half alles nichts – ihre gesamte Muskulatur rebellierte. Sie musste erst ein paarmal tief durchatmen, um sich zu entspannen. Nach einer Weile ließ der Schmerz wenigstens so weit nach, dass sie die Fragen auf dem Formular ausfüllen konnte. Molly lief unruhig hin und her.

Es dauerte nicht lange, bis sich die Tür wieder öffnete. Aus dem Augenwinkel nahm Gabby einen weißen Kittel wahr. Der Name des Arztes war in blauen Buchstaben eingestickt. Sie wollte schon losreden – doch dann verschlug es ihr die Sprache.

»Hi, Gabby«, sagte Travis. »Wie geht es Ihnen?«

Fassungslos starrte sie ihn an. Was hatte dieser Typ hier verloren? In ihrer Verwirrung brachte sie kein Wort heraus und konnte nur einen Gedanken fassen: *Er hat so schöne strahlend blaue Augen!* Dabei hatte sie gedacht, sie seien braun. Eigenartig. Aber –

Er holte sie in die Wirklichkeit zurück. »Ich nehme an, das hier ist Molly?«, sagte er, wartete aber keine Antwort ab, sondern ging in die Hocke und kraulte Molly den Nacken. »Braves Mädchen«, murmelte er dabei. »Gefällt dir das? Du bist ja wirklich ein schönes Tier! Wie geht's denn so?«

Beim Klang von Travis' Stimme musste Gabby natürlich sofort wieder an ihre gestrige Begegnung denken. »Sind Sie – sind Sie der Tierarzt?«, stammelte sie.

Travis nickte, während er weiterhin Mollys Nacken massierte. »Gemeinsam mit meinem Dad. Er hat die Praxis ins Leben gerufen, und ich arbeite hier, seit ich mit dem Studium fertig bin.«

Das konnte doch nicht wahr sein! Ausgerechnet Travis! Wieso erlebte sie nicht zur Abwechslung mal einen normalen, unkomplizierten Tag?

»Weshalb haben Sie gestern Abend nichts gesagt?«

»Ich habe doch etwas gesagt. Ich habe Ihnen den Rat gegeben, mit Molly zum Tierarzt zu gehen, stimmt's?«

Sie kniff die Augen zusammen. Offenbar machte es diesem Kerl Spaß, sie zu ärgern. »Sie wissen genau, was ich meine.«

Er blickte auf. »Sie meinen, ich hätte Ihnen sagen sollen, dass ich Tierarzt bin? Ich hab's versucht, aber Sie haben mich nicht ausreden lassen.«

»Sie hätten es mir trotzdem sagen können.«

»Ich fürchte, Sie waren nicht in der Stimmung, mir zuzuhören. Aber das ist Schnee von gestern. Kein Problem.« Er grinste. »Ich werde Molly jetzt erst einmal untersuchen, einverstanden? Ich weiß, Sie müssen zurück zur Arbeit, deshalb will ich mich beeilen.«

Gabby spürte, wie die Wut wieder in ihr hochstieg. Wie arrogant das klang, dieses beiläufig dahingesagte »Kein Problem«. Ein Teil von ihr wäre am liebsten aufgestanden und gegangen. Aber Travis hatte schon begonnen, Mollys Bauch abzutasten. Und außerdem war sie ja gar nicht fähig, schnell aufzustehen, selbst wenn sie es gewollt hätte, denn inzwischen schienen ihre Beine komplett zu streiken. Frustriert verschränkte sie die Arme vor der Brust und fühlte sofort, wie ihr ein spitzer Schmerz durch Rücken und Schultern schoss. Sie biss sich auf die Unterlippe und war froh, dass sie wenigstens nicht vor Schmerzen gewimmert hatte.

Travis griff jetzt zum Stethoskop und warf Gabby einen kurzen Blick zu. »Ist alles in Ordnung?«

»Ja, klar.«

»Ganz sicher? Sie sehen aus, als hätten Sie Schmerzen.«

»Keine Sorge. Es geht mir gut.«

Er ignorierte ihren aggressiven Tonfall und widmete sich wieder der Hündin. Er schob das Stethoskop hin und her, horchte aufmerksam und fing dann an, das Gesäuge zu untersuchen. Schließlich streifte er mit einem leisen Schnappgeräusch einen Gummihandschuh über und machte eine schnelle innere Untersuchung.

»Also – Molly ist eindeutig trächtig«, sagte er, zog den Handschuh wieder ab und warf ihn in den Mülleimer. »Und so wie's aussieht, ist sie schon am Ende der siebten Woche.«

»Hab ich das nicht gesagt?« Gabby fixierte ihn vorwurfsvoll. Sein Moby war an allem schuld! Sie nahm allerdings Abstand davon, diese Anklage noch einmal zu wiederholen.

Travis richtete sich auf und steckte das Stethoskop wieder in die Tasche, dann griff er nach dem Klemmbrett und überflog das Formular.

»Und nur damit Sie es wissen: Ich bin mir absolut sicher, dass Moby nichts damit zu tun hat«, sagte er freundlich.

»Ach, ja?«

»Höchstwahrscheinlich war es der Labrador, den ich öfter in unserem Viertel sehe. Er gehört dem alten Cason, glaube ich, aber genau weiß ich es nicht. Vielleicht ist es auch der Hund seines Sohnes, der wieder hierher zurückgekommen ist.«

»Wie können Sie denn so sicher sein, dass es nicht Moby war?«

Travis war schon dabei, sich Notizen zu machen, und Gabby überlegte, ob er ihre Frage überhaupt gehört hatte.

Doch dann antwortete er mit einem Achselzucken: »Tja, schon allein deswegen, weil er kastriert wurde.«

Es gibt im Leben Augenblicke, in denen man sich durch die Umstände derart überfordert fühlt, dass man gar nicht mehr reagieren kann. So ging es Gabby jetzt. Vor ihrem inneren Auge sah sie eine quälende Bilderfolge ablaufen: die Ereignisse des Samstagabends. Zuerst hatte sie ohne Pause geredet, dann war sie in Tränen ausgebrochen, schließlich war sie empört davongestapft. Und – ja, ganz vage konnte sie sich erinnern, dass er versucht hatte, etwas zu sagen. Ihr war schon ganz schlecht vor lauter Verlegenheit.

»Er wurde kastriert?«, hauchte sie fast unhörbar.

»Genau.« Travis blickte von seinem Klemmbrett auf. »Vor zwei Jahren. Mein Vater hat den Eingriff selbst vorgenommen, hier in der Praxis.«

»Oh ...«

»Ich habe versucht, es Ihnen zu sagen, aber Sie haben mir keine Chance dazu gegeben. Ich hatte ein blödes Gefühl deswegen, deshalb wollte ich am Sonntag kurz bei Ihnen vorbeischauen, um es Ihnen zu erzählen, aber Sie waren nicht zu Hause.«

»Ich war im Fitnesscenter.« Mehr fiel ihr nicht ein.

»Ehrlich? Sehr lobenswert.«

Es kostete sie einige Überwindung, aber sie schaffte es, ihre verschränkten Arme zu lösen. »Ich fürchte, ich muss mich bei Ihnen entschuldigen.«

»Ach, kein Problem«, sagte er wieder, und dieses Mal fand Gabby die Formulierung noch vernichtender. »Aber – ich weiß, Sie haben es eilig«, fuhr er fort. »Ich möchte Ihnen nur noch ein paar Sachen zu Molly sagen, okay?«

Sie nickte gehorsam. Irgendwie kam sie sich vor wie in der Schule – als wäre sie gerade von ihrem Lehrer in die Ecke gestellt worden. Das peinliche Grundgefühl wegen ihres Auftritts am Samstagabend ließ sie nicht los. Und die Tatsache, dass Travis trotzdem so nett zu ihr war, machte alles nur noch schlimmer.

»Die Trächtigkeit dauert insgesamt neun Wochen – das heißt, Sie haben noch etwa zwei Wochen. Mollys Becken ist breit genug, deswegen brauchen Sie sich also keine Sorgen zu machen. Das ist übrigens einer der Gründe, weshalb ich gesagt habe, es wäre gut, wenn Sie mit ihr zum Tierarzt gehen. Collies haben nämlich manchmal ein zu schmales Becken. Wenn alles normal läuft, müssen Sie eigentlich gar nichts tun, Sie sollten nur daran denken, dass Molly einen kühlen, dunklen Ort braucht, an dem sie ihre Jungen zur Welt bringen kann. Am besten legen Sie ein paar alte Wolldecken in die Garage. Sie haben doch eine Verbindungstür von der Küche in die Garage, oder?«

Sie nickte und schrumpfte innerlich immer mehr zusammen.

»Lassen Sie diese Tür einfach ständig offen, damit Molly sich zurückziehen kann, wenn sie merkt, dass es losgeht. Wir nennen das ›nesten‹. Es ist ein völlig normaler Vorgang. Aller Wahrscheinlichkeit nach wird sie werfen, wenn es still im Haus ist, das heißt, nachts oder während Sie bei der Arbeit sind, aber auch das ist normal, Sie müssen sich deshalb keine Sorgen machen. Die Welpen wissen auch gleich, was sie tun müssen, das heißt, auch da brauchen Sie nichts weiter zu unternehmen. Aber die Wolldecken können Sie später nicht mehr verwenden, daher sollten Sie lieber keine wertvollen auswählen. Alles klar?«

Gabby nickte ein drittes Mal und wurde vor Verlegenheit noch kleiner.

»Viel mehr müssen Sie eigentlich nicht wissen. Falls es Probleme gibt, können Sie gern jederzeit mit Molly in die Praxis kommen. Und wenn es außerhalb der Sprechzeiten passiert, dann wissen Sie ja, wo Sie mich finden.«

Gabby räusperte sich. »Okay.«

Weil sie nicht weitersprach, lächelte Travis ihr aufmunternd zu. »Gut, das wär's dann, wenn Sie keine Fragen mehr haben, können Sie Molly wieder nach Hause bringen. Aber ich bin wirklich froh, dass Sie mit ihr hierhergekommen sind. Ich habe zwar nicht ernsthaft daran geglaubt, dass es sich um eine Infektion handelt, aber trotzdem ist es mir lieber, dass wir die Möglichkeit ausschließen konnten.«

»Vielen Dank«, murmelte Gabby. »Und ich muss es noch mal sagen, es tut mir so leid, dass ich –«

Travis hob die Hände, um sie zu unterbrechen.

»Glauben Sie mir, es ist kein Problem. Ehrlich nicht. Sie waren beunruhigt, und es stimmt ja, dass Moby oft durch die Gegend wandert. Sie haben sich geirrt. So was kommt vor. Also dann – bis bald.« Er gab Molly noch einen Klaps zum Abschied und ging hinaus.

Nachdem Travis – Dr. Parker – das Zimmer verlassen hatte, wartete sie noch, bis sie annehmen konnte, dass er nicht mehr auf dem Flur war. Dann erhob sie sich mühsam und unter heftigen Schmerzen. Sie spähte aus der Tür, vergewisserte sich, dass die Luft rein war, und ging zu der Sprechstundenhilfe, um gleich die Rechnung zu bezahlen.

Als sie wieder bei der Arbeit war, ließ sie alles noch einmal Revue passieren. Eins stand fest: Er hatte sich ihr gegenüber sehr fair und verständnisvoll verhalten, aber sie konnte ihr Geschimpfe von Samstagabend leider nicht rückgängig machen. Und vergessen konnte sie ihn erst recht nicht. Am liebsten wäre sie endgültig im Erdboden versunken, aber das ging nicht, also musste sie stattdessen eine Methode finden, um Travis aus dem Weg zu gehen. Nicht für immer und ewig natürlich. Aber für eine Weile. Zum Beispiel die nächsten fünfzig Jahre.

Kapitel 4

Vom Fenster aus beobachtete Travis Parker, wie Gabby ihre Hündin zum Auto zurückführte. Er musste grinsen. Irgendwie amüsierte ihn ihr Gesichtsausdruck. Klar, er kannte sie kaum, aber er besaß genug Menschenkenntnis, um zu wissen, dass bei ihr die Mimik das Fenster zu ihren Emotionen war. So etwas gab es nicht oft. Seiner Meinung nach spielten viel zu viele Leute ständig Theater und machten den anderen etwas vor, und weil sie immer Masken trugen, wussten sie mit der Zeit selbst nicht mehr, wer sie eigentlich waren. Bei Gabby war das anders, das spürte er.

Nachdenklich steckte er die Autoschlüssel in die Tasche und ging aus dem Zimmer. Seinen Angestellten versprach er, in einer halben Stunde von der Mittagspause zurück zu sein. Er nahm die Kühlbox, in die er sich jeden Morgen seinen Lunch packte, und fuhr mit dem Pick-up-Truck zu der üblichen Stelle. Vor einem Jahr hatte er sich ein Grundstück gekauft, ganz am Ende der Front Street, mit Blick auf die Shackleford Banks. Er hatte sich vorgenommen, eines Tages dort sein Traumhaus zu bauen. Das einzige Problem war nur, dass er nicht wusste, wie dieses Haus aussehen sollte. Insgesamt führte er ein eher einfaches Leben, deshalb wollte er sich eine rustikale Blockhütte bauen, so wie er sie von den Florida Keys kannte: ein Haus mit Charakter, das von außen aussah, als wäre es schon hundert Jahre alt, aber mit hellen, geräumigen Zimmern. Viel Platz brauchte er nicht – ein Schlafzimmer und vielleicht ein Arbeitszimmer, zusätzlich zum Wohn- und Essbereich –, aber als er das Projekt konkreter durchdachte, fand er auf einmal, dass zu diesem Grundstück eher etwas Größeres, Familienfreundlicheres passen würde. Und schon wurde das Bild seines Traumhauses ganz verschwommen, denn zu einem Einfamilienhaus gehörten natürlich auch eine Ehefrau und Kinder, und die waren nicht in Sicht, geschweige denn in greifbarer Nähe.

Manchmal wunderte er sich, wie er und seine Schwester sich entwickelt hatten, denn Stephanie machte ja auch keine Anstalten, eine Familie zu gründen. Seine Eltern waren seit fast fünfunddreißig Jahren verheiratet, und Travis konnte sich weder seinen Vater noch seine Mutter allein vorstellen – so wenig wie es ihm denkbar erschien, mit den Flügeln zu schlagen und in die Wolken zu schweben. Die Geschichte, wie die beiden sich bei einem kirchlichen Zeltlager zu Highschool-Zeiten kennengelernt hatten, kannte er natürlich auswendig: Mom schnitt sich in den Finger, als sie sich zum Nachtisch ein Stück Kuchen abschneiden wollte. Um die Blutung zu stoppen, drückte Dad die Wunde zusammen, sozusagen als lebendiger Kompressionsverband. Eine Berührung –

und »Bingo, klingeling, das war's«, sagte Dad dann immer. »Ich wusste sofort, sie ist die Richtige für mich.«

Bis jetzt hatte es in Travis' Leben noch kein »Bingo, klingeling, das war's« gegeben. Nicht einmal etwas Ähnliches. Klar, in der Highschool hatte er eine Freundin gehabt, Olivia, und die ganze Schule war fest davon überzeugt gewesen, dass sie füreinander bestimmt waren. Olivia wohnte inzwischen auf der anderen Seite der Brücke, in Morehead City, und wenn sie sich hin und wieder bei Wal-Mart oder Target begegneten, unterhielten sie sich angeregt über dies und jenes, nichts Weltbewegendes, und gingen dann wieder auseinander.

Seit Olivia hatte er jede Menge weitere Freundinnen gehabt. Er konnte gut mit Frauen umgehen, weil er sich zu ihnen hingezogen fühlte und sie interessant fand. Aber noch entscheidender war vermutlich, dass er Frauen wirklich gern mochte. Besonders stolz war er darauf, dass die Trennungen immer reibungslos verlaufen waren – bei keiner hatte es auch nur andeutungsweise melodramatische Szenen gegeben. Man war in gegenseitigem Einverständnis auseinandergegangen, ohne Streit. Eigentlich fühlte er sich mit allen seinen Exfreundinnen immer noch freundschaftlich verbunden, sogar mit Monica, seiner letzten Flamme. Er nahm an, dass die Frauen es genauso sahen wie er: Aus irgendeinem Grund war er nicht der Richtige für sie gewesen, und sie hatten nicht zu ihm gepasst. Drei seiner früheren Freundinnen hatten inzwischen sehr nette Männer geheiratet, und er war zu allen drei

Hochzeiten eingeladen worden. Er dachte selten in Begriffen wie *Dauerbeziehung* oder *Lebensgefährtin*, und wenn er sich doch einmal eine Zukunft zu zweit ausmalte, dann immer mit einer Frau, die genauso aktiv und sportbegeistert war wie er. Das Leben war zum Leben da, oder? Natürlich musste jeder Mensch Verantwortung übernehmen und seine Pflicht erfüllen. Dagegen hatte er überhaupt nichts einzuwenden, im Gegenteil. Er arbeitete gern, verdiente gut, hatte ein eigenes Haus und bezahlte seine Rechungen immer pünktlich. Aber er wollte nicht, dass nur diese Faktoren zählten. Er wollte das Leben genießen, er wollte intensiv leben. Nein, das stimmt nicht ganz. Er *musste* intensiv leben.

So war er – schon immer. Seit er denken konnte. In der Schule hatte er nie Schwierigkeiten gehabt. Ohne großen Aufwand erhielt er gute Zeugnisse, man brauchte sich seinetwegen nie Sorgen zu machen, aber oft gab er sich mit der zweitbesten Note zufrieden, selbst wenn er die beste hätte bekommen können. Seine Mutter machte das manchmal ganz verrückt. »Denk doch nur, wie fantastisch deine Noten sein könnten, wenn du dich ein bisschen mehr anstrengen würdest!«, sagte sie jedes Mal, wenn er am Ende des Schuljahrs sein Zeugnis nach Hause brachte. Die Schule war ganz in Ordnung, sie war sogar einigermaßen interessant, aber viel spannender fand er es, zu surfen oder mit dem Fahrrad in halsbrecherischem Tempo durch die Gegend zu sausen. Für andere Jugendliche bedeutete Sport vor allem Baseball und Fußball, aber für ihn gab es nichts Aufregenderes, als mit seinem Motorrad von einer Erdrampe abzuheben und dann wie im Rausch erfolgreich wieder zu landen. Er war eine Art X Games Kid, noch bevor es so etwas offiziell überhaupt gab, und mit seinen zweiunddreißig Jahren hatte er beinahe alles schon einmal ausprobiert.

In der Ferne sah er, wie sich eine Herde Wildpferde bei den Dünen der Shackleford Banks versammelte. Gedankenverloren griff er nach seinem Sandwich. Truthahn auf Weizenvollkornbrot mit Senf, dazu einen Apfel und eine Flasche Wasser; immer das Gleiche, nachdem er schon zum Frühstück exakt das Gleiche wie am Tag vorher gegessen hatte: Haferflocken, Rührei nur aus Eiweiß und eine Banane. Sosehr er den gelegentlichen Adrenalinkick brauchte – bei der Ernährung folgte er einer völlig anderen Devise: je eintöniger, desto besser. Seine Freunde wunderten sich immer wieder, wie er es schaffte, so rigide und diszipliniert zu sein, aber was er ihnen verschwieg, war, dass das eher mit seinen beschränkten Geschmacksnerven zu tun hatte als mit Selbstbeherrschung. Mit zehn musste er einmal aus irgendeinem Grund einen Teller Thainudeln in Ingwersoße aufessen und hatte sich daraufhin die halbe Nacht übergeben. Seither brauchte er Ingwer nur zu *riechen*, und schon würgte es ihn so, dass er schnell ins Badezimmer rennen musste. Exotischen Speisen gegenüber war er grundsätzlich skeptisch, er aß lieber etwas Einfaches, was er kannte, denn irgendwelche Gourmetgerichte. Und als er älter wurde, strich er nach und nach auch alle Arten von Junkfood von seinem Speiseplan. Jetzt, über zwanzig Jahre nach seinem prägenden Erlebnis, hatte er viel zu viel Angst davor, beim Essen zu experimentieren.

Während er sein Sandwich kaute, staunte er über sich selbst. Normalerweise neigte er nicht zu übertriebener Selbstreflexion. (Was auch schon einmal ein Trennungsgrund gewesen war – jedenfalls hatte Maria, mit der er vor sechs Jahren zusammen war, das behauptet.) Er lebte meistens relativ unbekümmert in den Tag hinein, erledigte, was zu erledigen war, und ließ sich immer etwas einfallen, um den Rest der Zeit zu genießen. Das war ein großer Vorteil des Single-Daseins: Man konnte so ziemlich genau das tun, was einem passte und *wann* es einem passte.

Bestimmt lag es an Gabby, dass er jetzt so nachdenklich war, dachte er. Aber wieso eigentlich? Das konnte er sich beim besten Willen nicht erklären. Er kannte sie doch kaum! Und die echte, die wahre Gabby Holland hatte er sowieso noch gar nicht kennengelernt, da war er sich sicher. Neulich abends war er der wütenden Gabby begegnet, und vorhin hatte er die schuldbewusste, zerknirschte Gabby getroffen, aber wie sie sich im Normalfall verhielt, wusste er nicht. Bestimmt hatte sie Humor. Davon war er fest überzeugt, obwohl er nicht recht wusste, weshalb er das dachte. Und sie war ohne Zweifel intelligent, was man schon an ihrem Job sehen konnte. Aber sonst ... Er versuchte, sich vorzustellen, wie es wäre, mit ihr auszugehen, aber das gelang ihm irgendwie nicht. Na ja, auf jeden Fall war er froh, dass sie in die Praxis gekommen war. Jetzt hatten sie wenigstens die Chance, gute Nachbarn zu werden. Er hatte nämlich schon öfter erlebt, dass unangenehme Nachbarn einem das Leben zur Hölle machen konnten. Neben Joe wohnte beispielsweise ein Mann, der gleich am ersten schönen Frühlingstag anfing, Laub zu verbrennen, und der samstagsmorgens in aller Frühe den Rasen mähte. Joe war schon öfter kurz davor gewesen, sich mit ihm zu prügeln, vor allem einmal nach einer langen, anstrengenden Nacht mit dem Baby. Höflichkeit und Rücksicht, so kam es Travis manchmal vor, eilten dem gleichen Schicksal entgegen wie die Dinosaurier. Und er wollte unter allen Umständen verhindern, dass Gabby ihm aus dem Weg ging, weil ihr das alles peinlich war. Vielleicht konnte er sie ja einladen, wenn seine Freunde das nächste Mal vorbeikamen ...

Ja, das mache ich, nahm er sich vor. Nachdem er diesen Entschluss gefasst hatte, ging er mit seiner Kühlbox zum Truck zurück. Heute Nachmittag standen die üblichen Hunde und Katzen auf dem Plan, aber um drei wollte jemand mit einem Gecko vorbeikommen. Travis behandelte unglaublich gern Geckos und andere ungewöhnliche Haustiere; dass er sich auch bei diesen Arten auskannte, beeindruckte die Besitzer immer ganz besonders. Und ihm gefiel es, wenn sie ihn voller Hochachtung musterten. Sie schienen sich zu fragen: *Hat dieser Arzt eigentlich die Anatomie und Physiologie sämtlicher Lebewesen auf der Erde studiert?* Selbstverständlich tat er so, als träfe das zu. Er wusste tatsächlich genau, was er tat, aber trotzdem war der Sachverhalt etwas prosaischer. Er kannte keineswegs sämtliche Details – dazu war niemand fähig –, aber Infektionen waren Infektionen und wurden immer ähnlich behandelt, unabhängig von der Spezies; nur die Dosierung der Medikamente war unterschiedlich, und die musste er in dem Nachschlagewerk überprüfen, das auf seinem Schreibtisch stand.

Als er in seinen Wagen stieg, dachte er schon wieder an Gabby. Ob sie surfen ging?, fragte er sich. Oder snowboarden? Irgendwie kam es ihm eher unwahrscheinlich vor, aber gleichzeitig sagte ihm seine Intuition, dass sie sich im Gegensatz zu den meisten seiner Exfreundinnen darauf einlassen würde, wenn sie die Möglichkeit hätte, es auszuprobieren. Warum war er sich da so sicher? Er fand keine Antwort auf diese Frage. Travis startete den Motor und schob den Gedanken an Gabby energisch beiseite. Es war völlig unwichtig, versuchte er sich einzureden. Außer dass es irgendwie doch wichtig zu sein schien.

Kapitel 5

In den nächsten beiden Wochen entwickelte sich Gabby zu einer Expertin in Sachen Unsichtbarkeit: Sie lernte es, zu Hause unbemerkt aus- und einzugehen.

Ihr blieb keine andere Wahl. Worüber sollte sie mit Travis reden? Sie würde sich doch nur wieder lächerlich machen, und er würde alles noch verschlimmern, indem er ihr großzügig verzieh. Ihre Vermeidungsstrategie bedeutete natürlich, dass sie alles systematisch planen musste.

Es wurde allerdings jeden Tag schwieriger, den Plan durchzuziehen. Am Anfang genügte es, dass sie ihr Auto in der Garage parkte, aber jetzt rückte Mollys Termin näher, und damit ihre Hündin nesten konnte, musste sie den Wagen in die Einfahrt stellen. Das bedeutete, dass sie von nun an nur aus dem Haus gehen durfte, wenn sie genau wusste, dass Travis nicht in der Nähe war.

Den Zeitrahmen mit den fünfzig Jahren Kontaktsperre hatte sie notgedrungen schon etwas reduziert. Vielleicht reichten ja ein paar Monate. Oder ein halbes Jahr. Aber auf jeden Fall genug Zeit, damit er die erste Begegnung vergessen konnte oder sich zumindest nicht mehr genau daran erinnerte, wie bescheuert sie sich aufgeführt hatte. Sie wusste ja aus eigener Erfahrung, dass ein zeitlicher Abstand die harten Kanten der Realität etwas abschliff, bis nur noch ein unscharfes Bild zurückblieb. Sobald das erreicht war, konnte sie allmählich zu normaleren Umgangsformen übergehen. In kleinen Schritten – zuerst wollte sie ihm nur hin und wieder zuwinken, wenn sie ins Auto stieg oder wenn sie auf der Terrasse saß, und er zufällig ebenfalls draußen im Garten war. Danach konnte man ja weitersehen. Sie kamen bestimmt gut miteinander aus – vielleicht würden sie irgendwann sogar über das, was vorgefallen war, lachen. Aber bis dahin musste sie sich tarnen wie eine Spionin.

Dafür war es nötig, dass sie Travis' Tagesablauf studierte. Das war nicht weiter schwierig: Sie brauchte nur auf die Uhr zu sehen, um zu überprüfen, wann er morgens losfuhr. Dass er in sein Auto stieg, konnte sie von ihrer Küche aus beobachten. Nach der Arbeit war die Lage sogar noch unkomplizierter, weil er meistens noch mal aus dem Haus ging. Sicher war er mit seinem Boot oder dem Jetski unterwegs. Schlimm waren die Abende. Weil er *immer* draußen saß, musste sie *immer* drinnen bleiben, selbst beim schönsten Sonnenuntergang. Wenn sie also nicht mit ihrem Freund Kevin zusammen war, las sie brav in dem Astronomiebuch. Sie hatte es ja extra gekauft, um Kevin zu imponieren, wenn sie gemeinsam zum Nachthimmel hinaufschauten, aber bedauerlicherweise war es noch nicht dazu gekommen.

Bestimmt könnte sie sich ein bisschen souveräner und erwachsener verhalten, aber wenn sie Travis gegenüberstünde, dann müsste sie immer nur an ihre bisherigen Begegnungen denken und könnte ihm gar nicht zuhören – und auf gar keinen Fall wollte sie einen noch schlechteren Eindruck hinterlassen als bisher. Außerdem hatte sie im Moment noch ganz andere Sorgen.

Zum Beispiel Kevin. Abends kam er oft vorbei, und am vergangenen Wochenende war er sogar dageblieben. Vorher hatte er selbstverständlich erst noch eine Runde Golf gespielt – für Kevin gab es nichts Schöneres auf der Welt als Golf. Sie waren dreimal essen gegangen und zweimal im Kino gewesen, einen Teil des Sonntagnachmittags hatten sie am Strand verbracht, und als sie vor zwei Tagen auf dem Sofa saßen und ein Glas Wein tranken, hatte er ihr die Schuhe ausgezogen.

»Was machst du da?«

»Ich hab gedacht, es gefällt dir vielleicht, wenn ich dir die Füße massiere. Du musst doch den ganzen Tag stehen – tun sie dir da abends nicht weh?«

»Ja, schon, aber ich glaube, ich wasche sie lieber vorher.«

»Mir ist das egal, ob sie sauber sind oder nicht. Und außerdem – ich sehe so gern deine Zehen an! Sie sind unglaublich süß.«

»Du bist doch nicht insgeheim ein Fußfetischist, oder?«, fragte sie lachend.

»Nein, nein. Aber deine Zehen sind echt niedlich«, sagte Kevin und kitzelte sie ein bisschen. Kichernd entzog Gabby ihm ihre Füße. Gleich darauf küssten sie sich leidenschaftlich, und als er später neben ihr lag, flüsterte er ihr ins Ohr, wie sehr er sie liebe. Er klang so zärtlich und verliebt, dass sie gleich überlegte, ob sie vielleicht doch mit ihm zusammenziehen sollte.

Das war ein gutes Zeichen, oder? Er schien tatsächlich kurz davor zu sein, über die Zukunft zu sprechen, aber ...

Aber *was*? Es war jedes Mal das Gleiche. Immer gab es ein dickes *Aber*. Wäre es ein Schritt weiter in die gemeinsame Zukunft, wenn sie zusammenzögen, oder hieße das nur, dass sie im Grund so weitermachten wie bisher? Musste er ihr wirklich einen offiziellen Heiratsantrag machen? Also ... ja, eigentlich schon. Aber erst, wenn er so weit war. Was zu der Frage führte, die sie immer wieder beschäftigte: *Wann* war Kevin endlich so weit? Würde er überhaupt irgendwann an den Punkt kommen? Und daraus ergab sich auch schon die nächste, die zentrale Frage: *Warum* war er noch nicht bereit, sie zu heiraten?

War es ein Fehler, heiraten zu wollen, statt einfach nur in eine gemeinsame Wohnung zu ziehen? Lieber Gott – nicht einmal da war sie sich sicher. Manche Leute wussten schon als Kinder, dass sie in einem bestimmten Alter heiraten würden, und alles lief genau nach Plan. Anderen war klar, dass sie erst später heiraten wollten. Sie zogen mit dem Menschen, den sie liebten, zusammen, und auch das funktionierte hervorragend. Manchmal kam es Gabby so vor, als wäre sie die Einzige ohne Plan. Für sie war die Ehe immer eine diffuse Idee gewesen, etwas, das einfach … passierte.

Wenn sie zu viel darüber nachdachte, bekam sie Kopfschmerzen. Am liebsten hätte sie jetzt mit einem Glas Wein auf ihrer Terrasse gesessen und die ganzen Fragen für eine Weile vergessen. Aber Travis Parker saß ebenfalls draußen und blätterte in einer Zeitschrift. Deshalb hatte sie keine Chance. Sie saß abermals im Haus fest – an diesem herrlichen Donnerstagabend.

Wenn doch Kevin nicht so lange arbeiten müsste! Dann könnten sie jetzt gemeinsam etwas unternehmen. Aber er hatte einen späten Termin mit einem neuen Kunden, einem Zahnarzt, der eine Praxis aufmachte und deshalb alle möglichen Versicherungen brauchte. Das war nicht schlimm – sie wusste ja, wie wichtig es ihm war, die Agentur noch weiter auszubauen –, aber gleich morgen früh brach er mit seinem Vater nach Myrtle Beach auf, zu einem Kongress, und Gabby sah ihn erst nächsten Mittwoch wieder. Das bedeutete, dass sie die meiste Zeit hier in der Wohnung eingesperrt war wie in einem Hühnerstall. Kevins Vater hatte eines der größten Versicherungsbüros im Osten von North Carolina gegründet, und Kevin selbst übernahm jedes Jahr zusätzliche Aufgaben, während sein Dad langsam dem Ruhestand entgegensteuerte. Manchmal fragte sich Gabby, wie sich das anfühlte, wenn die berufliche Laufbahn exakt vorgezeichnet war und man schon als kleines Kind haargenau wusste, was man werden würde. Es gab bestimmt Schlimmeres, und natürlich hatte es Vorteile, wenn das Unternehmen, in das man einsteigen sollte, so erfolgreich war. Zwar roch es ein bisschen nach Vetternwirtschaft, aber Kevin verdiente sein Geld durch harte Arbeit. Sein Dad kam inzwischen nur noch weniger als zwanzig Wochenstunden ins Büro, was zur Folge hatte, dass Kevin mindestens sechzig Stunden ackerte. Die Agentur hatte etwa dreißig Angestellte, der Verwaltungsaufwand war groß, es gab endlose Probleme in den Abläufen, aber Kevin hatte ein Händchen beim Umgang mit Mitarbeitern. Bei den beiden Weihnachtsfeiern, zu denen auch Gabby eingeladen worden war, hatten ihr das mehrere Leute bestätigt.

Ja, sie war stolz auf ihn, aber das änderte nichts daran, dass sie an einem schönen Abend wie heute im Haus festsaß. So eine Verschwendung! Vielleicht sollte sie einfach nach Atlantic Beach fahren, ein Glas Wein trinken und dort den Sonnenuntergang genießen. Einen Moment lang erwog sie das ernsthaft, aber dann entschied sie sich doch dagegen. Allein zu Hause zu sitzen, war in Ordnung, aber die Vorstellung, ohne Begleitung am Strand zu hocken, fand sie entsetzlich. Die Leute würden bestimmt denken, dass sie keine Freunde hatte. Was ja überhaupt nicht stimmte. Sie hatte jede Menge Freundinnen und Freunde! Nur leider wohnten sie alle nicht hier, sondern mindestens hundert Meilen entfernt. Bei dem Gedanken wurde Gabby richtig melancholisch.

Andererseits – wenn sie Molly mitnähme ... Ja, das würde die Situation grundsätzlich verändern. Allein mit einem Hund rauszugehen, war vollkommen akzeptabel, sogar gesund. Es hatte ein paar Tage gedauert, bis der fürchterliche Muskelkater, den sie sich bei ihrem ersten Training eingehandelt hatte, endlich vorbei war, und sie hatte fast ihre gesamten Schmerztabletten aufgebraucht. Den Body-Pump-Kurs hatte sie nicht mehr mitgemacht – die Leute dort mussten Masochisten sein –, aber sie ging ziemlich regelmäßig ins Fitnesscenter. Sowohl am Montag als auch am Mittwoch war sie dort gewesen, und sie hatte sich schon fest vorgenommen, morgen wieder hinzugehen.

Sie erhob sich von ihrem Sofa, um den Fernseher anzumachen. Molly war nicht im Zimmer. Vermutlich hatte sie sich in die Garage zurückgezogen. Gabby wollte noch kurz nach ihr schauen. Die Tür zur Garage stand halb offen, und als sie das Licht anknipste, sah sie gleich die zappelnden, wimmernden kleinen Fellknäuel, die Molly umlagerten. Leise rief Gabby ihren Namen – und gleich darauf stieß sie einen Schrei des Entsetzens aus.

Travis war gerade in die Küche gegangen, um eine Hähnchenbrust aus dem Kühlschrank zu holen, als jemand laut und hektisch an seine Tür klopfte.

»Doktor Parker? Travis? Sind Sie zu Hause?«

Es dauerte einen Moment, bis er Gabbys Stimme erkannte. Schnell öffnete er die Tür. Vor ihm stand seine Nachbarin, kreidebleich und sichtlich in Panik.

»Sie müssen sofort mitkommen!«, keuchte sie. »Molly geht es nicht gut.«

Travis reagierte instinktiv. Während Gabby schon wieder nach Hause rannte, holte er schnell seine Arzttasche, die er immer in seinem Truck hinter dem Beifahrersitz aufbewahrte. Er brauchte sie, wenn er nachts zur Behandlung von Farmtieren gerufen wurde. Sein Vater hatte immer wieder betont, wie wichtig es war, diese Tasche stets vollständig gefüllt bei sich zu haben, und an diesen Grundsatz hielt sich Travis eisern.

Ohne zu zögern, folgte er dann seiner Nachbarin. Sie stand in ihrer Küche, bei der offenen Tür, die in die Garage führte.

»Molly hechelt so, und sie hat sich übergeben!«, rief sie. »Und ... sehen Sie mal, was da aus ihr heraushängt.«

Mit einem Blick erfasste Travis die Situation. Es handelte sich aller Wahrscheinlichkeit nach um einen Gebärmuttervorfall, und er konnte nur inständig hoffen, dass es noch nicht zu spät war.

»Ich wasche mir schnell die Hände«, sagte er und schrubbte sich in der Spüle gründlich die Finger. »Könnten Sie die Garage besser ausleuchten? Haben Sie irgendwo eine tragbare Lampe?«

»Aber wollen Sie nicht gleich mit ihr in die Praxis?«

»Vermutlich.« Er bemühte sich, ruhig und zuversichtlich zu klingen. »Aber nicht sofort. Ich möchte vorher etwas ausprobieren. Und dafür brauche ich Licht. Könnten Sie mir assistieren?«

»Ja, ja ... natürlich.« Gabby verschwand und kehrte kurz darauf mit einer Lampe zurück.

»In ein paar Minuten kann ich Ihnen sagen, wie ernst die Lage ist.« Travis hielt die Hände hoch wie ein Chirurg und deutete mit einer Kopfbewegung auf seine Arzttasche, die auf dem Boden stand. »Würden Sie bitte die Tasche für mich mitnehmen? Stellen Sie sie neben Molly.«

»Okay«, antwortete sie. Man merkte ihr an, wie viel Kraft es sie kostete, ihre Angst zu unterdrücken.

Behutsam näherte sich Travis der Hündin, während Gabby die Lampe nahe bei dem Lager einsteckte. Mit Erleichterung stellte Travis fest, dass Molly bei Bewusstsein war. Sie winselte leise. Travis warf einen Blick auf das fleischfarbene Gebilde, das aus ihrer Vulva herausquoll, und musterte kurz die kleinen Welpen. Sie waren in der letzten halben Stunde geworfen worden, vermutete er. Das war gut, denn je kürzer der Zeitraum, desto geringer das Risiko einer Nekrose …

»Und jetzt?«, fragte Gabby atemlos.

»Nehmen Sie Molly in den Arm und reden Sie leise mit ihr. Ich brauche Ihre Unterstützung, damit sie ruhig bleibt.«

Als sie Molly in eine günstige Position manövriert hatten, kauerte sich Travis neben sie. Er hörte Gabbys besänftigendes Gemurmel. Sie hielt ihr Gesicht dicht über dem der Hündin, und Mollys Zunge kam heraus. Das war ebenfalls ein gutes Zeichen. Vorsichtig betastete Travis die Gebärmutter. Molly zuckte nur leicht.

»Was fehlt ihr?«

»Sie hat einen Gebärmuttervorfall. Das heißt, ein Teil des Uterus wurde nach außen gestülpt.« Vorsichtig hob er die Gebärmutter an, um sie auf Risse und auf eventuelle nekrotische Gewebeteile zu untersuchen. »Gab es irgendwelche Probleme beim Werfen?«

»Nicht, dass ich wüsste«, sagte sie. »Ich habe gar nichts gemerkt. Aber sie wird doch wieder gesund, oder?«

Weil er nur auf Molly achtete, antwortete er nicht auf diese Frage. »Sehen Sie doch bitte mal in der Tasche nach«, sagte er stattdessen. »Da muss eine Kochsalzlösung sein. Und ich brauche auch die Tube mit dem Gel.«

»Was haben Sie vor?«

»Ich muss zuerst das Gewebe säubern, und danach werde ich versuchen, die Gebärmutter ein wenig zu manipulieren. Wenn wir Glück haben, zieht sie sich dadurch von allein wieder zusammen. Wenn nicht, muss ich Molly mitnehmen, weil wir dann keine andere Wahl haben als zu operieren. Aber das möchte ich lieber vermeiden.«

Gabby ertastete mit einer Hand die Kochsalzlösung und das Gel und reichte ihm beides. Travis wusch den vorgestülpten Uterus insgesamt drei Mal ab, ehe er zu dem Gel griff. Hoffentlich klappt es, dachte er.

Gabby konnte vor Angst und Aufregung gar nicht zusehen, also konzentrierte sie sich lieber darauf, Molly ins Ohr zu flüstern. Immer wieder das Gleiche: *braver Hund, braver Hund*. Travis bearbeitete währenddessen mit rhythmischen Handgriffen den Uterus.

Sie hatte keine Ahnung, wie lange sie schon in der

Garage waren – zehn Minuten? Oder zwei Stunden? Schließlich lehnte sich Travis zurück, als wollte er seine Schultern ein wenig lockern. Erst da merkte Gabby, dass seine Hände leer waren.

»Ist es vorbei?«, fragte sie ungläubig. »Ist wieder alles in Ordnung?«

»Ja und nein«, erklärte Travis. »Es ist alles wieder an Ort und Stelle, der Uterus hat sich ohne Probleme zusammengezogen, aber Molly muss trotzdem mit in die Praxis. Sie sollte sich dort ein, zwei Tage erholen, damit sie wieder zu Kräften kommt, und außerdem braucht sie Antibiotika und Flüssigkeit. Ich würde auch gern einen Ultraschall machen, um ganz sicherzugehen. Wenn es keine zusätzlichen Komplikationen gibt, dürfte sie aber bald wieder auf der Höhe sein. Ich fahre mit meinen Truck vor Ihre Garage. Wir können Molly auf die Decken auf der Ladefläche legen.«

»Und ... es wird keinen neuen Vorfall geben?«

»Voraussichtlich nicht. Wie gesagt, die Gebärmutter hat sich ganz normal zusammengezogen.«

»Und was machen wir mit den Welpen?«

»Die nehme ich natürlich mit. Sie brauchen ihre Mama.«

»Schadet ihr das nicht?«

»Nein, es dürfte ihr nichts ausmachen. Aber deswegen braucht sie jetzt zusätzliche Flüssigkeit. Damit die Kleinen etwas zu trinken haben.«

Gabby spürte richtig, wie sich ihre Muskeln entspannten. Sie hatte gar nicht gemerkt, wie sehr sie sich verkrampft hatte. Zum ersten Mal brachte sie ein

Lächeln zustande. »Ich weiß gar nicht, wie ich Ihnen danken soll«, sagte sie.

»Sie haben es doch gerade getan.«

Nachdem er alles vorbereitet hatte, hob Travis Molly ganz vorsichtig auf die Ladefläche, während sich Gabby um die Welpen kümmerte. Anschließend packte Travis seine Sachen wieder ein, warf die Arzttasche auf den Vordersitz, ging um den Truck herum und öffnete die Fahrertür.

»Ich halte Sie auf dem Laufenden«, sagte er.

»Ich komme mit.«

»Es ist besser, wenn sich Molly ein wenig ausruht, und wenn Sie im Raum sind, kann es sein, dass das nicht richtig funktioniert. Machen Sie sich keine Gedanken – ich werde gut für sie sorgen. Ich bleibe die ganze Nacht bei ihr. Ehrenwort.«

Gabby wirkte unsicher. »Meinen Sie wirklich?«

»Ja. Und glauben Sie mir, Molly wird wieder gesund. Versprochen.«

Nach kurzem Zögern erschien abermals ein zaghaftes Lächeln auf Gabbys Gesicht. »Wissen Sie, während meiner Ausbildung habe ich gelernt, dass wir nie etwas versprechen dürfen. Wir sollen nur sagen, dass wir unser Bestes tun werden.«

»Ist es Ihnen lieber, wenn ich nichts verspreche?«

»Nein, auf keinen Fall! Aber – ich möchte trotzdem mitkommen.«

»Müssen Sie morgen früh nicht zur Arbeit?«

»Doch. Aber Sie auch, oder?«

»Stimmt. Aber das hier ist mein Job. Für mich

gehört so etwas dazu. Außerdem habe ich eine Liege in der Praxis, während Sie auf dem Fußboden schlafen müssten.«

»Heißt das, Sie würden mir nicht die Liege anbieten?«

Er kletterte in den Truck. »Na ja – wahrscheinlich schon, wenn's unbedingt sein müsste«, antwortete er mit einem fröhlichen Grinsen. »Aber ich weiß nicht, was Ihr Freund dazu sagen würde, wenn wir die ganze Nacht miteinander verbringen.«

»Woher wissen Sie, dass ich einen Freund habe?«

»Bis gerade eben habe ich es nicht gewusst.« Er klang fast ein wenig enttäuscht, aber dann grinste er wieder. »Ich bringe Molly jetzt in die Praxis, und Sie rufen mich morgen früh dort an, einverstanden? Dann werde ich Ihnen alles haarklein berichten.«

Gabby seufzte. »Gut.«

Er schloss die Wagentür, und sie hörte, wie der Motor etwas stotternd ansprang. Travis beugte sich noch einmal aus dem Fenster. »Keine Sorge«, beruhigte er sie. »Alles wird gut.«

Langsam fuhr er zur Straße hinunter und bog dann nach links ab. Von Weitem winkte er noch einmal aus dem Fenster. Gabby winkte zurück, obwohl sie wusste, dass er sie nicht mehr sehen konnte, weil die roten Rücklichter gerade hinter einer Biegung verschwanden.

Gedankenversunken ging sie ins Schlafzimmer. Vor dem Spiegel über der Kommode blieb sie stehen. Sie wusste, dass sie nicht unbedingt der Typ Frau war, bei dem alle Autos anhielten, aber zum ersten Mal seit einer Ewigkeit musterte sie sich kritisch und fragte sich, was die Männer – außer Kevin – dachten, wenn sie ihr begegneten.

Trotz der Erschöpfung und trotz der unfrisierten Haare sah sie nicht halb so schlimm aus, wie sie erwartet hatte. Das freute sie. Aber wieso war ihr das ausgerechnet jetzt wichtig? Geschmeichelt dachte sie daran, dass Travis irgendwie enttäuscht zu sein schien, als er von ihrem Freund erfuhr. Gabby wurde rot. Aber – nein, nein, an ihren Gefühlen für Kevin hatte sich natürlich nichts geändert.

In Bezug auf Travis Parker hatte sie sich allerdings geirrt. In jeder Hinsicht. Er war so ruhig gewesen, so umsichtig und zuverlässig! Und das in einer derart prekären Situation. Wirklich erstaunlich. Andererseits sollte sie das nicht wundern. Immerhin war es sein Job.

Sie beschloss, Kevin anzurufen. Er begriff sofort, wie sie sich fühlte, und versprach, in ein paar Minuten bei ihr zu sein.

»Wie geht es dir inzwischen?«, fragte er.

Gabby schmiegte sich an ihn. Ach, es war tröstlich, seine Arme um sich zu spüren. »Ich bin ziemlich nervös.«

Er zog sie fester an sich. Sie atmete seinen Geruch ein, so frisch und sauber, als hätte er schnell noch geduscht, bevor er zu ihr gefahren war. Mit seinen wirren Haaren sah er aus wie ein College-Student.

»Nur gut, dass dein Nachbar da war. Travis, stimmt's?«

»Ja, das war eine große Hilfe. Kennst du ihn eigentlich?«

»Nicht richtig«, antwortete Kevin. »Wir betreuen die Tierarztpraxis in allen Versicherungsfragen, aber das ist eins der Konten, die mein Vater noch verwaltet.«

»Ach, und ich dachte schon, in einer Kleinstadt kennt jeder jeden.«

»Stimmt ja auch. Aber ich bin in Morehead City aufgewachsen, und als Jugendlicher habe ich nie mit Leuten aus Beaufort rumgehangen. Außerdem ist er ein paar Jahre älter als ich. Wahrscheinlich war er schon auf dem College, als ich auf die Highschool gekommen bin.«

Sie nickte. Einen Moment lang schwiegen sie beide, und Gabbys Gedanken wanderten wieder zu Travis. Wie ernst und gefasst er ausgesehen hatte, während er Molly behandelte! Und die ruhige Bestimmtheit in seiner Stimme, als er ihr erklärte, was passiert war. Ein diffuses Schuldgefühl beschlich sie, und sie kuschelte sich noch dichter an Kevin, rieb ihr Gesicht an seinem Hals. Kevin streichelte ihre Schulter. Gabby empfand die vertrauten Berührungen als unglaublich wohltuend. »Es ist so lieb von dir, dass du gleich gekommen bist«, flüsterte sie ihm ins Ohr. »Ich brauche dich heute Abend wirklich.«

Er küsste sie auf die Haare. »Wo sollte ich sonst sein?«

»Nun, du hattest diese Sitzung, und morgen musst du in aller Frühe los.«

»Das macht doch nichts. Es ist nur ein Kongress. Und meine Sachen sind schnell gepackt – dafür brauche ich keine zehn Minuten. Ich wäre gern schon früher hier gewesen.«

»Vielleicht hättest du es ganz eklig gefunden.«

»Kann sein. Aber trotzdem tut es mir leid, dass ich nicht bei dir war.«

»Ach, mach dir keine Gedanken.«

Er strich ihr zärtlich über den Kopf. »Möchtest du, dass ich die Reise verschiebe? Mein Vater versteht es bestimmt, wenn ich später nachkomme.«

»Nein, nein, es ist schon okay. Ich muss morgen ja sowieso zur Arbeit.«

»Bist du dir sicher?«

»Ja, ganz sicher«, sagte sie. »Aber vielen Dank, dass du gefragt hast. Das bedeutet mir viel.«

Kapitel 6

Als Max Parker in die Praxis kam, empfing ihn eine idyllische Szene: Sein Sohn lag schlafend auf der Liege, und im Aufwachraum erholte sich eine Hündin. Geduldig hörte er sich an, wie Travis ihm erzählte, was in der Nacht vorgefallen war. Zur Stärkung füllte er zwei Tassen mit Kaffee und brachte sie an den Tisch.

»Nicht übel für dein erstes Mal«, lobte Max. Mit seinen weißen Haaren und den buschigen weißen Augenbrauen sah er aus wie das Idealbild eines beliebten Tierarztes in einer Kleinstadt.

»Hast du denn je eine Hündin mit Gebärmuttervorfall behandelt?«

»Noch nie«, gab Max zu. »Ein Pferd hatte ich mal. Du weißt ja selbst, wie selten so was vorkommt. Aber Molly scheint sich gut erholt zu haben. Als ich vorhin reingekommen bin, hat sie mich gleich freudig begrüßt – sie hat sich aufgesetzt und mit dem Schwanz gewedelt. Wie lang hast du bei ihr gewacht?«

Travis trank dankbar einen Schluck heißen Kaffee. »Fast die ganze Nacht. Ich wollte sichergehen, dass es keinen zweiten Vorfall gibt.«

»Das kommt eigentlich nie vor«, sagte sein Vater. »Aber es ist gut, dass du da warst. Hast du die Besitzerin schon angerufen?«

»Nein, aber das erledige ich gleich.« Er rieb sich das Gesicht. »Mann, bin ich müde.«

»Fahr nach Hause und ruh dich noch ein bisschen aus. Ich schaffe das hier auch ohne dich, und ich kann Molly im Auge behalten.«

»Ich möchte dich aber nicht im Stich lassen.«

»Das tust du auch nicht.« Max grinste vergnügt. »Hast du's noch nicht gemerkt? Normalerweise wärst du gar nicht hier. Heute ist nämlich Freitag.«

Bevor Travis ging, schaute er noch einmal kurz nach Molly. Er war mit dem, was er sah, zufrieden, und schon ein paar Minuten später fuhr er in seine Einfahrt. Er streckte sich, um die Müdigkeit abzuschütteln, und lief gleich hinüber zu Gabby. In ihrem Briefkasten steckte noch die Zeitung. Nach kurzem Zögern zog er sie heraus. Als er auf ihrer Veranda stand und gerade klopfen wollte, hörte er Schritte. Die Tür öffnete sich, und Gabby schaute ihn verdutzt an.

»Oh, hallo«, murmelte sie und ließ die Tür los. »Gerade habe ich mich gefragt, ob ich schon anrufen kann.«

Sie war zwar barfuß, trug allerdings eine elegante schwarze Hose und dazu eine champagnerfarbene Bluse. Die Haare hatte sie mit einer Elfenbeinspange locker zurückgesteckt. Wieder fiel ihm auf, wie attraktiv sie war. Aber irgendwie kam ihre Anziehungskraft weniger von ihrem hübschen Äußeren, als vielmehr von ihrem offenen, geradlinigen Wesen.

Sie wirkte so ... so *real*. »Ich war auf dem Heimweg, und da habe ich gedacht, ich komme schnell mal vorbei und berichte persönlich. Molly geht es gut.«

»Ehrlich?«

Er nickte. »Ja. Ich habe einen Ultraschall gemacht, es gibt keinerlei Hinweise auf innere Blutungen. Durch die Flüssigkeitszufuhr ist sie auch ziemlich schnell wieder zu Kräften gekommen. Trotzdem würde ich sie gern noch eine weitere Nacht in der Praxis behalten, um auf Nummer sicher zu gehen. Im Moment passt mein Dad auf sie auf. Ich habe kaum ein Auge zugetan, deshalb will ich mich jetzt eine Weile hinlegen, aber später schaue ich noch mal nach ihr.«

»Darf ich Molly besuchen?«

»Ja, natürlich – jederzeit«, sagte er. »Sie wirkt vielleicht noch ein bisschen gedämpft, weil ich ihr wegen des Ultraschalls eine Beruhigungsspritze geben musste. Und als Mittel gegen die Schmerzen.« Er schwieg für einen Augenblick, bevor er fortfuhr: »Ach ja – den Welpen geht es ebenfalls hervorragend. Sie sind unglaublich süß.«

Gabby lächelte. Sein dezenter Südstaatenakzent gefiel ihr, und sie fragte sich, wieso er ihr jetzt erst auffiel. »Ich möchte mich noch einmal ganz herzlich bedanken«, sagte sie. »Ich weiß gar nicht, wie ich mich revanchieren kann.«

Er winkte ab. »Das habe ich doch gern gemacht.« Dann streckte er ihr die Zeitung hin. »Die habe ich gerade aus dem Kasten gezogen.«

»Danke«, murmelte Gabby.

Einen Moment lang schwiegen sie beide verlegen.

»Wie wär's mit einer Tasse Kaffee?«, fragte Gabby schnell. »Ich habe gerade frischen gemacht.«

Als er den Kopf schüttelte, war sie erleichtert – aber gleichzeitig auch enttäuscht.

»Nein, danke. Ich will ja nicht aufwachen, sondern einschlafen.«

Gabby musste lachen. »Gute Antwort.«

»Man tut, was man kann«, entgegnete er. Und auf einmal sah Gabby in Gedanken eine ganz andere Situation vor sich: Er stand an einer Bar und gab einer hübschen Frau genau dieselbe Antwort wie ihr jetzt. Hieß das etwa, dass er mit ihr flirtete? Auf einmal war die Atmosphäre anders. Viel vertrauter.

»Aber jetzt geh ich mal besser«, sagte er. »Ich weiß, du musst zur Arbeit. Bis später.« Mit diesen Worten wandte er sich ab.

Gabby tat so, als hätte sie gar nicht gemerkt, dass er sie plötzlich duzte. Irgendwie erschien ihr das nach den Ereignissen der langen Nacht angemessen. Außerdem gefiel es ihr, und obwohl sie es eigentlich gar nicht wollte, trat sie aus der Tür und rief ihm nach: »Bevor Sie ... bevor du abtauchst, könntest du mir noch sagen, wann du wieder in der Praxis bist? Um nach Molly zu sehen, meine ich.«

»Das weiß ich noch nicht genau. Es kommt darauf an, wie lange ich schlafe.«

»Ach ... ja, natürlich.« Gabby kam sich blöd vor. *Wenn ich nur nichts gesagt hätte!*, dachte sie.

»Ich mache dir einen Vorschlag«, fügte er rasch hinzu. »Du sagst mir, um welche Uhrzeit du Mittagspause machst, und dann treffen wir uns in meiner Praxis.«

»Aber ich wollte nicht –«

»Wann?«

Sie schluckte. »Viertel vor eins?«

»Ich werde da sein«, versprach er. Nach ein paar Schritten drehte er sich noch einmal um. »Übrigens – das, was du da anhast, steht dir sehr gut.«

Was war da gerade passiert?

Diese Frage fasste ziemlich treffend zusammen, was Gabby den ganzen Vormittag durch den Kopf ging. Dabei spielte es keine Rolle, ob sie gerade Vorsorgeuntersuchungen machte (zwei), Mittelohrentzündungen diagnostizierte (vier), eine Impfung vornahm oder eine Röntgenuntersuchung empfahl. Sie funktionierte die ganze Zeit auf Autopilot und war nur zur Hälfte anwesend, während ihre Gedanken immer wieder zu ihrer Veranda zurückkehrten. Hatte Travis tatsächlich mit ihr geflirtet? Und hatte ihr das etwa gefallen, jedenfalls ein klitzekleines bisschen?

Zum tausendsten Mal dachte sie, wie schön es wäre, wenn sie eine Freundin in der Nähe hätte, mit der sie so etwas besprechen könnte. In solchen Fällen gab es einfach nichts Besseres, als mit einer guten Freundin sämtliche Einzelheiten immer wieder durchzugehen. Natürlich gab es in der Kinderarztpraxis die Helferinnen, aber Gabbys Status als medizinische Assistentin schien sie irgendwie von Vertraulichkeiten abzuhalten. Oft hörte Gabby, wie die anderen Frauen sich unterhielten und lachten, aber sobald sie in die Nähe kam, verstummten sie. Und sie fühlte sich wieder genauso isoliert wie am ersten Tag, als sie hierhergezogen war.

Nachdem sie ihren letzten kleinen Patienten behandelt hatte (der Junge brauchte eine Überweisung zu einem HNO-Spezialisten, weil höchstwahrscheinlich seine Mandeln herausgenommen werden mussten), stopfte sie ihr Stethoskop in die Kitteltasche und ging in ihr Büro. Der Raum war alles andere als luxuriös – sie hatte den Verdacht, dass er vor ihrer Zeit als Abstellkammer gedient hatte. Er hatte kein Fenster, und der Schreibtisch füllte ihn fast vollständig aus. Aber immerhin war dieses Kabuff besser als gar nichts, und solange sie es schaffte, hier Ordnung zu halten, fand sie es sehr wohltuend, einen Ort zu haben, an den sie sich zurückziehen konnte. In der Ecke stand ein kleiner, fast leerer Aktenschrank. Sie holte ihre Handtasche aus der untersten Schublade und warf einen Blick auf die Uhr. Ihr blieben noch ein paar Minuten. Also setzte sie sich hin und fuhr sich mit den Fingern durch die widerspenstigen Locken.

Keine Frage: Sie nahm das Ganze viel zu ernst. Alle Leute flirteten. Überall und immer. Das gehörte einfach zur menschlichen Natur. Es hatte nichts zu bedeuten. Nach allem, was sie und Travis in der vergangenen Nacht durchgemacht hatten, war er eine Art Freund geworden ...

Ein Freund. Ihr erster Freund in der neuen Stadt, am Anfang ihres neuen Lebens. Das klang gut, oder?

Und was war schon dabei, wenn man einen Mann als Freund hatte? Gar nichts. Sie lächelte zufrieden. Aber das Lächeln verschwand schnell wieder von ihrem Gesicht, und sie runzelte besorgt die Stirn.

Vielleicht war es ja doch keine besonders gute Idee. Zu einem Nachbarn ein freundschaftliches Verhältnis zu haben, war in Ordnung. Aber sich auf einen Kerl einzulassen, der gern flirtete? Nein, das ging nicht. Vor allem wenn dieser Kerl auch noch verdammt gut aussah. Kevin war normalerweise nicht eifersüchtig, aber sie war nicht so dumm, zu glauben, dass er sich besonders freuen würde, wenn er erfuhr, dass Gabby und Travis sich ein paarmal in der Woche auf seiner Terrasse zu einer Tasse Kaffee verabredeten. Und so was machten Nachbarn, wenn sie befreundet waren. Auch wenn nachher der Besuch beim Tierarzt vollkommen harmlos sein mochte – und etwas anderes war schließlich nicht zu erwarten –, meldete sich bei ihr unterschwellig das Gefühl, dass sie Kevin untreu wurde.

Sie schüttelte den Kopf. So ein Unsinn. Ich werde noch verrückt, dachte sie. Komplett verrückt.

Sie hatte doch gar nichts getan! Und Travis genauso wenig. Dieser kleine Flirt heute Morgen würde zu nichts führen. Ein nettes Geplänkel unter Nachbarn. Sie und Kevin waren seit ihrem letzten Jahr an der University of North Carolina ein Paar. An einem kalten, trostlosen Winterabend hatten sie sich kennengelernt. Gabby war die Mütze vom Kopf geflogen, als sie mit Freunden aus dem Spanky's in der Franklin Street kam, und Kevin hatte sich todesmutig zwischen die Autos gestürzt, um die Mütze zu retten. Obwohl es in dem Augenblick noch nicht richtig gefunkt hatte, war doch schon ein leichtes Flackern zu spüren gewesen, das Gabby allerdings schnell wieder vergaß.

Das Letzte, was sie sich damals wünschte, war eine Beziehung. Schon den Gedanken daran fand sie viel zu kompliziert, weil es genug andere Schwierigkeiten in ihrem Leben gab. Die Abschlussprüfungen standen bevor, die Miete war fällig, und sie wusste nicht, wo sie weiterstudieren sollte. Auch wenn es ihr heute albern vorkam, hatte sie gedacht, dass es in ihrem Leben keine gewichtigere Entscheidung geben konnte als diese. Sie war sowohl an der MUSC, der Medical University of South Carolina in Charleston, als auch an der Eastern Virginia Medical School in Norfolk angenommen worden, und ihre Mutter setzte ihre gesamte Überredungskunst ein, um für Charleston zu werben. »Das ist doch eine klare Sache, Gabrielle. Von Charleston aus bist du in zwei Stunden zu Hause, mein Schatz, und die Stadt ist außerdem viel kosmopolitischer als Norfolk.« Gabby tendierte ebenfalls zur MUSC, obwohl sie wusste, dass ihr Charleston genau aus den falschen Gründen verlockend erschien: das Nachtleben, die wunderschönen Häuser, die Kulturszene, die interessanten gesellschaftlichen Ereignisse. Sie sagte sich immer wieder, dass sie gar nicht genug Zeit haben würde, um das alles richtig auszunutzen. Bis auf ein paar Schlüsselkurse hatten die Leute, die eine medizinische Assistentenlaufbahn anstrebten, genau denselben Stundenplan wie die zukünftigen Ärzte, nur dass sie ihr Studium in zweieinhalb Jahren abschließen mussten, während die Vollmediziner vier Jahre Zeit hatten. Gabby hatte schon die schrecklichsten Horrorgeschichten gehört: Die Kurse seien so vollgepackt mit Lernstoff, die einzelnen Fachgebiete würden in einem derart rasanten Tempo durchgepaukt, dass man das Gefühl habe, man werde mit einem voll aufgedrehten Feuerwehrschlauch traktiert. Als sie die beiden Universitäten besuchte, um sich einen Eindruck zu verschaffen, gefiel ihr eigentlich das Programm der Eastern Virginia besser, und sie glaubte, dass sie sich dort besser auf die elementaren Dinge konzentrieren konnte.

Also – was tun?

Wegen dieser Entscheidung war sie oft ganz aufgeregt, auch an jenem Winterabend, an dem ihre Mütze davonflog und Kevin sie rettete. Nachdem sie sich bei ihm bedankt hatte, vergaß sie ihn sofort wieder, bis er sie ein paar Wochen später auf dem Campus ansprach. Sie hatte zwar nicht mehr an ihn gedacht, aber sie erkannte ihn gleich. Durch seine lockere Art wirkte er ganz anders als die arroganten Verbindungsstudenten, die sie sonst kennenlernte und die meistens unglaublich viel tranken und sich Buchstaben auf die nackte Brust malten, wenn die *Tar Heels* gegen *Duke* Football spielten. Zuerst unterhielten sie und Kevin sich nur, dann gingen sie gemeinsam Kaffee trinken, dann gingen sie essen, und als Gabby bei der Abschlussfeier ihren Hut in die Luft warf, war sie verliebt. In der Zwischenzeit hatte sie auch entschieden, wo sie ihr Studium fortsetzen würde. Kevin hatte vor, wieder nach Morehead City zu ziehen, was nur ein paar Stunden südlich von Norfolk lag, wo Gabby die nächsten Jahre verbringen wollte. Ihre Entscheidung schien also fast schicksalhaft.

Kevin kam oft nach Norfolk, um sie zu besuchen, und Gabby fuhr zu ihm nach Morehead City. Er lernte ihre Familie kennen, sie wurde seinen Eltern vorgestellt. Sie stritten und versöhnten sich, sie trennten sich und fanden wieder zueinander, und Gabby spielte sogar ein paar Runden Golf mit Kevin, obwohl ihr das keinen Spaß machte. Kevin blieb in allen Lebenslagen der lässige, unkomplizierte Typ, der er schon immer gewesen war. Vielleicht spiegelte sich in seinem Wesen wider, dass er in einer typischen Kleinstadt aufgewachsen war, wo, ehrlich gesagt, nie viel passierte und wo alles ziemlich langsam ging. Diese Langsamkeit war tief in ihm verwurzelt. Wenn sich Gabby wegen irgendetwas Sorgen machte, zuckte er nur die Achseln; wenn sie Anfälle von Pessimismus hatte, ließ er sich nicht aus der Ruhe bringen. Genau das war vermutlich der Grund, weshalb sie so gut miteinander auskamen, dachte Gabby. Es entstand ein Gleichgewicht, sie ergänzten sich gegenseitig.

Nein, mit Kevin konnte Travis nicht mithalten, er war keine Konkurrenz für ihn. Nicht einmal andeutungsweise.

Nachdem sie das für sich geklärt hatte, befand sie, dass es völlig gleichgültig war, ob Travis mit ihr flirtete oder nicht. Er konnte sie sogar anbaggern, soviel er wollte – sie wusste trotzdem ganz genau, was sie wollte. Er würde sie nicht aus der Bahn werfen. Ganz bestimmt nicht.

Alles war genau so, wie Travis es ihr versprochen hatte. Molly schien sich viel besser zu fühlen. Sie schlug bei Gabbys Anblick begeistert mit dem Schwanz, und obwohl sie von ihren Welpen umlagert war – die meisten der kleinen Wollbällchen schliefen –, erhob sie sich ohne jede Anstrengung und ging Gabby entgegen, um sie kräftig abzulecken. Ihre Nase war kühl, und sie tanzte jaulend um Gabby herum – nicht ganz so stürmisch wie sonst, aber doch lebhaft genug, um zu beweisen, dass sie wieder in Form war. Dann setzte sie sich neben ihr Frauchen.

»Ich bin so froh, dass es dir wieder gut geht«, flüsterte Gabby und streichelte ihr Fell.

»Ich auch«, hörte sie Travis' Stimme. »Molly ist eine echte Kämpferin.«

Gabby drehte sich zu ihm um. Travis lehnte im Türrahmen und schaute sie an.

»Ich glaube übrigens, ich habe mich geirrt«, fuhr er fort und kam näher, einen roten Fuji-Apfel in der Hand. »Sie kann schon heute Abend nach Hause, wenn du sie nach der Arbeit abholen möchtest. Ich will damit nicht sagen, dass du sie mitnehmen *musst*. Ich behalte sie gern noch eine Nacht hier, wenn dir das lieber ist. Aber sie hat sich noch schneller erholt, als ich erwartet hatte.« Er ging in die Hocke und schnippte leise mit den Fingern. Seine ganze Aufmerksamkeit galt jetzt Molly und nicht mehr Gabby. »Du bist ein feiner Hund«, sagte er in einem Tonfall, der so viel ausdrückte wie »Ich liebe Hunde – kommst du zu mir?«. Zu Gabbys Überraschung erhob sich Molly und tappte von ihr zu Travis hinüber. Gabby fühlte sich regelrecht ausgeschlossen, als nun er und nicht sie die Hündin streichelte und ihr ins Ohr flüsterte.

»Und diese Zwerge hier machen sich auch fantastisch«, fügte Travis hinzu. »Wenn du die Welpen nach Hause mitnehmen willst, solltest du allerdings eine Art Gehege für sie bauen, damit sie nicht überall herumlaufen und ihre Spuren hinterlassen. Sonst kann es nämlich eine ziemlich geruchsintensive Überraschung geben. Das Gehege muss nichts Besonderes sein. Einfach ein paar Bretter und Schachteln, aber vergiss nicht, alles mit Zeitungspapier auszulegen.«

Sie hörte ihm gar nicht richtig zu, denn ob sie wollte oder nicht – ihr fiel abermals auf, wie gut er aussah. Wie ärgerlich, dass sie das nicht einfach ignorieren konnte! Im Gegenteil, es war fast so, als würde sein Äußeres jedes Mal, wenn sie ihm begegnete, bei ihr die Alarmglocken zum Klingen bringen. Dabei konnte sie beim besten Willen nicht sagen, warum. Er war groß und schlank, aber sie hatte schon viele Männer kennengelernt, auf die diese Beschreibung zutraf. Er lächelte oft, aber auch das war nichts Außergewöhnliches. Seine Zähne waren beinahe zu weiß – er gehörte offenbar zu den Leuten, die ihr Gebiss bleichten –, aber obwohl sie wusste, dass diese Farbe nicht ganz natürlich war, verfehlte der Anblick doch nicht seine Wirkung. Er war athletisch und durchtrainiert, doch solche Typen traf man in ganz Amerika in jedem Fitnesscenter. Männer, die hingebungsvoll trainierten, die nie etwas anderes aßen als Hähnchenbrust und Haferflocken, die am Tag fünfzehn Kilometer liefen. Allerdings hatte keiner dieser Typen je eine so faszinierende Wirkung auf sie ausgeübt ...

Die Situation wäre wesentlich einfacher, wenn er hässlich wäre. Bestimmt wäre dann auch ihre erste Konfrontation völlig anders verlaufen, und sie käme sich jetzt nicht so blöd vor. Aber mit diesen Minderwertigkeitskomplexen war nun Schluss! Sie wollte sich nicht mehr verunsichern lassen. Er würde sie nie wieder beeindrucken. Schluss, aus, basta. Heute nach der Arbeit würde sie Molly und die Welpen abholen, sich mit einem nachbarschaftlichen Winken von ihm verabschieden und ansonsten ihr Leben weiterleben wie bisher, ohne Störungen.

»Ist alles in Ordnung?« Er musterte sie fast besorgt. »Du wirkst so nachdenklich.«

»Ach, ich bin nur müde«, log sie, und mit einem Blick auf ihre Hündin fügte sie hinzu: »Ich glaube, Molly hat dich ins Herz geschlossen.«

»Das stimmt, wir verstehen uns hervorragend«, sagte er. »Ich glaube, das kommt von den *Jerky Treats*, die ich ihr heute Morgen gegeben habe. Mit diesen Leckerbissen gewinnt man das Herz jedes Hundes. Das sage ich auch immer den Postboten, wenn sie mich fragen, was sie tun sollen, wenn manche Hunde sie nicht mögen.«

»Ich werd's mir merken«, sagte Gabby, die inzwischen die Fassung wiedergewonnen hatte.

Als einer der kleinen Hunde zu winseln begann, erhob sich Molly und tappte zurück in den offenen Käfig. Dass Gabby und Travis im Raum waren, interessierte sie plötzlich überhaupt nicht mehr. Travis beobachtete sie, während er den Apfel an seiner Jeans rieb.

»Und – was meinst du?«, fragte er.

»Wozu?«

»Zu Molly.«

»Was ist mit Molly?«

Er runzelte etwas irritiert die Stirn. Dann fragte er betont langsam: »Möchtest du Molly heute Abend abholen oder nicht?«

»Ach so«, murmelte Gabby. Schon wieder war sie ganz verlegen wie eine Studentin im ersten Semester, die den Footballstar der Universität trifft. Am liebsten hätte sie sich selbst geohrfeigt. Aber es half nichts, sie musste etwas sagen. Energisch räusperte sie sich. »Ich denke, ich hole sie heute Abend ab. Wenn keine Gefahr besteht, dass es Komplikationen gibt.«

»Es geht ihr blendend«, versicherte er ihr abermals. »Sie ist jung und gesund. Das war letzte Nacht zwar alles sehr dramatisch, aber es hätte wesentlich schlimmer kommen können. Molly hatte großes Glück.«

Gabby verschränkte die Arme vor der Brust. »Ja, das stimmt.«

Erst in dem Moment merkte sie, dass sein T-Shirt von irgendeinem Laden auf Key West stammte, in dem das Wort *Dog's Saloon* vorkam. Er biss kräftig in seinen Apfel und deutete dann damit auf Gabby. »Soll ich dir was sagen? Ich hätte eigentlich erwartet, du freust dich ein bisschen mehr darüber, dass es Molly so gut geht.«

»Aber ich freue mich doch!«

»Danach sieht es aber nicht aus.«

»Was soll das heißen?«

»Weiß ich auch nicht.« Er biss noch einmal in den Apfel. »Du warst völlig von der Rolle, als du gestern vor meiner Tür standest, deshalb habe ich eigentlich gedacht, du würdest jetzt ein bisschen emotionaler reagieren. Nicht nur wegen Molly, sondern auch weil ich da war.«

»Aber ich habe doch schon gesagt, wie sehr ich das zu schätzen weiß«, entgegnete sie förmlich. »Wie oft soll ich dir noch danken?«

»Keine Ahnung. Was denkst du, wie oft?«

»Ich bin nicht diejenige, die gefragt hat.«

Travis zog die Augenbraue hoch. »Doch, du hast gefragt, wie oft du mir noch danken sollst.«

Er hat recht, dachte sie. »Na, meinetwegen.« Sie machte eine ratlose Handbewegung. »Hiermit bedanke ich mich noch einmal. In aller Form. Für alles, was du getan hast.« Sie sprach die einzelnen Wörter überdeutlich aus, als wäre er schwerhörig.

Jetzt musste Travis lachen. »Bist du bei deinen Patienten auch so?«

»Wie?«

»So ernst.«

»Ehrlich gesagt – nein.«

»Und bei deinen Freunden?«

»Auch nicht...« Sie schüttelte verwirrt den Kopf. »Aber was hat das hiermit zu tun?«

Er biss noch einmal in seinen Apfel und ließ die Frage für eine Weile im Raum stehen. »Ich wollte es nur wissen«, antwortete er schließlich.

»Was?«

»Ob es deine Persönlichkeit ist oder ob du nur in meiner Gegenwart so ernst bist. Offensichtlich ist es Letzteres. Ich fühle mich geschmeichelt.«

Gabby spürte, wie ihr die Hitze in die Wangen stieg. »Ich weiß nicht, wovon du redest.«

»Okay.« Er grinste unverschämt.

Sie machte den Mund auf und wollte etwas Geistreiches erwidern, etwas, was ihm vollkommen die Sprache verschlagen würde, aber ehe ihr eine passende Bemerkung einfiel, warf er das Kerngehäuse in den Papierkorb, wusch sich die Hände und sagte über die Schulter: »Hör zu. Ich bin aus einem ganz anderen Grund sehr froh, dass du hier bist. Morgen kommen nämlich ein paar Freunde zu mir, und ich hatte gehofft, du könntest vielleicht auch vorbeischauen.«

Sie blinzelte, weil sie nicht wusste, ob sie ihn richtig verstanden hatte. »In der Praxis?«

»Nein, bei mir zu Hause.«

»Eine Party?«

»Nein, nur ein gemütliches Beisammensein. Mit Freunden.« Er drehte den Wasserhahn ab und trocknete sich die Hände. »Ich will zum ersten Mal dieses Jahr den Parasailschirm ausprobieren. Das wird bestimmt super.«

»Sind es hauptsächlich Paare? Ich meine, die Leute, die du eingeladen hast.«

»Außer meiner Schwester und mir sind alle verheiratet.«

Sie schüttelte den Kopf. »Ich glaube nicht, dass ich kommen kann. Ich habe einen Freund.«

»Umso besser – bring ihn mit.«

»Wir sind seit fast vier Jahren zusammen.«

»Wie ich schon sagte: Er ist herzlich willkommen.«

Gabby stutzte. Was sollte sie davon halten? Sie konnte nicht beurteilen, ob er den Vorschlag ernst meinte. »Ehrlich?«

»Ja, klar. Warum nicht?«

»Äh ... aber er kann nicht kommen. Er ist für ein paar Tage weg.«

»Schade. Also – wenn du nichts anderes vorhast, schau doch einfach mal vorbei.«

»Ich weiß nicht, ob das eine gute Idee ist.«

»Warum nicht?«

»Ich liebe meinen Freund.«

»Und?«

»Und was?«

»Nun, die Liebe muss doch nicht aufhören, nur weil du auf meiner Terrasse sitzt. Es wird bestimmt ein unterhaltsamer Tag. Laut Wetterbericht soll es über fünfundzwanzig Grad warm werden. Hast du schon mal Parasailing gemacht?«

»Nein. Aber das ist nicht der Punkt.«

»Du denkst, dein Freund findet es nicht gut?«

»Genau.«

»Das heißt, er gehört zu den Männern, die ihre Frauen einsperren, wenn sie selbst nicht da sind.«

»Nein, nein, überhaupt nicht.«

»Aber er möchte nicht, dass du dich amüsierst?«

»Doch!«

»Er hat etwas dagegen, dass du neue Leute kennenlernst?«

»Natürlich nicht.«

»Dann sind wir uns ja einig«, sagte Travis und ging zur Tür. Dort blieb er noch einmal stehen. »Meine Gäste kommen zwischen zehn und elf Uhr morgens. Außer einem Badeanzug brauchst du nichts mitzubringen. Das heißt, doch – falls du eine spezielle Getränkevorliebe hast. Es gibt Bier, Wein, Saft und Mineralwasser.«

»Ich glaube nicht, dass ich ...«

Er unterbrach sie mit einer abschließenden Handbewegung. »Weißt du was? Wenn du Lust hast, kommst du vorbei, wenn nicht, dann nicht. Kein Stress, okay?« Er zuckte die Achseln. »Ich dachte nur, auf die Art können wir uns ein bisschen besser kennenlernen.«

Gabby war klar, dass sie die Einladung ablehnen müsste. Unmissverständlich. Ihr Mund wurde auf einmal ganz trocken, sie schluckte krampfhaft und murmelte: »Ja, vielleicht.«

Kapitel 7

Der Samstag begann sehr angenehm – warme Sonnenstrahlen fielen durch die Ritzen der Rollos, als Gabby in ihren flauschigen pinkfarbenen Hausschuhen in die Küche tappte, um sich eine Tasse Kaffee zu machen. Sie freute sich auf einen entspannten Vormittag. Doch dann kam alles anders. Noch bevor sie den ersten Schluck getrunken hatte, fiel ihr ein, dass sie ja nach Molly schauen musste. Die junge Hundemutter schien wieder fast normal zu sein, und auch die Welpen machten einen gesunden und munteren Eindruck – allerdings musste Gabby zugeben, dass sie nicht die geringste Ahnung hatte, worauf sie bei ihnen eigentlich achten sollte. Wenn die Welpen nicht wie wuschelige Kletten an Molly hingen, kullerten sie jaulend und winselnd durch die Gegend. Offenbar sorgte die Natur auf ihre Weise dafür, dass sie möglichst süß und rührend wirkten, damit ihre Mutter sie nicht auffraß. Aber Gabby ließ sich davon nicht beeinflussen. Die Kleinen waren zwar längst nicht so hässlich, wie sie erwartet hatte, aber so hübsch wie Molly waren sie natürlich auch nicht, und Gabby machte sich nach wie vor Sorgen, wie sie für alle ein passendes Zuhause finden sollte. Hier bei ihr konnten sie nicht bleiben, so viel stand fest. Falls Gabby noch irgendwelche Zweifel gehabt hätte – spätestens der penetrante Gestank in der Garage überzeugte sie endgültig.

Es war kein alltäglicher Gestank – die Duftwolke, die ihr entgegenschlug, war so überwältigend, als hätte die »Macht« aus den *Star-Wars*-Filmen die Garage erobert. Gabby wurde fast übel – und ihr fiel wieder ein, dass Travis gesagt hatte, sie solle für die Welpen eine Art Gehege bauen, damit sie nicht überall herumpurzelten. Aber wer konnte denn ahnen, dass diese winzigen Wollknäuel so viele übel riechende Häufchen produzierten und sie in der ganzen Garage verteilten? Es half auch nichts, die Garagentür zu öffnen. Die nächste halbe Stunde verbrachte Gabby also damit, den Boden zu säubern, und sie musste dabei dauernd die Luft anhalten, um den Brechreiz zu unterdrücken.

Als sie endlich fertig war, kam sie zu der Erkenntnis, dass diese kleinen Kobolde Teil einer Verschwörung waren – sie hatten es nur darauf angelegt, ihr das Wochenende zu verderben. Also wirklich! Das war auch die einzige einleuchtende Erklärung dafür, warum die Welpen für ihre Geschäfte vor allem den langen, gezackten Riss im Fußboden benutzt hatten, und zwar mit einer Treffsicherheit, dass Gabby eine Zahnbürste nehmen musste, um alles zu entfernen. Es war widerlich.

Und Travis … ja, Travis gehörte ebenfalls zu dieser Verschwörung. Letztlich war er an dem Chaos genauso schuld wie die Welpen. Zugegeben, er hatte beiläufig erwähnt, sie solle ein Gehege für die Kleinen bauen, aber ohne richtige Begründung. Er hatte sie nicht darauf hingewiesen, was passieren würde, wenn sie nicht auf ihn hörte.

Dabei hatte er es doch genau gewusst, oder? Garantiert! Wirklich gemein.

Und wenn sie es sich richtig überlegte – er hatte sich auch sonst ziemlich hinterhältig benommen. Die Art, wie er sie gedrängt hatte, ihm gleich zu antworten, während sie doch noch überlegte: Soll ich mit meinem Nachbarn Boot fahren gehen, auch wenn er so etwas wie ein gut aussehender Flirtkönig ist? Sie hatte, ehrlich gesagt, keine Lust mehr, der Einladung zu folgen. Vielleicht lag das daran, dass er ihr so lange zugesetzt hatte, bis ihr nichts anderes übrig geblieben war als zuzustimmen. Diese absurden Fragen, mit denen er nur andeuten wollte, dass Kevin sie einsperrte. Als wäre sie Kevins Besitz! Und nun musste sie hier in der Garage hunderttausend Kackhäufchen wegputzen ...

Wirklich ein gelungener Wochenendbeginn! Zur Krönung des Ganzen war dann auch noch ihr Kaffee abgekühlt und die Zeitung von der falsch eingestellten Sprinkleranlage durchnässt. Und das Wasser wurde kalt, bevor sie mit Duschen fertig war.

Super. Echt super.

»So macht das Leben keinen Spaß«, knurrte sie, während sie sich anzog. Es war Wochenende, und weit und breit keine Spur von Kevin. Aber selbst wenn er nicht dienstlich unterwegs gewesen wäre – ihre gemeinsamen Wochenenden hatten wenig Ähnlichkeit mit den Besuchen während des Studiums. Damals hatten sie immer viel unternommen, hatten interessante Erfahrungen gemacht, neue Leute getroffen. Jetzt verbrachte Kevin den größten Teil des Wochenendes auf dem Golfplatz.

Gabby goss sich noch eine Tasse Kaffee ein. Klar, Kevin war noch nie besonders kommunikativ gewesen, und sie wusste ja, dass er sich nach einer anstrengenden Arbeitswoche entspannen wollte. Aber es war nicht zu leugnen, dass sich ihre Beziehung verändert hatte, seit sie hierhergezogen war. Natürlich lag das nicht nur an ihm. Sie trug auch dazu bei. Sie hatte sich gewünscht, sich in seiner Nähe niederzulassen. Um Ruhe zu finden, könnte man sagen. Und genau diese Ruhe hatte sie gefunden. Wo lag dann das Problem?

Das Problem, hörte sie eine leise Stimme flüstern, *das Problem ist, dass da ... mehr sein müsste.* Sie wusste selbst nicht genau, was das hieß, aber ein bisschen mehr Spontaneität und Unternehmungslust gehörten auf jeden Fall dazu.

Sie schüttelte den Kopf. Nein, nein – sie steigerte sich da in etwas hinein. Ihre Beziehung mit Kevin machte zurzeit einen Veränderungsprozess durch, der nicht ganz einfach war. Na und? Sie trat hinaus auf ihre Terrasse. Was für ein wunderschöner Morgen – perfekte Temperatur, eine leichte Brise, kein Wölkchen am Himmel. In der Ferne sah sie einen Reiher, der aus dem Schlickgras ins glitzernde Wasser stakste. Als sie ihm nachschaute, entdeckte sie Travis, der hinunter zur Anlegestelle ging. Er trug nur seine locker sitzenden, karierten Bermudashorts, die fast bis zu den Knien reichten. Von ihrer Warte aus konnte Gabby bei jeder seiner Bewegungen das Spiel der Muskeln sehen. Sie machte einen Schritt rückwärts in der Hoffnung, dass er sie nicht bemerken würde. Aber eine Sekunde später hörte sie seine Stimme.

»Hey, Gabby!« Er winkte ihr zu. Irgendwie erinnerte er sie an ein Kind am ersten Ferientag. »Tolles Wetter heute, was?«

Er joggte los, in ihre Richtung, und sie trat in die Sonne, als er gerade durch die Hecke kam. Gabby holte tief Luft.

»Hey, Travis.«

»Das ist meine absolute Lieblingsjahreszeit.« Er breitete weit die Arme aus, als wollte er die Bäume und den ganzen Himmel umarmen. »Nicht zu heiß, nicht zu kalt – und dann noch dieser strahlend blaue Himmel.«

Gabby lächelte verhalten. Sie musste aufpassen, dass ihr Blick nicht auf seine Hüften fiel, die zugegebenermaßen sehr sexy waren – überhaupt fand sie bei Männern diesen Körperteil am attraktivsten.

»Was macht Molly?«, fragte er. »Ich hoffe, sie hat die Nacht ohne Probleme überstanden?«

Gabby räusperte sich verlegen. »Es geht ihr gut, danke.«

»Und die Welpen?«

»Ich glaube, mit denen ist auch alles in Ordnung. Aber sie haben ziemlich viele Häufchen produziert.«

»Das gehört dazu. Deshalb ist es ja ratsam, dass man ihren Bewegungsspielraum ein bisschen eingrenzt.«

Er grinste breit, sodass seine gebleichten Zähne schimmerten. Was für ein vertrauliches Grinsen – als würden sie sich schon ewig kennen. Ein bisschen zu intim, fand Gabby, auch wenn er der Mann war, der ihrer Hündin das Leben gerettet hatte, und sie sich jetzt duzten.

Wieder einmal verschränkte sie schützend die Arme vor der Brust und dachte daran, wie fies er sich verhalten hatte. »Das stimmt, aber ich habe es gestern Abend leider nicht mehr geschafft.«

»Warum nicht?«

Weil ich dauernd an dich gedacht habe, und das hat mich abgelenkt, wollte sie sagen. »Ich hab's einfach vergessen.«

»Dann stinkt die Garage jetzt zum Himmel, was?«

Sie zuckte nur die Achseln. Nein, sie würde sich nicht beschweren – die Genugtuung gönnte sie ihm nicht.

Er schien ihre zurückhaltende Reaktion gar nicht zu bemerken. »Ach, weißt du, das Gehege muss gar nichts Großartiges sein. Aber in den ersten Tagen haben Welpen wirklich nur einen einzigen Lebenszweck: Sie kacken. Man hat den Eindruck, dass die Milch einfach nur durchläuft. Aber jetzt haben sie ein Gehege, oder?«

Gabby bemühte sich, ein undurchschaubares Pokergesicht zu machen – offenbar ohne Erfolg, denn er sagte:

»Immer noch nicht?«

Gabby trat verlegen von einem Fuß auf den anderen. »Nicht so richtig«, gab sie zu.

»Warum denn nicht?«

Weil du mich die ganze Zeit ablenkst!, dachte sie wieder. »Ich bin nicht sicher, ob sie wirklich eins brauchen.«

Travis kratzte sich im Nacken. »Macht es dir Spaß, die Häufchen wegzuräumen?«

»Ach, so schlimm ist das nicht«, murmelte sie.

Er musterte sie verblüfft. »Ganz ehrlich – als dein Tierarzt muss ich dich leider darauf hinweisen, dass du meiner Meinung nach nicht die richtige Entscheidung getroffen hast.«

»Besten Dank für den guten Rat«, entgegnete sie schnippisch.

Er schaute sie immer noch an. »Wie du meinst. Aber du kommst dann um zehn zu mir?«

»Ich glaube nicht.«

»Wieso nicht?«

»Ich finde, das ist keine gute Idee.«

»Warum nicht?«

»Darum nicht.«

»Verstehe.« Er klang genau wie ihre Mutter. »Gut.«

»Ist irgendetwas?«, fragte er.

»Nein.«

»Habe ich dich geärgert?«

Nicht direkt geärgert. Aber verwirrt, flüsterte die leise Stimme. *Du und deine verdammten Hüften.*

»Nein«, antwortete sie.

»Was ist also das Problem?«

»Es gibt kein Problem.«

»Wie soll ich mir dann dein eigenartiges Verhalten erklären?«

»Ich verhalte mich nicht eigenartig.«

Sein breites Grinsen war verflogen. Überhaupt war von seiner anfänglichen Freundlichkeit nicht mehr viel zu spüren. »Doch. Ich bringe dir einen Korb mit Wein vorbei, um dich in unserem Viertel zu begrüßen. Ich rette deine Hündin und wache die ganze Nacht bei ihr, um sicherzustellen, dass es ihr gut geht. Ich lade dich ein, mit mir und ein paar Freunden einen schönen Tag auf dem Boot zu verbringen – und das, obwohl du mich ohne jeden Grund ziemlich giftig angemeckert hast –, und du tust so, als hätte ich die Pest! Seit du hier eingezogen bist, versuche ich, nachbarschaftlich nett zu dir zu sein, aber jedes Mal, wenn wir uns begegnen, bist du gereizt und irgendwie wütend auf mich. Ich möchte wissen, warum.«

»Darum«, entgegnete sie. Wie vorhin. Etwas Besseres fiel ihr nicht ein – dabei wusste sie genau, dass sie wie eine patzige Fünftklässlerin klang.

Er schaute ihr direkt in die Augen. »Warum darum?«

»Das spielt keine Rolle.«

Eine ganze Weile lang betrachtete er sie schweigend.

»Na gut«, sagte er schließlich, drehte sich auf dem Absatz um und ging kopfschüttelnd die Stufen hinunter. Er war schon auf dem Rasen, als Gabby endlich reagierte.

»Warte!«, rief sie.

Er ging noch ein paar Schritte, allerdings etwas langsamer, ehe er stehen blieb und den Kopf zu ihr umwandte. »Was ist?«

»Es tut mir leid.«

»Ach – was tut dir leid?«

Sie begriff nicht ganz. »Wie meinst du das? Ich verstehe die Frage nicht.«

»Das habe ich auch nicht anders erwartet«, knurrte er und ging weiter. Gabby merkte, dass er definitiv das Ende ihrer freundschaftlichen Beziehungen signalisieren wollte. Fast gegen ihren Willen folgte sie ihm eine Stück.

»*Alles* tut mir leid.« Irgendwie klang ihre Stimme angestrengt und brüchig. »Dass ich dich so behandle. Dass ich den Eindruck mache, als wäre ich nicht dankbar für alles, was du für mich getan hast.«

»Und?«

Sie hatte wieder das Gefühl, als würde sie ganz klein zusammenschrumpfen. Aber wieso denn? Das passierte ihr nur in seiner Gegenwart.

»Und – ich habe mich geirrt.« Sie sprach jetzt ganz leise.

Er blieb stehen, die Hand an die Hüfte gestemmt. »Inwiefern?«

Meine Güte, wo soll ich anfangen?, fragte die Stimme in ihr. Vielleicht habe ich mich ja gar nicht geirrt. Vielleicht warnt mich meine Intuition vor etwas, was ich nicht recht begreife, was ich aber auch nicht unterschätzen darf ...

Sie hörte nicht auf die Stimme. »Ich habe mich in dir geirrt«, antwortete sie. »Und du hast recht. Ich hätte dich nicht so behandeln sollen – aber ich möchte lieber nicht darauf eingehen, warum ich es getan habe.« Sie zwang sich zu einem Lächeln, das aber nicht erwidert wurde. »Denkst du, wir können noch einmal von vorn anfangen?«

Er schien zu überlegen. »Keine Ahnung.«

»Wie bitte?«

»Du hast mich genau verstanden«, sagte er. »Das Letzte, was ich brauche, ist eine verrückte Nachbarin. Ich möchte dich nicht kränken, aber ich habe schon vor einiger Zeit gelernt, dass man die Dinge beim Namen nennen muss.«

»Das ist nicht fair.«

»Ach, nein?« Er bemühte sich nicht, seine Skepsis zu überspielen. »Offen gesagt, ich finde, ich bin mehr als fair. Aber andererseits – wenn du bereit bist, noch mal von vorn anzufangen, dann bin ich dabei. Aber nur, wenn du dir wirklich sicher bist.«

»Ich bin mir sicher.«

»Also gut.« Er kam auf die Terrasse zurück. »Hi«, sagte er und streckte ihr die Hand hin. »Ich bin Travis Parker, und ich möchte dich in der Nachbarschaft willkommen heißen.«

Sie starrte auf seine Hand. Nach kurzem Zögern griff sie zu und sagte: »Ich bin Gabby Holland. Schön, dich kennenzulernen.«

»Was machst du denn so?«

»Ich bin medizinische Assistentin«, antwortete sie. Irgendwie kam sie sich blöd vor, aber sie spielte das Spiel weiter. »Und du?«

»Tierarzt«, sagte er. »Und woher kommst du?«

»Aus Savannah, Georgia. Und du?«

»Von hier. Ich bin in Beaufort aufgewachsen.«

»Gefällt es dir hier?«

»Ja, klar! Gutes Wetter, keine Verkehrsstaus.« Er schwieg für einen Moment. »Und die meisten Nachbarn sind sehr nett.«

»Das habe ich auch schon gehört«, sagte sie. »Man hat mir außerdem erzählt, dass der Tierarzt in Notfällen sogar Hausbesuche macht. In der Großstadt gibt es so etwas nicht.«

»Das glaube ich gern.« Er deutete mit einer Schulterbewegung zu seinem Haus hinüber. »Übrigens – nachher kommen ein paar Freunde vorbei, wir wollen mit dem Boot rausfahren. Hättest du vielleicht Lust mitzukommen?«

Sie kniff die Augen zusammen. »Ja, gern, aber ich will vorher noch für die Welpen meiner Hündin Molly ein Gehege bauen. Sie sind vor zwei Tagen auf die Welt gekommen. Und ich möchte nicht, dass ihr auf mich warten müsst.«

»Brauchst du Hilfe? Ich habe ein paar Bretter und Holzkisten in der Garage. Ich kann sie holen, das dauert nicht lange.«

Sie wusste zuerst nicht recht, ob sie sein Angebot annehmen sollte, doch dann lächelte sie. »Ja, in dem Fall komme ich natürlich gern mit.«

Travis hielt sein Versprechen: Er lief nach Hause, und als er zurückkam – immer noch mit nacktem Oberkörper, was Gabby etwas irritierte –, trug er vier lange Bretter unter dem Arm. Beim zweiten Mal brachte er die Kisten mit sowie einen Hammer und eine Handvoll Nägel.

Zwar tat er so, als würde er den Gestank nicht bemerken, aber Gabby fand, dass er das Gehege extrem schnell und effizient zusammenzimmerte. So ein Tempo hätte sie ihm gar nicht zugetraut.

»Wir sollten das Ganze am besten mit Zeitungspapier auslegen. Hast du genug alte Zeitungen?«

Gabby nickte. Das schien ihn zu beruhigen.

»Ausgezeichnet. Ich muss jetzt zu Hause noch ein paar Sachen vorbereiten«, sagte er. »Wir sehen uns nachher, okay?«

Wieder nickte Gabby nur. Ihr Magen war auf einmal ganz unruhig. Warum machte seine Gegenwart sie nur so kribbelig? Sie schaute ihm nach, bis er in seinem Haus verschwunden war, dann legte sie das Gehege mit Zeitungen aus und ging anschließend ins Schlafzimmer, um ihr Badezeug zusammenzusuchen. Die Quizfrage lautete: Bikini oder Einteiler?

Für beide Alternativen gab es ein Pro und Contra. Normalerweise würde sie einen Bikini tragen. Schließlich war sie sechsundzwanzig und unverheiratet, und auch wenn sie kein Topmodel war, wusste sie doch, dass sie im Bikini eine gute Figur machte. Kevin fand das auch. Allerdings war Kevin jetzt nicht bei ihr, und sie wollte einen Nachbarn besuchen (einen Mann!) – und ihr Bikini war ziemlich knapp geschnitten. Genauso gut konnte sie auch einen BH und ein winziges Höschen anziehen. Bei dem Gedanken wurde sie ganz unsicher – hieß das nicht, dass sie sich doch lieber für den Einteiler entscheiden sollte?

Aber der Badeanzug war schon alt und außerdem vom Chlorwasser und von der Sonne gebleicht. Ihre Mutter hatte ihn vor ein paar Jahren für sie gekauft, für die Nachmittage im Countryclub (der Himmel möge es verhüten, dass ihre Tochter sich entblößte wie eine Hure!). Er war von der Passform her nicht besonders vorteilhaft. An den Oberschenkeln war er nicht wie ein Tanga, sondern eher wie ein Schlüpfer geschnitten, wodurch die Beine kurz und kräftig wirkten.

Gabby wollte auf keinen Fall, dass ihre Beine unproportioniert wirkten. Andererseits – spielte das heute überhaupt eine Rolle? Nein, natürlich nicht, ermahnte sie sich. Und gleichzeitig dachte sie: Aber selbstverständlich!

Gut. Einteiler hieß die Parole. Auf diese Weise erweckte sie jedenfalls bei niemandem einen falschen Eindruck. Und es waren ja auch Kinder an Bord, nicht wahr? Grundsätzlich galt sowieso, dass man im Zweifelsfall lieber die konservative Variante wählen sollte. Damit fuhr man besser, als wenn man sich zu sehr ... enthüllte. Sie nahm den Einteiler, und gleich hörte sie die Stimme ihrer Mutter lobend flöten: *So ist's brav!*

Da warf sie den Badeanzug zurück aufs Bett und griff nach dem Bikini.

Kapitel 8

Du hast deine neue Nachbarin eingeladen, nicht wahr?«, fragte Stephanie. »Wie heißt sie noch mal?«

»Gabby«, antwortete Travis und zog das Boot näher an die Anlegestelle. »Sie müsste gleich hier sein.« Das Seil spannte sich und lockerte sich wieder, als er das Boot an seinen Platz manövriert hatte. Sie hatten es gerade zu Wasser gelassen und banden es jetzt fest, um die Kühlboxen zu laden.

»Sie ist Single, oder?«

»Wenn du meinst, unverheiratet – ja. Aber sie hat einen Freund.«

»Und?« Stephanie grinste. »Das hat dich doch noch nie von irgendetwas abgehalten.«

»Du siehst die Sache völlig falsch. Ihr Freund ist dieses Wochenende nicht hier, und sie hat sonst nichts vor, also habe ich mich als guter Nachbar gezeigt und sie eingeladen.«

»So so.« Stephanie nickte. »Sieht dir ähnlich, dass du dich wie der große Gentleman aufführst.«

»Ich bin ein Gentleman!«, protestierte er.

»Sag ich doch.«

Travis war mit dem Vertäuen des Bootes fertig.
»Ja, aber es klang nicht besonders überzeugend.«
»Ach, nein?«
»Mach ruhig so weiter.«
Travis nahm eine Kühlbox und sprang aufs Boot.
»Hmmm ... du findest sie attraktiv, sehe ich das richtig?« Stephanie gab nicht auf.
»Irgendwie schon.« Umständlich verstaute er die Box am vorgesehenen Platz.
»Was heißt das: *irgendwie schon?*«
»Was willst du hören?«
»Gar nichts.«
Travis musterte seine Schwester prüfend. »Wieso habe ich das Gefühl, dass das heute für uns ein langer Tag wird?«
»Keine Ahnung.«
»Bitte tu mir den Gefallen und sei nett zu ihr.«
»Wie meinst du das?«
»Das weißt du genau. Lass ihr Zeit, sich in der Situation zurechtzufinden und alle ein bisschen kennenzulernen, ehe du sie dir vornimmst.«
Stephanie kicherte. »Dir ist klar, mit wem du redest, oder irre ich mich?«
»Ich wollte eigentlich nur sagen, dass sie deinen Humor eventuell nicht sofort versteht.«
»Ich verspreche dir hoch und heilig, dass ich mich gut benehmen werde.«

»Kommst du mit nackt baden?«, fragte Stephanie.
Gabby blinzelte. Sie wusste nicht, ob sie Travis' Schwester richtig verstanden hatte. »Wie bitte?«

Vor einer Minute war Stephanie auf sie zugekommen, in einem langen T-Shirt und mit zwei Bier in der Hand, eine der Flaschen war für Gabby. Sie hatte sich als Travis' Schwester vorgestellt, und sie waren gemeinsam auf die hintere Terrasse gegangen, um sich noch ein bisschen zu setzen, während Travis weiter mit den Vorbereitungen beschäftigt war.

»Natürlich nicht sofort.« Stephanie winkte ab. »Meistens müssen alle erst ein paar Bier intus haben, bis sie locker genug sind, um die Hüllen fallen zu lassen.«

»Nackt baden?«

»Du weißt doch, dass Travis FKKler ist, oder?« Sie deutete mit einer Kopfbewegung auf die Rutsche, die Travis vorhin aufgestellt hatte. »Und danach rutschen wir meistens ein bisschen.«

Obwohl sich in ihrem Kopf alles drehte, nickte Gabby gehorsam. Das war also der Grund, warum Travis oft nur halb bekleidet herumlief und völlig unbefangen wirkte, wenn er sich mit nackter Brust mit ihr unterhielt! Trieb er deshalb auch so viel Sport?

Durch Stephanies Lachen wurde sie aus ihren Grübeleien geholt.

»Das sollte ein Witz sein!«, kicherte sie. »Glaubst du wirklich, ich würde in Gegenwart meines Bruders nackt baden? Iiih! Das wäre ja krass.«

Gabby merkte, dass sie rot wurde. »Ich war sicher, dass es ein Witz war.«

»Ich glaube, du hast es für bare Münze genommen. Wie lustig! Aber nimm's mir bitte nicht übel. Mein Bruder hat nämlich extra gesagt, ich soll nett zu dir sein. Aus irgendeinem Grund denkt er, dass mein Humor gewöhnungsbedürftig ist.«

Das habe ich auch schon gemerkt, dachte Gabby, sagte aber nur: »Ehrlich?«

»Ja, er hat mich richtig ermahnt, aber wenn du mich fragst – wir sind beide aus demselben Holz geschnitzt. Wo soll ich es denn sonst gelernt haben?« Sie lehnte sich zurück und schob ihre Sonnenbrille ein Stück nach oben. »Travis hat mir erzählt, du bist medizinische Assistentin?«

»Ja, ich arbeite in der Kinderarztpraxis.«

»Und? Gefällt es dir da?«

»Sehr gut sogar«, antwortete sie. Von ihrem aufdringlichen Kollegen und von den gelegentlich nervigen Eltern wollte sie lieber nicht reden. »Und was machst du?«

»Ich studiere.« Sie trank einen Schluck Bier. »Ich habe vor, ewige Studentin zu werden.«

Zum ersten Mal musste Gabby lachen. Sie merkte, dass sie sich nun doch etwas entspannte. »Weißt du eigentlich, wer sonst noch kommt?«

»Ach, die üblichen Verdächtigen. Travis hat drei Freunde, die er seit dem Kindergarten kennt, und die bringen bestimmt ihre Frauen und Kinder mit. Das Parasailboot holt er sonst nicht mehr oft raus, deshalb liegt es im Jachthafen. Normalerweise nimmt er das Wasserskiboot, weil Wakeboarden oder Wasserski viel unkomplizierter ist. Man muss nur einsteigen, den Lift runterlassen, und schon geht's ab. Außerdem kann man ja fast überall wakeboarden oder Wasserski fahren oder surfen. Aber Parasailing ist echt super.

Deswegen bin ich überhaupt hier. Eigentlich müsste ich nämlich für die Uni lernen, und ich hätte jetzt am Wochenende sogar einen Intensivkurs ... Hast du Erfahrung mit Parasailing?«

»Nein.«

»Ich wette, es gefällt dir. Und Travis weiß genau, was er tut. Mit solchen Sachen hat er sich während des Studiums ein paar Dollar dazuverdient. Jedenfalls behauptet er das. Ich glaube allerdings eher, dass er jeden verdienten Dollar sofort in das Boot investiert hat. Diese Dinger werden von CWS hergestellt, speziell für Parasailing, und sind irrsinnig teuer. Und Joe, Matt und Laird sind zwar seine besten Freunde, aber sie haben früher trotzdem von ihm verlangt, dass er ihnen Kohle gibt, wenn sie als Studenten die Touristen aufs Meer rausgefahren haben. Ich würde vermuten, dass er nie auch nur fünf Cent Profit gemacht hat.«

»Das klingt ja nach einem ziemlich gerissenen Geschäftsmann.«

Stephanie lachte. »Ja, so ungefähr. Mein Bruder, ein zweiter Donald Trump – mindestens. In Wirklichkeit ist ihm Geld völlig egal. Schon immer. Das heißt – er verdient natürlich ganz gut und ist finanziell unabhängig, aber alles, was er nicht verbraucht, gibt er für neue Boote oder Jetskis aus. Oder für Reisen. Er war schon überall. Europa, Mittelamerika, Südamerika, Australien, Afrika, Bali, China, Nepal ...«

»Wirklich?«

»Du klingst so erstaunt.«

»Bin ich auch.«

»Warum?«

»Ich weiß auch nicht. Wahrscheinlich weil ...«

»Weil er so lässig tut – als wäre ihm alles gleichgültig und das ganze Leben eine einzige Party?«

»Nein, nein.«

»Sondern?«

»Na ja ...« Gabby verstummte, und Stephanie lachte wieder.

»Er genießt das Leben, er ist ein weit gereister junger Mann. Aber unten drunter ist und bleibt er der Junge aus der Kleinstadt, genau wie die anderen auch. Sonst würde er ja nicht hier leben, stimmt's?«

»Stimmt«, sagte Gabby, die nicht wusste, ob Stephanie überhaupt eine Antwort erwartete.

»Also – auf jeden Fall macht dir das Parasailing bestimmt Spaß. Du leidest doch nicht an Höhenangst, oder?«

»Nein, nicht direkt. Ich bin nicht gerade ein Höhenfan, aber ich kann damit umgehen.«

»Es ist echt nicht schlimm. Du musst einfach immer dran denken, dass du einen Fallschirm hast.«

»Danke für den Tipp.«

Man hörte, wie in der Ferne eine Autotür ins Schloss fiel. Stephanie richtete sich auf.

»Hier kommen die Clampetts – du weißt schon, die aus *Beverly Hillbillies*«, sagte Stephanie. »Oder, wenn's dir lieber ist, die *Brady Family*. Mach dich auf was gefasst – sie sind echt wie aus einer dieser Familienserien aus den Sechziger- oder Siebzigerjahren. Unser ruhiger Vormittag ist zu Ende.«

Gabby drehte sich um und sah eine lärmende Gruppe von Menschen ums Haus herumkommen. Alle lachten und redeten durcheinander, die Kinder liefen vor den Erwachsenen her, allerdings noch so wackelig, dass man dauernd das Gefühl hatte, sie würden gleich hinfallen.

Stephanie beugte sich näher zu ihr. »Man kann sie ganz leicht auseinanderhalten. Megan und Joe sind die beiden mit den blonden Haaren. Laird und Allison sind ziemlich groß. Und Matt und Liz sind ... weniger schlank als die anderen.«

Gabbys Mundwinkel gingen nach oben. »Weniger schlank ist gut.« Während die Neuankömmlinge ins Haus gingen, blieben sie und Stephanie noch kurz auf der Terrasse sitzen, und Stephanie erklärte ihr die Zusammenhänge.

»Na ja, ich wollte nicht direkt sagen, sie sind rundlich. Aber wenn du dir das merkst, hast du alles im Griff. *Theoretisch* finde ich es immer strapaziös, mehreren Leuten gleichzeitig vorgestellt zu werden, weil man die ganzen Namen sofort wieder vergisst.«

»Was heißt *theoretisch*?«

»In Wirklichkeit kann ich mir Namen gut merken. Es klingt zwar irgendwie angeberisch, aber ich vergesse nie einen.«

»Und wie kommst du auf die Idee, dass ich Namen vergesse?«

Stephanie zuckte die Achseln. »Weil du nicht ich bist.«

Gabby lachte wieder. Stephanie wurde ihr mit jeder Minute sympathischer. »Und die Kinder?«

»Tina, Josie und Ben. Bei Ben weiß man gleich,

wer es ist. Merk dir einfach, dass Josie einen Pferdeschwanz hat.«

»Aber was mache ich, wenn sie beim nächsten Mal keinen Pferdeschwanz hat?«

Stephanie grinste. »Wieso fragst du das? Denkst du, dass du von jetzt an regelmäßig mitkommst? Was sagt denn dein Freund dazu?«

Gabby schüttelte den Kopf. »Nein, nein, du hast mich falsch verstanden –«

»Reingefallen – das sollte auch ein Witz sein. Meine Güte, bist du aber empfindlich!«

»Ich weiß nur nicht, ob ich Tina und Josie auseinanderhalten kann.«

»Also gut. Ich verrate dir einen Trick. Bei Tina musst du an Tina Louise aus der Serie *Gilligans Insel* denken. Erinnerst du dich? Das ist die Schauspielerin, die Ginger Grant spielt. Sie hat auch rote Haare.«

Gabby nickte.

»Und bei Josie denkst du an die Serie *Josie und die Pussycats*. Das reicht. Für Ben gibt es natürlich auch eine Eselsbrücke – er ist groß und kräftig für sein Alter, also wie Big Ben, dieser viereckige Uhrturm in London.«

»Okay …«

»Ich meine es ernst. Mit diesen Gedächtnisstützen kommst du durch. Bei Joe und Megan, den beiden Blonden, denkst du an die alte Actionfigur, den blonden GI Joe, und den lässt du gegen einen Megalodon kämpfen, gegen ein Exemplar dieser ausgestorbene Haifischsorte, das passt doch, oder? Du musst das alles plastisch vor dir sehen.«

Wieder nickte Gabby.

»Bei Laird und Allison hilft das Bild von einer riesengroßen Allosaurus-Dame, die einen Lehrer trifft. Na ja, irgendwie geht's schon. Und dann noch Matt und Liz ...« Stephanie überlegte für einen Moment. »Ah, jetzt weiß ich's. Denke an Liz Taylor, die in einer Hängematte liegt und Chips isst. Hast du die Szene vor Augen?«

Gabby versuchte sich zu konzentrieren, und Stephanie musste ihre Beschreibungen noch einmal wiederholen, aber dann bestand sie den Test. Tatsächlich waren alle Namen hängen geblieben, wie Gabby verwundert feststellte.

»Nicht übel, der Trick, was?«

»Super!«

»Das gehört zu meinen Spezialgebieten an der Uni.«

»Machst du das bei allen Leuten, die du kennenlernst?«

»Nein, eigentlich nicht. Jedenfalls nicht bewusst. Bei mir kommt das eher automatisch. Aber du wirst unsere Gäste ganz schön beeindrucken.«

»Muss ich sie denn beeindrucken?«

»Natürlich nicht. Aber Spaß macht es trotzdem.« Stephanie zuckte wieder die Achseln. »Also, vergiss nicht, was ich dir beigebracht habe – und jetzt muss ich dir noch *eine* Frage stellen.«

»Schieß los.«

»Wie heiße ich?«

»Das weiß ich doch.«

»Gut – wie heiße ich?«

»Du heißt …« Gabby verstummte. Ihr Kopf war plötzlich ganz leer.

»Stephanie. Einfach Stephanie.«

»Wie bitte? Keine Eselsbrücke?«

»Nein. Meinen Namen musst du dir so einprägen.« Stephanie stand auf. »Komm, wir gehen zu den anderen. Wie sie heißen, weißt du ja schon. Am besten tust du so, als hättest du keine Ahnung, wer sie sind, dann staunen sie ohne Ende.«

Gabby wurde nun mit Megan, Allison und Liz bekannt gemacht. Die Frauen mussten die Kinder im Auge behalten, die hintereinander herjagten, während Joe, Laird und Matt schon mit Handtüchern und Kühlboxen bepackt zur Anlegestelle hinuntergingen, um Travis zu begrüßen.

Stephanie umarmte alle und wurde gleich ausgefragt, wie es an der Uni laufe und so weiter. Gabby freute sich, dass die Sache mit den Merkhilfen tatsächlich funktionierte, und sie überlegte sich, ob sie den Trick auch bei ihren Patienten ausprobieren sollte – aber da konnte sie ja eigentlich den Namen immer von der Karte ablesen.

Aber vielleicht bei Kevins Arbeitskollegen …

»Hey! Seid ihr so weit?«, rief Travis. »Es geht los!«

Gabby hielt sich im Hintergrund. Ein wenig nervös zupfte sie an dem T-Shirt herum, das sie über ihrem Bikini trug. Letzten Endes hatte sie nämlich beschlossen, sich einfach nach den anderen Frauen zu richten: Später konnte sie ja T-Shirt und Shorts ausziehen – oder auch nicht, je nachdem.

Die Männer waren schon auf dem Boot, als sie zur Anlegestelle kamen. Die Kinder in ihren Schwimmwesten wurden Joe überreicht; Laird streckte die Hand aus, um den Frauen ins Boot zu helfen. Gabby hatte Mühe, nicht das Gleichgewicht zu verlieren, weil es so schaukelte. Sie staunte, wie groß das Boot war. Es war mindestens anderthalb Meter länger als Travis' Skiboot. Seitlich verlief eine Bank, auf der sich die anderen schon größtenteils niedergelassen hatten. Nur Stephanie und Allison (*die groß gewachsene Allosaurus-Dame*) hatten sich vorn im Boot einen Platz gesucht. Im ... Bug? Oder doch im Heck? Gabby schüttelte ratlos den Kopf. Im hinteren Teil des Bootes befanden sich eine große Plattform und eine Winde. Travis stand am Steuer. Joe (*der blonde GI*) löste die Leine, mit der das Boot vertäut war, während Laird (*der Lehrer*) sie aufrollte. Gleich darauf trat Joe neben Travis, während Laird zu Josie (*und die Pussycats*) ging.

Gabby grinste. Echt praktisch, diese Methode.

»Komm, setz dich zu uns«, befahl Stephanie und klopfte auf den Platz neben sich.

Gabby gehorchte. Aus dem Augenwinkel sah sie, wie Travis aus einem Fach eine Baseballkappe holte. Normalerweise fand sie solche Mützen bei erwachsenen Männern eher albern, aber zu seiner unbekümmerten Art passten sie.

»Kann's losgehen?«, rief er.

Er wartete keine Antwort ab. Das Boot tuckerte los und pflügte sich durch die sanfte Dünung. Sie erreichten die Mündung des Flusses und fuhren nach

Süden, in den Back Sound. Vor ihnen erstreckten sich die Shafford Banks, vorgelagerte Inseln mit grasbewachsenen Dünen.

Gabby wandte sich an Stephanie. »Wohin fahren wir eigentlich?«

»Höchstwahrscheinlich zum Cape Lookout. Es sei denn, dass im Sund wenig Boote sind, dann fahren wir bis zum Beaufort Inlet und von dort hinaus in die Onslow Bay. Danach machen wir ein Picknick, entweder auf dem Boot oder auf den Shackleford Banks oder am Cape Lookout. Es kommt darauf an, wo wir landen und wie die allgemeine Stimmung ist. Im Grund entscheiden das die Kinder. Sekunde...« Sie drehte sich zu Travis um. »Hey, Trav! Kann ich ans Steuer?«

Ihr Bruder blickte erstaunt hoch. »Seit wann möchtest du *steuern*?«

»Seit gerade eben. Ich hab schon lange nicht mehr die Steuerfrau gespielt.«

»Okay – später.«

»Nein, jetzt gleich.«

»Wieso?«

Stephanie schüttelte den Kopf, als könnte sie es nicht fassen, dass Männer manchmal so schwer von Begriff sind. Dann stand sie auf und zog sich mit einer schnellen Bewegung ihr T-Shirt über den Kopf, ohne jede Spur von Befangenheit. »Ich bin gleich zurück«, sagte sie zu Gabby. »Jetzt muss ich mir erst mal meinen bescheuerten Bruder vornehmen.«

Während Stephanie nach hinten ging, neigte sich Allison zu Gabby und sagte:

»Mach dir keine Sorgen – Stephanie und Travis reden immer so miteinander.«

»Ich habe das Gefühl, die beiden verstehen sich wunderbar.«

»Ja, das stimmt, auch wenn sie das immer abstreiten würden. Travis würde sagen, Laird ist sein bester Freund. Oder Joe. Oder Matt. Auf keinen Fall Stephanie. Aber ich weiß es besser.«

»Laird ist dein Mann, nicht wahr? Und gerade hat er Josie auf dem Schoß?«

Allison konnte ihr Staunen nicht verbergen. »Du hast dir gleich unsere Namen gemerkt? Aber wir sind uns doch nur kurz vorgestellt worden.«

»Ich habe ein gutes Namensgedächtnis.«

»Das kann man laut sagen. Weißt du die von den anderen auch noch?«

»Ja, klar.« Gabby rasselte die Namen sämtlicher Passagiere herunter und war richtig stolz auf sich.

»Toll! Genau wie Stephanie. Kein Wunder, dass ihr euch auf Anhieb so gut versteht.«

»Sie ist sehr nett.«

»Ja, vor allem wenn man sie ein bisschen näher kennt. Aber etwas eigenwillig ist sie schon.« Allison schaute nach hinten: Stephanie redete sehr temperamentvoll auf ihren Bruder ein. Mit der einen Hand hielt sie sich an der Reling fest, während sie mit der anderen wild herumfuchtelte.

»Wie habt ihr euch eigentlich kennengelernt, du und Travis? Stephanie hat erwähnt, dass du in seiner Nähe wohnst?«

»Ja, das stimmt. Wir sind sogar direkte Nachbarn.«

»Und?«

»Und ... Ach, das ist eine längere Geschichte. Aber ich mach's kurz. Also, meine Hündin Molly hatte Probleme beim Werfen, und Travis war so lieb und hat sich um sie gekümmert. Und danach hat er mich eingeladen, heute mitzukommen.«

»Er kann wirklich supergut mit Tieren umgehen. Mit Kindern übrigens auch.«

»Wie lange kennst du ihn schon?«

»Eine halbe Ewigkeit. Laird und ich sind seit dem Studium zusammen, und Travis habe ich dann durch Laird kennengelernt. Die zwei haben schon gemeinsam im Sandkasten gespielt. Und Travis war unser Trauzeuge. Ah – wenn man vom Teufel spricht ... Hallo, Travis.«

»Hey«, sagte er. »Das wird bestimmt toll heute, was?« Stephanie stand nun am Steuer und tat so, als würde sie sich ausschließlich auf diese Aufgabe konzentrieren.

»Hoffentlich ist es nicht zu windig.«

Allison blickte sich um. »Sieht nicht danach aus, finde ich.«

»Wieso? Was passiert, wenn es windet?«, wollte Gabby wissen.

»Für Parasailing ist Wind nicht so günstig«, antwortete Travis. »Der Schirm kann reißen, und die Seile verheddern sich womöglich, und das ist so ziemlich das Letzte, was man bei einem Fallschirm brauchen kann.«

Gabby sah die Szene vor sich – wie sie völlig unkontrollierbar durch die Luft trudelte und sich unaufhaltsam der Wasseroberfläche näherte ...

Travis schien ihre Angst zu bemerken. »Keine Bange«, beruhigte er sie. »Wenn ich auch nur im Geringsten befürchte, dass es gefährlich werden könnte, geht niemand hoch.«

»Ich hoffe nur, es gibt keinen Grund zu dieser Vorsicht«, warf Allison ein. »Aber auf jeden Fall schlage ich vor, dass Laird anfängt.«

»Wieso?«

»Er hätte diese Woche Josies Zimmer streichen sollen – das hat er mir schon lange versprochen. Aber ist das Zimmer frisch gestrichen? Natürlich nicht. Also ist er dran.«

»Tja, da muss er sich leider hinten anstellen. Megan hat nämlich bereits Joe vormerken lassen. Ich glaube, weil er nicht genug Zeit mit der Familie verbringt.«

Gabby ahnte, dass solche vertraulich-neckenden Dialoge öfter stattfanden, und fühlte sich ausgeschlossen. Schade, dass Stephanie nicht bei der Gruppe stand. Irgendwie kam ihr Travis' Schwester schon fast vor wie eine Freundin.

»Festhalten!«, rief Stephanie und riss das Steuer herum.

Instinktiv klammert sich Travis seitlich ans Boot – es wurde von einem heftigen Wellengang erfasst, der Bug hob sich und schlug mit einem harten Aufprall wieder auf. Allison schaute sich sofort nach den Kindern um. Josie war hingefallen und weinte, aber Laird zog sie wieder hoch.

»Du hast doch gesagt, du hältst sie fest!«, schimpfte Allison und nahm Josie in den Arm. »Komm her, Schätzchen, Mommy ist ja bei dir …«

»Ich habe sie doch festgehalten!«, protestierte Laird. »Wenn unsere Steuerfrau, dieser Möchtegern-Dale-Earnhardt, sich nicht aufführen würde wie ein Rennfahrer, sondern etwas besser aufgepasst hätte ...«

»Schieb die Schuld gefälligst nicht auf mich!«, rief Stephanie. »Ich habe doch gesagt, ihr sollt euch festhalten, aber du hast wahrscheinlich nicht zugehört. Ich kann den Wellengang hier draußen nicht kontrollieren.«

»Aber du könntest langsamer fahren ...«

Travis schüttelte den Kopf und setzte sich neben Gabby.

»Ist das immer so?«, fragte sie.

»Ja, eigentlich schon«, antwortete er. »Jedenfalls seit die Kinder da sind. Du kannst dich darauf verlassen, dass jedes von ihnen im Lauf des Tages ein paarmal in Tränen ausbricht. Aber das macht die Unternehmung erst richtig abwechslungsreich.« Er lehnte sich zurück, die Füße fest auf dem Boden. »Und – wie findest du meine Schwester?«

Weil die Sonne hinter ihm stand, konnte Gabby seine Gesichtszüge nicht richtig entziffern. »Ich finde sie sehr charmant. Sie ist ... ungewöhnlich.«

»Ich habe den Eindruck, dass Stephanie dich auch nett findet. Wenn sie etwas gegen dich einzuwenden hätte, würde ich es sofort erfahren, das kannst du mir glauben. Sie ist zwar sehr intelligent, aber sie weiß nicht, dass es Situationen gibt, in denen man seine Meinung besser für sich behält. Wenn du mich fragst – ich habe den Verdacht, dass sie von meinen Eltern heimlich adoptiert wurde.«

»Das glaube ich nicht. Wenn du dir die Haare ein bisschen länger wachsen lässt, könnt ihr beide als Schwestern durchgehen.«

Travis grinste. »Du klingst ja schon ganz wie Stephanie.«

»Wahrscheinlich ist ihre Art ansteckend.«

»Hast du die anderen auch schon kennengelernt?«

»Wir haben uns begrüßt, und mit Allison habe ich mich ein wenig unterhalten.«

»Sie sind die liebsten Menschen auf der ganzen Welt«, sagte Travis und nahm seine Baseballkappe ab. »Für mich sind sie mehr als Freunde. Eher so was wie Familie.«

Gabby musterte ihn neugierig, und auf einmal verstand sie, was gespielt wurde. »Stephanie hat dich abgelöst, damit du dich mit mir unterhalten kannst, stimmt's?«

»Ja, das stimmt«, gab er zu. »Sie hat mich darauf hingewiesen, dass du mein Gast bist und dass es unhöflich ist, wenn ich mich nicht um dich kümmere. Ein Gast soll sich wohlfühlen.«

»Keine Sorge – mir geht es gut.« Gabby machte eine lässige Handbewegung. »Wenn du wieder ans Steuer willst, lass dich nicht davon abhalten. Ich finde es sehr schön, einfach die Aussicht zu genießen.«

»Warst du denn schon mal am Cape Lookout?«, fragte er.

»Nein.«

»Cape Lookout ist ein Nationalpark, und es gibt da eine entlegene Bucht, die besonders gut geeignet ist für kleine Kinder, weil sich die Wellen dort nicht brechen. Und auf der anderen Seite – also zum Atlantik hin – ist fast unberührter weißer Sandstrand, den man sonst kaum noch findet.«

Er schaute sich um, und Gabby folgte seinem Blick. Man konnte jetzt sehr gut die Kulisse von Beaufort sehen, und gleich hinter dem Hafen, wo die Masten der Segelboote wie erhobene Zeigefinger in den Himmel ragten, reihten sich die Restaurants am Ufer wie Perlen aneinander. In alle Richtungen flitzten Jetskis hin und her und ließen eine weiße Schaumspur hinter sich zurück. Obwohl Gabby es nicht wahrhaben wollte, spürte sie doch, dass sich Travis Körper etwas näher zu ihr neigte.

»Wirklich ein hübsches Städtchen«, murmelte sie.

»Ja, ich mag Beaufort sehr – seit jeher«, sagte er. »Als Kind habe ich natürlich auch davon geträumt, in eine Großstadt zu ziehen, aber dann ist mir klar geworden: Hier bin ich zu Hause.«

Sie fuhren jetzt in die schmale Fahrrinne des Beaufort Inlet. Die Häuser hinter ihnen wurden immer kleiner, vor ihnen öffnete sich die Onslow Bay, die in den Atlantik überging. Eine einsame Wolke schwebte am Horizont – ein hübsches weißes Gebilde, wie aus Schnee geformt. Hoch über ihnen wölbte sich ein sanftblauer Himmel, auf der Wasseroberfläche funkelten unzählige Sonnendiamanten. Nach der hektischen Aktivität des Back Sound empfing sie hier eine Atmosphäre der Abgeschiedenheit, nur gelegentlich unterbrochen durch den Anblick eines Bootes, das in die flachen Gewässer der Shackleford Banks einbog. Die drei Paare im vorderen Teil des Bootes waren von der Szenerie genauso fasziniert wie Gabby, und auch die Kinder wurden viel ruhiger. Sie kuschelten sich an ihre Eltern, und es hatte den Anschein, als würden sie gleich einschlafen. Gabby spürte, wie ihr der Wind durch die Haare pustete, und gleichzeitig spürte sie die wohltuende Wärme der Sommersonne.

»Hey, Trav!«, rief Stephanie. »Ist das okay so?«

Travis erwachte aus seiner Trance und blickte sich um.

»Ich würde sagen, wir fahren noch ein Stück weiter. Wir müssen vor allem darauf achten, dass wir genug Platz haben. Wir haben eine Anfängerin an Bord.«

Stephanie nickte, und das Boot beschleunigte wieder.

Gabby beugte sich zu Travis. »Wie funktioniert das Ganze eigentlich?«

»Es ist total einfach«, erklärte er. »Zuerst öffne ich den Fallschirm und mache ihn so weit fertig, dass man die Gurte einhängen kann – und dafür brauche ich diese Stange da.« Er deutete hinter sich. »Dann legt ihr – du und dein Partner – die Gurte an, ich klicke sie an die lange Stange, und ihr setzt euch auf die Plattform. Wenn das erledigt ist, bediene ich die Winde, und los geht's, ihr hebt ab. Es dauert ein paar Minuten, bis man die richtige Höhe erreicht hat, und dann ... na ja, dann schwebt man hoch oben in der Luft. Man hat eine fantastische Aussicht auf Beaufort und den Leuchtturm, und weil es heute so klar ist, sieht man sicher auch Delfine und Rochen und Haifische und sogar Schildkröten. Ich habe sogar schon Wale gesichtet. Zur Abwechslung können wir das

Tempo so weit drosseln, dass man mit den Füßen die Wasseroberfläche berührt, und wenn das Boot beschleunigt, geht man wieder hoch. Es macht wahnsinnig viel Spaß.«

»Sagtest du – Haifische?«

»Ja, klar. Immerhin ist das hier der Atlantische Ozean.«

»Beißen sie?«

»Manche schon. Männliche Haifische können ziemlich aggressiv sein.«

»Dann möchte ich lieber nicht zum Wasser runter – vielen Dank!«

»Keine Bange. Die Haie greifen nicht an.«

»Du hast gut reden.«

»Ich habe noch nie gehört, dass jemand beim Parasailing von einem Hai attackiert wurde. Man ist ja höchstens zwei, drei Sekunden im Wasser. Und die Haie sind normalerweise sowieso erst in der Abenddämmerung auf Futtersuche.«

»Ich weiß nicht recht ...«

»Aber wenn ich bei dir bin? Würdest du es dann ausprobieren? Ich finde, du darfst dir die Gelegenheit nicht entgehen lassen.«

Sie zögerte, dann nickte sie. »Ich überleg's mir«, sagte sie. »Aber ich verspreche gar nichts.«

»Gut, einverstanden.«

»Du gehst offenbar davon aus, dass wir zwei gemeinsam fliegen?«

Er zwinkerte ihr zu und lächelte sein strahlendes Lächeln. »Ja – klar.«

Gabby bemühte sich, das seltsame Ziehen im Bauch

zu ignorieren, und griff schnell nach ihrer Handtasche, um die Sonnencreme herauszuholen. Sie drückte ein bisschen Creme auf ihre Hand und rieb sich hektisch das Gesicht ein. Vielleicht gelang es ihr so, Distanz zwischen sich und ihn zu bringen.

»Stephanie hat mir erzählt, dass du viel gereist bist.«

»Ja, ich war schon hier und da.«

»Bei deiner Schwester klang das anders. Als wärst du so gut wie überall gewesen.«

Er schüttelte den Kopf. »Wenn's mal so wäre! Stimmt aber leider nicht. Glaub mir – es gibt jede Menge Orte, die ich nicht kenne.«

»Wo hat es dir am besten gefallen?«

Er blickte fast verträumt in die Ferne. »Das kann ich nicht sagen.«

»Aber ... wenn du mir etwas empfehlen solltest, was würdest du dann wählen?«

»Darum geht es nicht.«

»Wie meinst du das?«

»Reisen hat weniger damit zu tun, was man sieht, als mit den Erfahrungen, die man unterwegs macht ...« Er schaute hinaus aufs Wasser und konzentrierte sich. »Ich würde es mal so sagen: Als ich mit dem College fertig war, habe ich zuerst nicht recht gewusst, was ich tun soll, deshalb habe ich beschlossen, ein Jahr durch die Welt zu reisen. Ich hatte Geld gespart – nicht genug für ein ganzes Jahr, versteht sich, jedenfalls habe ich gedacht, ich bräuchte noch viel mehr. Aber ich hab meine Sachen gepackt, samt Fahrrad, und bin nach Europa geflogen. Dort bin ich erst mal drei Monate geblieben ... ich habe getan, wozu ich Lust hatte, und mich wenig für die Touristenattraktionen interessiert oder für das, was man offiziell besichtigen soll. Ich hatte nicht mal einen richtigen Plan. Aber ich habe sehr, sehr viel gesehen. Wenn ich zurückdenke, erinnere ich mich hauptsächlich an die Leute, die ich kennengelernt habe, an die Freundschaften, die ich geschlossen habe, und an den Spaß, den wir miteinander hatten. Klar, ich war in Rom im Kolosseum, und in Venedig habe ich mir die Kanäle und Brücken angeschaut, aber im Gedächtnis geblieben ist mir vor allem ein Wochenende in Bari – die Stadt liegt weiter im Süden und gehört nicht zu den bekannten Reisezielen, aber ich habe dort ein paar italienische Studenten kennengelernt, und mit denen war ich in einer kleinen Kneipe, in der eine Band aus der Gegend aufgetreten ist. Die meisten konnten kein Wort Englisch, und ich beherrsche gerade genug Italienisch, um die Speisekarte einigermaßen zu verstehen, aber wir haben den ganzen Abend geredet und gelacht. Danach haben sie mir dann noch Lecce und Matera gezeigt, und wir wurden richtig gute Freunde. Ganz ähnlich lief das auch in Frankreich und Norwegen und Deutschland. Ich habe in irgendwelchen Hostels übernachtet, wenn es nicht anders ging, aber meistens habe ich Leute getroffen, die mir anboten, ein paar Tage bei ihnen zu wohnen. Außerdem habe ich alle möglichen Jobs angenommen, um ein bisschen Geld dazuzuverdienen, und wenn ich dann fand, so jetzt reicht's, bin ich weitergefahren. Zuerst habe ich gedacht, das klappt alles so gut, weil

Europa und Amerika ähnlich sind, aber in den anderen Ländern der Erde war es genauso. Ich war in Syrien, Äthiopien, Südafrika, Japan und China … Manchmal kam's mir fast so vor, als wäre es mir vorherbestimmt gewesen, diese Reise zu machen, als hätten die ganzen Menschen nur auf mich gewartet …«

Er schwieg kurz, und als er weiterredete, schaute er Gabby direkt in die Augen.

»Aber ich habe mich verändert. Ich war ja schon am Ende der Reise ein anderer Mensch als am Anfang. Und morgen bin ich nicht mehr derselbe wie heute. Das bedeutet, dass ich diese Reise unmöglich wiederholen kann. Selbst wenn ich an dieselben Orte fahren und mich mit denselben Leuten verabreden würde – es wäre etwas anderes. Meine Erlebnisse wären nicht identisch mit den Erfahrungen von damals. Und genau das ist für mich beim Reisen das Entscheidende: dass man Menschen kennenlernt und eine andere Kultur nicht nur von außen bestaunt, sondern wirklich in ihr lebt, zusammen mit den Einheimischen. Und dass man immer spontan entscheiden kann. Deshalb kann ich anderen Leuten keine Reiseempfehlungen geben. Ich weiß ja nicht mal, was mich selbst erwartet. Ich mache dir einen Vorschlag: Schreib einfach verschiedene Orte auf Karteikarten, mische sie gut und such dir fünf aus, nach dem Zufallsprinzip. Und dann … dann musst du einfach abwarten, was passiert. Wenn man die richtige Einstellung hat, spielt es keine Rolle, wo man landet oder wie viel Geld man in der Tasche hat. Es wird auf jeden Fall eine Erfahrung, die man nie vergisst.«

Gabby war ganz still geworden. »Wow«, murmelte sie nur.

»Was?«

»Bei dir klingt das so ... so romantisch.«

Eine Weile lang schwiegen sie beide. Als Stephanie das Tempo drosselte, nickte Travis ihr zu und stand auf. Stephanie zog den Gashebel zurück, wodurch das Boot noch langsamer wurde.

»Jetzt geht's los«, verkündete er, ging zu der Staukiste und holte den Fallschirm heraus. »Und – bist du bereit für eine neue Erfahrung?«, fügte er an Gabby gewandt hinzu.

Sie schluckte. »Ich kann's kaum erwarten.«

Kapitel 9

Nachdem der Fallschirm geöffnet war und Joe und Megan die Gurte angelegt hatten, schwebten sie himmelwärts. Nach ihnen waren Allison und Laird an der Reihe, gefolgt von Matt und Liz. Ein Paar nach dem anderen setzte sich auf die Plattform, wurde in die Luft gehoben, indem sich das Seil von der Winde abrollte, bis es eine Höhe von etwa dreißig Metern erreicht hatte. Wie klein und unbedeutend sie aussehen, während sie über dem Wasser schweben, dachte Gabby. Travis, der jetzt wieder das Steuer übernommen hatte, hielt das Tempo gleichmäßig, fuhr große, weite Kurven, bis er dann das Boot fast zum Stillstand brachte. Sobald die beiden Schwebenden mit den Füßen knapp das Wasser berührten, gab er ordentlich Gas, sodass der Fallschirm wieder nach oben ging wie ein Drachen, den man im Park fliegen lässt.

Alle strahlten, wenn sie wieder auf der Plattform landeten, und berichteten enthusiastisch von den Fischen und Delfinen, die sie gesehen hatten. Gabby wurde trotzdem immer nervöser. Stephanie, die nicht mitmachte, räkelte sich in ihrem Bikini vorn auf dem

Boot und bräunte sich, in der Hand eine Flasche Bier. Sie prostete Gabby zu, als diese an der Reihe war.

»Viel Glück, Mädel!«

Travis lächelte Gabby an. »Komm«, sagte er. »Ich helfe dir mit den Gurten.«

Liz kam von der Plattform herunter und gab ihr die Schwimmweste.

»Es ist wirklich super«, schwärmte sie. »Ich wette, es macht dir einen Riesenspaß.«

Travis ging mit Gabby zur Plattform, sprang hinauf und beugte sich dann zu ihr herunter, um ihr hochzuhelfen. Wie warm sich seine Hand anfühlt, dachte Gabby. Das Gurtgeschirr lag auf dem Boden, und Travis deutete auf die beiden größeren Schlingen.

»Da musst du reintreten und dann das ganze Ding hochziehen. Ich zurre die Gurte hinten für dich fest.«

Sie tat, was er gesagt hatte, und stemmte sich gegen den Zug der Leinwandgurte. »Das war's schon?«

»Fast. Wenn du auf der Plattform sitzt, muss der breitere Gurt unter deinen Oberschenkeln liegen und nicht unter deinem ... verlängerten Rücken. Sonst wird dein Gewicht nicht so gut unterstützt. Und am besten ziehst du dein T-Shirt aus. Oder stört es dich nicht, wenn es nass wird?«

Gabby zog das Shirt aus. Ach, wenn doch nur diese schreckliche Nervosität wegginge!

Falls Travis ihre Beklommenheit bemerkte, ließ er sich nichts anmerken. Er klickte erst ihre Gurte an die Stange, dann seine eigenen und gab ihr durch eine Handbewegung zu verstehen, sie solle sich hinsetzen.

»Das breite Stück ist unter den Schenkeln, ja?«, fragte er. Als sie nickte, grinste er ihr aufmunternd zu. »Ganz locker! Versuch einfach, das Ganze zu genießen – okay?«

Eine Sekunde später drückte Joe den Gashebel, der Fallschirm füllte sich, und Gabby und Travis wurden von der Plattform gehoben. Gabby spürte, wie alle Blicke ihnen folgten, während sie diagonal nach oben schwebten. Angstvoll umklammerte sie den Gurt, bis ihre Fingerknöchel ganz weiß waren, während das Boot unter ihnen immer kleiner wurde. Dann fiel ihr Blick auf das Zugseil, das sie regelrecht hypnotisierte. Wieso hatte sie das Gefühl, viel höher zu fliegen als alle anderen? Als sie gerade etwas sagen wollte, spürte sie Travis' Hand auf der Schulter.

»Sieh mal – unter uns!«, rief er und deutete mit der Hand. »Da ist ein Rochen! Siehst du ihn?«

Ja, sie sah ihn, schwarz und glänzend bewegte er sich unter der Wasseroberfläche wie ein Schmetterling in Zeitlupe.

»Und dort, ein Schwarm Delfine! Da drüben, in Richtung Ufer.«

Allmählich ließ Gabbys Nervosität nach, und sie konnte das, was sie sah, richtig in sich aufnehmen – das Städtchen, die Familien, die sich am Strand vergnügten, die Boote, das Wasser. Auf einmal war sie ganz ruhig. Ich glaube, ich könnte eine geschlagene Stunde durch den Himmel fliegen, ohne mich zu langweilen, dachte sie. Es war fantastisch, so hoch oben zu schweben und sich wie ein Vogel von einer Windbö tragen zu lassen. Die Hitze störte nicht, denn eine frische Brise brachte Kühlung. Als sie vergnügt mit den Füßen baumelte, merkte sie, wie ihr Gurtgeschirr zu schaukeln anfing.

»Hast du Lust, kurz getunkt zu werden?«, fragte Travis. »Ich verspreche dir, es lohnt sich.«

»Gut – machen wir«, antwortete sie und hörte selbst, wie sicher ihre Stimme jetzt klang.

Travis gab Joe ein Zeichen. Das Brummen des Motors verstummte, der Fallschirm senkte sich. Gabby starrte fasziniert auf die Wasseroberfläche, die immer näher kam. Hoffentlich lauerte dort unten keine Gefahr …

Der Fallschirm sank tiefer und tiefer, und obwohl sie die Beine anzog, spritzte das kalte Wasser gegen ihren Unterkörper. Und als sie gerade zu strampeln anfangen wollte, beschleunigte das Boot wieder, und sie sausten nach oben. Gabby spürte den Adrenalinstoß und strahlte.

Travis stieß sie an. »Na? War gar nicht so übel, was?«

»Können wir das noch mal machen?«

Sie blieben eine Viertelstunde in der Luft und tauchten währenddessen noch zwei Mal nach unten. Als sie wieder auf dem Boot waren, begann der Reigen von vorn: Joe und Megan, Allison und Laird … Inzwischen stand allerdings die Sonne hoch am Himmel, und weil die Kleinen ungeduldig wurden, steuerte Travis eine Weile später das Boot in die Bucht bei Cape Lookout. Das Wasser wurde flach, und Travis bremste; Joe warf die Anker, zog sein Hemd aus und sprang ins Wasser, das ihm bis zur Taille reichte. Man merkte, wie gut die Freunde aufeinander eingespielt waren: Matt reichte ihm eine Kühlbox und zog dann ebenfalls sein Hemd aus, um vom Boot zu springen. Nun übergab Laird ihm die nächste Kühlbox und folgte ihm, während Travis seinen Platz einnahm. Und als Travis dann auch ins Wasser sprang, nahm er einen kleinen, tragbaren Grill mit sowie einen Sack Holzkohle. Gleichzeitig hüpften die Frauen ins Wasser und nahmen dort die Kinder in Empfang. Schließlich waren nur noch Stephanie und Gabby an Bord. Gabby, die am Heck stand, fragte sich die ganze Zeit, ob sie nicht mithelfen sollte, während Stephanie gar nicht zu merken schien, was sich um sie herum abspielte: Sie räkelte sich immer noch auf der vorderen Bank in der Sonne.

»Ich bin hier, um mich zu erholen«, verkündete sie nach einer Weile fröhlich, »deshalb finde ich, dass ich nicht unbedingt freiwillig mit anpacken muss.« Sie rührte sich so wenig vom Fleck wie das Boot selbst. »Außerdem kriegen die das sowieso ohne mich viel besser hin. Ich brauche kein schlechtes Gewissen zu haben, wenn ich hier die Nichtstuerin bin.«

»Du bist doch keine Nichtstuerin!«

»Doch, doch. Aber ich finde, alle Menschen sollten hin und wieder nichts tun. Wie Konfuzius sagt: ›Wer nichts tut, der tut nichts.‹«

Gabby stutzte kurz, verzog dann aber das Gesicht. »Das stammt doch nicht von Konfuzius, oder?«

Die Sonnenbrille auf der Nase, brachte Stephanie in ihrer Reglosigkeit immerhin ein minimales Achselzucken zustande. »Nein, aber das ändert ja nichts. Entscheidend ist, dass die vier Kumpels das wunderbar machen, und höchstwahrscheinlich verschafft es ihnen sogar eine gewisse innere Befriedigung, dass sie so tüchtig sind. Warum soll ich ihnen das wegnehmen?«

Gabby stemmte die Hände in die Hüften. »Aber vielleicht willst du einfach nur faul sein.«

Jetzt erschien auf Stephanies Gesicht ein breites Grinsen. »Wie Jesus sagt: ›Selig sind die Faulen auf einem Boot, denn sie sollen die Sonnenbräune erben.‹«

»Das hat Jesus garantiert nicht gesagt.«

»Stimmt.« Stephanie richtete sich auf, nahm ihre Sonnenbrille ab, inspizierte die Gläser und rieb sie mit einer Handtuchecke sauber. »Aber auch das ändert nichts, so wenig wie bei Konfuzius, oder?« Sie betrachtete Gabby mit zusammengekniffenen Augen. »Hättest du Lust, Kühlboxen und anderen Campingkram an den Strand zu schleppen? Glaub mir – solche Aktivitäten werden sinnlos überschätzt.« Sie zupfte ihr Bikinioberteil zurecht und erhob sich. »Okay, die Luft ist rein. Wir können los.« Sie schlang ihre Strandtasche über die Schulter. »Man muss eben wissen, wann Faulheit angebracht ist. Richtig eingesetzt ist Nichtstun eine Kunstform, von der alle profitieren.«

Gabby schwieg für einen Moment, dann sagte sie: »Ich weiß nicht genau, warum – aber irgendwie gefällt mir deine Art zu denken.«

Stephanie lachte. »Das glaube ich dir sofort«, sagte sie. »Faulheit gehört zum Wesen des Menschen. Aber es ist sehr schön, dass ich nicht die Einzige bin, die diese elementare Wahrheit begriffen hat.«

Als Gabby gerade widersprechen wollte, sprang Stephanie über Bord. Das Wasser spritzte über den Bootsrand. »Komm schon!«, rief sie lachend von unten. »Weißt du, ich meine das alles nicht so ernst. Denk am besten gar nicht viel darüber nach. Wie gesagt – diese Leute ziehen eine gewisse Bestätigung aus solchen Aktionen. Dadurch fühlen sie sich männlich und mütterlich, und so soll es ja auch sein. Aber wir, als Frauen ohne Familie, müssen darauf achten, dass wir das Leben genießen.«

Die Vorbereitung des Picknicks verlief ähnlich ritualisiert wie das Entladen des Bootes. Offensichtlich wusste jeder genau, worin seine Aufgabe bestand. Ein kleines Partyzelt wurde aufgestellt, Decken ausgebreitet, der Grill angeworfen. Stephanie verfolgte nach wie vor ihre Faulheitsstrategie – sie schnappte sich ein Bier und ein Handtuch und suchte eine geeignete Stelle, um ihr Sonnenbad fortzusetzen. Gabby wusste nicht recht, was tun, also machte sie es wie Stephanie und legte sich ebenfalls in die Sonne. Schon bald wurde ihr wohlig warm.

»Du musst dich eincremen«, erklärte Stephanie. Ohne den Kopf zu heben, deutete sie auf ihre Strandtasche. »Nimm am besten meine Tube, die hat Sonnenschutzfaktor 50. Bei deiner hellen Haut bist du sonst in einer halben Stunde krebsrot. In der Creme ist Zink drin.«

Gabby folgte ihren Anweisungen und rieb sich gründlich ein; sie wusste ja selbst, dass die Sonne sie erbarmungslos bestrafen würde, wenn ihr eine Stelle entging. Anders als ihre Schwestern hatte sie die empfindliche irische Haut ihres Vaters geerbt. Ihr blieb nichts anderes übrig, als dieses Erbe zu akzeptieren und sich entsprechend zu verhalten, wenn sie nicht leiden wollte.

Als sie fertig war, streckte sie sich auf ihrem Handtuch aus.

»Wie war's mit Travis in der Luft?«, erkundigte sich Stephanie.

»Schön«, antwortete Gabby.

»Nur damit du's nicht vergisst – er ist mein Bruder.«

Gabby drehte den Kopf und schaute sie fragend an.

»Ich sage das nur, damit du dir klar machst, wie gut ich ihn kenne«, erwiderte Stephanie auf ihre stumme Frage.

»Wieso ist das wichtig?«

»Ich glaube, er mag dich.«

»Und ich glaube, du denkst, wir sind noch in der siebten Klasse.«

»Wie bitte? Ist es dir egal, dass er dich mag?«

»Ja.«

»Weil du einen Freund hast?«

»Unter anderem.«

Stephanie kicherte. »Na, super. Wenn ich dich nicht kennen würde, hätte ich dir das womöglich abgenommen.«

»Aber du kennst mich doch gar nicht!«

»Ach ... irgendwie schon. Ob du's glaubst oder nicht, ich weiß genau, wer du bist.«

»Wirklich? Und – woher komme ich?«

»Keine Ahnung.«

»Wie ist mit meiner Familie?«

»Weiß ich nicht.«

»Dann kannst du doch nicht behaupten, dass du mich kennst!«

Nach einer kurzen Pause drehte sich Stephanie zu ihr um. »Doch, kann ich«, sagte sie. Der provozierende Unterton in ihrer Stimme war nicht zu überhören. »Wie ist es damit: Du bist ein nettes Mädchen, du warst schon immer lieb und brav, aber tief in deinem Inneren glaubst du, dass es noch mehr im Leben geben muss, als sich immer nur an die Vorschriften zu halten. Ein Teil von dir sehnt sich nach dem Unbekannten, und wenn du dir selbst gegenüber ehrlich bist, weißt du, dass Travis zu diesem ›Unbekannten‹ gehört. In puncto Sex bist du wählerisch, aber wenn du dich mal auf jemanden einlässt, lösen sich die strengen Maßstäbe, an die du dich normalerweise hältst, in Luft auf. Du gehst davon aus, dass du deinen Freund später heiratest, aber ob du willst oder nicht – du fragst dich gelegentlich, wieso du eigentlich noch keinen Ring am Finger trägst. Du liebst deine Familie, aber du willst selbst bestimmen, wer du bist, und deswegen lebst du hier. Trotzdem machst du dir Gedanken, ob deine Entscheidungen auch von deiner Familie unterstützt werden. Also – wie findest du meine Analyse bisher?«

Gabby war blass geworden, während Stephanie redete. Diese schloss aus ihrem Schweigen, dass sie ins

Schwarze getroffen hatte, und stützte sich auf den Ellbogen auf. »Soll ich weitermachen?«

»Nein, danke«, sagte Gabby.

»Ich hatte recht, oder?«

Gabby atmete hörbar aus. »Aber nicht in allen Punkten.«

»Nein?«

»Nein.«

»Wo habe ich mich geirrt?«

Statt zu antworten, schüttelte Gabby den Kopf und legte sich auf ihr Handtuch zurück. »Darüber möchte ich nicht reden«, murmelte sie schließlich.

Eigentlich hatte sie erwartet, dass Stephanie nicht lockerlassen würde, aber die zuckte nur die Achseln und legte sich ebenfalls wieder hin, als wäre nichts vorgefallen.

Gabby hörte die Kinder lärmend in den sanften Wellen am Wasserrand toben, und wie aus weiter Ferne drangen unverständliche Gesprächsfetzen an ihr Ohr. Ihr war richtig schwindelig von Stephanies Beschreibung – es schien fast so, als würde diese Frau sie schon seit jeher kennen und wäre in ihre dunkelsten Geheimnisse eingeweiht.

»Übrigens – falls du nicht sowieso schon völlig beeindruckt bist, muss ich etwas hinzufügen: Ich bin Hellseherin«, erklärte Stephanie. »Unglaublich, aber wahr. Das habe ich von meiner Großmutter. Meine Oma war bekannt dafür, dass sie das Wetter voraussagen konnte.«

Gabby setzte sich auf. Eine Welle der Erleichterung schwappte über sie, obwohl sie die Vorstellung, dass jemand die Zukunft kannte, ziemlich absurd fand. »Stimmt das?«

Wieder lachte Stephanie. »Nein, natürlich nicht. Meine Großmutter hat jahrelang die Gameshow *Let's Make a Deal* gesehen und keinen einzigen der Teilnehmer geschlagen. Aber gibt's zu – im großen Ganzen hatte ich recht, stimmt's?«

Wieder hatte Gabby das Gefühl, innerlich herumgewirbelt zu werden, bis sich alles drehte. »Aber woher ...?«

»Es ist ganz leicht.« Stephanie legte sich wieder hin. »Ich habe nur deine persönliche Situation verallgemeinert. Na ja, bis auf die Sache mit Travis. Da habe ich geraten. Aber es ist ganz schön verblüffend, was? Ich studiere das übrigens auch an der Uni. Ich habe bei einem halben Dutzend Untersuchungen mitgemacht und staune immer wieder, wie ähnlich wir Menschen uns im Grund doch sind, wenn man mal den ganzen Oberflächenschotter weggeräumt hat. Vor allem in der Pubertät und als junge Erwachsene verbindet die Menschen ungeheuer viel. Sie machen ähnliche Erfahrungen und denken ähnliche Gedanken, aber trotzdem glauben alle, dass ihre Erlebnisse absolut einmalig sind.«

Gabby beschloss, Stephanie für eine Weile zu ignorieren. So sympathisch sie Travis' Schwester fand – ihr Gerede brachte sie ziemlich durcheinander.

»Ach, übrigens – falls es dich interessiert«, sagte Stephanie noch. »Travis ist mit niemandem zusammen. Er ist nicht nur unverheiratet, er ist sogar ungebunden.«

»Interessiert mich nicht.«

»Weil du einen Freund hast?«

»Genau. Aber selbst wenn ich keinen Freund hätte, wäre es mir egal.«

Stephanie musste wieder lachen. »Ja, klar. Wie kann ich nur so dumm sein? Mir ist nur aufgefallen, dass du ihn dauernd anstarrst – dadurch habe ich mich wahrscheinlich täuschen lassen.«

»Ich starre ihn nicht an.«

»Ach, komm, sei nicht gleich beleidigt. Er starrt dich doch auch die ganze Zeit an.«

Kapitel 10

Der leichte Wind wehte verlockende Gerüche zu ihr: Holzkohle, Hotdogs, Hamburger und Huhn. Trotz der Sonnencreme fühlte sich Gabbys Haut schon an, als würde sie gleich anfangen zu brutzeln. Es war eine Ironie das Schicksals, dass sich ihre schottischen und irischen Vorfahren nicht für die nördlichen Klimazonen entschieden hatten, in denen ähnliches Wetter geherrscht hätte wie bei ihnen zu Hause, sondern lieber in eine Gegend gezogen waren, wo bei Leuten wie ihnen durch ausgedehnten Kontakt mit der Sonne die Entstehung eines Melanoms praktisch vorprogrammiert war – und selbst wenn nicht, bekamen sie viele Falten. Gabby wollte lieber nicht darüber nachdenken, welche Folgen es haben würde, dass sie sich der Sonnenstrahlung relativ ungeschützt aussetzte, aber sie wollte so gern braun werden, weil sich das einfach gut anfühlte. Sie nahm sich allerdings vor, in ein paar Minuten ihr T-Shirt wieder anzuziehen und in den Schatten zu gehen.

Stephanie war jetzt auch verblüffend schweigsam. Bei den meisten Leuten hätte Gabby vermutet, dass sie verärgert waren oder plötzlich Hemmungen hatten, aber bei Travis' Schwester sah sie darin eher ein Zeichen von Selbstbewusstsein – etwas, was sich Gabby sehnlichst wünschte. Weil Stephanie so mit sich selbst im Einklang zu sein schien, empfand Gabby ihre Gegenwart als sehr angenehm – ein Gefühl, das sie in letzter Zeit ziemlich vermisst hatte. Weder in ihrem Haus noch bei der Arbeit war sie richtig locker und zufrieden, und was ihre Beziehung mit Kevin betraf – da fehlte ihr oft der richtige Optimismus.

Und Travis ... Tja, bei Travis wurde sie auch immer nervös. Vor allem, wenn er kein Hemd anhatte. Sie schaute sich unauffällig um. Im Augenblick saß Travis im Sand, nicht weit vom Wasserrand entfernt, und baute mit den drei Kleinen Tropfsandburgen. Als die Kinder den Spaß daran verloren, stand er auf und jagte sie in die flache Brandung. Ihr vergnügtes Gekreische war nicht zu überhören. Travis schien das Spiel genauso zu genießen wie die Kleinen, und die Szene hätte fast ein Lächeln auf Gabbys Gesicht gezaubert – aber sie unterdrückte es schnell, weil sie auf jeden Fall verhindern wollte, dass jemand es merkte und womöglich auf falsche Gedanken kam.

Die leckeren Düfte brachten sie schließlich dazu, sich aufzusetzen. Es kam ihr fast vor, als würde sie auf einer exotischen Insel Urlaub machen – dabei waren sie nur ein paar Minuten von Beaufort entfernt. In regelmäßigem Rhythmus schwappten die sanften Wellen ans Ufer, und die wenigen Strandhäuser hinter ihnen wirkten fast so, als wären sie vom Himmel gefallen. Wenn sie über die Schulter schaute, sah sie einen Pfad: Er führte durch die Dünen zu einem alten schwarz-weißen Leuchtturm, der bestimmt schon unzählige Stürme überstanden hatte.

Erstaunlicherweise war außer ihnen niemand in dieser Bucht, wodurch die Szenerie noch idyllischer erschien. Laird stand am Grill, eine Zange in der Hand. Megan packte Kartoffelchips, Brötchen und Tupperdosen auf den kleinen Klapptisch, während Liz Gewürze sowie Papierteller und Plastikbesteck dazustellte. Joe und Matt warfen sich einen Football zu. Gabby konnte sich nicht erinnern, dass es in ihrer Kindheit eine Gruppe von Familien gegeben hatte, die sich trafen, um gemeinsam in einer wunderschönen Umgebung zu picknicken, einfach nur weil ... weil Samstag war. Lebten die meisten Menschen so?, fragte sie sich. Oder hatte es etwas mit der Kleinstadt zu tun? Vielleicht war es ja auch nur diesen vier Freunden gelungen, eine solch spezielle Art des Umgangs zu entwickeln. Doch gleichgültig warum – auf jeden Fall könnte sie sich mühelos daran gewöhnen, das spürte sie.

»Das Essen ist fertig!«, rief Laird.

Gabby zog ihr T-Shirt über und gesellte sich zu den anderen. Sie wunderte sich, dass sie solchen Hunger hatte – aber dann fiel ihr ein, dass sie ja gar nicht richtig gefrühstückt hatte. Sie beobachtete, wie Travis die Kinder antrieb: Er lief um sie herum wie ein eifriger Hütehund, und die drei Kleinen rannten zum Grill, wo Megan sie bereits erwartete.

»Stellt euch auf der Decke auf – hintereinander«, befahl sie, und die drei, die diese Anweisung offensichtlich kannten, gehorchten ihr aufs Wort.

»Megan kann zaubern, wenn's um Kinder geht«, verkündete Travis, der jetzt hinter Gabby getreten war – ein wenig außer Atem, die Hände in den Hüften. »Bei mir würden sie nie so schnell reagieren. Ich muss sie immer einfangen, bis ich außer Puste bin, anders klappt es nicht.«

»Ich finde, du bist ein Naturtalent.«

»Na ja – ich spiele gern mit ihnen, aber ich treibe sie nicht gern an.« Er beugte sich verschwörerisch zu ihr. »Mal ganz unter uns – eins habe ich in Bezug auf Eltern gelernt: Je öfter du mit den Kindern spielst, desto mehr lieben dich die Väter und Mütter. Sobald sie sehen, dass jemand ihre Kinder toll findet und fast so gern mit ihnen zusammen ist wie sie selbst, schnurren sie vor Vergnügen wie die Katzen.«

»Sie schnurren wie die Katzen?«

»Ich bin Tierarzt. Mir gefallen Tiervergleiche.«

Jetzt konnte Gabby ein Lächeln doch nicht unterdrücken. »Deine Theorie stimmt, glaube ich. Ich hatte eine Lieblingstante, die ich viel lieber mochte als alle anderen Verwandten, weil diese Tante mit mir und meinen Schwestern auf Bäume geklettert ist, während die anderen Erwachsenen im Esszimmer saßen und redeten.«

»Und trotzdem hast du es heute vorgezogen, mit meiner Schwester faul herumzuliegen, statt die Gelegenheit zu ergreifen, allen hier zu zeigen, dass du ihre Kinder unwiderstehlich findest.«

»Ich ...«

Er zwinkerte ihr zu. »Das war ein Scherz. Ich spiele zwar gern mit ihnen, doch sobald sie quengelig werden, lasse ich mich in einen Liegestuhl fallen, wische mir den Schweiß von der Stirn und überlasse den Eltern das Feld.«

»Mit anderen Worten, wenn's schwierig wird, sind die Experten an der Reihe.«

»Na ja ... ich kann ja auch vorschlagen, dass du die Regie übernimmst.«

»Danke vielmals.«

»Gern geschehen. Hey – hast du Hunger?«

»Ja, sogar einen Bärenhunger.«

Die Kinder waren inzwischen mit Hotdogs, Kartoffelsalat und Obst versorgt worden und saßen auf der Decke. Liz, Megan und Allison hatten es sich ebenfalls gemütlich gemacht, nahe genug bei den Kindern, um sie im Auge zu haben, aber doch so weit weg, dass sie sich ungestört unterhalten konnten. Alle drei aßen Huhn, fiel Gabby auf, mit verschiedenen Beilagen. Joe, Matt und Laird hatten sich auf die Kühlboxen gesetzt, die Teller auf den Knien, vor sich im Sand ihre Bierflaschen.

»Hamburger oder Huhn?«, fragte Gabby.

»Ich nehme Huhn. Aber die Burger schmecken angeblich auch super. Ich mag nur leider kein rotes Fleisch.«

»Ich dachte ja immer, alle Männer essen Hamburger.«

»Tja, dann bin ich leider kein Mann, fürchte ich.« Er straffte sich. »Meine Eltern wären sicher verwundert, wenn sie das hören würden. Und wahrscheinlich auch ein bisschen enttäuscht – immerhin haben sie mir einen Jungennamen gegeben und so.«

Gabby musste lachen. »Also, dann ...« Mit einer Kopfbewegung deutete sie auf den Grill. »Die anderen haben extra ein Stück Huhn für dich übrig gelassen. Es ist das letzte.«

»Da habe ich aber Glück gehabt, dass wir vor Stephanie hier sind. Sie hätte es nämlich sofort genommen, obwohl sie eigentlich lieber Hamburger isst – einfach nur weil sie weiß, dass ich dann gar nichts esse.«

»Ich wusste doch, dass es einen besonderen Grund gibt, warum ich sie mag.«

Sie nahmen sich einen Teller und studierten die verlockende Auswahl an Beilagen – Bohnen, geschmortes Gemüse, Kartoffeln, Gurken – und außerdem noch Obstsalat. Es roch alles sehr gut. Gabby nahm sich ein Brötchen, gab Ketchup, Senf und ein saures Gürkchen darauf und hielt dann Travis ihren Teller hin. Er nahm sich das letzte Stück Huhn, dann hob er einen Hamburger vom Grill und legte ihn auf Gabbys Brötchen.

Für sich selbst löffelte er noch eine Portion Obstsalat auf den Teller, während Gabby sich bei nahezu allen Beilagen bediente. Mit schuldbewusster Miene begutachtete sie die beiden Teller, aber Travis schien den Unterschied zum Glück nicht zu merken.

»Möchtest du ein Bier?«, fragte er sie.

»Ja, gern!«

Er holte eine Flasche Coors Light aus der Kühlbox. Für sich selbst wählte er Wasser.

»Ich muss schließlich noch das Boot steuern«, erklärte er. Sein Blick wanderte zu den Dünen. »Wie wär's da drüben?«

»Möchtest du nicht bei deinen Freunden sitzen?«

»Ach, die kommen auch ohne mich aus.«

»Okay. Gehst du voraus?«

Sie trotteten auf eine Stelle zu, die durch einen mickrigen, von der Salzluft verkrüppelten Baum wenigstens ein bisschen Schatten hatte. Die gekrümmten Zweige zeigten alle in dieselbe Richtung, weil sie seit vielen Jahren von den Meereswinden gepeitscht wurden. Gabby fühlte, wie beim Gehen der Sand unter ihren Füßen wegrutschte. Travis ließ sich vor der Düne nieder, mit einer geschmeidigen Bewegung wie ein Indianer. Gabby hatte etwas mehr Mühe, weil sie darauf achtete, genug Distanz zu halten, um ihn nicht aus Versehen zu berühren. Sand und Wasser strahlten so hell, dass sie die Augen zusammenkneifen musste.

Travis begann sein Hühnchen zu zerschneiden. Das Plastikbesteck verbog sich dabei – es war der Aufgabe nicht ganz gewachsen.

»Wenn ich hier draußen bin, muss ich immer an die Highschool denken«, sagte er. »Ich kann dir nicht sagen, wie oft wir am Wochenende hierhergefahren sind.« Er zuckte die Achseln. »Mit anderen Mädchen natürlich und ohne Kinder.«

»Das war bestimmt lustig.«

»Ja, und wie!«, antwortete er. »Ein Abend ist mir

besonders im Gedächtnis geblieben. Joe, Matt, Laird und ich sind mit ein paar Mädchen, denen wir imponieren wollten, hierhergefahren. Wir saßen ums Feuer herum, tranken Bier, machten Witze, lachten – und ich weiß noch ganz genau, wie ich dachte, schöner kann das Leben nicht sein.«

»Klingt wie eine Werbung für Budweiser. Mal ganz abgesehen davon, dass ihr minderjährig wart und das Unternehmen sowieso illegal war.«

»Du hast so was natürlich nie gemacht, stimmt's?«

»Ja, stimmt. Ich habe so was nie gemacht.«

»Ehrlich nicht?«

»Warum bist du so überrascht?«

»Ich weiß nicht. Wahrscheinlich, weil … also, ich kann mir nicht vorstellen, dass du in der Pubertät immer brav warst.« Als er ihren Gesichtsausdruck sah, korrigierte er sich. »Versteh mich nicht falsch – ich meine das nicht negativ. Ich wollte nur sagen, auf mich wirkst du unabhängig und selbstständig, eine Frau, die offen ist für neue Erfahrungen.«

»Du kennst mich doch gar nicht.«

Noch während sie sprach, fiel ihr auf, dass sie vorhin genau das Gleiche zu Stephanie gesagt hatte. Sie machte sich auf eine witzige Erwiderung gefasst.

Doch Travis schob gedankenversunken ein Stück Obst auf seinem Teller hin und her. »Ich weiß, dass du von zu Hause weggezogen bist, dass du dir ein eigenes Haus gekauft hast, dass du allein durchkommst. Für mich sind das lauter Zeichen von Selbstständigkeit. Und was den Abenteuergeist betrifft – du bist mit lauter Leuten hier, die du nicht kennst. Du hast Parasailing ausprobiert und dabei sogar deine Angst vor den Haifischen überwunden. Ich finde das bewundernswert.«

Gabby wurde rot. Travis' Antwort war viel netter als die seiner Schwester. »Kann sein«, murmelte sie. »Aber nicht zu vergleichen mit einer Weltreise ohne festen Plan.«

»Lass dich davon nicht beeindrucken. Glaubst du, ich hatte keine Angst, als ich losgefahren bin? Ich hatte *wahnsinnige* Angst! Es ist nämlich ein himmelweiter Unterschied, ob man seinen Freunden erzählt, was man vorhat, oder ob man tatsächlich in ein Flugzeug steigt und in einem Land ankommt, wo kaum jemand englisch spricht. Bist du viel gereist?«

»Nein, das kann man nicht sagen. Immer nur innerhalb der Staaten – ein einziges Mal war ich in den Semesterferien auf den Bahamas. Und selbst da bin ich immer mehr oder weniger in der Nähe der Hotelanlage geblieben, das heißt, ich war die ganze Zeit von amerikanischen College-Studenten umgeben. Es war nicht anders als in Florida.« Sie zögerte für einen Moment, bevor sie Travis fragte: »Was ist dein nächstes Reiseziel? Planst du wieder ein großes Abenteuer?«

»Ja, aber diesmal nicht so weit weg. Ich fahre zum Grand Teton in Wyoming. Der ist über viertausend Meter hoch. Ich will zelten, wandern, Kanu fahren – alles, was dazugehört. Die Landschaft soll atemberaubend schön sein, aber ich war noch nie dort.«

»Fährst du allein?«

»Nein, mit meinem Dad. Ich kann's kaum erwarten.«

Gabby verzog das Gesicht. »Ich kann mir nicht vorstellen, mit meiner Mutter oder meinem Vater Urlaub zu machen.«

»Wieso nicht?«

»Mit meinen Eltern? Wenn du sie kennen würdest, wüsstest du sofort, wieso.«

Travis schwieg und wartete darauf, dass sie weitersprach. Mit einem leisen Seufzer stellte Gabby ihren Teller beiseite, wischte sich die Hände ab und begann zu erzählen.

»Also gut. Erstens gehört meine Mom zu den Damen, die glauben, wenn man nicht mindestens in einem Fünfsternehotel absteigt, ist es schon so etwas wie Überlebenstraining. Und mein Dad? Ich glaube, er hätte schon mal Lust auf mehr Abwechslung, aber im Grund interessiert er sich nur fürs Angeln. Außerdem geht er nirgends hin ohne meine Mutter, und weil sie so hohe Ansprüche stellt, bedeutet das, dass die beiden höchstens das Haus verlassen, um auf einer Terrasse zu speisen. Allerdings muss es da eine erlesene Weinkarte geben, und die Kellner sollten Livree tragen, versteht sich.«

»Klingt so, als würden sich die beiden wirklich lieben.«

»Wie kommst du von dem, was ich dir erzählt habe, ausgerechnet zu *diesem* Schluss?«

»Das liegt doch auf der Hand. Und ich habe außerdem kapiert, dass deine Mom nicht gerade eine große

Naturfreundin ist.« Gabby kicherte, während Travis fortfuhr: »Deine Eltern sind bestimmt sehr stolz auf dich.«

»Warum?«

»Warum nicht?«

Tja, warum nicht? Dafür könnte sie tausend Gründe nennen. »Punkt eins: Ich bin mir ziemlich sicher, dass Mom meine Schwestern lieber mag. Und glaub mir – meine Schwestern sind völlig anders als Stephanie.«

»Soll das heißen, sie sagen immer das, was von ihnen erwartet wird?«

»Nein, das soll heißen, sie sind genau wie meine Mutter.«

»Und deshalb kann deine Mom nicht stolz auf dich sein?«

Gabby biss in ihren Burger und ließ sich mit der Antwort Zeit. »Es ist alles sehr kompliziert«, murmelte sie.

Mit dieser Antwort konnte sie Travis nicht abfertigen. »Inwiefern?«

»Erstens habe ich rote Haare. Meine Schwestern sind alle drei blond, wie Mom.«

»Na und?«

»Zweitens bin ich sechsundzwanzig und immer noch nicht verheiratet.«

»Na und?«

»Ich möchte Karriere machen.«

»Na und?«

»Das passt alles nicht zu dem Bild, das sich meine Mutter von ihren Töchtern macht. Sie hat ganz klare

Vorstellungen von der Rolle der Frau – vor allem, wenn es sich um eine Frau aus den Südstaaten handelt, die auch noch aus der entsprechenden Schicht stammt.«

»Gehe ich richtig in der Annahme, dass ihr nicht besonders gut miteinander auskommt, du und deine Mutter?«

»Meinst du?«

Sie schaute ihm nicht in die Augen, sondern über seine Schulter und sah, dass Allison und Laird den Weg zum Leuchtturm hinuntergingen, Hand in Hand.

»Vielleicht ist sie ja neidisch auf dich«, sagte Travis. »Überleg doch mal – du führst ein selbstständiges Leben, mit deinen eigenen Zielen und Träumen, und diese Träume sind gänzlich unabhängig von der Welt, in der du aufgewachsen bist. Aber sie hat natürlich erwartet, dass du in ihrer Welt leben wirst – schon allein deswegen, weil *sie* dort lebt. Man braucht Mut, um auszubrechen, und wenn du glaubst, dass sie von dir enttäuscht ist, bedeutet das vielleicht eher, dass sie tief innen von sich selbst enttäuscht ist.«

Er biss kräftig in sein Huhn und wartete Gabbys Reaktion ab. Sie war verblüfft – auf diesen Gedanken war sie noch nie gekommen.

»Nein, daran liegt es nicht«, murmelte sie schließlich.

»Wer weiß. Hast du sie schon mal gefragt?«

»Ob sie von sich selbst enttäuscht ist? Nein, natürlich nicht. Und behaupte jetzt nur nicht, dass du deine Eltern mit solchen Fragen konfrontieren würdest, weil ...«

»Natürlich würde ich sie so etwas nicht fragen.« Er schüttelte den Kopf. »Nie und nimmer! Aber ich habe trotzdem das Gefühl, dass deine Eltern extrem stolz auf dich sind und nur nicht wissen, wie sie es dir zeigen sollen.«

Mit dieser Bemerkung hatte Gabby nicht gerechnet. Irgendwie war sie gerührt und neigte sich näher zu ihm. »Ich weiß nicht, ob du recht hast, aber es ist trotzdem lieb von dir, dass du so etwas sagst. Aber weißt du – meine Mom und ich, wir telefonieren jede Woche, und wir sind nett zueinander. Es ist nur so, dass ich mir manchmal wünsche, es wäre anders. Ich möchte eine Beziehung, die es uns ermöglicht, wirklich gern zusammen zu sein.«

Travis sagte nichts, und Gabby war erleichtert, dass er keine Lösung anbot und ihr auch keinen guten Rat gab. Mit Kevin hatte sie auch schon einmal über dieses Thema gesprochen, und er war sofort mit allen möglichen Vorschlägen dahergekommen, wie man die Situation ändern könnte.

»Darf ich dich etwas fragen?«, sagte sie. »Was gefällt dir bei deiner Arbeit als Tierarzt am besten?«

»Die Tiere«, antwortete er ohne Zögern. »Und die Menschen. Aber das hast du wahrscheinlich erwartet, nicht wahr?«

Gabby dachte an Eva Bronson. »Das mit den Tieren verstehe ich sofort ...«

Er hob die Hände. »Na ja – ich nehme an, viele von den Leuten, mit denen ich zu tun habe, sind ganz ähnlich wie diejenigen, die zu dir in die Praxis kommen.«

»Willst du damit sagen, sie sind ungeduldig? Neurotisch? Egoistisch? Mit einem Hang zur Hypochondrie? Mit anderen Worten: verrückt?«

»Ja, klar. So sind die Menschen. Ganz viele betrachten ihre Haustiere als Familienmitglieder. Deshalb wollen sie eine komplette Untersuchung, sobald sie fürchten, dass ihrem armen Tierchen etwas fehlt. Sie kommen mindestens einmal in der Woche in die Praxis, manchmal auch öfter. Und meistens sind die Tiere kerngesund. Mein Dad und ich haben aber ein System, um damit fertig zu werden.«

»Wie sieht das aus?«

»Wir kleben einen gelben Sticker innen in die Akte. Also wenn Mrs Angsthase mit Pokie oder Whiskers in die Praxis kommt, sehen wir den Sticker, machen eine oberflächliche Untersuchung und sagen ihr, dass wir im Moment nichts feststellen können, uns den Hund oder die Katze aber gern nächste Woche noch einmal ansehen würden, um auf Nummer sicher zu gehen. Weil sie sowieso bald wiedergekommen wäre, erreichen wir damit immerhin, dass sie das Sprechzimmer schnell wieder verlässt. Und alle sind zufrieden. Wir sind die fürsorglichen Tierärzte, und die Besitzerin weiß, dass es ihrem Tier gut geht, aber sie denkt auch, dass es richtig war, sich Sorgen zu machen, weil wir das Tier ja noch einmal sehen wollen.«

»Ich frage mich, wie die Ärzte in meiner Praxis reagieren würden, wenn ich anfinge, in verschiedene Akten gelbe Sticker zu kleben.«

»Ist es so schlimm?«

»Ja, schon. Jedes Mal, wenn ein neue Ausgabe von *Reader's Digest* erschienen ist oder im Fernsehen eine Sendung kam, in der eine seltene Krankheit mit spezifischen Symptomen beschrieben wurde, ist das Wartezimmer voll mit Kindern, die angeblich alle genau diese Symptome haben.«

»Ich würde wahrscheinlich ähnlich reagieren, wenn ich ein Kind hätte.«

Gabby schüttelte den Kopf. »Das glaube ich nicht. Du kommst mir eher vor wie jemand, der Sport macht oder schläft, um Spannungen abzubauen. Und ich denke nicht, dass du als Vater anders reagieren würdest.«

»Vielleicht hast du recht.«

»Klar habe ich recht.«

»Weil du mich so gut kennst?«

»Hey«, sagte sie, »du und deine Schwester, ihr habt mit dieser Masche angefangen.«

Sie unterhielten sich noch eine halbe Stunde über alles Mögliche, und die Atmosphäre zwischen ihnen war erstaunlich vertraut. Gabby erzählte noch mehr von ihrer Mutter und ihrem Vater, von ihren gegensätzlichen Persönlichkeiten, sie schilderte das Verhältnis zu ihren Schwestern und wie es war, in einer Welt aufzuwachsen, in der ein so massiver Anpassungsdruck bestand. Sie berichtete vom College und von ihrer medizinischen Ausbildung, von ihren Erinnerungen an die Abende in Beaufort, bevor sie hierhergezogen war. Kevin erwähnte sie nur ganz nebenbei – worüber sie sich selbst am meisten wunderte. Aber dann wurde ihr klar, warum – er spielte zwar heute eine wichtige Rolle in ihrem Leben, aber das war nicht immer so gewesen, und dieses Gespräch mit Travis erinnerte sie daran, dass sie schon lange, bevor sie Kevin kennengelernt hatte, die Frau geworden war, die sie werden wollte.

Am Schluss gestand sie ihm sogar, dass sie ihren Job manchmal frustrierend fand. Dabei passierte es immer wieder, dass die Sätze ein bisschen anders über ihre Lippen kamen, als sie beabsichtigt hatte. Zwar sagte sie nichts über Dr. Melton, aber sie erzählte verschiedene Anekdoten über Eltern, die sie aus der Praxis kannte. Selbstverständlich nannte sie keine Namen, aber Travis grinste zwischendurch immer wieder verständnisvoll, um anzudeuten, dass er ahnte, von wem sie sprach.

Megan und Liz hatten inzwischen den größten Teil der Speisen wieder in die Kühlboxen gepackt. Laird und Allison waren noch nicht von ihrem Spaziergang zurückgekommen. Matt war von den Kindern bis zur Taille mit Sand zugebuddelt worden, und weil die drei noch ziemlich ungeschickt mit ihren Schaufeln herumhantierten, war es nicht zu verhindern, dass ihm Sand in Augen, Nase, Mund und Ohren rieselte.

In dem Moment landete eine Frisbeescheibe vor Gabbys Füßen, und Joe kam auf sie zu.

»Ich glaube, es wird Zeit, dass wir Matt retten!«, rief er schon von Weitem und deutete auf die Frisbeescheibe. »Hast du Lust, Travis?«

»Willst du sagen, die lieben Kleinen brauchen ein bisschen Abwechslung?«

Joe grinste. »Ich fürchte, uns bleibt nichts anderes übrig.«

Travis schaute Gabby fragend an. »Hast du etwas dagegen?«

»Nein, natürlich nicht.«

»Ich muss dich warnen – was jetzt kommt, ist kein schöner Anblick.« Er stand auf und rief den Kindern zu: »Hey, ihr Zwerge! Wollt ihr mal sehen, wie ein Frisbee-Weltmeister wirft?«

»Ja! Ja!«, riefen die Kinder im Chor, ließen ihre Schaufeln fallen und rannten zum Wasser.

»Ich muss los«, sagte Travis. »Mein Publikum ruft.«

Gabby schaute ihm gedankenverloren nach. Er stürzte sich in die Fluten, und sie empfand dabei etwas, was sich fast wie zärtliche Zuneigung anfühlte. Wie eigenartig, dachte sie.

Das Gespräch mit Travis war völlig anders verlaufen, als sie es sich vorgestellt hatte. Er war kein Angeber, er versuchte nicht, ihr zu imponieren, und außerdem schien er intuitiv zu spüren, wann es besser war, zu schweigen, und wann eine Antwort sinnvoll war. Genau dieses Gefühl innerer Anteilnahme hatte sie damals auch dazu gebracht, mit Kevin eine Beziehung anzufangen. Ihr war nicht nur die körperliche Erregung wichtig, die sie beim Zusammensein mit ihm empfand – viel zentraler war für sie, dass es sich unglaublich schön anfühlte, wenn sie leise miteinander redeten oder wenn er sie zärtlich an der

Hand nahm, während sie auf dem Weg zum Abendessen den Parkplatz des Restaurants überquerten. Das waren Momente, in denen sie sicher zu wissen glaubte, dass er der Mann war, mit dem sie ihr Leben verbringen wollte. Aber genau solche Augenblicke waren in letzter Zeit leider immer seltener geworden.

Solchen und ähnlichen Gedanken hing sie nach, während sie zuschaute, wie Travis hinter der Frisbeescheibe herrannte. Er tat immer so, als könnte er sie nicht fangen, sodass die Scheibe gegen seine Brust prallte – und dann ließ er sich dramatisch und mit großem Geplatsche ins Wasser plumpsen. Die Kinder quietschten vor Vergnügen, als hätten sie noch nie etwas so Lustiges gesehen. Und wenn sie riefen: »Noch mal, Onkel Travis!«, sprang er schwungvoll wieder auf die Füße. Mit drei Riesensprüngen, langsam wie in Zeitlupe, näherte er sich Joe und warf ihm die Scheibe zu. Dabei machte er ein hoch konzentriertes Gesicht, ganz wie ein Profisportler, und beugte sich übertrieben nach vorn, als wäre er ein Baseballspieler, der im Infield auf den nächsten Wurf wartet. Er zwinkerte den Kindern zu. »Nächstes Mal werde ich aber nicht nass!«, verkündete er – und landete gleich darauf wieder mit viel Gespritze im Wasser, weil er angeblich die Scheibe nicht erwischen konnte. Wieder jubelten die Kinder vor Begeisterung. Travis schien diese Clownsrolle zu genießen, was Gabbys Zuneigung zu ihm noch vertiefte. Sie versuchte, ihre Reaktion einzuordnen, aber es gelang ihr nicht richtig. Er kam nun wieder auf sie zu, schüttelte das Wasser aus den Haaren und ließ sich neben ihr in den Sand fallen. Als sie sich zufällig berührten, hatte Gabby eine Sekunde lang das Gefühl, dass sie in Zukunft noch an Hundert weiteren Wochenenden so zusammensitzen würden.

Kapitel 11

Am späteren Nachmittag spulten sich die Ereignisse des Morgens abermals ab, nur in umgekehrter Reihenfolge. Sie packten alles wieder aufs Boot, und während der Rückfahrt schwebten die Paare erneut mit dem Fallschirm durch die Luft, doch diesmal flog Gabby mit Stephanie. Anschließend durchquerten sie das Beaufort Inlet, und Travis hielt an, um bei einem Fischer, den er offensichtlich gut kannte, ein paar Shrimps zu kaufen. Zu Hause angekommen, schliefen die drei Kinder tief und fest; die Erwachsenen waren vom Wind gut durchgepustet und zufrieden, ihre Gesichter gebräunt von den vielen Stunden an der frischen Luft.

Nachdem sie das Boot ausgeladen hatten, verabschiedeten sich die Paare, eins nach dem anderen, bis nur noch Gabby, Stephanie und Travis übrig blieben. Travis war mit Moby am Anlegeplatz. Den Fallschirm hatte er bereits ausgebreitet, damit er trocknen konnte, und war jetzt dabei, das Boot mit dem Gartenschlauch abzuspritzen.

Stephanie reckte sich und streckte die Arme zum

Himmel. »Ich glaube, ich muss auch los«, sagte sie zu Gabby. »Heute Abend esse ich mit meinen Eltern. Sie sind beleidigt, wenn ich hier bin und nicht genug Zeit mit ihnen verbringe. Das kennst du sicher auch. Ich sage nur noch schnell Travis auf Wiedersehen.«

Gabby nickte und beobachtete müde, wie sich Stephanie über das Terrassengeländer beugte.

»Hey, Trav!«, rief sie. »Ich hau jetzt ab. Danke für den schönen Tag!«

»Danke, dass du mitgekommen bist!«, rief er zurück und winkte ihr zu.

»Ich glaube, es wäre eine gute Idee, noch was auf den Grill zu werfen. Gabby hat gerade gesagt, dass sie fast umkommt vor Hunger.«

Gabbys Müdigkeit war blitzschnell wie weggeblasen, aber ehe sie etwas sagen konnte, sah sie, wie Travis den Daumen reckte.

»Ich komme gleich und werfe den Grill an!«, rief er. »Ich räume nur noch schnell zu Ende auf.«

Stephanie ging grinsend an Gabby vorbei, offensichtlich stolz auf sich und ihren Verkupplungsversuch.

»Warum hast du das gesagt?«, zischte Gabby.

»Weil ich zu meinen Eltern muss. Und ich möchte nicht, dass mein armer Bruder den Rest des Abends allein hier sitzt. Er fühlt sich in Gesellschaft viel besser.«

»Das mag ja sein – aber was ist, wenn ich lieber nach Hause möchte?«

»Dann musst du es ihm erklären, wenn er kommt. Sag ihm einfach, du hättest es dir anders überlegt. Das macht ihm bestimmt nichts aus. Im Grund habe ich dir nur die Möglichkeit eröffnet, ein paar Minuten darüber nachzudenken. Ich kann dir nämlich garantieren, dass er dich sowieso gefragt hätte, und wenn du abgelehnt hättest, dann hätte er dich gleich noch einmal gefragt.« Sie hängte ihre Tasche über die Schulter. »Hey – war echt nett, dich kennenzulernen. Wirklich! Kommst du manchmal in die Gegend von Raleigh?«

»Ja, ab und zu«, antwortete Gabby, die in ihrer Verwirrung nicht genau wusste, ob sie sich freuen sollte oder ob sie sauer auf Stephanie war.

»Sehr gut. Dann können wir uns mal zum Mittagessen verabreden. Ich würde ja gern vorschlagen, dass wir morgen ein Brunch machen, aber ich muss zurück an die Uni.« Sie nahm die Sonnenbrille ab und rieb sie mit ihrem T-Shirt sauber. »Also – sehen wir uns bald wieder?«

»Auf jeden Fall.«

Stephanie ging durch die Schiebetür und verschwand im Inneren des Hauses, weil sie auf diesem Weg schneller zur Haustür und damit zur Straße gelangte. Travis kam jetzt von der Anlegestelle zurück, und Moby trottete gut gelaunt neben ihm her. Zum ersten Mal heute hatte Travis ein kurzärmeliges Hemd an, allerdings nicht zugeknöpft.

»Ich brauche nur ein paar Minuten, um die Kohlen zu erhitzen. Wie wär's mit Shrimpspießchen?«

Gabby dachte nach. Sie hatte zwei Möglichkeiten: Entweder sie blieb hier – oder sie ging nach Hause zu ihrer Mikrowelle und zu irgendeiner blöden Sendung im Fernsehen. Sie sah dauernd das Bild vor sich, wie Travis mit den Kindern herumtobte, und wieder meldete sich dieses Gefühl der Zuneigung.

»Ja, gute Idee. Ich gehe nur schnell nach Hause und ziehe mich um.«

Während Travis den Grill anheizte, schaute Gabby nach Molly. Sie schlief tief und fest, umlagert von ihren wuscheligen Welpen.

Schnell hüpfte Gabby unter die Dusche, zog dann einen leichten Baumwollrock und eine Bluse an, trocknete sich die Haare und überlegte, ob sie sich schminken sollte. Sie entschied sich für eine Spur Wimperntusche. Von der Sonne hatte sie ein bisschen Farbe bekommen, und während sie sich im Spiegel musterte, fiel ihr auf, dass es schon mehrere Jahre her war, seit sie das letzte Mal mit einem anderen Mann als mit Kevin zu Abend gegessen hatte.

Natürlich konnte man sagen, das dieses Essen nur die logische Fortsetzung des heutigen Tages war, und außerdem hatte Stephanie sie reingelegt. Aber Gabby wusste, dass beide Argumente nicht ganz zutrafen.

Andererseits – musste sie ein schlechtes Gewissen haben, weil sie die Einladung zum Essen angenommen hatte? Sollte sie es lieber vor Kevin verheimlichen? Ganz spontan fand sie, dass es keinen Grund gab, es ihm nicht zu erzählen. Der Tag war absolut harmlos verlaufen – im Grund hatte sie viel mehr Zeit mit Stephanie verbracht als mit Travis. Also, warum dann dieser innere Aufstand?

Heute Abend beim Essen seid ihr beiden allein, flüsterte die Stimme in ihr.

Aber war das wirklich ein Problem? Stephanie hatte recht: Sie hatte wieder Hunger, und ihr Nachbar hatte etwas zu essen. Essen gehörte zu den menschlichen Grundbedürfnissen. Sie hatte schließlich nicht vor, mit ihm zu schlafen. Sie wollte ihn nicht einmal küssen. Travis und sie waren Freunde, mehr nicht. Und wenn Kevin hier wäre, dann hätte Travis ihn bestimmt ebenfalls eingeladen.

Aber er ist nicht da, meldete sich wieder die Stimme. *Wirst du Kevin von eurem kleinen* Dinner for two *berichten?*

»Ja, klar. Ich erzähle ihm doch alles, keine Frage«, murmelte sie, um die innere Stimme zum Schweigen zu bringen. Es gab Augenblicke, in denen sie sie hasste! Sie klang nämlich oft genau wie ihre Mutter.

Gabby warf einen letzten Blick in den Spiegel und war mit dem, was ihr entgegenblickte, zufrieden. Dann verließ sie das Haus und überquerte den Rasen.

Als Gabby durch die Hecke schlüpfte, sah Travis sie gleich. Er konnte den Blick nicht von ihr wenden. Und kaum hatte sie seine Terrasse betreten, da spürte er, dass sich die Atmosphäre zwischen ihnen verändert hatte. Darauf war er nicht gefasst gewesen.

»Hallo«, sagte Gabby nur. »Wie lange dauert es noch, bis das Essen fertig ist?«

»Höchstens zwei Minuten«, antwortete er. »Dein Timing ist perfekt.«

Sie betrachtete die Spießchen, die mit Shrimps, bunter Paprika und Zwiebeln bestückt waren. Wie auf Kommando fing ihr Magen an zu knurren. Hoffentlich hörte Travis es nicht. »Wow«, murmelte sie anerkennend. »Das sieht ja super aus!«

»Was möchtest du trinken?« Er deutete auf das andere Ende der Terrasse. »Ich glaube, in der Kiste ist noch Bier und Mineralwasser.«

Gabby ging zur Kühlbox, und Travis hatte Mühe, sich nicht von ihrem attraktiven Hüftschwung ablenken zu lassen. Was war nur mit ihm los? Gabby öffnete den Deckel, inspizierte den Inhalt und holte zwei Flaschen Bier heraus. Als sie ihm eine reichte, berührten sich ihre Finger eine halbe Sekunde lang. Travis öffnete seine Flasche und trank einen kräftigen Schluck, während er gleichzeitig Gabby musterte. Sie blickte schweigend auf das Wasser hinaus. Die Sonne stand noch über den Baumwipfeln, aber die Hitze ließ schon nach, und die Schatten auf dem Rasen wurden länger.

»Genau deshalb habe ich mein Haus gekauft«, sagte sie leise. »Wegen dieser Aussicht.«

»Sie ist wunderschön.« Er schaute Gabby an und merkte erst, wie doppeldeutig dieser Satz klang, als es schon zu spät war. Um die Situation zu überbrücken, räusperte er sich. »Wie geht es Molly?«

»Ich glaube, gut. Ich habe gerade nach ihr geschaut. Sie schläft tief.« Gabby schaute sich um. »Und wo steckt Moby?«

»Er treibt sich irgendwo vor dem Haus herum, fürchte ich. Als er kapiert hat, dass ich ihm nichts anbiete, hat er sich nicht mehr für den Grill interessiert.«

»Moby isst Shrimps?«

»Moby isst alles.«

»Der wahre Feinschmecker«, sagte Gabby mit einem Augenzwinkern. »Dabei fällt mir ein – kann ich irgendetwas helfen?«

»Eigentlich nicht. Es sei denn, du willst die Teller aus der Küche holen.«

»Aber gern. Du musst mir nur sagen, wo sie sind.«

»In dem Schrank links von der Spüle. Ach, und bring doch gleich die Ananas mit. Sie liegt auf der Arbeitsplatte. Und das Messer. Das müsste danebenliegen.«

»Bin gleich wieder da.«

»Und könntest du vielleicht auch noch das Besteck holen? Es ist in der Schublade neben der Spülmaschine.«

Sie verschwand im Haus. Wieder schaute Travis ihr nach. Gabby hatte eindeutig etwas an sich, was ihn sehr faszinierte. Das lag nicht nur an ihrem Äußeren – hübsche Frauen gab es wie Sand am Meer. Aber irgendwie strahlte sie mit ihrer Intelligenz und ihrem spontanen Humor etwas ganz Besonderes aus. Schönheit und ein gesunder Menschenverstand – diese Kombination war etwas Besonderes. Und man hatte gleichzeitig den Eindruck, dass sie sich dessen gar nicht bewusst war.

Als sie wieder aus dem Haus kam, waren die Spießchen fertig. Travis legte zwei auf jeden Teller, dazu eine Scheibe Ananas. Sie setzten sich an den Tisch. In der

Ferne reflektierte der träge dahinfließende Fluss den Himmel wie ein Spiegel, und die Stille wurde nur durch einen Schwarm Stare unterbrochen, der kreischend über sie hinwegflog.

»Schmeckt fantastisch«, sagte Gabby.

»Danke.«

Sie trank einen Schluck Bier und deutete auf das Boot. »Fährst du morgen wieder raus?«

»Eher nicht. Morgen entscheide ich mich vermutlich für den Sattel.«

»Was – du gehst reiten?«

Er schüttelte den Kopf. »Nein. Ich meine den Motorradsattel. Als ich auf dem College war, habe ich mir eine alte 83er-Honda Shadow gekauft. Ich wollte sie in Schuss bringen und sie dann mit Profit schnell wieder verkaufen. Tja – schnell ging es schon gar nicht, und ich glaube auch nicht, dass ich je einen Profit gemacht hätte. Aber ich kann immerhin sagen, dass ich alles selbst gemacht habe.«

»Das ist bestimmt ein tolles Gefühl.«

»›Sinnlos‹ ist wahrscheinlich ein passenderes Wort. Die Maschine ist nicht besonders praktisch, weil sie ständig irgendwelche Macken hat, und es ist fast unmöglich, die richtigen Ersatzteile zu bekommen. Aber ist das nicht der Preis, den man bezahlen muss, wenn man einen Klassiker besitzt?«

Das Bier schmeckte Gabby, und sie trank noch einen Schluck. »Keine Ahnung. Ich mache nicht mal den Ölwechsel selbst.«

»Bist du schon mal Motorrad gefahren?«

»Nein. Zu gefährlich.«

»Das hängt eher vom Fahrer und von den Straßenbedingungen ab als von der Maschine.«

»Aber deine geht immer kaputt, sagst du.«

»Stimmt. Aber ich lebe gern riskant.«

»Das ist mir auch schon aufgefallen.«

»Ist das gut oder schlecht?«

»Weder – noch. Aber es ist auf jeden Fall unberechenbar. Vor allem, wenn man es damit in Einklang bringen muss, dass du Tierarzt bist. Das ist so ein bodenständiger Beruf! Wenn ich an Tierärzte denke, sehe ich automatisch einen Familienmenschen vor mir samt einer netten Ehefrau, die eine Schürze trägt, und dazu eine Schar Kinder, die alle brav zum Kieferorthopäden gehen.«

»Oder anders ausgedrückt: einen langweiligen Typ. Jemand, dessen größtes Abenteuer darin besteht, dass er Golf spielt.«

Gabby dachte natürlich gleich an Kevin. »Es gibt Schlimmeres.«

»Nur damit du's weißt – ich bin ein Familienmensch.« Travis zuckte die Achseln. »Nur dass ich eben keine Frau und keine Kinder habe.«

»Aber das gehört dazu, oder?«

»Ich glaube, ein Familienmensch zu sein, heißt vor allem, dass man die entsprechende Lebenseinstellung hat. Man braucht dafür nicht unbedingt eine Familie.«

»Gute Antwort.« Sie musterte ihn mit zusammengekniffenen Augen. Merkte sie etwa schon die Wirkung des Biers? »Ich bin mir allerdings nicht sicher, ob ich mir dich verheiratet vorstellen kann. Das passt nicht richtig zu dir. Du kommst mir eher vor wie ein ewiger Junggeselle, der mit vielen Frauen ausgeht.«

»Du bist nicht die Erste, die das sagt. Und wenn ich es nicht besser wüsste, würde ich behaupten, dass du heute zu viel mit meinen Freunden geredet hast.«

»Sie haben nur Gutes über dich gesagt.«

»Deshalb dürfen sie auf mein Boot.«

»Und Stephanie?«

»Sie ist ein Rätsel. Aber sie ist meine Schwester – was soll ich tun? Wie gesagt: Für mich gibt es nichts Wichtigeres als die Familie.«

»Wieso habe ich das Gefühl, dass du mich beeindrucken möchtest?«

»Kann schon sein. Erzähl mir was von deinem Freund. Ist er auch der Typ Familienmensch?«

»Ich glaube, das geht dich nichts an«, erwiderte sie.

»Okay, gut, dann erzähl mir nichts. Jedenfalls *noch* nicht. Sag mir stattdessen, wie es war, in Savannah aufzuwachsen.«

»Über meine Familie weißt du ja schon Bescheid. Was interessiert dich sonst noch?«

»Alles.«

Gabby überlegte. »Im Sommer war es dort heiß. Sehr heiß. Und meistens auch schwül und drückend.«

»Bist du immer so vage?«

»Ich finde, ein bisschen Geheimnistuerei macht alles interessanter.«

»Denkt dein Freund auch so?«

»Mein Freund kennt mich.«

»Ist er groß?«

»Spielt das eine Rolle?«

»Nein, natürlich nicht. Ich mache nur Konversation.«

»Ach, dann lass uns lieber über etwas anderes reden.«

»Einverstanden. Warst du schon mal surfen?«

»Nein.«

»Sporttauchen?«

»Nein.«

»Schade.«

»Warum? Weil ich nicht weiß, was ich verpasse?«

»Nein«, sagte er. »Aber weil meine Freunde verheiratet sind und Kinder haben, will ich jemanden finden, der solche Sachen regelmäßig mit mir macht.«

»Soweit ich das beurteilen kann, bist du doch sehr einfallsreich, wenn es darum geht, die Freizeit zu genießen. Du gehst wakeboarden oder bist mit deinem Jetski unterwegs, sobald du von der Arbeit nach Hause kommst.«

»Aber es gibt mehr im Leben als Wakeboarden und Jetski. Zum Beispiel Parasailing.«

Gabby musste lachen, und als Travis einstimmte, merkte sie, wie sehr ihr sein Lachen gefiel.

»Ich habe übrigens eine Frage zur Tiermedizin«, sagte sie unvermittelt. Ihr war es inzwischen egal, wie sich das Gespräch entwickelte; sie fand es schön, sich ein bisschen treiben zu lassen. In Travis' Gegenwart fiel ihr das jetzt leicht. »Ich habe mich schon immer gefragt, wie viel Anatomie man im Studium lernen muss. Oder genauer gesagt, wie viel über die Anatomie verschiedener Tierarten.«

»Nur über die wichtigsten«, antwortete er. »Kuh, Pferd, Schwein, Hund, Katze und Huhn.«

»Und du weißt so ziemlich alles über diese Tiere?«

»Was die Anatomie betrifft, ja.«

»Toll. Und ich fand es schon schwierig, mir den Menschen einzuprägen.«

»Ja, aber du darfst eines nicht vergessen: Die meisten Leute werden mich nicht vor Gericht zerren, wenn ein Huhn stirbt. Du trägst da wesentlich mehr Verantwortung, besonders, weil du Kinder behandelst.« Nach einer kurzen Pause fügte er hinzu: »Was du bestimmt sehr gut machst, wette ich.«

»Wie kommst du auf die Idee?«

»Du hast so eine Aura – freundlich und geduldig.«

»Hm, ich glaube, du warst heute zu lange in der Sonne.«

»Kann sein.« Er stand auf und fragte mit einem Blick auf ihre Bierflasche: »Möchtest du Nachschub?«

Sie hatte noch gar nicht gemerkt, dass ihre Flasche leer war. »Ich glaube, lieber nicht.«

»Ich verrat's niemandem.«

»Darum geht es nicht. Aber ich möchte nicht, dass du einen falschen Eindruck von mir bekommst.«

»Ich glaube nicht, dass das passiert.«

»Aber mein Freund wäre sicher nicht einverstanden.«

»Er ist nicht hier, oder? Außerdem, wir lernen uns doch gerade erst richtig kennen. Da schadet das nichts.«

»Okay.« Sie seufzte. »Noch ein Bier. Aber danach ist Schluss.«

Er holte zwei Flaschen und öffnete sie. Als Gabby den ersten Schluck trank und das leichte Kribbeln in der Kehle spürte, meldete sich in ihrem Kopf wieder die leise Stimme. Sie flüsterte: *Du solltest das nicht tun.*

»Du würdest dich bestimmt gut mit ihm verstehen«, sagte sie, um die Grenzlinie zwischen ihnen wieder klarer zu ziehen. »Er ist ein toller Typ.«

»Das glaube ich sofort.«

»Und um deine Frage von vorhin zu beantworten: Ja, er ist groß.«

»Ach – ich dachte, du willst nicht über ihn reden.«

»Will ich auch nicht. Du sollst nur wissen, dass ich ihn liebe.«

»Liebe ist etwas Wunderbares. Nur durch die Liebe wird das Leben lebenswert. Ich bin unglaublich gern verliebt.«

»Hier spricht ein Mann mit Erfahrung. Du solltest allerdings nicht vergessen, dass wahre Liebe ewig währt.«

»Die Dichter würden sagen, dass die wahre Liebe immer tragisch endet.«

»Und du bist ein Dichter?«

»Nein. Ich wiederhole nur, was sie sagen. Ich behaupte nicht, dass ich auch dieser Meinung bin. Ich bin eher ein Romantiker, so ähnlich wie du, und glaube an ein Happy End. Mein Eltern sind seit Urzeiten verheiratet, und genauso will ich es auch irgendwann mal haben.«

Gabby fand, dass er ein Meister des halbernsten Flirts war – doch dann sagte sie sich, dass er ja tatsächlich jede Menge Erfahrung hatte. Andererseits empfand sie seine Zuwendung als sehr schmeichelhaft. Und genau damit wäre Kevin garantiert nicht einverstanden.

»Weißt du, dass ich beinahe dein Haus gekauft hätte?«, fragte er jetzt.

Sie schüttelte verwundert den Kopf.

»Es war gleichzeitig auf dem Markt wie meines. Mir hat der Schnitt eigentlich besser gefallen als bei dem Haus hier, aber hier gab es schon die Terrasse und das Bootshaus und einen Lift. Trotzdem war's eine schwierige Entscheidung.«

»Und jetzt hast du sogar einen Whirlpool.«

»Magst du Whirlpools?« Er zog eine Augenbraue hoch. »Wir können ihn später, wenn die Sonne untergegangen ist, gern benutzen.«

»Ich habe keinen Badeanzug dabei.«

»Na ja, ein Badeanzug ist nicht unbedingt nötig.«

Sie verdrehte die Augen und versuchte, das innere Kribbeln zu ignorieren. »Lieber nicht.«

Travis streckte sich. Allem Anschein nach war er zufrieden mit sich selbst. »Wie wär's mit einem Fußbad?«

»Ja, gut – vielleicht.«

»Das wäre doch immerhin ein Anfang.«

»Und ein Ende.«

»Selbstverständlich.«

Auf der anderen Seite des Flusses verwandelte die untergehende Sonne jetzt den Himmel in eine Palette aus verschiedenen Goldtönen, die sich über den ganzen Horizont erstreckten. Travis zog einen Stuhl heran, als Stütze für seine Füße. Gabby schaute hinaus aufs Wasser. So wohl hatte sie sich schon lange nicht mehr gefühlt.

»Erzähl mir von Afrika«, sagte sie. »Ist es wirklich so unglaublich, wie man denkt?«

»Für mich schon«, sagte er. »Ich möchte unbedingt noch einmal hin. Es kam mir vor, als hätte ich etwas in den Genen, was sich dort sofort zu Hause gefühlt hat. Da hat es gar keine Rolle gespielt, dass es nur sehr wenig gab, was mich an meine vertraute Umgebung erinnert hat.«

»Hast du Löwen und Elefanten gesehen?«

»Viele.«

»Warst du beeindruckt?«

»Es war unvergesslich.«

Einen Moment lang schwieg sie. »Ich beneide dich«, murmelte Gabby leise.

»Dann fahr doch mal hin. Und wenn du's tust, musst du unbedingt die Victoria Falls besuchen. So etwas Imposantes hast du noch nie gesehen. Der Regenbogen, die Gischt, das Brausen und Tosen des Wassers – es ist ein Gefühl, als stünde man am Rand der Welt.«

Mit einem verträumten Lächeln fragte sie: »Wie lange warst du da?«

»Bei welcher Reise?«

»Wie oft warst du denn schon in Afrika?«

»Dreimal.«

Sie versuchte, sich vorzustellen, wie es sich anfühlte, wenn man solch ein freies Leben führen konnte. »Erzähl mir von allen drei Reisen.«

Sie redeten und redeten. Die Dämmerung ging in Dunkelheit über, und Travis' Schilderungen von

Menschen und Orten waren so anschaulich und detailliert, dass Gabby das Gefühl hatte, sie wäre dabei gewesen. Aber sie fragte sich auch, wie oft er diese Geschichten schon zum Besten gegeben hatte – bei wie vielen verschiedenen Frauen. Zwischendurch stand er vom Tisch auf und kam mit zwei Flaschen Wasser zurück, aus Respekt vor ihrer Ankündigung von vorhin, was Gabbys Zuneigung zu ihm nur noch stärker werden ließ. Sie wusste, dass es nicht sein durfte, aber sie war nicht fähig, das Gefühl zu unterdrücken.

Als sie schließlich das Geschirr ins Haus brachten, funkelten am Himmel schon die Sterne. Travis wusch rasch die Teller ab, während sich Gabby im Wohnzimmer umschaute. Es sah viel weniger wie ein Junggesellenzimmer aus, als sie erwartet hatte. Die Möbel waren bequem und stilvoll, eine Sitzlandschaft aus braunem Leder, Couchtischchen aus Walnussholz, Messinglampen. Alles durchaus sauber, aber nicht zwanghaft steril. Auf dem Fernseher lagen verschiedene Zeitschriften, nicht besonders ordentlich gestapelt, und Gabby entdeckte auf der Stereoanlage eine feine Staubschicht, die aber nicht weiter störte. An den Wänden hingen keine Kunstwerke, sondern Filmplakate, die Travis' vielseitigen Geschmack widerspiegelten: einerseits *Casablanca*, daneben *Stirb langsam* und *Kevin allein zu Haus*. Sie hörte, dass er den Wasserhahn abdrehte. Dann seine Schritte.

Gabby drehte sich zu ihm um. »Wollen wir jetzt unser Fußbad nehmen?«, fragte sie.

»Solange du nicht zu viel Haut entblößt.«

Gemeinsam gingen sie nach draußen. Travis nahm den Deckel vom Whirlpool und stellte ihn daneben. Wenig später saßen sie einträchtig nebeneinander und paddelten mit den Füßen. Gabby schaute nach oben und versuchte, die Sternbilder am Himmel zu entschlüsseln.

»Was denkst du?«, fragte Travis.

»Ich denke über die Sterne nach«, sagte sie. »Ich habe mir nämlich ein Astronomiebuch gekauft und will mir die Konstellationen einprägen.«

»Und?«

»Bis jetzt erkenne ich leider nur die großen Sternbilder. Die unkomplizierten.« Sie deutete zum Haus. »Wenn du vom Kamin aus ein Stück nach oben gehst, siehst du den Gürtel des Orion. Der Stern Betelgeuze bildet Orions linke Schulter, und sein Fuß-Stern heißt Rigel. Orion hat außerdem zwei Jagdhunde: Der helle Stern da drüben ist Sirius, der gehört zum *Canis Maior*, zum Großen Hund, und Prokyon ist dieser helle, weißlich leuchtende Stern, der zum *Canis Minor*, zum Kleinen Hund, gehört.«

Travis erkannte den Gürtel des Orion und versuchte, Gabbys Hinweisen zu folgen, aber die Jagdhundsterne fand er nicht. »Ich bin nicht sicher, ob ich da so schnell mitkomme.«

»Ich auch nicht. Ich weiß nur, dass sie da sind.«

Er zeigte über ihre Schulter. »Also da drüben, das ist der Große Wagen. So viel weiß ich – mehr nicht.«

»Man kann auch *Ursa Maior* dazu sagen, wörtlich übersetzt heißt das Große Bärin. Wusstest du, dass man in diesem Sternbild seit der Eiszeit einen Bären gesehen hat?«

»Könnte ich nicht behaupten.«

»Ich liebe diese Namen, auch wenn ich die Sternbilder selbst nicht erkenne. Zum Beispiel *Canes Venatici*, also Jagdhunde, *Coma Bernices*, das heißt, Haar der Berenike, und dann die Plejaden, Antinous, Kassiopeia ... in meinen Ohren klingt das wie Musik.«

»Hört sich an, als seien die Sterne dein neues Hobby.«

»Na ja, eher so was wie ein guter Vorsatz, mich damit zu beschäftigen, der allerdings im Wirrwarr des Alltags untergeht. Aber ein paar Tage lang habe ich mich ernsthaft damit auseinandergesetzt.«

Travis lachte. »Wenigstens bist du ehrlich.«

»Ich kenne meine Grenzen. Aber ich wüsste gern mehr. In der siebten Klasse hatte ich einen Lehrer, der begeistert war von Astronomie. Er hat so enthusiastisch über die Sterne gesprochen, dass ich es nie vergessen werde.«

»Was hat er gesagt?«

»Manches kann ich bis heute zitieren: Also, wenn man die Sterne betrachtet, ist es, als würde man in der Zeit rückwärts blicken, weil manche so weit entfernt sind, dass ihr Licht Millionen Jahre braucht, um uns zu erreichen. Wir sehen die Sterne nicht so, wie sie jetzt aussehen, sondern wie sie waren, als noch die Dinosaurier auf der Erde herumspaziert sind. Diese Vorstellung fand ich ... völlig verrückt.«

»Klingt wie ein guter Lehrer.«

»Ja, er war super. Wir haben wahnsinnig viel bei ihm gelernt. Das meiste habe ich zwar inzwischen wieder vergessen, wie man merkt – aber das Staunen ist geblieben. Und wenn ich zum Himmel hinaufschaue, weiß ich, dass vor vielen Jahrtausenden die Menschen das auch schon getan haben.«

Travis schaute sie an, verzaubert vom Klang ihrer Stimme.

»Und was besonders seltsam ist«, fuhr Gabby fort, »wir wissen zwar heute viel mehr über das Universum, aber die meisten Menschen kennen sich schlechter mit dem Nachthimmel aus als unsere Vorfahren. Obwohl die Menschen damals keine Teleskope besaßen und noch nicht alles berechnet hatten und nicht einmal wussten, dass die Erde eine Kugel ist, haben sie bei der Seefahrt die Sterne als Orientierungshilfe benutzt. Sie haben den Himmel nach spezifischen Konstellationen abgesucht, um zu entscheiden, wann sie ihr Getreide anpflanzen sollten, sie haben die Sterne als Hilfsmittel genommen, wenn sie Bauwerke entworfen haben, sie lernten, wie man eine Sonnenfinsternis vorhersagen kann … Ich wüsste manchmal wirklich gern, wie das war, so ein Leben, das sich konsequent nach den Gestirnen richtet.« Eine Weile lang schwieg Gabby und hing ihren Gedanken nach, dann sagte sie: »Entschuldige – ich langweile dich bestimmt.«

»Im Gegenteil! Ich werde von jetzt an die Sterne mit ganz anderen Augen betrachten.«

»Du machst dich über mich lustig.«

»Überhaupt nicht«, entgegnete er ernst.

Sie schaute ihn an. Er erwiderte ihren Blick, und auf einmal hatte sie das Gefühl, dass er sie gleich küssen würde. Rasch wandte sie sich ab. Sie hörte deutlich das Quaken der Frösche im Schlickgras und das Zirpen der Grillen in den Bäumen. Der Mond stand hoch am Himmel und tauchte die ganze Umgebung in sein silbernes Licht. Gabby ruderte nervös mit den Füßen im Wasser. Sie musste gehen, das war ihr klar.

»Ich glaube, meine Füße werden allmählich schrumpelig«, sagte sie.

»Soll ich dir ein Handtuch holen?«

»Nein, nein, nicht nötig. Aber ich mache mich jetzt besser auf den Weg. Es ist schon spät.«

Er stand auf und reichte ihr die Hand. Gabby nahm sie und spürte seine Wärme, seine Kraft. »Ich begleite dich nach Hause«, sagte er.

»Ach, ich finde mich schon allein zurecht.«

»Gut, dann wenigstens bis zur Hecke.«

Sie nahm ihre Sandalen in die Hand. Gerade als sie den Rasen betraten, kam Moby angelaufen, mit hängender Zunge, umkreiste sie einmal, rannte dann zum Whirlpool und patschte mit den Vorderpfoten ins Wasser, als wollte er sich versichern, dass sich dort nichts versteckte. Anschließend schoss er in die andere Richtung wieder davon.

»Moby ist ein unglaublich neugieriger Hund. Und sehr begeisterungsfähig, voller Lebensfreude«, sagte Travis.

»So ähnlich wie du.«

»Ja, vielleicht, aber ich wälze mich nicht in totem Fisch.«

Gabby grinste. Das Gras fühlte sich wunderbar weich an unter ihren bloßen Füßen. An der Hecke blieb sie stehen. »Der Tag war wunderschön«, sagte sie leise. »Und der Abend ebenfalls.«

»Finde ich auch. Übrigens – vielen Dank für die Astronomiestunde.«

»Nächstes Mal bin ich besser vorbereitet. Du wirst staunen – meine Kenntnisse werden ins Astronomische gehen.«

»Hübsches Wortspiel!«, erwidere Travis lachend. »Ist dir das gerade eingefallen?«

»Nein, das habe ich auch von meinem Lehrer. Er hat das immer am Schluss der Stunde gesagt.«

Travis verlagerte sein Gewicht auf den anderen Fuß, dann schaute er Gabby fest in die Augen. »Was hast du morgen vor?«

»Eigentlich gar nichts. Das heißt, ich muss auf jeden Fall einkaufen gehen. Wieso fragst du?«

»Hast du Lust mitzukommen?«

»Mit dem Motorrad?«

»Ich würde dir gern etwas zeigen. Und es macht dir bestimmt Spaß, das verspreche ich dir. Ich nehme auch etwas zum Picknicken mit.«

Gabby zögerte. Es war eine simple Frage, und sie wusste, wie die Antwort lauten müsste, vor allem, weil sie auf jeden Fall verhindern wollte, dass ihr Leben zu kompliziert wurde. »*Ich glaube, das ist keine gute Idee*« – mehr bräuchte sie nicht zu sagen, und die Sache wäre erledigt.

Sie dachte an Kevin, an ihr schlechtes Gewissen von vorhin und daran, warum sie überhaupt hierhergezogen war. Aber trotz allem – oder vielleicht gerade deswegen? – lächelte sie.

»Ja, gut«, sagte sie. »Um welche Uhrzeit?«

Wenn ihre Antwort ihn überraschte, ließ er sich das nicht anmerken. »Wie wär's um elf? Dann kannst du ausschlafen.«

Sie fuhr sich mit der Hand durch die Haare. »Also, dann – noch mal vielen Dank.«

»Ganz meinerseits. Bis morgen!«

Sie wollte gehen. Aber wieder begegneten sich ihre Blicke, sie schauten sich ein bisschen zu lange in die Augen, und plötzlich zog Travis sie an sich und küsste sie. Seine Lippen waren weder weich noch hart oder fordernd, und es dauerte eine Sekunde, bis Gabby begriff, dass er sie tatsächlich küsste ... Erschrocken stieß sie ihn weg.

»Was soll das?«, keuchte sie.

»Ich konnte nicht anders.« Er zuckte die Achseln und schien sein Verhalten überhaupt nicht zu bedauern. »Es kam mir einfach richtig vor.«

»Du weißt doch, dass ich einen Freund habe!«, rief sie empört. Aber wenn sie ehrlich war, musste sie zugeben, dass sie den Kuss genossen hatte. Und genau dafür hasste sie sich.

»Entschuldige, wenn ich dir zu nahe getreten bin«, murmelte Travis.

»Kein Problem«, sagte Gabby, hob aber abwehrend die Hände, um ihn auf Distanz zu halten. »Vergiss es. Aber es darf sich nicht wiederholen, okay?«

»Okay.«

Auf einmal hatte sie nur noch einen Wunsch: nach

Hause zu gehen! Sie hätte sich gar nicht erst in diese Lage begeben dürfen. Irgendwie hatte sie geahnt, dass das passieren würde, sie hatte sich selbst davor gewarnt, und nun stellte sich heraus, dass ihre Bedenken gerechtfertigt gewesen waren.

Sie drehte sich um und ging atemlos zur Hecke. Er hatte sie geküsst! Sie konnte es nicht fassen. Jetzt musste sie ganz schnell gehen, um ihm zu demonstrieren, dass sie es ernst meinte und wirklich nicht wollte, dass es noch einmal geschah – trotzdem blickte sie kurz über die Schulter und erstarrte fast, als ihre Augen sich trafen. Er hob die Hand und winkte.

»Bis morgen!«, rief er.

Gabby antwortete nicht. Es gab keinen Grund zu reagieren, sie hatte sich ja schon verabschiedet. Wenn sie an morgen dachte, bekam sie richtig Angst. Wieso hatte Travis alles ruiniert? Weshalb konnten sie nicht einfach nur Nachbarn und Freunde sein? Warum dieses Ende?

Sie schloss die Schiebetür hinter sich und ging in ihr Schlafzimmer. Eigentlich müsste sie wahnsinnig wütend auf ihn sein, fand sie. Das wäre die angemessene Reaktion. Stattdessen zitterten ihr die Knie, ihr Herz klopfte schnell, und gegen ihren Willen fühlte sie sich geschmeichelt, weil Travis Parker sie so begehrenswert fand, dass er sie unbedingt küssen wollte.

Kapitel 12

Nachdem Gabby gegangen war, räumte Travis die Kühlbox aus. Dann suchte er den Tennisball, weil er sich noch ein bisschen mit Moby beschäftigen wollte, aber während ihres üblichen Bällchenspiels wanderten seine Gedanken immer wieder zu Gabby. Moby sauste durch den Garten, und Travis dachte daran, wie Gabbys Augen blitzten, wenn sie lächelte, oder wie feierlich ihre Stimme geklungen hatte, als sie von den Sternen sprach. Was für ein Verhältnis hatte sie eigentlich zu ihrem Freund?, fragte er sich. Merkwürdigerweise hatte sie fast gar nicht über ihn gesprochen. Warum auch immer sie sich so verhielt – sie erreichte damit jedenfalls, dass er ins Grübeln kam.

Keine Frage: Sie faszinierte ihn. Was seltsam war. Nach seinen bisherigen Freundinnen zu schließen, war sie eigentlich nicht sein Typ. Sie wirkte nicht überempfindlich, sie reagierte nicht schnell beleidigt, sie war keine Mimose – und das war sonst die Sorte Frauen, die er besonders anzuziehen schien. Wenn er sie neckte, zahlte sie es ihm in gleicher Münze heim; wenn er die Grenzen austestete, verwies sie ihn sofort in seine Schranken. Es gefiel ihm, dass sie lebhaft und immer guter Laune war, ihre Selbstständigkeit und ihr Selbstbewusstsein beeindruckten ihn, aber ganz besonders gut fand er, dass sie offenbar gar nicht merkte, dass sie diese Qualitäten besaß. Der Tag mit ihr erschien ihm nachträglich wie ein Tanz, bei dem sie beide abwechselnd die Führung übernommen hatten, erst drängte der eine, während der andere zurückwich, dann umgekehrt.

In allen seinen bisherigen Beziehungen hatte es ein zentrales Problem gegeben: Selbst in der Anfangsphase waren sie immer extrem einseitig gewesen. Meistens war es darauf hinausgelaufen, dass *er* entscheiden musste, was sie unternehmen wollten und wo sie essen gingen, zu wem sie nach Hause gingen und welchen Film sie sich anschauten. Das störte ihn am Anfang nicht besonders, aber mit der Zeit machte ihm diese Einseitigkeit dann doch zu schaffen, weil er in Wahrheit die Beziehung dominierte, wodurch bei ihm das Gefühl entstand, dass er sich eher mit einer Angestellten verabredete als mit einer gleichwertigen Partnerin. Und das fand er langweilig.

Es war eigenartig, aber bisher hatte er seine Beziehungen noch nie aus diesem Blickwinkel betrachtet. Normalerweise dachte er nicht viel darüber nach. Aber durch das Zusammensein mit Gabby spürte er auf einmal ganz deutlich, was ihm bisher gefehlt hatte. In Gedanken ging er ihre Unterhaltungen noch einmal durch. Er wollte mehr solche Gespräche! Mehr von ihr! Er hätte sie nicht küssen dürfen, dachte er nun und wurde ganz unruhig, was ihm selten passierte. Er war zu weit gegangen. Aber ihm blieb nichts anderes übrig als abzuwarten und zu hoffen, dass sie es sich wegen morgen nicht noch anders überlegte. Was konnte er tun? Nichts. Überhaupt nichts.

»Wie war's?«, fragte Stephanie.

Travis fühlte sich noch ziemlich benebelt und bekam kaum die Augen auf. »Wie viel Uhr ist es?«

»Keine Ahnung. Noch ziemlich früh.«

»Warum rufst du an?«

»Weil ich wissen wollte, wie dein Essen mit Gabby gelaufen ist.«

»Ist die Sonne schon aufgegangen?«

»Du sollst jetzt nicht das Thema wechseln! Komm, spuck's aus.«

»Du bist verdammt neugierig.«

»War ich doch schon immer. Aber mach dir keine Sorgen. Du hast meine Frage bereits beantwortet.«

»Ich habe doch gar nichts gesagt.«

»Genau. Ich nehme an, ihr habt euch für heute verabredet?«

Travis hielt das Telefon ein Stück von sich weg und starrte darauf. Wie war es nur möglich, dass seine Schwester immer alles vorausahnte?

»Steph –«

»Sag ihr viele Grüße von mir. Ich muss leider los. Danke, dass du mich so schön auf dem Laufenden hältst.«

Bevor er etwas erwidern konnte, hatte sie schon aufgelegt.

Gleich beim Aufwachen kam Gabby ins Grübeln. Sie hielt sich selbst im Allgemeinen für einen anständigen Menschen, und das war ihr wichtig. Schon als Kind hatte sie versucht, sich an Regeln zu halten. Sie hatte ihr Zimmer aufgeräumt, für Klassenarbeiten und Prüfungen fleißig gebüffelt und sich vor allem in Gegenwart ihrer Eltern gut benommen.

Es war nicht der Kuss vom Abend zuvor, weshalb sie jetzt an sich zweifelte. Mit diesem Kuss hatte sie nichts zu tun – er ging ausschließlich auf Travis' Konto. Insgesamt war der Tag doch völlig harmlos verlaufen. Sie konnte Kevin alles haarklein erzählen, ohne Probleme. Nein, ihre Schuldgefühle hingen damit zusammen, dass sie sich so bereitwillig darauf eingelassen hatte, mit Travis zu Abend zu essen. Im Grund hätte sie sich doch denken können, was er vorhatte. Warum war sie dann trotzdem in die Situation hineingeschlittert? Was hatte sie sich eigentlich dabei gedacht?

Und was Kevin betraf ... Das Gespräch mit ihm hatte nicht viel dazu beigetragen, die Erinnerung an Travis auszulöschen.

Sie hatte ihn noch am Abend angerufen, gleich nachdem sie heimgekommen war. Während sie horchte, wie sein Handy klingelte, betete sie, dass er nicht den schuldbewussten Unterton in ihrer Stimme heraushören würde. Aber diese Sorge hätte sie sich sparen können, das war ihr schnell klar – sie konnten sich überhaupt nicht verständigen, weil Kevin gerade in einem Nachtclub war.

»Hallo, Schatz«, begann sie. »Ich wollte mich nur mal melden und –«

»Hey, Gabby!«, unterbrach er sie. »Du musst lauter sprechen – hier ist ein furchtbarer Krach!«

Er selbst brüllte so, dass sie das Telefon vom Ohr weghalten musste. »Das hört man!«

»Was?«

»Ich habe gesagt, das hört man!« Sie schrie nun ebenfalls. »Klingt so, als würdest du dich gut amüsieren!«

»Ich kann dich nicht verstehen! Was hast du gesagt?«

Im Hintergrund hörte sie, wie eine Frauenstimme fragte, ob er noch einen Wodka Tonic wolle; Kevins Antwort ging in dem allgemeinen Lärm unter.

»Wo bist du?«

»Ich weiß gar nicht, wie das hier heißt. Irgendein Club!«

»Was für ein Club?«

»Ach, die anderen wollten unbedingt hierher. Nichts Besonderes!«

»Ich bin froh, dass du Spaß hast.«

»Du musst lauter sprechen!«

Sie versuchte, sich nicht zu ärgern. »Ich wollte nur ein bisschen mit dir reden. Du fehlst mir!«, schrie sie.

»Du mir auch. In ein paar Tagen bin ich ja wieder zu Hause. Aber jetzt muss ich leider ...«

»Ich weiß.«

»Ich ruf dich morgen an, okay?«

»Ja, klar.«

»Ich liebe dich!«

»Ich dich auch.«

Gabby legte verärgert auf. Sie hatte sich darauf gefreut, mit ihm zu reden, aber sie hätte es besser wissen müssen. Bei solchen Kongressen verwandelten sich erwachsene Männer aus irgendwelchen Gründen wieder in Teenager – das hatte sie vor ein paar Monaten selbst miterlebt, als sie an einem Mediziner-Kongress in Birmingham, Alabama, teilgenommen hatte. Tagsüber saßen bei den Veranstaltungen lauter ernsthafte, interessierte Ärzte, aber abends konnte sie von ihrem Hotelzimmer aus beobachten, wie sie in Gruppen loszogen, zu viel tranken und sich allgemein aufführten wie die Vollidioten. Na ja, nicht weiter schlimm. Sie dachte keine Sekunde lang, dass Kevin in eine heikle Situation geraten sein könnte oder etwas machte, was ihm später leidtat.

Dass er zum Beispiel jemanden küsst?

Entschlossen warf sie die Bettdecke zurück. Wenn die Erinnerung an den Kuss doch endlich verschwinden würde! Sie wollte nicht mehr daran denken, wie sich Travis' Hand auf ihrem Rücken angefühlt hatte, als er sie an sich zog, und schon gar nicht wollte sie sich an seine Lippen erinnern, an das elektrische Kribbeln im ganzen Körper, das sie dabei gespürt hatte. Aber da war noch mehr. Etwas, das sie nicht recht zu fassen bekam. Das wurde ihr bewusst, als sie unter die Dusche ging und den Wasserhahn aufdrehte. Hatte sie etwa – in diesem kurzen Moment, als sie seinen Mund auf ihrem spürte – hatte sie den Kuss etwa erwidert?

Weil Travis nach Stephanies Anruf nicht mehr einschlafen konnte, ging er joggen. Danach warf er sein Surfbrett hinten auf den Truck und fuhr über die

Brücke zu den Bogue Banks, der vorgelagerten Insel im Atlantik. Dort stellte er den Wagen auf den Parkplatz des Sheraton Hotels, nahm das Surfbrett und ging zum Wasser. Er war nicht allein; andere Leute hatten dieselbe Idee gehabt wie er. Ein paar kannte er natürlich und winkte ihnen gut gelaunt zu. Vermutlich hatten die meisten nicht vor, lange zu bleiben, genauso wenig wie er selbst, aber frühmorgens waren die Wellen am besten, und es war einfach eine wunderbare Art, den Tag zu beginnen.

Das Wasser war noch kühl. Travis paddelte durch die Dünung und versuchte, seinen Rhythmus zu finden. Er war kein besonders genialer Surfer – als er in Bali die Monsterwellen sah, hatte er nur den Kopf geschüttelt. Wenn er es wagte, auf ihnen zu reiten, würde ihn das wahrscheinlich das Leben kosten. Aber er war gut genug, um hier in North Carolina diesen Sport zu genießen.

Er war daran gewohnt, bei solchen Unternehmungen allein zu sein. Von seinen Freunden war Laird der einzige, der surfte, aber sie hatten sich seit Jahren nicht mehr am Strand verabredet. Ashley und Melinda, zwei seiner Exfreundinnen, waren ein paarmal mit ihm surfen gegangen – aber mit ihnen konnte man sich nie spontan treffen, und wenn sie dann doch kamen, war er meistens schon wieder dabei, seine Sachen zusammenzupacken, und sie brachten so seinen ganzen Vormittag durcheinander.

Wieso verliebte er sich immer wieder in denselben Typ Frau? Er war geradezu enttäuscht von sich. Kein Wunder, dass Allison und Megan ihn deswegen aufzogen. Bestimmt hatten sie das Gefühl, im Theater stets dasselbe Stück zu sehen, nur mit verschiedenen Darstellerinnen. Das Ende war jedes Mal identisch. Während er jetzt auf seinem Surfbrett lag und die Wellen beobachtete, wurde ihm schlagartig klar, dass die Eigenschaft, durch die eine Frau am Anfang seine Aufmerksamkeit weckte und für ihn attraktiv wurde – nämlich ihr Bedürfnis, versorgt zu werden –, schließlich auch zum Ende der Beziehung führte. Wie lautete noch mal die alte Volksweisheit? Wer sich einmal scheiden lässt, kann beruhigt die Schuld auf seine Exfrau schieben. Aber spätestens bei der dritten Scheidung muss man sich an die eigene Nase fassen, denn dann liegt es eindeutig an einem selbst, dass es nie klappt. Gut, bis jetzt hatte er sich noch nie offiziell *scheiden* lassen, aber es lief natürlich auf das Gleiche hinaus.

Es wunderte ihn wirklich, dass der Tag mit Gabby ihn so nachdenklich stimmte. Ausgerechnet Gabby, die Frau, die ihm aus heiterem Himmel irgendwelche Vorwürfe machte, die ihm ständig aus dem Weg ging, die ihn offen attackierte und dann immer wieder darauf hinwies, dass sie einen anderen liebte! Wie sollte er sich da seine Reaktion erklären?

In dem Moment bemerkte er eine vielversprechende Welle hinter sich und begann wie wild zu paddeln, um in die bestmögliche Position zu kommen. Doch obwohl es ein traumhaft schöner Morgen war und der Ozean mit seiner Brandung ein grandioses Schauspiel bot, konnte er sich der Wahrheit nicht entziehen. Eigentlich hatte er nur einen Wunsch: Er wollte so viel Zeit wie möglich mit Gabby verbringen, und zwar so oft er nur irgend konnte.

»Guten Morgen!«

Kevin rief an, als Gabby gerade aus dem Haus gehen wollte. Sie klemmte das Telefon zwischen Ohr und Schulter.

»Oh, hallo!«, rief sie. »Wie geht's dir?«

»Nicht schlecht. Hör zu – es tut mir schrecklich leid wegen gestern Abend. Ich wollte dich noch mal anrufen, als ich wieder in meinem Zimmer war, und mich bei dir entschuldigen, aber da war es schon ziemlich spät.«

»Kein Problem. Es klang so, als hättest du einen schönen Abend.«

»Ach, so toll war es gar nicht. Die Musik war viel zu laut, mir dröhnen jetzt noch die Ohren. Ich weiß selbst nicht, warum ich überhaupt mitgegangen bin. Eigentlich hätte ich wissen müssen, dass ich in der falschen Gesellschaft bin, weil sie gleich nach dem Essen angefangen haben, einen Schnaps nach dem anderen hinunterzukippen, aber irgendjemand musste ja auf die Typen aufpassen.«

»Und du warst ganz bestimmt ein Beispiel an Nüchternheit.«

»Ja, klar«, entgegnete er. »Du weißt doch, dass ich nie viel trinke. Deswegen werde ich sie heute auf dem Golfplatz alle miteinander plattmachen. Die sind unter Garantie viel zu verkatert, um den Ball zu treffen.«

»Was sind das denn für Leute?«

»Ach, ein paar Versicherungsmakler aus Charlotte und Columbia. So, wie die sich hier aufführen, könnte man denken, sie sind seit Jahren nicht mehr abends ausgegangen.«

»Vielleicht stimmt das ja.«

»Wer weiß …« Gabby hörte etwas rascheln und dachte, dass er sich vermutlich gerade anzog. »Und du? Was hast du gestern gemacht?«

Sie zögerte für einen Moment. »Nichts Besonderes.«

»Ich hätte es toll gefunden, wenn du mitgekommen wärst. Mit dir zusammen würde alles viel mehr Spaß machen.«

»Aber du weißt doch, dass ich nicht freinehmen konnte.«

»Klar. Aber ich wollte es trotzdem sagen. Ich ruf dich später noch mal an, einverstanden?«

»Das wäre nett. Zwischendurch bin ich vielleicht mal für eine Weile weg.«

»Dabei fällt mir ein – wie geht's Molly?«

»Molly geht es blendend.«

»Ich glaube, ich hätte gern einen der Welpen. Sie sind so niedlich!«

»Willst du dich bei mir einschmeicheln?«

»Was sonst? Apropos einschmeicheln – ich hab mir etwas überlegt. Vielleicht könnten wir zwei im Herbst nach Miami fliegen, für ein verlängertes Wochenende. Einer der Typen, mit denen ich mich hier unterhalten habe, war gerade in South Beach, und er sagt, dass es dort in der Gegend erstklassige Golfplätze gibt.«

Gabby schluckte. »Hast du eigentlich schon mal daran gedacht, Afrika kennenzulernen?«

»Afrika?«

»Ja. Mal länger Urlaub machen, auf eine Safari gehen, die Victoria Falls sehen. Oder wenn nicht Afrika, dann irgendein Land in Europa. Zum Beispiel Griechenland?«

»Also, an eine richtig große Reise habe ich eigentlich noch nie gedacht, aber selbst wenn ich Lust dazu hätte – ich kann gar nicht so lange freinehmen. Wie kommst du denn auf die Idee?«

»Nur so«, sagte sie.

Während Gabby am Telefon war, kam Travis auf ihre Veranda und klopfte. Sie öffnete und winkte ihn herein, das Telefon noch am Ohr. Er ging ins Wohnzimmer und erwartete eigentlich, dass sie ihr Gespräch beenden würde, aber sie deutete auf das Sofa und verschwand durch die Schwingtür in der Küche.

Er setzte sich und wartete. Und wartete. Und wartete. Er kam sich lächerlich vor – sie behandelte ihn wie ein Kind! Er hörte ihre gedämpfte Stimme, verstand aber kein Wort. Mit wem redete sie? Er wollte aufstehen und wieder gehen. Aber er blieb sitzen. Wieso besaß sie nur diese Macht über ihn?

Schließlich kam sie wieder ins Wohnzimmer.

»Entschuldige! Das Telefon klingelt schon den ganzen Vormittag – ohne Pause.«

Travis erhob sich. Es schien ihm, als wäre Gabby über Nacht noch hübscher geworden – was ja eigentlich nicht möglich war. »Kein Thema«, antwortete er.

Durch Kevins Anruf fühlte sich Gabby wieder recht verunsichert. Was tat sie hier eigentlich? Aber sie wollte nicht darüber nachdenken. »Ich hole nur schnell meine Sachen, dann kann's losgehen.« In der Tür drehte sie sich noch einmal um. »Ach, und dann muss ich noch schauen, ob Molly genug Wasser hat.«

Wenig später gingen sie gemeinsam in die Garage, und Gabby füllte die Wasserschüssel bis zum Rand.

»Wohin fahren wir eigentlich?«, fragte sie. »Hoffentlich nicht zu irgendeiner Biker-Bar mitten im Nichts!«

»Warum nicht? Hast du was gegen Biker-Bars?«

»Ich passe da nicht hin – leider. Nicht genug Tattoos.«

»Du verallgemeinerst, findest du nicht?«

»Kann sein. Aber du hast meine Frage noch nicht beantwortet.«

»Wir machen einen kleinen Ausflug«, erklärte er. »Über die Brücke, die Bogue Banks entlang bis runter nach Emerald Isle, dann zurück über die Brücke, und anschließend kommt die Überraschung, die ich dir zeigen will.«

»Wo ist sie denn?«

»Das verrate ich nicht.«

»Ist es da vornehm?«

»Würde ich nicht behaupten.«

»Gibt's was zu essen?«

Er überlegte. »Ja, irgendwie schon.«

»Drinnen oder draußen?«

»Es soll eine Überraschung sein!«, wiederholte er.

»Klingt spannend.«

»Na ja, Erwarte nichts allzu Besonderes. Ich gehe öfter hin, aber es ist nichts Spektakuläres.«

Sein Motorrad stand in der Einfahrt. »Da ist es«, verkündete er.

Das Chrom blitzte so hell in der Sonne, dass Gabby die Augen zusammenkneifen musste. Vorsichtshalber setzte sie ihre Sonnenbrille auf.

»Dein ganzer Stolz, was?«

»Eine ewige Quelle der Frustration.«

»Du fängst jetzt aber nicht wieder an, mir vorzujammern, wie schwer es ist, die richtigen Ersatzteile zu bekommen, oder?«

Er zog eine beleidigte Grimasse, dann lachte er leise. »Ich werde versuchen, meinen Kummer für mich zu behalten.«

Gabby zeigte auf den Korb, den er mit einem Bungee-Seil hinten am Motorrad befestigt hatte. »Was gibt's zum Mittagessen?«

»Das Übliche.«

»Filet Mignon, überbackenen Alaska-Aal, zarten Lammrücken, Seezungenröllchen?«

»Nicht ganz.«

»Pop-Tarts?«

Diese Spitze überging er lieber. »Wenn du so weit bist, kann's losgehen. Der Helm hier passt dir bestimmt, und falls nicht, habe ich noch eine ganze Auswahl in der Garage.«

Sie zog spöttisch die Augenbrauen hoch. »Na, du hast wohl schon vielen Frauen diese ›Überraschung‹ gezeigt?«

»Nein«, antwortete er. »Du bist die Erste.«

Sie dachte eigentlich, er würde noch etwas hinzufügen, aber er schwieg. Sie nickte kurz, setzte den Helm auf, schloss den Kinnriemen und schwang das Bein über den Motorradsitz. »Wohin mit meinen Füßen?«

Travis klappte die hinteren Fußrasten aus. »Auf jeder Seite ist eine Stütze. Du musst aber vor allem aufpassen, dass du nicht gegen den Auspuff kommst. Der wird nämlich sehr heiß, und du würdest dir üble Verbrennungen zuziehen.«

»Danke für den Hinweis. Und was mache ich mit den Händen?«

»Mit den Händen? Mit denen hältst du dich natürlich an mir fest!«

»Du bist mir ja einer!«, sagte sie kopfschüttelnd. »Plumper geht's nicht. Aber bitte, wenn du meinst.«

Er grinste, stülpte seinen Helm über, stieg mit einer schnellen, routinierten Bewegung auf und startete den Motor. Das Brummen war leiser als bei den meisten Maschinen, aber durch den Sitz hindurch spürte Gabby die leichte Vibration. Es war eine Anspannung, als säße sie in der Achterbahn kurz vor dem Start. Nur ohne Sicherheitsgurt.

Travis fuhr ganz langsam aus der Einfahrt hinaus und auf die Straße. Gabby griff nach seinen Hüften. Als sie ihn berührte, musste sie gleich an seinen athletischen Körperbau denken, und ihr Magen begann zu tanzen. Doch ihr blieb nichts anderes übrig, als die Hände dort zu lassen, denn sonst hätte sie die Arme um ihn schlingen müssen, und dem fühlte sie sich definitiv nicht gewachsen. Als Travis beschleunigte, ermahnte sie sich, nicht zu krallen und überhaupt die

Hände nicht zu bewegen, sondern sie still zu halten, reglos wie eine Statue.

»Was sagst du?«, fragte Travis und drehte den Kopf ein bisschen nach hinten.

»Was?«

»Irgendwas von Händen und Statue!«

Gabby hatte nicht gemerkt, dass sie laut redete. Sie drückte seine Hüften und redete sich ein, sie tue es nur aus Sicherheitsgründen. »Ich habe nur gesagt, ich halte die Hände still wie eine Statue. Ich will keinen Unfall provozieren.«

»Keine Sorge, wir bauen keinen Unfall. Ich kann Unfälle nicht ausstehen.«

»Hattest du schon mal einen?«

Er nickte und drehte dabei wieder leicht den Kopf, was Gabby nervös machte. »Schon zwei. Einmal musste ich sogar zwei Tage ins Krankenhaus.«

»Und du hast es nicht für nötig befunden, mir das vor deiner Einladung zu erzählen?«

»Ich wollte nicht, dass du Angst bekommst.«

»Könntest du bitte auf die Straße schauen? Und mach bloß keine Kunststücke.«

»Was? Ich soll Kunststücke machen?«

»Nein, auf keinen Fall!«

»Gut. Ich möchte die Fahrt nämlich lieber genießen.« Gabby hätte schwören können, dass er ihr zuzwinkerte. Sie hatte es genau gesehen, trotz des Helms. »Das Wichtigste ist, dass du kein Risiko eingehst – also halte die Hände still wie eine Statue!«

Am liebsten wäre sie mal wieder im Erdboden versunken vor Verlegenheit, ähnlich wie in seiner Praxis. Wie peinlich, dass sie das laut gesagt hatte! Aber wie hatte Travis sie hören können, trotz Fahrtwind und Motorenlärm? Dass er in den nächsten Minuten nicht wieder davon anfing, half ihr, sich nicht mehr ganz so winzig zu fühlen.

Sie verließen nun die ruhigen Straßen ihres Wohnviertels, und Gabby bekam schnell ein Gefühl dafür, wie sie sich gemeinsam mit Travis in die Kurve legen musste. Schon nach kurzer Zeit überquerten sie die kleine Brücke, die Beaufort mit Morehead City verband. Die Straße wurde jetzt zweispurig, und weil am Wochenende alle Leute an den Strand wollten, war viel Verkehr. Als sie für eine Weile neben einem riesigen Müllauto herfuhren, fühlte sich Gabby extrem schutzlos und verletzlich und hatte Mühe, ruhig zu sitzen.

Dann näherten sie sich der Brücke, die über die Küstenwasserstraße führte. Der Verkehr kam nur noch im Schritttempo voran. Aber sobald sie auf den Highway gelangten, der die Bogue Banks durchquerte, bogen die meisten Autos nach Atlantic Beach ab, und Travis konnte wieder beschleunigen. Vor und hinter ihnen fuhr je ein Minivan, und Gabby merkte richtig, wie sie sich wieder einigermaßen entspannte. Sie passierten Wohnblocks und kleine Einfamilienhäuser, die gut versteckt im Maritime Forest lagen, und allmählich drangen auch die wärmenden Sonnenstrahlen durch ihre Kleidung.

Gabby hielt sich nach wie vor an Travis fest. Sie hatte keine andere Wahl. Durch den dünnen Stoff seines Hemdes spürte sie seine durchtrainierte

Rückenmuskulatur. Ob sie wollte oder nicht – sie musste sich endgültig eingestehen, dass sie sich zu ihm hingezogen fühlte. Er war ganz anders als sie, und dennoch gab ihr seine Gegenwart die wunderbare Gewissheit, dass ein anderes Leben möglich war, ein Leben, wie sie es sich nie hätte vorstellen können. Ohne die Grenzen, die andere für sie gezogen hatten, ohne ständige Einschränkungen und Vorschriften.

Sie schwiegen beide, während sie an den kleinen Ortschaften vorbeifuhren: Atlantic Beach, Pine Knoll Shores und Salter Path. Links von ihnen, direkt am Ozean und größtenteils durch die vom Seewind gekrümmten Eichen verdeckt, lagen einige der begehrtesten Anwesen des gesamten Staates North Carolina. Kurz davor hatten sie den Iron Steamer Pier passiert. Er war von Sturm und Wetter völlig verwittert und diente heute vor allem als Treffpunkt für unzählige Angler.

In Emerald Isle, der am weitesten westlich liegenden Ortschaft der Insel, musste Travis wegen eines abbiegenden Autos relativ abrupt bremsen, und Gabby wurde gegen ihn gedrückt. Ohne dass sie es wollte, rutschten ihre Hände von seinen Hüften zum Bauch. Ob er es auch so deutlich registrierte, wie ihre Körper aneinandergepresst wurden?, fragte sie sich, und obwohl sie sich eigentlich wieder von ihm lösen wollte, tat sie es nicht.

Irgendetwas geschah mit ihr. Was war das nur? Sie konnte es sich beim besten Willen nicht erklären. Ja, sie liebte Kevin, sie wollte ihn heiraten, und an ihren

Gefühlen für ihn hatte sich in den letzten beiden Tagen nichts verändert. Und doch – es fühlte sich so ... so *richtig* an, wenn sie mit Travis zusammen war. Aber warum? Alles schien natürlich und leicht, genau so, wie es sein sollte. War das nicht ein unlösbarer Widerspruch? Als sie die Brücke am Ende der Insel überquerten und wieder in Richtung Heimat fuhren, gab sie den Versuch, ihre Emotionen zu begreifen und zu ordnen, endgültig auf.

Zu ihrer Verwunderung drosselte Travis das Tempo und bog in eine kleine Seitenstraße ein, die leicht zu übersehen war, weil sie im rechten Winkel vom Highway abging und in den Wald führte. Als er anhielt, schaute sich Gabby verwirrt um.

»Warum halten wir hier?«, fragte sie. »Ist das die Überraschung, die du mir zeigen wolltest?«

Travis stieg vom Motorrad, sicherte es und zog seinen Helm ab.

»Nein, die erwartet dich in Beaufort«, antwortete er. »Ich wollte dich fragen, ob du Lust hast, selbst ein bisschen zu fahren.«

»Aber ich bin noch nie Motorrad gefahren!« Gabby blieb sitzen, die Arme vor der Brust verschränkt.

»Ich weiß. Genau deshalb frage ich dich ja.«

»Äh – lieber nicht«, sagte sie und klappte das Visier hoch.

»Ach, komm schon, es macht echt Spaß. Ich setze mich hinter dich und passe auf, dass nichts passiert. Ich lege meine Hände direkt neben deine und übernehme das Schalten. Du musst nur lenken, bis du dich daran gewöhnt hast.«

»Aber das ist doch verboten!«

»Grundsätzlich ja. Aber das hier ist eine Privatstraße. Sie führt zum Haus meines Onkels – außer ihm wohnt dahinten niemand, und ein Stück weiter oben verwandelt sie sich sowieso in einen Feldweg. Hier habe ich auch das Motorradfahren gelernt.«

Sie wusste nicht, was sie tun sollte, und schwankte zwischen Neugier und Angst. Aber war es nicht schon völlig verrückt, dass sie diese Möglichkeit überhaupt in Betracht zog?

Travis hob die Hände. »Glaub mir – hier kommt nie ein Auto vorbei, kein Mensch stört uns, und ich bin ja bei dir.«

»Ist es schwer?«

»Nein, aber man muss ein bisschen üben.«

»Ist es so ähnlich wie Fahrradfahren?«

»Wenn du damit meinst, dass man das Gleichgewicht halten muss, dann ja. Aber keine Sorge – ich achte darauf, dass nichts schiefgeht.« Er lächelte. »Und? Willst du?«

»Eigentlich nicht. Aber andererseits –«

»Super!«, rief er. »Zuerst das Wichtigste. Rutsch ganz nach vorn. Am rechten Griff sind das Gas und die Vorderradbremse. Links ist die Kupplung. Mit dem Gas kontrollierst du die Geschwindigkeit, klar. Kannst du mir bis jetzt folgen?«

Sie nickte.

»Mit dem rechten Fuß betätigst du die Hinterradbremse. Und mit dem linken schaltest du.«

»Kinderleicht.«

»Ehrlich?«

»Nein. Ich wollte dich nur in deinen pädagogischen Fähigkeiten bestätigen.«

Sie klingt schon fast wie Stephanie, dachte Travis. »Also, die Schaltung funktioniert so ähnlich wie bei einem Schaltwagen. Du nimmst das Gas weg, ziehst die Kupplung, schaltest hoch, lässt die Kupplung kommen und gibst wieder Gas. Ich führe es dir mal vor, okay? Aber damit ich dich richtig dirigieren kann, muss ich dir etwas dichter auf die Pelle rücken. Meine Arme und Beine sind leider nicht lang genug, um vom Rücksitz aus richtig an den Lenker zu kommen.«

»Sehr charmante Ausrede«, sagte sie.

»Die aber zufällig der Wahrheit entspricht. Und – kann's losgehen?«

»Ich habe furchtbare Angst!«

»Das nehme ich als Zustimmung. So, und jetzt rutsch noch ein Stück nach vorn.«

Gabby gehorchte, und Travis setzte sich hinter sie. Nachdem er seinen Helm wieder aufgezogen hatte, presste er sich an sie und umfasste die Lenkergriffe. Er hatte sie zwar vorgewarnt, aber ihr wurde trotzdem fast schwindelig von seiner Nähe – etwas durchzuckte sie wie ein elektrischer Schlag, der, ausgehend vom Magen, in den ganzen Körper ausstrahlte.

»Und jetzt legst du einfach deine Hände auf meine«, wies er sie an. »Das Gleiche machst du mit den Füßen. Ich will erreichen, dass du ein Gespür für das Ganze bekommst. Im Grund ist alles eine Frage des Rhythmus, und sobald du's mal verinnerlicht hast, vergisst du es nie wieder.«

»Hast du es auch so gelernt?«

»Nein. Mein Freund stand am Straßenrand und hat mir zugebrüllt, was ich tun soll. Beim allerersten Versuch habe ich die Kupplung gezogen statt der Bremse und bin gegen einen Baum gerast. Deshalb möchte ich am Anfang lieber nahe bei dir sein.« Er klappte den Ständer hoch, zog die Kupplung und startete den Motor. Sobald Gabby das Brummen hörte, begannen ihre Nerven zu flattern, ähnlich wie in dem Moment, bevor sie beim Parasailing vom Boot abhoben. Sie legte ihre Hände auf seine – und irgendwie genoss sie es, ihn an ihrem Rücken zu spüren.

»Bist du so weit?«

»Weiter geht's nicht.«

»Achte darauf, dass deine Hände leicht bleiben, okay?«

Travis gab Gas und ließ gleichzeitig die Kupplung kommen. Als sich die Maschine in Bewegung setzte, nahm er den Fuß vom Boden. Gabby stellte vorsichtig ihren Fuß auf seinen.

Zuerst fuhren sie langsam, und Travis beschleunigte nur allmählich, drosselte das Tempo wieder, zog dann erneut an und schaltete schließlich in den nächsten Gang, bevor er wieder verlangsamte und stehen blieb. Beim zweiten Durchgang erklärte Travis ihr genau, was er machte – dass er die Bremse zog oder dass er schaltete. Vor allem aber ermahnte er sie, nur ja nie in der Hektik die Vorderradbremse zu ziehen, weil sie sonst über den Lenker absteigen würde. Nach und nach bekam Gabby die Sache ganz gut in den Griff. Die harmonischen Bewegungen seiner Hände und Füße erinnerten sie an das Spiel eines Pianisten, und es dauerte nicht lange, bis sie vorausahnte, was er als Nächstes tun würde. Trotzdem erklärte er ihr weiterhin jeden Schritt, weil er wollte, dass ihr die Abläufe in Fleisch und Blut übergingen.

Schließlich schlug er vor, die Rollen zu tauschen. Nun waren es Gabbys Hände und Füße, die alles kontrollierten, und seine Hände und Füße lagen auf ihren, während sie den ganzen Vorgang noch einmal von vorn durchspielten. Bei Travis hatte alles absolut einfach gewirkt, aber ganz so kinderleicht war es doch nicht. Manchmal ruckte der Motor, oder Gabby zog die Handbremse zu stark, doch Travis verlor nie die Geduld, er schrie nie los, sondern machte ihr Mut. Gabby musste daran denken, wie er am Tag zuvor mit den Kindern am Strand gespielt hatte. Ja, er hatte wirklich wesentlich mehr zu bieten, als sie zuerst gedacht hatte.

Sie übten noch eine Viertelstunde. Travis musste immer weniger eingreifen, und schließlich nahm er Hände und Füße ganz weg. Richtig sicher fühlte sich Gabby natürlich noch nicht, aber sie beschleunigte doch schon wesentlich lockerer und schaffte es auch, problemlos zu bremsen. Und sie ahnte sogar, was mit dem Gefühl von Macht und Freiheit gemeint sein könnte, das viele Menschen mit dem Motorradfahren in Verbindung brachten.

»Ich finde, du machst das großartig«, sagte Travis.
»Das ist einfach genial!«, jubelte sie wie im Rausch.
»Willst du's mal allein versuchen?«
»Soll das ein Witz sein?«

»Nein, im Gegenteil.«

Sie überlegte kurz. »Ja!«, rief sie dann enthusiastisch. »Ich glaube, ich probier's.«

Sie bremste, Travis stieg ab und trat einen Schritt beiseite. Dann holte Gabby tief Luft, ignorierte das ängstliche Hämmern in ihrer Brust und fuhr los. Die Maschine gehorchte ihr sofort. Sie schaffte es, ohne Travis' Hilfe ein Dutzend Mal zu bremsen und wieder zu beschleunigen. Nach und nach verkürzte sie die Intervalle, und zu Travis' großer Verwunderung wendete sie in einem weiten Bogen, bevor sie auf ihn zugesaust kam. Einen Moment lang befürchtete er schon, sie hätte die Kontrolle über die Maschine verloren, aber ein paar Meter vor ihm bremste sie elegant und kam zum Stillstand. Sie grinste von einem Ohr zum anderen, und ihre Stimme überschlug sich fast.

»Ich kann es nicht fassen, dass ich das gemacht habe – das ist völlig irre!«

»Mein Kompliment.«

»Hast du gesehen, wie ich gewendet habe? Ich weiß, ich war ein bisschen zu langsam, aber immerhin hab ich's geschafft.«

»Ja, das habe ich gesehen.«

»Das ist so toll. Jetzt verstehe ich, warum du gern Motorrad fährst. Es ist der Hammer.«

»Freut mich, dass es dir Spaß gemacht hat.«

»Kann ich noch mal?«

Er machte eine auffordernde Handbewegung. »Jederzeit.«

Immer wieder fuhr sie die Straße auf und ab, und Travis merkte, wie mit jedem Start ihr Selbstvertrauen wuchs. Sie konnte immer besser wenden und schaffte es sogar, im Kreis zu fahren – und als sie endgültig vor ihm stehen blieb, war ihr Gesicht gerötet vor Freude. Sie zog den Helm ab, und Travis fand, dass er noch nie in seinem Leben so strahlende Augen gesehen hatte.

»Das war's«, verkündete sie. »Fahr du jetzt wieder.«
»Bist du dir sicher?«
»Ich habe schon als Kind gelernt, dass man aufhören soll, wenn's am schönsten ist. Ich will keinen Unfall bauen und dieses wunderbare Gefühl ruinieren.«

Sie rutschte auf den Rücksitz, und Travis nahm wieder seinen ursprünglichen Platz ein. Während er zum Highway zurückfuhr, schlang Gabby die Arme fest um seine Taille, und er kam sich vor, als würden seine Sinne doppelt so intensiv arbeiten wie sonst – überdeutlich fühlte er die Rundungen ihres Körpers an seinem Rücken, während sie sich an ihn schmiegte. Sie nahmen die Abfahrt nach Morehead City, fuhren über die Atlantic-Beach-Brücke und gelangten in einem Bogen zurück nach Beaufort.

Wenig später durchquerten sie den historischen Distrikt, vorbei am Hafen und an den Restaurants. In der Front Street schaltete Travis herunter und bog auf ein großes, mit Gras bewachsenes Grundstück ein, das sich fast am Ende der Straße befand. Auf der einen Seite wurde es von einem ziemlich baufälligen georgianischen Gebäude begrenzt, das vor mindestens hundert Jahren gebaut worden war, auf der anderen Seite von einer etwa gleich alten viktorianischen Villa. Travis machte den Motor aus und zog den Helm ab.

»Da sind wir«, verkündete er und half Gabby beim Absteigen. »Das hier wollte ich dir zeigen.«

Es lag ihr auf der Zunge zu fragen, was denn an einem unbebauten Grundstück so aufregend sein solle, aber etwas in seiner Stimme sagte ihr, dass sie jetzt keine spöttische Bemerkung machen durfte. Also schwieg sie lieber. Travis sagte eine ganze Weile lang nichts, sondern ging ein paar Schritte und starrte stumm über die Straße in Richtung Shackleford Banks, die Hände in den Taschen vergraben. Gabby fuhr sich mit den Fingern durch die vom Helm platt gedrückten Haare und lief zu ihm. Sie wusste, wenn es so weit war, würde er ihr schon erklären, warum er sie hierhergebracht hatte.

»Ich finde, von dieser Stelle hat man die schönste Aussicht an der gesamten Küste«, begann er schließlich. »Es ist nicht wie ein Ozeanblick, wo man vor allem Wellen sieht und das endlose Wasser, das sich bis zum Horizont erstreckt. Das ist zwar imposant, aber nach einer Weile wird es langweilig, weil es im Grund immer das Gleiche ist. Hier gibt es jede Minute etwas Neues zu sehen. Ständig fahren Segelboote und Jachten zum Hafen, und wenn man abends herkommt, kann man die Leute an der Uferpromenade beobachten und die Musik hören. Ich habe auch schon Delfine und Rochen durch den Kanal schwimmen sehen. Am liebsten mag ich die Wildpferde auf der Insel. Ich habe sie schon oft beobachtet, und trotzdem freue ich mich jedes Mal, wenn ich sie sehe.«

»Kommst du häufig hierher?«

»Zweimal in der Woche ungefähr. Vor allem, wenn ich über irgendetwas nachdenken will.«

»Die Nachbarn sind bestimmt begeistert.«

»Tja, sie können leider nichts dagegen machen. Das Grundstück gehört mir.«

»Ehrlich?«

»Du klingst überrascht. Warum?«

»Ich weiß auch nicht – vielleicht weil es so … so häuslich wirkt.«

»Na und? Ich besitze schließlich schon ein Haus.«

»Und ich habe gehört, dass du eine sehr nette Nachbarin hast.«

»Stimmt.«

»Also, ich meinte, wenn man ein Grundstück kauft, erweckt das den Eindruck, als hätte man langfristige Pläne.«

»Und so etwas traust du mir nicht zu?«

»Na ja …«

»Wenn du mir schmeicheln willst, musst du dich ein bisschen mehr anstrengen.«

Sie lachte. »Ich werd's versuchen. Wie wär es damit: Du bist immer für eine Überraschung gut.«

»Im positiven Sinn?«

»Selbstverständlich.«

»Zum Beispiel, als du Molly in die Praxis gebracht hast und dir klar wurde, dass ich Tierarzt bin?«

»Darüber möchte ich lieber nicht reden.«

Er grinste. »Gut, dann lass uns etwas essen.«

Sie begleitete ihn zurück zum Motorrad, um den Korb und eine Decke zu holen. Dann führte er sie zu einer kleinen Erhöhung am hinteren Ende des Grundstücks, breitete die Decke aus und forderte Gabby mit einer einladenden Handbewegung auf, Platz zu nehmen. Nachdem sie es sich bequem gemacht hatten, beförderte er mehrere Tupperdosen ans Tageslicht.

»Tupperdosen?«

Travis zwinkerte ihr zu. »Meine Freunde nennen mich nur Mr Hausmann.«

Als Nächstes zauberte er noch zwei gekühlte Dosen mit Erdbeer-Eistee hervor, öffnete eine und reichte sie ihr.

»Was steht auf dem Speiseplan?«, erkundigte sie sich lächelnd.

Stolz wies er auf die entsprechende Tupperware. »Drei Sorten Käse, Cracker, Kalamata-Oliven und Trauben – eigentlich eher ein Snack als eine richtige Mahlzeit.«

»Klingt perfekt.« Gabby nahm einen Cracker und schnitt sich ein Stück Käse ab. »Hier stand früher mal ein Haus, nicht wahr?« Als sie Travis verwundertes Gesicht sah, deutete sie auf die Gebäude rechts und links des Grundstücks. »Ich kann mir nicht vorstellen, dass ausgerechnet dieses Grundstück hundertfünfzig Jahre lang nicht bebaut wurde.«

»Du hast vollkommen recht«, sagte er. »Das Haus ist abgebrannt, als ich noch ein Kind war. Ich weiß, für dich ist Beaufort heute noch eine echte Kleinstadt, aber als ich hier aufgewachsen bin, war es wirklich nur ein Stecknadelkopf auf der Landkarte. Außerdem waren die meisten der historischen Gebäude heruntergekommen, und das Haus, das hier stand, war jahrelang unbewohnt. Es war groß und weitläufig, mit riesigen Löchern im Dach, und es ging das Gerücht, dass es dort spukt. Wir haben uns abends oft hierhergeschlichen – für uns war es eine Art Ritterburg, und wir spielten stundenlang in den Räumen Verstecken. Es gab viele Ecken und Nischen, wo man sich wunderbar verkriechen konnte.« Gedankenverloren rupfte Travis ein paar Grashalme aus, als würde er nach den Erinnerungen greifen. »Einmal, an einem Winterabend, haben irgendwelche Leute im Haus ein Feuer gemacht, um sich zu wärmen, wahrscheinlich Landstreicher. Innerhalb von Minuten ist das ganze Gebäude in Flammen aufgegangen, und am nächsten Tag war es nur noch ein rauchender Trümmerhaufen. Die Sache war nur die, dass niemand wusste, wie man den Besitzer kontaktieren konnte. Der ursprüngliche Eigentümer war gestorben und hatte das Haus seinem Sohn vermacht. Der Sohn war aber ebenfalls schon tot und hatte das Haus seinerseits vererbt und so weiter, und so blieb die Ruine etwa ein Jahr lang hier stehen, ehe die Stadt mit dem Bulldozer angerückt kam. Danach hat keiner mehr über das Grundstück nachgedacht, bis ich schließlich den rechtmäßigen Besitzer in New Mexico ausfindig gemacht habe. Ich habe ihm ein ziemlich niedriges Gebot unterbreitet, aber er hat sofort zugegriffen. Ich glaube, er war kein einziges Mal hier. Er hat gar nicht geahnt, was er da weggibt.«

»Und jetzt möchtest du hier ein Haus bauen?«

»Ja, das gehört jedenfalls zu meinen langfristigen

Plänen – weil ich ja so ein häuslicher Typ bin.« Grinsend steckte Travis sich eine Olive in den Mund. »Bist du inzwischen so weit, dass du mir von deinem Freund erzählen möchtest?«

Sie musste an das Gespräch denken, das sie am Morgen mit Kevin geführt hatte. »Weshalb interessiert er dich eigentlich?«

»Ich mache nur Konversation.«

Gabby nahm sich auch eine Olive. »Dann können wir doch auch zuerst über eine deiner bisherigen Freundinnen reden.«

»Über welche?«

»Irgendeine.«

»Einverstanden. Eine von ihnen hat mir zum Beispiel verschiedene Filmplakate geschenkt.«

»War sie hübsch?«

Er überlegte. »Ja, ich denke, die meisten Leute würden sie als hübsch bezeichnen.«

»Und du?«

»Ich würde sagen ... dass du recht hast. Wir sollten uns doch lieber über etwas anderes unterhalten.«

Gabby lachte und deutete auf die Oliven. »Die schmecken übrigens sehr lecker, finde ich. Überhaupt ist alles, was du mitgebracht hast, vom Feinsten.«

Er legte ein Stück Käse auf einen Cracker. »Wann kommt dein Freund wieder zurück?«

»Sollen wir doch weitermachen?«

»Ich denke nur für dich mit, weil ich nicht möchte, dass du Schwierigkeiten bekommst.«

»Sehr liebenswürdig, dass du dir Sorgen um mich machst. Aber ich bin erwachsen und kann auf mich selbst aufpassen. Im Grund spielt es keine Rolle – aber gut, er kommt am Mittwoch nach Hause. Warum willst du das wissen?«

»Weil es mir sehr gefallen hat, dass ich dich in den letzten beiden Tagen näher kennengelernt habe.«

»Mir geht es genauso.«

»Aber macht es dir nichts aus, dass es dann vorbei ist?«

»Es muss doch nicht vorbei sein. Wir sind immer noch Nachbarn.«

»Und dein Freund hat selbstverständlich nichts dagegen, wenn ich wieder eine Motorradtour mit dir mache und wir irgendwo picknicken oder wenn du mit mir im Whirlpool sitzt, was?«

Die Antwort lag auf der Hand, und Gabbys Gesicht wurde ernst. »Begeistert ist er garantiert nicht.«

»Also ist es vorbei.«

»Wir können trotzdem Freunde sein.«

Er starrte sie an, dann fasste er sich plötzlich an die Brust, als wäre er von einer Kugel getroffen worden. »Du weißt wirklich, wie man einen Mann verletzen kann.«

»Was soll das?«

Er schüttelte den Kopf. »So was gibt es nicht. Unverheiratete Männer und Frauen in unserem Alter können nicht befreundet sein. Das funktioniert einfach nicht – allerhöchstens bei jemandem, den man schon sehr lang kennt. Aber es ist unmöglich, wenn man sich gerade erst kennengelernt hat.«

Gabby setzte an, etwas zu entgegnen, aber sie wusste nicht, was.

»Und außerdem«, fügte er hinzu, »außerdem weiß ich gar nicht, ob ich will, dass wir Freunde sind.«

»Warum nicht?«

»Weil ich höchstwahrscheinlich mit der Zeit mehr wollen würde als Freundschaft.«

Wieder schwieg Gabby. Travis schaute sie an, konnte aber ihren Gesichtsausdruck nicht deuten. Mit einem Achselzucken fuhr er fort:

»Ich glaube, du würdest auch nicht mit mir befreundet sein wollen. Es wäre nicht gut für deine Beziehung zu Kevin, weil du dich letzten Endes doch in mich verlieben würdest, und dann würdest du Dinge tun, die du später bereust. Anschließend würdest du mir Vorwürfe machen, und nach einer Weile würdest du wahrscheinlich wegziehen, weil dich die ganze Situation nur belastet.«

»Ist das so?«

»Es ist leider eins der Probleme in meinem Leben, dass ich so charmant bin.«

»Anscheinend hast du alles schon genau durchdacht.«

»Stimmt.«

»Nur eins stimmt leider nicht – nämlich dass ich mich in dich verlieben würde.«

»Du kannst dir das nicht vorstellen?«

»Ich habe einen Freund.«

»Und du möchtest ihn heiraten?«

»Sobald er mir einen Antrag macht. Deshalb bin ich hierhergezogen.«

»Warum hat er dir noch keinen Antrag gemacht?«

»Das geht dich nichts an.«

»Kenne ich ihn?«

»Warum bist du so neugierig?«

Er schaute ihr fest in die Augen. »Ich werde dir den Grund sagen: Wenn *ich* dein Freund wäre und du hierhergezogen wärst, um mit mir zusammen zu sein, hätte ich dich längst gefragt, ob du mich heiraten willst.«

Irgendetwas in seinem Tonfall sagte ihr, dass er das ehrlich meinte. Schnell wandte sie den Blick ab und flüsterte fast flehentlich: »Bitte, mach nicht alles kaputt, okay?«

»Was soll ich nicht kaputt machen?«

»Das hier. Heute. Gestern. Gestern Abend. Alles. Mach es nicht kaputt.«

»Ich verstehe nicht, wie du das meinst.«

Sie holte tief Luft. »Dieses Wochenende bedeutet mir sehr viel. Zum ersten Mal habe ich das Gefühl, einen Freund gefunden zu haben. Oder sogar zwei. Mir war gar nicht klar, wie sehr es mich bedrückt, dass ich hier kaum jemanden kenne. Dadurch, dass ich mit dir und deiner Schwester zusammen war, habe ich gemerkt, wie viel ich aufgegeben habe, als ich hierhergezogen bin. Ich meine – ich habe genau gewusst, was ich mache, und es ist auch nicht so, dass ich meine Entscheidung bereue. Ob du's glaubst oder nicht – ich liebe Kevin.« Sie schwieg für einen Moment, um ihre Gedanken zu sortieren. »Aber manchmal ist es schwierig. Ein Wochenende wie dieses wird es wahrscheinlich nicht mehr geben, und ich bin im großen Ganzen auch bereit, mich damit abzufinden, wegen Kevin. Aber ein Teil von mir möchte nicht akzeptieren, dass es eine einmalige Sache war.« Sie zögerte. »Wenn du so etwas sagst wie gerade eben, denke ich, dass du es nicht ernst meinst, und dadurch wird alles, was ich selbst durchmache, sehr trivial.«

Travis hörte eine Dringlichkeit in ihrer Stimme, die sie bisher nicht gezeigt hatte. Im Grund wusste er genau, dass er einfach nur nicken und sich entschuldigen sollte, aber das brachte er nicht fertig – er musste etwas erwidern.

»Wie kommst du auf die Idee, dass ich das, was ich gesagt habe, nicht ernst meine? Ich meine es nämlich völlig ernst, jedes Wort. Aber ich kann verstehen, dass du es nicht hören willst. Lass mich nur so viel sagen: Ich hoffe, dein Freund weiß, wie glücklich er sich schätzen kann, eine Frau wie dich an seiner Seite zu haben. Wenn er das nicht begreift, ist er ein Vollidiot. Es tut mir leid, dass du das, was ich sage, nicht gern hörst, und ich werde es auch nie wieder sagen.« Er grinste. »Aber dieses eine Mal musste ich es einfach aussprechen.«

Gabby schaute weg. Ob sie wollte oder nicht – seine Art zu reden gefiel ihr. Er starrte jetzt schweigend aufs Wasser, als würde er spüren, dass Gabby genau diese Stille brauchte. Im Gegensatz zu Kevin schien er immer zu ahnen, welche Reaktion für sie die richtige war.

»Wir müssen allmählich zurückfahren, meinst du nicht auch?«, sagte er nach einer Weile, mit einem Blick auf das Motorrad.

»Ja«, sagte sie. »Du hast recht.«

Sie packten die Essensreste weg und verstauten die

Dosen im Korb, legten die Decke zusammen und gingen zum Motorrad zurück. Als Gabby sich noch einmal umdrehte, sah sie, dass immer mehr Leute in die Restaurants strömten, um zu Mittag zu essen, auch wenn es schon relativ spät war. Ach, wie sie diese Menschen beneidete, die jetzt nur die simple Entscheidung treffen mussten, was ihnen auf der Speisekarte am besten gefiel.

Travis befestigte Decke und Korb wieder am Motorrad und setzte seinen Helm auf. Gabby tat es ihm nach, und gleich darauf fuhren sie los. Gabby klammerte sich an Travis und versuchte sich einzureden, dass er in der Vergangenheit bestimmt schon zu Dutzenden von Frauen etwas Ähnliches gesagt hatte wie zu ihr. Aber aus irgendeinem Grund glaubte sie es nicht.

Sie bogen in ihre Einfahrt ein, Travis bremste, Gabby stieg ab und hielt ihm den Helm hin. Als sie vor ihm stand, fühlte sie sich so unsicher wie seit der Highschool-Zeit nicht mehr. Das ist doch lächerlich, sagte sie sich selbst – aber plötzlich hatte sie das Gefühl, dass er sie wieder küssen wollte.

»Danke für den schönen Tag«, sagte sie, um den Bann zu brechen. »Und danke für die Fahrstunde.«

»Es war mir ein Vergnügen. Du bist ein Naturtalent. Ich finde, du solltest dir unbedingt ein Motorrad kaufen.«

»Vielleicht irgendwann mal.«

Sie schwiegen beide. Es war so still, dass Gabby den abkühlenden Motor ticken hörte. Travis nahm endlich ihren Helm entgegen und verstaute ihn.

»Also dann«, sagte er. »Man sieht sich.«

»Das ist kaum zu verhindern, weil wir ja Nachbarn sind und so.«

»Soll ich noch kurz nach Molly schauen?«, fragte er.

»Nein danke, das ist nicht nötig. Es geht ihr sicher gut.«

Er nickte. »Hör zu – tut mir leid, was ich vorhin gesagt habe. Ich habe kein Recht, mich einzumischen und dir ein blödes Gefühl zu geben.«

»Ist schon okay«, sagte sie. »Mir hat das nichts ausgemacht.«

»Doch, hat es.«

Sie zuckte die Achseln. »Na ja, weil du gelogen hast, dachte ich, ich kann auch mal lügen.«

Trotz seiner inneren Anspannung musste er lachen. »Würdest du mir einen Gefallen tun? Versprich mir – wenn die Sache mit deinem Freund nicht klappt, rufst du mich an, ja?«

»Mal sehen.«

»In diesem Sinne – auf Wiedersehen.« Er schlug den Lenker ein, um die Maschine rückwärts aus der Einfahrt zu rollen. Doch bevor er den Motor anließ, schaute er Gabby noch einmal an und fragte: »Hättest du eventuell Lust, morgen Abend zu mir zum Essen zu kommen?«

Sie verschränkte schützend die Arme vor der Brust. »Ich kann's nicht fassen, dass du mich das fragst.«

»Man muss die Gelegenheit beim Schopf ergreifen. *Carpe diem* – das ist meine Devise.«

»Hab ich schon gemerkt.«

»Ist das ein Ja oder ein Nein?«

Sie wich einen Schritt zurück, und ob sie es wollte oder nicht, sie musste über seine Hartnäckigkeit grinsen. »Wie wär's, wenn ich stattdessen heute Abend für uns koche? Um sieben, bei mir?«

»Klingt gut«, sagte er. Gleich darauf stand sie allein in der Einfahrt und fragte sich, ob sie etwa vorübergehend den Verstand verloren hatte.

Kapitel 13

Die Sonne brannte erbarmungslos vom Himmel, das Wasser aus dem Gartenschlauch war eiskalt, und Travis hatte alle Mühe, Moby festzuhalten. Die kurze Leine half nicht viel; der arme Hund ließ sich extrem ungern waschen, was Travis seltsam fand, weil er ja wusste, mit welcher Begeisterung Moby hinter den Tennisbällen her jagte, die man für ihn in den Ozean warf – dann tobte er durch die Wellen, paddelte wie wild und tauchte ohne jedes Zögern mit dem Kopf unter Wasser, um den Ball, der vor ihm auf den Wellen tanzte, besser schnappen zu können. Aber sobald er merkte, dass Travis die Schublade öffnete, in der sich die Leine befand, raste er davon, stromerte stundenlang durch die Gegend und kam meistens erst lang nach Einbruch der Dunkelheit zurück.

Travis hatte sich an Mobys Tricks gewöhnt und achtete deshalb darauf, dass der Hund die Leine erst in dem Moment bemerkte, wenn er sie an seinem Halsband befestigte, und es zu spät war, abzuhauen. Der Boxer warf ihm dann stets einen vorwurfsvollen Blick zu, nach dem Motto »Wie kannst du mir das nur antun?«, aber Travis ließ sich davon nicht beeindrucken.

»Mach gefälligst nicht mich für alles verantwortlich. Ich bin nicht schuld, dass du dich in totem Fisch gewälzt hast. Ich habe dich nicht dazu aufgefordert, oder?«

Moby wälzte sich unglaublich gern in totem Fisch – je schlimmer der Gestank, desto besser. Und während Travis sein Motorrad in der Garage abstellte, kam Moby mit hängender Zunge angetrottet. Er war offensichtlich stolz auf sich. Travis lächelte ihm zu – aber nur kurz, denn dann traf ihn der Gestank mit ganzer Wucht, und er sah die ekligen Stückchen, die in Mobys Fell klebten. Also tätschelte er ihm nur vorsichtig den Kopf, schlich ins Haus, zog seine Shorts an und steckte die Leine in die hintere Tasche.

Jetzt befanden sie sich draußen auf der Terrasse, Travis hatte die Leine am Geländer festgemacht, und Moby sprang verzweifelt von einer Seite zur anderen, um nur ja nicht noch nasser zu werden, als er sowieso schon war. Aber es half ihm nichts.

»Es ist doch nur Wasser, du dummes Riesenbaby!«, schimpfte Travis, und bis jetzt stimmte das auch noch. Er spritzte Moby schon fast fünf Minuten lang ab. So sehr er Tiere liebte – er hatte keine Lust, seinen Hund mit Shampoo einzuseifen, ehe nicht der ganze ... *Müll* weggespült war. Tote Fischteilchen waren widerlich.

Moby winselte, tanzte herum und zerrte an der Leine. Schließlich legte Travis den Schlauch beiseite und quetschte ein Drittel der Shampooflasche auf Mobys Rücken, schrubbte ihn eine ganze Weile, wusch das

Shampoo wieder aus – aber als er an seinem Hund schnupperte, verzog er angeekelt das Gesicht. Er musste die Prozedur noch zweimal wiederholen. Der Boxer war vollkommen verzweifelt und betrachtete Travis mit tieftraurigen Augen, als wollte er sagen: *Verstehst du denn gar nicht, dass ich mich in totem Fisch gewälzt habe, weil ich dir ein persönliches Geschenk machen wollte?*

Als Travis mit dem Ergebnis seiner Bemühungen einigermaßen zufrieden war, führte er Moby zum anderen Ende der Terrasse und band ihn dort wieder fest. Aus Erfahrung wusste er, dass sein Hund so schnell wie möglich zum Ort des Verbrechens zurückkehrte, wenn man ihm gleich nach einem Bad die Möglichkeit gab, wieder abzuhauen. Travis' einzige Hoffnung lag darin, ihn so lange festzuhalten, bis er den Tatort vergessen hatte. Moby schüttelte das überschüssige Wasser aus seinem Fell, und weil er merkte, dass er sich nicht losmachen konnte, legte er sich knurrend hin.

Nun beschloss Travis, den Rasen zu mähen. Im Gegensatz zu den meisten Nachbarn besaß er keinen Rasenmäher, auf dem man sitzen konnte – nein, er musste noch fleißig hin und her laufen. Das dauerte zwar länger, war aber ein gutes Training, und er fand die rhythmischen Bewegungen sogar meditativ. Während der Aktion blickte er immer wieder nachdenklich zu Gabbys Haus.

Vor ein paar Minuten hatte er gesehen, wie sie aus der Garage gekommen und in ihr Auto gestiegen war. Hatte sie ihn überhaupt bemerkt? Sie hatte jedenfalls nicht gewunken, sondern war rückwärts aus der Einfahrt gefahren und dann in die Straße Richtung Innenstadt eingebogen. Eine Frau wie Gabby hatte er noch nie kennengelernt. Und nun hatte sie ihn zum Abendessen eingeladen ...

Er wusste nicht recht, was er davon halten sollte. Wahrscheinlich hatte er sie einfach mürbe gemacht. Weiß der Himmel – er hatte sich von Anfang an um sie bemüht und sich ganz schön ins Zeug geworfen. Aber während er nun den Rasen mähte, wünschte er sich im Nachhinein, er wäre ein bisschen dezenter vorgegangen. Was das Abendessen heute betraf, wäre es ihm lieber gewesen zu wissen, dass sich Gabby nicht irgendwie dazu verpflichtet fühlte.

Dass er sich über solche Fragen Gedanken machte, sah ihm eigentlich nicht ähnlich. Vielleicht war der entscheidende Punkt, dass er sich noch nie mit einer Frau so rundum wohlgefühlt hatte wie mit Gabby. Er hatte mit ihr schon mehr gelacht als mit Monica oder Joelyn oder Sarah oder mit irgendeiner anderen seiner Freundinnen. Als er anfing, sich ernsthaft mit Frauen zu treffen, hatte sein Vater ihm den Rat gegeben, er solle sich eine Frau mit Humor suchen. Jetzt begriff er endlich, was sein Dad damit gemeint hatte und warum er es so wichtig fand. Wenn das Gespräch der Text des Lebens war, dann lieferte das Lachen die Musik dazu, und diese Musik schenkte der gemeinsamen Zeit eine Melodie, die man immer wieder spielen konnte, ohne dass sie einem langweilig wurde.

Nachdem er fertig war, schob er den Rasenmäher zurück an seinen Platz. Gabby war noch nicht wiedergekommen. Sie hatte die Garagentür einen Spaltbreit offen gelassen, und Molly kam in den Garten getrottet, schaute sich kurz um, machte kehrt und verschwand wieder.

Travis ging in die Küche und kippte ein Glas Eistee hinunter. Seine Gedanken wanderten zu Gabbys Freund. Es gab eigentlich keinen Grund, über ihn nachzudenken, aber solche vernünftigen Einwände zogen irgendwie nicht. Ob er Kevin kannte? Komisch, dass Gabby so wenig über ihn sprach und ewig lange gezögert hatte, bevor sie auch nur seinen Namen nannte. Hatte sie ein schlechtes Gewissen? Aber das konnte nicht sein, weil sie diesem Thema von Anfang an ausgewichen war. Was steckte dann dahinter? Er würde gern herausfinden, was für ein Typ dieser Kevin war und wie er es geschafft hatte, dass sich Gabby in ihn verliebte. Travis sah verschiedene Bilder vor sich – Sportler, Bücherwurm, irgendetwas dazwischen –, aber welches von ihnen das richtige war, wusste er natürlich nicht.

Er schaute auf die Uhr. Ihm blieb noch genug Zeit, das Parasailboot in den Hafen zu bringen, bevor er duschte und sich fertig machte. Er holte den Bootsschlüssel, trat durch die Schiebetür hinaus auf die Terrasse und band Moby los, der sofort an ihm vorbei und die Stufen hinuntersauste. Mit schnellen Schritten folgte Travis ihm. Unten an der Anlegestelle blieb er stehen und deutete auf das Boot.

»Auf geht's. Spring rein.«

Mit einem einzigen Satz sprang Moby auf Deck und wedelte begeistert mit dem Schwanz. Ein paar

Minuten später fuhren sie den Fluss hinunter. Als sie an Gabbys Haus vorbeikamen, warf Travis einen verstohlenen Blick auf ihre Fenster und dachte an das bevorstehende Abendessen. Wie es wohl verlaufen würde? Zum ersten Mal hatte er vor einer Verabredung mit einer Frau richtig Angst, er könnte einen Fehler machen.

Gabby bog in den vollen Parkplatz ein. Sonntags war im Supermarkt immer viel Betrieb, und sie musste ihren Wagen schließlich ganz hinten abstellen. Woraus sich die berechtigte Frage ergab, weshalb sie für die kurze Strecke überhaupt das Auto genommen hatte.

Sie hängte ihre Tasche über die Schulter, stieg aus, holte einen Einkaufswagen und betrat das Geschäft.

Sie hatte gesehen, dass Travis seinen Rasen mähte. Aber sie hatte keine Lust gehabt, mit ihm zu reden – sie brauchte das Gefühl, die Situation im Griff zu haben. Nur leider stimmte das nicht. Die nette, ordentliche kleine Welt, die sie für sich geschaffen hatte, war ins Wanken geraten, und sie benötigte dringend ein bisschen Zeit, um die Fassung wiederzufinden.

Mit energischen Schritten ging sie zur Gemüseabteilung, packte eine Tüte grüne Bohnen ein und suchte die Zutaten für einen Salat zusammen. Dann holte sie eine Packung Nudeln sowie eine Schachtel Croutons und strebte zum hinteren Teil des Geschäfts.

Sie wusste, dass Travis gern Huhn aß, also legte sie eine Packung mit Hähnchenbrust in ihren Wagen.

Dazu passte Chardonnay. Aber trank Travis überhaupt Wein? Irgendwie bezweifelte sie es, aber die Kombination klang trotzdem gut. Sie inspizierte das eher begrenzte Angebot und suchte nach einer Marke, die sie kannte. Es gab zwei Sorten aus Napa Valley in Kalifornien, aber sie entschied sich für einen Wein aus Australien, weil das in ihren Ohren exotischer klang.

An den Kassen warteten lange Schlangen, die sich nur langsam vorwärtsbewegten, aber endlich hatte Gabby es geschafft und saß wieder im Auto. Sie warf einen Blick in den Rückspiegel, und als sie ihr Gesicht sah, hielt sie für einen Moment inne und betrachtete sich selbst wie mit fremden Augen.

Wie lange war es her, dass jemand anderes als Kevin sie geküsst hatte? So sehr sie sich auch bemühte, den kleinen Zwischenfall zu vergessen – ihre Gedanken kehrten immer wieder zu diesem Kuss zurück wie zu einem verbotenen Geheimnis.

Sie fühlte sich zu Travis hingezogen, das konnte sie nicht abstreiten. Aber es lag nicht nur an seinem guten Aussehen. Auch nicht daran, dass er ihr das Gefühl gab, begehrenswert zu sein. Es hatte vor allem mit seiner natürlichen Lebensfreude zu tun und damit, dass er sie daran teilhaben ließ, sie mit einbezog; außerdem hatte er bisher ein Leben geführt, das sich stark von ihrem unterschied, und trotzdem sprachen sie dieselbe Sprache, und es gab zwischen ihnen eine Vertrautheit, die gar nicht dazu passte, dass sie sich erst so kurz kannten. Einem Mann wie Travis war sie noch nie begegnet. Die meisten Leute, die sie kannte –

und auf jeden Fall die Kommilitonen, mit denen sie studiert hatte –, schienen ihr Leben so zu leben, als wollten sie eine Checkliste mit angestrebten Zielen abhaken. Eine qualifizierte Ausbildung, ein gut bezahlter Job, ein schönes Haus, Kinder – eigentlich war sie selbst bis zu diesem Wochenende auch nicht anders gewesen. Verglichen mit den Entscheidungen, die Travis getroffen hatte, und zu den Reisen, die er gemacht hatte, wirkte ihr eigenes Leben geradezu ... banal.

Aber würde sie es heute anders machen, wenn sie könnte? Höchstwahrscheinlich nicht. Durch die Prägung, die sie als Kind und junges Mädchen erfahren hatte, war sie zu der Frau geworden, die sie heute war, genauso wie ihn seine Erfahrungen geformt hatten. Sie bedauerte nichts. Aber als sie jetzt den Zündschlüssel umdrehte und den Motor startete, dachte sie: Es ist nicht die Vergangenheit, die zählt. Nein, die Frage, vor der sie jetzt stand, lautete: Wie geht es weiter? Wohin will ich?

Für einen Neuanfang ist es nie zu spät. Der Gedanke machte ihr Angst – aber gleichzeitig fand sie ihn wunderbar. Und als sie wenig später in Richtung Morehead City fuhr, hatte sie das Gefühl, als hätte sie die Chance bekommen, noch einmal von vorn zu beginnen.

Die Sonne hatte ihren Weg über den Himmel schon fast hinter sich, als Gabby nach Hause kam. Molly lag im hohen Schlickgras, spitzte die Ohren und schlug mit dem Schwanz. Kaum öffnete Gabby die Hintertür, da kam die Hündin schon angetrabt und begrüßte sie mit ihrer Schlabberzunge.

»Ich glaube, du bist wirklich wieder fit«, sagte Gabby zu ihr. »Geht's deinen Babys gut?«

Auf dieses Stichwort hin wanderte Molly zur Garage.

Gabby holte die Tüten aus dem Auto, trug sie in die Küche und stellte sie erst einmal auf die Arbeitsfläche. Insgesamt hatte sie länger gebraucht als erwartet. Aber ihr blieb noch genug Zeit. Sie setzte das Wasser für die Nudeln auf und drehte das Gas auf die höchste Stufe. Während das Wasser heiß wurde, schnitt sie die Tomaten und die Gurken für den Salat, putzte den Kopfsalat und vermischte die Zutaten mit ein bisschen Käse und mit der Olivensorte, die sie durch Travis kennengelernt hatte.

Als Nächstes gab sie die Nudeln ins kochende Wasser, dazu eine kräftige Prise Salz, packte das Huhn aus und begann, es in Olivenöl anzubraten. Schade, dass sie kein extravaganteres Gericht beherrschte! Sie würzte das Fleisch mit etwas Pfeffer und verschiedenen anderen Gewürzen, aber am Schluss sah es fast so langweilig aus wie vorher. Egal, es musste genügen. Nachdem sie den Backofen angestellt hatte, goss sie etwas Brühe über das Huhn und schob es hinein. Hoffentlich reichte die Flüssigkeit aus, um zu verhindern, dass das Fleisch austrocknete. Nun musste sie nur noch die Nudeln abgießen und sie in einer Schüssel in den Kühlschrank stellen. Ja, und auf keinen Fall durfte sie vergessen, später noch ein paar Kräuter dazuzugeben.

Im Schlafzimmer legte sie ihre Kleidungsstücke bereit und ging unter die Dusche. Das warme Wasser war ein herrlicher Luxus. Sie rasierte sich die Beine und zwang sich, nicht zu hetzen, damit sie sich nicht schnitt. Dann wusch sie sich die Haare, ließ den Conditioner kurz einwirken, spülte ihn aus, trat aus der Dusche und trocknete sich ab.

Auf ihrem Bett lagen eine frisch gewaschene Jeans und ein verhältnismäßig tief ausgeschnittenes, mit Perlen besetztes T-Shirt. Sie hatte sich gut überlegt, was sie anziehen wollte. Es durfte nicht zu förmlich, aber auch nicht zu lässig sein, und diese Sachen erschienen ihr genau richtig. Dann schlüpfte sie in ihre neuen Sandalen und wählte ein Paar Ohrhänger aus. Zum Abschluss trat sie vor den großen Spiegel und drehte sich hin und her. Ja, sie war zufrieden mit ihrem Äußeren.

Langsam geriet sie nun doch unter Zeitdruck, aber sie schaffte es immerhin noch, an verschiedenen Stellen im Haus Kerzen zu verteilen, und als sie gerade die letzte Kerze auf den Tisch stellte, hörte sie Travis klopfen. Sie straffte sich, versuchte, die Fassung zu bewahren, und öffnete.

Molly hatte sich schon an Travis herangepirscht, und er kraulte sie hinter den Ohren, als die Tür aufging. Bei Gabbys Anblick brachte er kein Wort heraus, starrte sie nur wortlos an und versuchte, die tausend Gefühle zu entwirren, die sein Herz bestürmten.

Gabby lächelte, als sie seine Befangenheit bemerkte. »Komm rein«, sagte sie. »Ich bin gleich fertig.«

Travis bemühte sich, ihr nicht zu offensichtlich nachzuschauen, als sie vor ihm in die Küche ging.

»Ich wollte gerade eine Flasche Wein öffnen. Möchtest du ein Glas?«

»Ja, gern.«

In der Küche griff sie nach Flasche und Korkenzieher. Travis sagte:

»Lass mich das übernehmen.«

»Das wäre prima. Ich schaffe es nämlich meistens, den Korken kaputt zu schrauben, und ich mag es gar nicht, wenn kleine Stückchen in meinem Glas herumschwimmen.«

Während er die Flasche aufmachte, holte Gabby zwei Gläser aus dem Schrank und stellte sie auf die Arbeitsfläche. Travis studierte das Etikett. Dabei spielte er etwas mehr Interesse vor, als er tatsächlich empfand. Aber er hoffte, auf diese Weise vielleicht seine Nerven endlich zu beruhigen.

»Den Wein habe ich noch nie getrunken. Ist er gut?«

»Keine Ahnung.«

»Dann ist er also für uns beide eine Premiere.« Er goss ein und reichte ihr ein Glas. Dabei versuchte er, ihren Gesichtsausdruck zu entschlüsseln.

»Ich habe nicht gewusst, was du gern isst«, plauderte sie los. »Na ja – immerhin habe ich gestern rausgefunden, dass du Huhn magst. Aber ich muss dich warnen. Ich war zu Hause nie die Chefköchin.«

»Ich bin überzeugt, dass es mir schmeckt, egal, was du gekocht hast. Ich bin nicht besonders wählerisch.«

»Solange es etwas Einfaches ist, stimmt's?«

»Ja, genau.«

»Hast du Hunger?« Sie lächelte. »Es dauert nur ein paar Minuten, die Sachen aufzuwärmen ...«

Er dachte kurz nach. An die Arbeitsplatte gelehnt, schlug er vor: »Können wir noch einen Moment warten? Ich würde gern erst meinen Wein genießen.«

Sie nickte.

»Hast du Lust, draußen zu sitzen?«

»Gute Idee.«

Sie setzten sich in die Schaukelstühle neben der Tür. Gabby trank einen Schluck und war dankbar, dass der Wein ihre Aufregung ein wenig dämpfte.

»Mir gefällt die Aussicht hier«, sagte Travis grinsend, während er vor- und zurückschaukelte. »Sie erinnert mich an zu Hause.«

Gabby lachte erleichtert. Er wusste wirklich, wie man Konversation machte. »Leider habe ich noch nicht gelernt, sie so zu genießen wie du.«

»Das können nur wenige. Es ist eine Kunst, die immer mehr verloren geht, sogar hier im Süden. Den Fluss zu beobachten ist so ähnlich, wie den Duft der Rosen einzuatmen.«

»Vielleicht gehört das zur Kleinstadt«, vermutete sie.

Travis musterte sie prüfend. »Jetzt mal ehrlich – gefällt es dir eigentlich in Beaufort?«

»Das Leben hier hat viele positive Seiten.«

»Ich habe gehört, dass hier sehr sympathische Leute wohnen.«

»Bisher habe ich nur einen einzigen Einwohner näher kennengelernt.«

»Und?«

»Er hat die Angewohnheit, komplizierte Fragen zu stellen.«

Travis lächelte. Ihre verspielte Art amüsierte ihn.

»Aber um deine erste Frage zu beantworten – ja, Beaufort gefällt mir. Es gefällt mir, dass man für alle Entfernungen immer nur ein paar Minuten braucht, landschaftlich ist es ausgesprochen schön hier, und mittlerweile lerne ich auch, das langsamere Tempo zu schätzen.«

»So wie du redest, könnte man denken, Savannah ist so kosmopolitisch wie New York oder Paris.«

»Na ja, das stimmt natürlich nicht.« Sie betrachtete ihn über den Rand ihres Glases hinweg. »Aber ich würde sagen, Savannah hat eindeutig mehr Ähnlichkeit mit New York als Beaufort. Warst du schon mal dort?«

»Ja, einen Abend lang, aber der Abend kam mir vor wie eine ganze Woche.«

»Ha, ha! Weißt du, wenn du schon Witze machen willst, dann könntest du wenigstens versuchen, dir etwas Originelles einfallen zu lassen.«

»Das würde ja in Arbeit ausarten.«

»Und du hast etwas gegen Arbeit?«

»Hast du das noch nicht gemerkt?« Er lehnte sich entspannt zurück. »Willst du denn eines Tages nach Savannah zurück?«

Sie nippte an ihrem Wein, ehe sie antwortete. »Glaube ich nicht«, sagte sie. »Aber ich finde, Savannah ist eine tolle Stadt, eine der schönsten in den Südstaaten. Es gibt großzügig angelegte Plätze, herrliche Parks, vornehme Villen. Als kleines Mädchen habe ich mir immer ausgemalt, ich würde in einer dieser Villen wohnen. Das war lange mein großer Traum.«

Travis wartete schweigend, bis sie weitersprach. Sie zuckte resigniert die Achseln. »Aber als ich älter wurde, ist mir klar geworden, dass es eher der Traum meiner Mutter war als mein eigener. Sie wollte unbedingt in so ein Haus ziehen, und ich weiß noch genau, wie sie meinem Vater immer in den Ohren lag, er soll doch ein Gebot machen, sobald eines von ihnen auf den Markt kam. Mein Vater hat gut verdient, das schon, aber so eine Supervilla konnte er sich nicht leisten. Darunter hat er sehr gelitten, das habe ich mehr als deutlich gespürt, und nach einer Weile konnte ich den inneren Konflikt nicht mehr aushalten.« Sie schwieg für einen Augenblick. »Damals habe ich begriffen, dass ich etwas anderes möchte. Also bin ich aufs College gegangen und habe Kevin kennengelernt, und jetzt bin ich hier.«

In der Ferne hörten sie Moby bellen. Gleich darauf folgte ein leises Scharren – offenbar kratzte er mit den Krallen an der Rinde eines Baumes. Travis blickte zu der großen Eiche neben der Hecke und sah, dass ein Eichhörnchen den Stamm hinaufsauste. Er wusste, dass Moby immer noch um den Baum herumschlich in der Hoffnung, dass das kleine Tierchen vielleicht doch herunterfallen würde. Als Travis merkte, dass Gabby ebenfalls in die Richtung schaute, deutete er mit seinem Glas zu der Eiche.

»Mein Hund jagt immer wie ein Verrückter hinter Eichhörnchen her. Ich glaube, er hält das für seine Lebensaufgabe.«

»Das ist doch bei den meisten Hunden so.«

»Bei Molly auch?«

»Nein. Ihre Besitzerin hat sie besser im Griff und hat das Problem aus dem Weg geräumt, ehe es überhandnahm.«

»Verstehe«, sagte Travis mit gespieltem Ernst.

Über dem Wasser begann nun der erste Akt eines spektakulären Sonnenuntergangs. In einer Stunde würde sich der Fluss golden verfärben, aber jetzt hatte das Wasser noch etwas Düsteres, Unheimliches. Hinter den Zypressen, die das Ufer säumten, stieg ein Fischadler zum Himmel auf. Ein kleines Motorboot, mit Angelzeug beladen, tuckerte vorbei. Am Steuer stand ein Mann, der vom Alter her gut Travis' Großvater hätte sein können. Er winkte ihnen freundlich zu, Travis erwiderte den Gruß und trank dann noch einen Schluck Wein.

»Nach allem, was du gesagt hast, wüsste ich gern, ob du dir überhaupt vorstellen kannst, in Beaufort zu bleiben.«

Sie überlegte sich ihre Antwort gut, weil sie spürte, dass hinter dieser Frage mehr steckte.

»Es kommt darauf an«, sagte sie endlich. »Besonders spannend ist das Leben hier zwar nicht, aber andererseits ist es ein sehr familienfreundliches Städtchen.«

»Und das ist dir wichtig?«

Sie schaute ihn an, und er glaubte, einen trotzigen Unterton aus ihrer Stimme herauszuhören, als sie entgegnete: »Gibt es etwas Wichtigeres?«

»Nein, es gibt nichts Wichtigeres«, bestätigte er.

»Ich selbst bin der beste Beweis dafür, weil ich ja schon mein ganzes Leben nach dieser Überzeugung lebe. In Beaufort liefern die Baseballspiele der Kinderliga mehr Diskussionsstoff als die Fernsehübertragung der Footballmeisterschaft, und mir gefällt die Vorstellung, dass meine Kinder in einer Umgebung aufwachsen werden, in der ihre eigene kleine Welt alles ist, was sie kennen. Als Jugendlicher habe ich natürlich auch gedacht, Beaufort ist das langweiligste Kaff auf der ganzen Welt, aber wenn ich zurückblicke, entdecke ich noch einen ganz anderen Aspekt: Die logische Folge davon war nämlich, dass alles, was es an aufregenden Erlebnissen gab, für mich doppelt so viel Bedeutung hatte. Ich war nie arrogant oder übersättigt wie viele Großstadtkinder.« Er schwieg für einen Moment, ehe er fortfuhr: »Ich weiß noch genau, wie ich jeden Samstagmorgen mit meinem Vater angeln gegangen bin. Mein Dad war so ziemlich der schlechteste Angler, der jemals einen Köder ausgeworfen hat, aber ich fand es immer super mit ihm. Inzwischen weiß ich, dass es ihm hauptsächlich darum ging, etwas mit mir gemeinsam zu unternehmen, und ich kann dir gar nicht sagen, wie dankbar ich ihm dafür bin, bis heute. Ich hoffe nur, dass ich meinen eigenen Kindern später auch einmal etwas Ähnliches geben kann.«

»Wie du das beschreibst – das gefällt mir sehr«, murmelte Gabby. »Ich glaube, es gibt nicht viele Menschen, die so denken.«

»Ich liebe diese Stadt.«

»Nein, das meine ich nicht.« Sie grinste. »Ich meine das mit den Kindern. Es klingt so, als hättest du schon viel darüber nachgedacht.«

»Hab ich auch.«

»Und du bist immer für eine Überraschung gut, das muss ich sagen.«

»Ach, ich weiß nicht ... findest du wirklich?«

»Ja, allerdings. Je besser ich dich kenne, desto mehr habe ich den Eindruck, dass du unglaublich gut in der Welt zurechtkommst und sehr ausgeglichen bist.«

»Das Gleiche könnte ich von dir sagen«, erwiderte er. »Vielleicht verstehen wir uns deswegen so gut.«

Als sie ihn anschaute, spürte sie die knisternde Spannung zwischen ihnen. »Und – möchtest du jetzt essen?«

Er musste schlucken. Hoffentlich merkte sie nicht, was er für sie empfand! »Ja, gern, ich habe richtig Hunger«, presste er hervor.

Sie nahmen ihre Weingläser und gingen in die Küche zurück. Dort gab sie ihm durch eine Handbewegung zu verstehen, er solle schon mal am Tisch Platz nehmen, solange sie den Rest vorbereitete. Während er zuschaute, wie sie herumhantierte, überkam ihn ein großes Gefühl der Zufriedenheit.

Er aß mit großem Appetit und verdrückte zwei Portionen Hähnchenbrust. Die grünen Bohnen und die Nudeln schmeckten ihm ebenfalls sehr gut, und er machte Gabby so übertriebene Komplimente zu ihrer Kochkunst, dass sie ihn kichernd bat, damit aufzuhören. Er fragte sie über ihre Kindheit in Savannah aus, und zuerst sperrte sie sich ein bisschen, aber dann erzählte sie ihm doch ein paar Anekdoten, die sie als

Mädchen erlebt hatte und über die sie beide lachen mussten. Mit der Zeit verfärbte sich der Himmel erst grau, dann dunkelblau und schließlich schwarz. Die Kerzen brannten herunter, Travis goss den letzten Schluck Wein in ihre Gläser – und sie ahnten beide, dass sie einem Menschen gegenübersaßen, der den Gang ihres Lebens für immer verändern würde, wenn sie nicht aufpassten.

Nach dem Essen half Travis ihr beim Abräumen, und dann zogen sie sich auf die Couch zurück, nippten nur noch an ihren Gläsern, weil kaum noch Wein darin war, und erzählten sich Geschichten aus ihrer Kindheit. Gabby versuchte, sich Travis als kleinen Jungen und als Jugendlichen vorzustellen, und fragte sich, wie sie wohl auf ihn reagiert hätte, wenn sie sich in der Highschool oder am College begegnet wären.

Zu vorgerückter Stunde kam Travis ihr etwas näher und legte ganz beiläufig den Arm um ihre Schulter. Gabby lehnte sich vorsichtig an ihn. Was für ein herrliches Gefühl! Versonnen blickte sie nach draußen und sah, wie das silberne Mondlicht durch die Wolken drang.

»Was denkst du gerade?«, fragte Travis sie, nachdem sie beide längere Zeit geschwiegen hatten, ohne sich dabei unwohl zu fühlen.

»Ich denke daran, wie selbstverständlich mir das Wochenende vorkam.« Sie schaute ihn an. »Als würden wir einander schon ewig kennen.«

»Soll ich daraus schließen, dass dich meine Geschichten teilweise gelangweilt haben?«

»Überschätz dich bloß nicht«, erwiderte Gabby lachend. »Ich würde sagen, nicht nur ›teilweise‹.«

Er lachte jetzt auch und zog sie fester an sich. »Je besser ich dich kennenlerne, desto mehr verblüffst du mich. Das finde ich gut.«

»Dafür sind Nachbarn doch da, oder?«

»Betrachtest du mich immer noch nur als Nachbarn?«

Wortlos wandte sie den Blick ab, doch Travis sprach weiter. »Ich weiß, es ist dir nicht recht, wenn ich so rede, aber ich kann heute Abend nicht nach Hause gehen, ohne dir noch einmal klar und deutlich zu sagen, dass es mir nicht genügt, wenn wir nur Nachbarn sind, und –«

»Travis ...«

»Lass mich ausreden – bitte. Als wir uns heute Morgen unterhalten haben, hast du gesagt, wie sehr es dir fehlt, dass du hier in der Gegend keine Freunde hast, und daran musste ich die ganze Zeit denken, aber nicht in dem Sinn, wie du jetzt wahrscheinlich glaubst. Weißt du, ich habe zwar viele Freunde in Beaufort, aber mir fehlt trotzdem etwas – etwas, was die anderen alle haben. Laird und Allison, Joe und Megan, Matt und Liz – sie haben *einander*. In meinem Leben gibt es niemanden, und bis ich dich kennengelernt habe, war ich mir nicht einmal sicher, ob ich mir überhaupt jemanden wünsche. Aber jetzt ...«

Nervös zupfte sie an den Perlen herum, die ihr T-Shirt verzierten. Irgendwie wehrte sie sich gegen das, was er sagte – während es sie gleichzeitig sehr glücklich machte.

»Ich möchte dich nicht verlieren, Gabby. Ich kann mir einfach nicht mehr vorstellen, dass ich dich morgens zu deinem Auto gehen sehe und mir einreden muss, das sei alles nicht passiert. Ich kann mir auch nicht vorstellen, dass du und ich *nicht* gemeinsam hier auf dem Sofa sitzen so wie jetzt.« Er schluckte wieder. »Und außerdem erscheint es mir völlig undenkbar, dass ich mich je wieder in eine andere Frau verliebe.«

Gabby war sich nicht sicher, ob sie ihn richtig verstanden hatte, aber als sie seinem Blick begegnete, wusste sie, dass alles, was er gesagt hatte, aus der Tiefe seines Herzens kam. Ihr Widerstand schmolz endgültig dahin. Auch für sie gab es auf einmal keinen Zweifel mehr: Sie hatte sich in ihn verliebt.

Die alte Standuhr schlug im Hintergrund. Das Kerzenlicht warf flackernde Schatten auf die Wände. Travis sah, wie sich Gabbys Brust hob und senkte, und während sie einander tief in die Augen schauten, brachten sie beide kein Wort heraus.

Das Klingeln des Telefons zerriss die spannungsgeladene Stille. Travis wandte sich ab, Gabby nahm ihr Mobilteil und meldete sich mit nüchterner, beherrschter Stimme.

»Oh, hallo, wie geht's dir? ... Ach, nichts Besonderes ... Hm ... Ja, ich musste verschiedene Sachen erledigen ... und wie läuft es bei euch so?«

Während sie Kevin zuhörte, bekam sie ein maßlos schlechtes Gewissen. Und trotzdem konnte sie nicht anders: Sie legte zärtlich die Hand auf Travis' Oberschenkel. Er hatte sich nicht gerührt, gab keinen Ton von sich, aber sie spürte, wie sich seine Muskeln unter den Jeans anspannten, während sie mit der Hand über sein Bein strich.

»Das ist ja toll! Herzlichen Glückwunsch. Freut mich, dass du gewonnen hast ... Klingt, als hättest du Spaß ... Ich? Na ja, alles wie immer.«

Sie fühlte sich hin und her gerissen – Kevins Stimme, Travis' körperliche Nähe. Sie versuchte, sich zu konzentrieren und Kevin zuzuhören, während sie gleichzeitig im Kopf sortieren musste, was gerade mit Travis passiert war. Die Situation war so surreal, dass sie sich absolut überfordert fühlte.

»Oh, das tut mit leid ... Du weißt ja, ich bekomme auch ganz schnell einen Sonnenbrand ... Hm ... Ja ... Ja, klar, ich habe über die Reise nach Miami nachgedacht, aber ich habe überhaupt keine Urlaubstage mehr bis zum Ende des Jahres ... Vielleicht, ich weiß nicht genau ...«

Sie nahm die Hand von Travis' Bein und lehnte sich zurück, immer bemüht, mit ruhiger Stimme zu sprechen. Sie hätte nicht abnehmen dürfen, dachte sie jetzt. Oder noch besser: Er hätte nicht anrufen sollen! Irgendwie wurde sie immer verwirrter. »Das sehen wir dann, okay? Wenn du wieder hier bist, besprechen wir die Einzelheiten ... Nein, nein, alles in bester Ordnung. Ich bin nur müde ... Nein, mach dir keine Sorgen ... Das Wochenende war ziemlich lang ...«

Das war keine Lüge, aber der Wahrheit entsprach es natürlich auch nicht ganz, das wusste sie. Was ihr nicht weiterhalf. Travis starrte stumm auf den Boden und tat so, als würde er nicht zuhören – dabei bekam er natürlich jedes Wort mit.

»Ja, klar, das mache ich«, sagte sie. »Du auch ... Hm ... ja, da bin ich sicher hier ... Okay ... Ich dich auch. Und viel Spaß morgen. Tschüs.«

Sie beendete das Gespräch und blieb noch ein paar Sekunden lang reglos sitzen, ehe bis sie sich vorbeugte und das Telefon auf den Tisch legte. Travis war klug genug, nichts zu fragen, sondern lieber abzuwarten.

»Das war Kevin«, sagte Gabby schließlich.

»Hab ich mir schon halb gedacht«, sagte er und studierte ihr Gesicht, konnte aber nicht ablesen, was sie dachte.

»Er hat heute ein Golfmatch gewonnen.«

»Freut mich für ihn.«

Wieder schwiegen sie beide.

»Ich glaube, ich brauche ein bisschen frische Luft«, sagte Gabby nach einer Weile, stand auf, ging zur Schiebetür und trat hinaus ins Freie.

Travis schaute ihr nach und fragte sich, ob er ihr folgen sollte. Oder hatte sie vielleicht das Bedürfnis, allein zu sein? Vom Sofa aus sah er ihre Gestalt draußen am Geländer lehnen. Wenn er zu ihr ging – würde sie ihm dann sagen, er solle sofort nach Hause gehen? Das hätte er nicht verkraftet. Aber trotz seiner Angst vor Zurückweisung wollte er bei ihr sein. Mehr denn je.

Er trat nach draußen und beugte sich neben ihr über das Geländer. Im Mondlicht schimmerte ihre Haut in mattem Perlglanz, ihre Augen leuchteten dunkel.

»Es tut mir leid«, sagte er.

»Es muss dir nicht leidtun. Dafür gibt es keinen Grund.« Sie zwang sich zu einem Lächeln. »Es ist meine Schuld, nicht deine. Ich wusste ja, worauf ich mich einlasse.«

Gabby spürte, wie sehr er sich danach sehnte, sie zu berühren – was bei ihr ambivalente Gefühle auslöste. Sie wusste nicht, ob sie es auch wollte. Im Grund musste sie dem Ganzen hier ein Ende setzen, sie durfte den Abend nicht noch in die Länge ziehen, aber seit Travis alles so klar ausgesprochen hatte, stand sie wie unter einem Bann. Die ganze Sache war absolut unvernünftig. Erfahrungsgemäß dauerte es doch seine Zeit, bis man wirklich sagen konnte, dass man jemanden liebe, ein einziges Wochenende reichte dafür nicht. Und trotzdem war es passiert. Und das, obwohl sie sich an Kevin gebunden fühlte. Sie spürte Travis' Unruhe und sah, dass er sich mit einem allerletzten Schluck Wein zu wappnen versuchte.

»Hast du ernst gemeint, was du vorhin gesagt hast?«, fragte sie ihn. »Dass du eine Familie willst?«

»Ja, sehr ernst sogar.«

»Das freut mich«, sagte sie. »Ich glaube nämlich, dass du mal ein wunderbarer Vater wirst. Ich habe es dir noch nicht gesagt, aber der Gedanke ist mir schon gekommen, als ich gestern beobachtet habe, wie du mit den Kindern spielst. Du bist ein absolutes Naturtalent.«

»Ich habe jede Menge Erfahrung mit Welpen.«

Trotz der Anspannung musste Gabby lachen. Sie ging einen kleinen Schritt auf ihn zu, und als er sich zu ihr wandte, schlang sie die Arme um seinen Nacken. Die kleine Stimme in ihrem Inneren versuchte verzweifelt, sie zu warnen, und flüsterte, es sei noch nicht zu spät, dem ganzen Spuk ein Ende zu setzen. Doch da war diese überwältigende Sehnsucht, und sie wusste, dass es keinen Sinn hatte, sich noch länger dagegen zu sträuben.

»Das stimmt natürlich«, flüsterte sie. »Aber ich fand dich vor allem richtig süß.«

Travis zog sie fester an sich. Wie perfekt sich ihre Körper ergänzten! Er atmete einen Hauch von Jasminparfüm ein, und während sie eng umschlungen dastanden, erwachten alle seine Sinne. So lebendig hatte er sich schon ewig nicht mehr gefühlt. Es kam ihm vor, als wäre er am Ende einer langen Reise angekommen. Und bis zu diesem Augenblick hatte er nicht geahnt, dass Gabby das Ziel dieser Reise war – schon immer. Als er ihr ins Ohr flüsterte: »Ich liebe dich, Gabby Holland«, wusste er, dass er noch nie in seinem Leben etwas so ernst gemeint hatte.

Gabby schmiegte sich an ihn.

»Ich liebe dich auch, Travis Parker«, hauchte sie. Sie spürte die Wärme seiner Haut, und sie wünschte sich nichts anderes auf der Welt, als genau da zu sein, wo sie jetzt war. Es gab keine Bedenken mehr, keine Abwehr.

Er küsste sie, immer und immer wieder, mit seinen Lippen erforschte er ihren Nacken, ihr Schlüsselbein, bevor er sich wieder ihrem Mund widmete. Sie streichelte seine Brust, seine Schultern, spürte die schützende Kraft seiner Arme, mit denen er sie fest umschlang, und als sie ihre Finger in seinen Haaren vergrub, begann sie vor Erregung zu zittern. Sie wusste, dass sie das ganze Wochenende auf diesen Moment gewartet hatte.

Sie konnten gar nicht aufhören, einander zu küssen. Schließlich löste sich Gabby von Travis und nahm ihn an der Hand, um ihn ins Haus zu führen, durchs Wohnzimmer, in ihr Schlafzimmer. Sie deutete auf das Bett, und während sich Travis hinsetzte, holte sie ein Feuerzeug aus der Kommode und zündete die Kerzen an, die sie vorher aufgestellt hatte. Das dunkle Zimmer wurde in geheimnisvoll flackerndes goldenes Licht getaucht.

Weil die Schatten jede ihrer Bewegungen unterstrichen, sah Travis ganz deutlich, wie Gabby die Arme überkreuzte und nach dem Saum ihres T-Shirts griff. Mit einer raschen Bewegung zog sie es über den Kopf. Ihre Brüste zeichneten sich verführerisch unter dem weichen Satinstoff ihres Büstenhalters ab, und ganz langsam wanderte ihre Hand zum Knopf ihrer Jeans, die sich dann von ihren Hüften löste und unordentlich auf dem Fußboden landete.

Verzaubert beobachtete Travis, wie sie auf das Bett zukam und ihn mit einer spielerischen Bewegung anschubste, sodass er auf dem Rücken lag. Dann begann sie, sein Hemd aufzuknöpfen, und während er versuchte, seine Arme frei zu bekommen, öffnete sie den Reißverschluss an seiner Jeans. Gleich darauf legte sie sich auf ihn, und er spürte die glühende Hitze ihrer Haut.

Seine Lippen begegnete ihren mit kontrollierter

Leidenschaft. Ihr Körper fühlte sich so richtig an, als würden die fehlenden Stücke eines Puzzles endlich den ihnen vorbestimmten Platz finden.

»Ich liebe dich, Gabby«, murmelte Travis. »Du bist das Beste, was mir je passiert ist.«

Er spürte, wie sie sich noch fester an ihn drückte.

»Ich liebe dich auch, Travis«, flüsterte sie so leise, dass er sie kaum hören konnte, aber er wusste, dass seine einsame Reise tatsächlich für immer zu Ende war.

Der Mond stand immer noch hoch am Himmel und erhellte mit seinen Silberstrahlen das Schlafzimmer. Travis drehte sich um und stellte fest, dass Gabby nicht mehr neben ihm lag. Es war kurz vor vier. Sie war auch nicht im Badezimmer, also stand er auf und zog schnell seine Jeans über, ging den Flur hinunter, schaute ins Gästezimmer und dann in die Küche. Nirgends brannte Licht, und einen Moment lang wusste er nicht, was tun. Doch dann sah er, dass die Schiebetür zur Terrasse einen Spaltbreit offen war.

Leise trat er hinaus und sah seitlich vom Haus ihre dunkle Gestalt am Geländer stehen. Zögernd näherte er sich ihr. Durfte er das?, fragte er sich wieder. Oder wollte sie jetzt vielleicht doch lieber allein sein?

»Hey«, hörte er Gabbys Stimme in der Dunkelheit. Er erkannte, dass sie den Morgenmantel trug, den er im Badezimmer gesehen hatte.

»Hallo«, antwortete er zärtlich. »Ist alles in Ordnung?«

»Ja. Ich bin aufgewacht und habe mich eine Weile

hin und her gewälzt, aber dann bin ich lieber aufgestanden, weil ich dich nicht wecken wollte.«

Sie sagten beide kein Wort und schauten nur schweigend zum Himmel hinauf. Nichts rührte sich, selbst die Grillen und Frösche waren verstummt.

»Es ist wunderschön hier draußen«, sagte Gabby schließlich.

»Ja, das stimmt.«

»Ich liebe solche Nächte.«

Als sie nicht weitersprach, nahm er ihre Hand. »Bereust du, was passiert ist?«, fragte er sie sanft.

»Nein, überhaupt nicht«, antwortete sie mit klarer Stimme. »Ich bereue nichts.«

Er lächelte. »Und woran hast du gerade gedacht?«

»An meinen Vater«, erwiderte sie verträumt und kuschelte sich an ihn. »In vieler Hinsicht erinnerst du mich an ihn. Du fändest ihn bestimmt nett.«

»Das glaube ich auch«, sagte er, noch ohne zu ahnen, worauf sie hinaus wollte.

»Ich habe mir überlegt, wie er sich gefühlt hat, als er meiner Mutter das erste Mal begegnet ist. Was ist ihm da durch den Kopf gegangen? War er nervös? Was hat er zu ihr gesagt?«

Travis musterte sie fasziniert. »Und?«

»Ich habe nicht die geringste Ahnung.«

Als er lachte, hakte sie sich bei ihm unter. »Meinst du, das Wasser in deinem Whirlpool ist noch warm?«, fragte sie.

»Ich glaube schon. Ich habe es nicht überprüft, als ich hergekommen bin, aber ich würde annehmen, es ist okay.«

»Hättest du Lust, ein bisschen zu planschen?«

»Ich muss nur meine Badehose holen, aber dann sehr gern.«

Sie drückte ihn an sich, dann flüsterte sie ihm ins Ohr: »Wer sagt, dass du eine Badehose brauchst?«

Ohne ein weiteres Wort zu wechseln, gingen sie über den Rasen zu seinem Whirlpool. Als Travis den Deckel abnahm, ließ Gabby den Bademantel von den Schultern gleiten. Er sah ihren nackten Körper und wusste, wie sehr er sie liebte und dass die letzten beiden Tage sein Leben für immer verändert hatten.

Kapitel 14

Nach dem Wochenende gingen sie wieder zur Arbeit, verbrachten aber ansonsten während der nächsten beiden Tage jede freie Minute zusammen. Sie schliefen am Montagmorgen vor dem Aufstehen miteinander, trafen sich zum Mittagessen in einem kleinen Café in Morehead City, und am Abend gingen sie mit den Hunden am Strand bei Fort Macon spazieren. Molly war wieder vollkommen fit, und während Travis und Gabby Hand in Hand am Wasser entlangspazierten, verhielten sich Moby und Molly wie zwei alte Freunde, die sich längst an ihre unterschiedlichen Vorlieben gewöhnt haben: Wenn Moby Seeschwalben jagte oder sich auf einen Möwenschwarm stürzte, lief Molly stur geradeaus und demonstrierte, dass sie mit solchen Eskapaden nichts zu tun haben wollte. Nach einer Weile merkte Moby dann, dass sie nicht mehr bei ihm war, rannte zurück zu ihr, und die zwei trotteten wieder ein paar Minuten einträchtig nebeneinander her, bis Moby erneut durchdrehte und die ganze Szene von vorn anfing.

»So ähnlich sind wir auch, was?«, sagte Gabby lachend zu Travis und drückte seine Hand. »Der eine rennt hinter dem Abenteuer her, der andere hält sich eher zurück.«

»Und welcher von beiden bin ich?«

Sie kicherte belustigt und schmiegte sich an ihn, den Kopf an seine Schulter gelehnt. Er blieb stehen, um sie in die Arme zu schließen, und dabei erschrak er fast über die Heftigkeit seiner Gefühle. Doch als sie den Kopf hob und ihn küsste, löste sich seine Angst sofort in Luft auf und verwandelte sich in die zunehmende Gewissheit, endlich Erfüllung gefunden zu haben. Er fragte sich, ob sich für alle Menschen auf der Welt die Liebe so anfühlte.

Nach dem Strandspaziergang gingen sie einkaufen. Sie hatten beide keinen großen Hunger, also wählte Travis die Zutaten für einen Caesar's Salad mit gegrillten Hähnchenbruststreifen aus. In der Küche briet er das Fleisch an, während Gabby die Salatblätter abwusch. Nach dem Essen kuschelten sie sich auf dem Sofa aneinander, und Gabby erzählte ihm noch mehr von ihrer Familie. Travis hatte großes Verständnis für ihre Sichtweise und ärgerte sich über ihre Mutter, die nicht zu begreifen schien, zu welch großartiger Frau sich ihre Tochter entwickelt hatte. So saßen sie eng umschlungen bis lange nach Mitternacht.

Auch am Dienstagmorgen war Travis bei Gabby, als sie aufwachte. Sie schlug ein Auge auf.

»Müssen wir schon raus?«

»Ich fürchte, ja«, brummelte er.

Sie rührten sich beide nicht und schauten sich nur an. Schließlich sagte Travis: »Weißt du, was jetzt toll wäre? Frischer Kaffee und eine Zimtschnecke.«

»Hmm, lecker!«, seufzte sie. »Schade, dass wir dafür nicht genug Zeit haben. Ich muss um acht in der Praxis sein. Du hättest mich gestern Abend nicht so lange wach halten dürfen.«

»Mach die Augen zu und wünsch es dir ganz fest – manchmal passiert ja ein Wunder.«

Weil sie zu müde war, um zu widersprechen, ging sie auf seinen Vorschlag ein, schon allein deswegen, weil sie auf diese Weise noch ein paar Minuten im Bett bleiben konnte.

»Hokuspokus!«, hörte sie ihn rufen.

»Was ist los?«, murmelte sie.

»Hier ist der Kaffee. Und die Zimtschnecke.«

»Bitte, quäl mich nicht. Ich komme um vor Hunger.« Bildete sie sich das nur ein, oder roch es wirklich nach Kaffee?

»Komm schon – mach die Augen auf.«

Gabby setzte sich hin und sah zwei dampfende Tassen Kaffee und einen Teller mit einer verlockenden Zimtschnecke auf dem Nachttisch stehen.

»Wann ist … ich meine, wieso hast du …«?«

»Vor ein paar Minuten.« Er grinste. »Ich war schon wach, und da bin ich schnell ins Zentrum gerast.«

Lächelnd nahm sie die beiden Tassen und reichte ihm eine. »Ich würde dich jetzt gern küssen, aber das duftet alles so verführerisch, und ich bin wahnsinnig hungrig. Geküsst wird später.«

»Vielleicht unter der Dusche?«

»Du willst für deine guten Taten wohl immer was zurück.«

»Sei nett. Außerdem habe ich dir gerade das Frühstück ans Bett gebracht.«

»Ich weiß.« Sie zwinkerte ihm zu und griff nach der Zimtschnecke. »Und es ist ein ganz wunderbares Frühstück.«

Am Dienstagabend nahm Travis sie mit auf sein Boot, und sie verfolgten vom Wasser aus den Sonnenuntergang. Gabby hatte kaum ein Wort gesagt, seit sie von der Arbeit zurück war, deshalb hatte Travis diesen Vorschlag gemacht. Es war seine Art, jenes Gespräch hinauszuzögern, von dem er wusste, dass es irgendwann kommen musste.

Als sie eine Stunde später auf Travis' Terrasse saßen, Molly und Moby zu ihren Füßen, nahm er endlich seinen ganzen Mut zusammen und fragte:

»Und wie geht es jetzt weiter?«

Gabby drehte das Glas in den Händen. »Ich weiß es nicht«, antwortete sie leise.

»Möchtest du, dass ich mit ihm rede?«

»So einfach ist das nicht.« Sie schüttelte hilflos den Kopf. »Den ganzen Tag habe ich nach einer Lösung gesucht, aber ich bin nicht weitergekommen. Ich stelle mir tausendmal dieselben Fragen: Was soll ich tun? Was soll ich ihm sagen?«

»Aber du erzählst ihm doch von uns, oder?«

»Nicht einmal das weiß ich«, sagte sie. »Wirklich – ich habe keine Ahnung.« Als sie Travis anschaute, hatte sie Tränen in den Augen. »Nimm es mir bitte nicht übel. Ich flehe dich an! Glaub mir, ich weiß genau, wie du dich fühlst, wenn ich so etwas sage – weil es mir ja genauso geht. In den letzten Tagen habe ich durch dich das Gefühl gehabt, dass ich ... dass ich *lebe*. Du hast mir gezeigt, dass ich schön und klug und begehrenswert bin, und ich kann dir gar nicht sagen, wie viel mir das bedeutet. Es war eine unglaublich intensive Erfahrung, und du bist mir sehr, sehr wichtig. Aber wir sind nicht in der gleichen Situation, du stehst nicht wie ich vor einer so komplizierten Entscheidung. Für dich scheint es einfach – wir lieben einander, deshalb sollten wir zusammen sein. Aber ich hänge auch an Kevin.«

»Was ist mit all den Dingen, die du mir gesagt hast?«, fragte Travis. Es fiel ihm schwer, seine Angst nicht zu zeigen.

»Kevin ist nicht perfekt, Travis. Ich weiß das. Und zwischen uns läuft es zurzeit nicht gerade ideal. Aber das ist sicher zum Teil meine Schuld. Kannst du das nicht verstehen? Von ihm erwarte ich alles Mögliche, von dir ... erwarte ich nichts. Und wenn ich die Konstellation andersherum durchspiele, wie sieht es dann aus? Wenn du mein fester Freund wärst, während ich mit ihm einfach nur den Augenblick genießen würde? Dann würdest du dich jetzt völlig anders verhalten.«

»Sag so etwas nicht!«

»Aber es stimmt doch, oder?« Sie lächelte gequält. »Darüber habe ich heute dauernd nachgedacht, und ich muss es aussprechen, auch wenn es mir wehtut. Ich liebe dich, Travis, ich liebe dich von ganzem Herzen.

Wenn ich das, was zwischen uns geschehen ist, nur als eine Wochenendaffäre betrachten würde, könnte ich es einfach abschütteln und mir wieder eine Zukunft mit Kevin ausmalen. Aber so leicht ist das nicht. Ich muss mich zwischen euch entscheiden. Bei Kevin weiß ich, was ich zu erwarten habe. Jedenfalls habe ich das gedacht, bis du aufgetaucht bist. Aber jetzt...«

Sie verstummte. Ihre Haare bewegten sich leicht in der kühlen Brise, und sie schlang fröstelnd die Arme um den Oberkörper. Dann erst fuhr sie fort:

»Wir kennen einander erst seit ein paar Tagen, und als wir auf dem Boot waren, habe ich mich gefragt, wie viele Frauen du schon dorthin mitgenommen hast. Nicht aus Eifersucht, sondern weil ich mir überlegt habe, woran all diese Beziehungen wohl letztlich gescheitert sind. Und die nächste Frage war dann natürlich: Wirst du später noch genauso für mich empfinden wie jetzt, oder wird alles so enden wie deine bisherigen Beziehungen? Es kommt uns beiden zwar so vor, als würden wir uns schon lange kennen, aber objektiv stimmt das natürlich nicht. Ich kenne dich eigentlich nicht. Ich weiß nur, dass ich mich in dich verliebt habe, und ich hatte noch nie in meinem Leben solche Angst wie jetzt.«

Sie sprach nicht weiter, und Travis ließ ihre Worte auf sich wirken, bevor er antwortete.

»Du hast recht«, sagte er. »Deine Lage ist anders als meine. Aber wenn du denkst, dass es für mich nur eine Affäre sein könnte, irrst du dich. Am Anfang habe ich vielleicht noch in diese Richtung gedacht, aber dann...« Er nahm ihre Hand. »Dann kam alles anders. Durch das Zusammensein mit dir ist mir bewusst geworden, was schon lange fehlt in meinem Leben. Je mehr Zeit wir miteinander verbracht haben, desto deutlicher konnte ich sehen, dass das, was uns verbindet, Zukunft hat. So etwas ist mir noch nie passiert, und ich glaube nicht, dass es mir je wieder passieren wird. Ich habe noch nie eine Frau geliebt, bevor ich dich getroffen habe – jedenfalls nicht *richtig*. Nicht so, wie ich dich liebe. Und ich wäre ein Vollidiot, wenn ich dich kampflos aufgeben würde.«

Er fuhr sich mit der Hand durch die Haare, sichtlich erschöpft.

»Ich weiß nicht, was ich dir sonst noch sagen kann, außer dass ich mir wünsche, mit dir den Rest meines Lebens zu verbringen. Ich weiß, das klingt verrückt. Wir lernen uns in Wahrheit jetzt erst kennen, und vermutlich denkst du jetzt, ich bin komplett durchgedreht, weil ich über eine gemeinsame Zukunft rede, aber glaub mir, ich war mir noch nie einer Sache so sicher. Und wenn du mir eine Chance gibst – wenn du *uns* eine Chance gibst –, dann werde ich den Rest meines Lebens damit verbringen, dir zu beweisen, dass du die richtige Entscheidung getroffen hast. Ich liebe dich, Gabby. Nicht nur, weil du so ein wunderbarer Mensch bist, sondern auch, weil du mir zeigst, wie wir miteinander leben können, als Paar.«

Lange schwiegen sie beide. Gabby hörte die Grillen zirpen. In ihrem Kopf drehte sich alles – sie wollte weglaufen, sie wollte für immer hierbleiben –, und dieser Widerstreit der Gefühle war ein Spiegel des unlösbaren Konflikts, in dem sie steckte.

»Ich mag dich sehr, Travis«, begann sie. Doch als sie hörte, wie das klang, setzte sie noch einmal an. »Und ich liebe dich natürlich auch, aber das weißt du hoffentlich schon. Ich wollte eigentlich nur sagen, dass ich es gern habe, wie du mit mir redest. Es gefällt mir, dass du das, was du sagst, wirklich ernst meinst. Denn das spüre ich. Ich finde es wunderbar, dass ich genau unterscheiden kann, ob du Witze machst und flunkerst oder ob du die Wahrheit sagst. Das ist eine deiner bezauberndsten Eigenschaften.« Sie tätschelte sein Knie. »Würdest du etwas für mich tun?«

»Ja, klar.«

»Egal, was?«

Er zögerte. »Ja ... ich glaube schon.«

»Würdest du mit mir schlafen – jetzt? Ohne dabei zu denken, dass es vielleicht das letzte Mal ist?«

»Das sind zwei Bitten.«

Gabby ging nicht auf seinen Einwand ein, sondern streckte ihm wortlos die Hand hin. Auf dem Weg ins Schlafzimmer erschien ein winziges Lächeln auf ihrem Gesicht, und sie wusste endlich, was sie tun musste.

TEIL 2

Kapitel 15

FEBRUAR 2007

Travis versuchte, die Erinnerungen an die Zeit vor fast elf Jahren abzuschütteln, die auf einmal wieder so überdeutlich vor ihm standen. Warum nur? Weil er inzwischen alt genug war, um zu wissen, wie ungewöhnlich es war, sich so schnell derart heftig zu verlieben? Oder weil er die zärtliche Intimität jener Tage so schmerzlich vermisste? Er wusste es nicht.

In letzter Zeit hatte er oft das Gefühl, gar nichts mehr zu wissen. Es gab Menschen, die behaupteten, sie wüssten die Antwort auf alle Fragen, jedenfalls auf die großen Lebensfragen, aber solchen Leuten hatte Travis schon immer misstraut. Was sie sagten oder schrieben, war oft so anmaßend, dass ihre Aussagen etwas Selbstgerechtes hatten. Aber falls es doch jemanden gab, der alles beantworten konnte, würde Travis ihm folgende Frage stellen: Wie weit darf, wie weit soll ein Mensch gehen – im Namen der Liebe?

Die Frage hätte er Hundert Personen stellen können – und hätte Hundert verschiedene Antworten bekommen. Die meisten lagen auf der Hand: Man muss bereit sein, Opfer zu bringen, man muss den anderen akzeptieren, ihm verzeihen oder vielleicht auch mit ihm streiten, wenn's nicht anders geht ... Diese Liste konnte man endlos fortsetzen. Travis wusste zwar, dass alle diese Lebensweisheiten durchaus ihren Wert hatten, aber ihm würden sie trotzdem nicht weiterhelfen. Manches überstieg einfach das menschliche Denkvermögen. Wenn er zurückblickte, fielen ihm Ereignisse in seinem Leben ein, die er gern ändern würde: Es gab Tränen, von denen er sich wünschte, sie wären nie geflossen, Stunden, die er sinnvoller hätte verbringen können, und Frustrationen, die er einfach hätte ignorieren sollen. Im Leben geschieht so vieles, was man bedauert, dachte er, und am liebsten hätte er die Zeit zurückgedreht, um verschiedene Episoden seines Lebens noch einmal zu leben. Eines stand fest: Er hätte ein besserer Ehemann sein sollen. Und während er noch über die Frage nachdachte, wie weit man im Namen der Liebe gehen durfte und sollte, wusste er, wie seine Antwort lauten würde. Manchmal musste man lügen.

Und schon bald würde er gezwungen sein, zu entscheiden, ob er dazu bereit war oder nicht.

Die Neonbeleuchtung und die weißen Kacheln unterstrichen die sterile Krankenhausatmosphäre. Langsam ging Travis den Flur hinunter. Er hatte Gabby vorhin gesehen. Sie hatte ihn nicht bemerkt, das wusste er. Krampfhaft versuchte er, sich zusammenzureißen. Er musste zu ihr, musste mit ihr sprechen. Deswegen war er hier. Doch die lebhaften Erinnerungsbilder hatten ihn gelähmt. Und an der Grundsituation würde es nichts ändern, wenn er noch ein paar Minuten länger seine Gedanken sortierte.

Er ging in das kleine Wartezimmer und setzte sich. Während er das Hin und Her auf dem Gang beobachtete, ging ihm der Gedanke durch den Kopf, dass das Personal hier, trotz der unzähligen Notfälle, doch eine Art Routine befolgte – so ähnlich, wie er zu Hause seinen Rhythmus hatte. An einem Ort, an dem nichts normal schien, war es vermutlich doppelt wichtig, dass sich die Menschen eine Struktur und damit eine Normalität schufen. Das half ihnen, den Tag zu überstehen, und verlieh dem Leben, das an sich vollkommen unberechenbar war, eine gewisse Vorhersagbarkeit. Die Art, wie er selbst seine Vormittage gestaltete, war ein Beweis dafür: Jeder Morgen verlief genau wie der andere. Um Viertel nach sechs klingelte der Wecker, er hatte eine Minute, um aufzustehen, neun Minuten unter der Dusche, danach noch vier Minuten, um sich zu rasieren und die Zähne zu putzen, und schließlich sieben Minuten, um sich anzuziehen. Anschließend rannte er nach unten, um die Frühstücksflocken in die Schüsselchen zu schütten, er überprüfte die Schultaschen, schaute nach, ob die Kinder ihre Hefte mit den Hausaufgaben eingepackt hatten, und bestrich fürs Mittagessen Sandwiches mit Erdnussbutter und Gelee, während seine Töchter noch halb im Schlaf frühstückten. Es war exakt Viertel nach sieben, wenn sie das Haus verließen, um gemeinsam unten an der Einfahrt auf den Schulbus zu warten. Den Bus steuerte ein lustiger Mann mit schottischem Akzent, der ihn an *Shrek* erinnerte. Nachdem seine

Töchter eingestiegen waren und einen Platz gefunden hatten, winkte er ihnen lächelnd zu, wie es sich gehörte. Lisa und Christine waren jetzt sechs und acht, ein bisschen klein für die erste und dritte Klasse, und während er zuschaute, wie sie in einen neuen Tag aufbrachen, wurde ihm das Herz oft schwer. Vielleicht war das auch normal – angeblich machten sich Eltern ja ständig Sorgen, aber bei ihm war es in letzter Zeit schlimmer geworden. Er grübelte über Dinge nach, die ihn früher garantiert nicht gequält hätten. Über Kleinigkeiten. Über lächerliche Bagatellen! Lachte Lisa weniger vergnügt über Comics als früher? War Christine stiller als sonst? Wenn der Bus abgefahren war, ging er manchmal in Gedanken den Morgen noch einmal durch und suchte Beweise dafür, dass es den beiden Mädchen gut ging. Gestern hatte er den halben Tag darüber nachgedacht, ob Lisa ihn wohl testen wollte, als sie ihn bat, ihr die Schuhe zu binden – oder ob sie einfach nur zu faul dafür war. Er wusste, dass solche Überlegungen zu nichts führten und fast zwanghaft waren, aber als er am Abend zuvor leise in ihr Zimmer geschlichen war, um die verrutschten Bettdecken zurechtzuzupfen, hatte er sich sofort wieder gefragt, ob ihr unruhiger Schlaf etwas Neues war oder ob er bisher nur nicht darauf geachtet hatte.

Eigentlich müsste alles ganz anders aussehen. Gabby müsste bei ihm sein! Gabby müsste den Mädchen die Schuhe binden und sie wieder richtig zudecken. Sie machte das alles mit Bravour. Dass sie für den Umgang mit Kindern eine besondere Begabung besaß, war ihm von Anfang an klar gewesen. In den Tagen nach ihrem ersten gemeinsamen Wochenende hatte er sie immer wieder beobachtet, daran konnte er sich genau erinnern, und tief in seinem Inneren hatte er gewusst, dass er sein ganzes Leben lang Ausschau halten konnte und nie eine bessere Mutter finden würde und nie eine Frau, die ihn perfekter ergänzte. Diese Erkenntnis traf ihn oft in den unpassendsten Situationen – während sie im Supermarkt den Einkaufswagen durch die Gemüseabteilung schoben oder an der Kinokasse Schlange standen –, aber jedes Mal, wenn es passierte, verwandelte sich dadurch eine ganz simple Erfahrung in ein wunderbares Glücksgefühl, in etwas, das dem Leben Bedeutung und Sinn verlieh.

Die erste Zeit war für Gabby nicht ganz so unkompliziert gewesen wie für ihn. Sie hatte sich hin- und hergerissen gefühlt zwischen zwei Männern, die um ihre Liebe kämpften. »Eine kleine Anfangsschwierigkeit«, so beschrieb er diese Phase später auf Partys, aber er fragte sich oft, ab wann ihre Gefühle für ihn stärker gewesen waren als das, was sie für Kevin empfand. War es in dem Moment gewesen, als sie nebeneinandersaßen, in den Nachthimmel schauten und Gabby leise die Namen der Sternbilder nannte, die sie gelernt hatte? Oder am Tag danach, als sie sich auf dem Motorrad an ihn klammerte, bevor sie auf dem Grundstück picknickten? Oder erst später am Abend, als er sie in die Arme nahm?

Er war sich nicht sicher, und vielleicht war es ja gar nicht möglich, den exakten Augenblick zu bestimmen – so wenig wie man im Ozean die einzelnen Wassertropfen erkennen konnte. Aber die Tatsache blieb bestehen, dass Gabby Kevin alles erklären musste. Travis sah immer noch vor sich, wie gequält sie ihn an dem Morgen anschaute, bevor Kevin wieder nach Hause kam. Verschwunden war die unbeschwerte Gewissheit, die sie durch die gemeinsamen Tage begleitet hatte; an ihre Stelle trat die Realität der unausweichlichen Entscheidung. Gabby brachte beim Frühstück kaum einen Bissen hinunter, und als er sie zum Abschied küsste, kostete es sie große Anstrengung, zu lächeln. Die Stunden zogen sich endlos in die Länge, ohne dass er etwas von ihr hörte; er versuchte, sich ganz auf seine Arbeit zu konzentrieren, und telefonierte etliche Male, um gute Familien für die kleinen Welpen zu finden, weil er wusste, wie wichtig ihr das war. Nach Dienstschluss fuhr er zu ihr, um nach Molly zu sehen. Als hätte die Hündin gespürt, dass sie später gebraucht wurde, ging sie nicht in die Garage zurück, nachdem er sie herausgelassen hatte, sondern legte sich in das hohe Schlickgras, das vor Gabbys Grundstück wuchs, und schaute in Richtung Straße, während die Sonne langsam zum Horizont wanderte.

Es war lange nach Einbruch der Dunkelheit, als Gabby in ihre Einfahrt bog. Sie stieg aus, den Blick fest auf ihn gerichtet. Wie gut er sich daran erinnerte! Wortlos setzte sie sich zu ihm auf die Stufen. Molly kam angetrottet und stupste sie mit der Nase an. Mit rhythmischen Bewegungen strich Gabby ihr über das Fell.

»Hey«, sagte er, um das Schweigen zu durchbrechen.

»Hey.« Ihre Stimme klang erschöpft, ohne Emotionen.

»Ich glaube, ich habe für sämtliche Welpen ein Zuhause gefunden«, begann er.

»Ach, ehrlich?«

Er nickte nur, und danach schwiegen sie wieder, wie ein altes Ehepaar, das sich nichts mehr zu sagen hat.

»Ich werde nie aufhören, dich zu lieben«, sagte er. Verzweifelt suchte er nach den richtigen Worten, um sie zu trösten, aber es schien ihm nicht zu gelingen.

»Ich glaube dir«, flüsterte sie. Sie hakte sich bei ihm unter und lehnte den Kopf an seine Schulter. »Und deshalb bin ich hier.«

Travis hatte schon immer eine Abneigung gegen Krankenhäuser gehabt. Im Gegensatz zu seiner Tierarztpraxis, die ihre Türen gegen Abend schloss, erschien ihm das Carteret General Hospital wie ein Riesenrad, das sich ohne Pause drehte und in dem ständig Patienten und Angestellte ein- und ausstiegen, jede Minute, Tag und Nacht. Von seinem Stuhl aus konnte er sehen, wie die Krankenschwestern die Zimmer betraten und wieder verließen oder sich bei der Anmeldung am Ende des Gangs versammelten. Manche wirkten gehetzt, andere gelangweilt. Bei den Ärzten war es ähnlich. Es gab Stationen, auf denen Mütter ihre Kinder zur Welt brachten, während in anderen Stockwerken Menschen starben – ein Mikrokosmos des Lebens. Travis fühlte sich überfordert, aber Gabby hatte sehr gern hier gearbeitet und Energie daraus getankt, dass permanent etwas los war.

Vor ein paar Monaten war ein Brief im Kasten gewesen, eine Mitteilung der Krankenhausverwaltung: Man wolle Gabby zu ihrem zehnjährigen Dienstjubiläum gratulieren. In dem Schreiben wurden keine spezifischen Leistungen erwähnt, es war nur ein Formbrief, der bestimmt noch an ein Dutzend andere Mitarbeiter verschickt wurde, die zur gleichen Zeit wie Gabby dort eine Stelle angetreten hatten. In einem der Korridore sollte zu Gabbys Ehren eine kleine Plakette angebracht werden, genau wie für die anderen Empfänger des Briefes, aber das war bisher nicht geschehen.

Travis bezweifelte, ob Gabby das überhaupt interessierte. Sie hatte den Job im Krankenhaus nicht angenommen, weil sie erwartete, dass sie eines Tages eine Auszeichnung bekommen würde, sondern weil sie glaubte, keine andere Wahl zu haben. Bei ihrem ersten gemeinsamen Wochenende hatte sie ja schon angedeutet, dass es in der Kinderarztpraxis Probleme gab, aber sie war nicht ins Detail gegangen. Travis hatte nicht weiter nachgehakt, aber bei ihm war gleich der Eindruck entstanden, dass es sich nicht um ein Problem handelte, das von allein wieder verschwinden würde.

Schließlich hatte sie ihm alles erzählt. Es war am Ende eines langen Tages. Am Abend vorher war er ins Pferdezentrum gerufen worden, wo er sich um einen Araberhengst kümmern musste, der schweißnass war und immer mit den Hufen auf den Boden stampfte. Sein Bauch war extrem druckempfindlich. Ein klassischer Fall von Pferdekolik, aber Travis hoffte, dass er mit ein bisschen Glück eine Operation umgehen konnte. Doch weil die Besitzer schon weit über siebzig waren, konnte er ihnen schlecht vorschreiben, das Pferd jede Stunde etwa fünfzehn Minuten lang herumzuführen, falls es noch unruhiger wurde und sein Zustand sich verschlechterte. Deshalb blieb er lieber selbst da, und obwohl sich das Befinden des Hengstes im Lauf des nächsten Tages schrittweise verbessert hatte, war er völlig erschöpft, als es Abend wurde und er sich verabschieden konnte.

Verschwitzt und schmutzig kam er nach Hause. Gabby saß schluchzend am Küchentisch. Es dauerte ein paar Minuten, bis sie ihm erzählen konnte, was vorgefallen war: Nach Ende der Sprechstunde musste sie mit einem Patienten auf den Krankenwagen warten, weil sie vermutete, dass er eine Blinddarmentzündung hatte; als sie dann endlich nach Hause gehen konnte, waren alle Mitarbeiter schon weg. Bis auf Dr. Melton. Gemeinsam verließen sie die Praxis, und Gabby begriff viel zu spät, dass er sie zu ihrem Auto begleiten wollte. Dort legte er ihr vertraulich die Hand auf die Schulter und erklärte, er werde jetzt ins Krankenhaus fahren und sie dann über das Befinden des Patienten auf dem Laufenden halten. Sie zwang sich zu einem dankbaren Lächeln – und plötzlich beugte er sich vor und küsste sie.

Es war ein ziemlich dilettantischer Kuss, der sie an die Küsse zu Highschool-Zeiten erinnerte, und sie schaffte es, sich ihm schnell zu entziehen. Er starrte sie verärgert an und war offensichtlich frustriert. »Ich dachte, du willst das«, schimpfte er.

Gabby schüttelte sich richtig, als sie das berichtete. »Er hat so getan, als wäre es meine Schuld!«

»Ist das schon mal passiert?«

»Nein, jedenfalls nicht so. Aber …«

Als sie nicht weitersprach, nahm Travis ihre Hand. »Komm, Gabby«, sagte er. »Ich bin's. Sprich mit mir.«

Sie heftete den Blick starr auf die Tischplatte, aber ihre Stimme blieb ganz ruhig, während sie von Meltons ständigen Übergriffen erzählte. Als sie fertig war, platzte er fast vor Wut.

»Ich kümmere mich darum«, sagte er und stand auf, ohne eine Antwort abzuwarten.

Zwei Telefonanrufe genügten ihm, um herauszufinden, wo Adrian Melton wohnte. Ein paar Minuten später hielt sein Auto mit quietschenden Reifen vor Meltons Haus. Er drückte so hartnäckig auf die Klingel, dass der Arzt schließlich öffnete. Bevor er auch nur ein Wort sagen konnte, hatte Travis ihm schon einen gut platzierten Kinnhaken versetzt, und Melton landete auf dem Fußboden. Genau in dem Moment erschien eine weibliche Gestalt, die Travis für Meltons Frau hielt, und ihre Schreckensschreie hallten durch die ganze Straße.

Als die Polizei kam, wurde Travis zum ersten und einzigen Mal in seinem Leben festgenommen und aufs Revier geführt. Die meisten Polizisten mussten grinsen, als sie ihn sahen: Sie hatten alle schon einmal ein Haustier in seine Praxis gebracht und nahmen Mrs Meltons Aussage »ein Irrer hat meinen Mann angegriffen« mit großer Skepsis auf.

Als Travis seine Schwester anrief, kam diese sofort. Sie fand die ganze Situation unheimlich komisch. Travis hockte in einer Einzelzelle, in ein intensives Gespräch mit dem Sheriff vertieft: Sie unterhielten sich über dessen Katze, die an irgendeinem Ausschlag litt und nicht aufhörte, sich zu kratzen.

»Wahnsinn«, sagte Stephanie.

»Was?«

»Na ja, ich habe gedacht, ich treffe dich hier in einem orangefarbenen Overall an.«

»Tut mir leid, wenn ich deine Erwartungen enttäusche.«

»Vielleicht können wir es ja nachholen. Was meinen Sie, Sheriff?«

Der Sheriff wusste nicht, wie er reagieren sollte, also stand er auf und ließ die beiden allein.

»Vielen Dank«, knurrte Travis. »Jetzt überlegt er sich bestimmt, ob er auf deinen Vorschlag eingehen soll.«

»Gib gefälligst nicht mir die Schuld! Ich habe keinen Arzt auf seiner Türschwelle zusammengeschlagen.«

»Er hat es verdient.«

»Das glaube ich dir sofort.«

Travis grinste. »Danke, dass du so schnell gekommen bist.«

»Die Show wollte ich mir auf keinen Fall entgehen lassen, Rocky. Oder wärst du lieber Apollo Creed?«

»Ich fände es besser, du würdest irgendetwas unternehmen, um mich hier rauszuholen, statt dir irgendwelche Spitznamen für mich auszudenken.«

»Spitznamen machen mehr Spaß.«

»Ich hätte doch lieber Dad anrufen sollen.«

»Aber das hast du nicht getan. Und glaub mir – du hast die richtige Entscheidung getroffen. Ich unterhalte mich gleich mal mit dem Sheriff, einverstanden?«

Während Stephanie beim Sheriff war, kam Adrian Melton, um mit Travis zu reden. Er war dem Tierarzt noch nie begegnet und wollte wissen, warum Travis ihn angegriffen hatte. Travis beantwortete seine Frage – wie diese Antwort lautete, erzählte er Gabby allerdings nie. Doch Adrian Melton zog die Anzeige augenblicklich zurück. Mrs Melton protestierte lauthals, aber das half ihr nichts. Im Lauf der nächsten Tage erfuhr Travis durch die kleinstädtische Gerüchteküche, dass Dr. Melton und seine Frau jetzt zur Eheberatung gingen. Aber die Atmosphäre in der Praxis war für Gabby nach wie vor nicht besonders angenehm, und ein paar Wochen später rief Dr. Furman sie zu sich in sein Büro und legte ihr nahe, sie solle sich einen anderen Arbeitsplatz suchen.

»Ich weiß, es ist nicht fair«, sagte er. »Und wenn Sie bleiben wollen, werden wir gemeinsam Mittel und Wege finden, um die Situation erträglich zu gestalten. Aber ich bin jetzt vierundsechzig und möchte nächstes Jahr in den Ruhestand gehen. Dr. Melton möchte mich auszahlen, und ich nehme nicht an, dass er dann weiter mit Ihnen zusammenarbeiten will. Und Sie nicht mit ihm. Es wäre also einfacher für Sie, wenn Sie sich einen neuen Job suchen. Sie können sich ruhig Zeit lassen, bis Sie etwas gefunden haben, was Ihnen entspricht.« Er schwieg für einen Moment, ehe er fortfuhr: »Ich sage nicht, dass sein Verhalten in Ordnung war. Im Gegenteil. Er hat sich unmöglich benommen. Aber er ist der beste Kinderarzt von all denen, die sich damals um die Stelle beworben haben, und der einzige, der bereit war, in einer Kleinstadt wie Beaufort zu arbeiten. Falls Sie freiwillig gehen, stelle ich Ihnen ein erstklassiges Zeugnis aus, mit dem Sie überall eine Anstellung bekommen. Dafür werde ich sorgen.«

Gabby merkte natürlich genau, wie sie manipuliert wurde, und während sie vom Gefühl her eigentlich Genugtuung wollte, für sich und für alle Frauen, die sexuell belästigt wurden, setzte sich doch ihre pragmatische Seite durch. Und schließlich nahm sie eine Stelle in der Notaufnahme des Krankenhauses an.

Ein Problem hatte es allerdings gegeben: Als Gabby von Travis' Kinnhaken erfuhr, wurde sie richtig wütend. Es war ihr erster Streit als Paar, und Travis konnte sich bis heute an ihr empörtes Gesicht erinnern, als sie ihn fragte, ob er eigentlich nicht wisse, dass sie alt genug sei, um für sich selbst geradezustehen, und wie er es wagen könne, sich so aufzuführen, als wäre sie ein hilfloses kleines Mädchen. Travis versuchte nicht, sich zu verteidigen. Tief in seinem Inneren wusste er, dass er das Gleiche sofort wieder tun würde, aber klugerweise hielt er den Mund.

Natürlich war Gabby sauer, aber Travis hatte den Verdacht, dass ein Teil von ihr ihn bewunderte. Die simple Logik seiner Aktion – *Er hat dich belästigt? Den knöpf ich mir vor!* – gefiel ihr, auch wenn sie noch so schimpfte, denn als sie später miteinander schliefen, war sie besonders leidenschaftlich.

Jedenfalls in seiner Erinnerung. Hatte sich der Abend wirklich so entwickelt? Ganz sicher konnte er das nicht mehr sagen. Aber für ihn gab es sowieso nur noch eine Gewissheit: dass er die Zeit mit Gabby gegen nichts auf der Welt eintauschen würde. Ohne seine Frau war das Leben sinnlos. Er war ein kleinstädtischer Ehemann mit einer kleinstädtischen Praxis, seine Sorgen unterschieden sich in nichts von den Sorgen aller anderen. Er war weder ein Entscheidungsträger noch ein Mitläufer, er gehörte auch nicht zu den Menschen, an die man sich noch lange nach ihrem Tod erinnern würde. Er war absoluter Durchschnitt. Nur in einem Punkt war sein Leben etwas Besonderes: Er hatte sich in eine Frau namens Gabby verliebt, und seine Liebe zu ihr war in den Jahren, die sie verheiratet waren, immer tiefer geworden. Aber das Schicksal hatte sich gegen ihn verschworen, und nun verbrachte er große Teile des Tages damit, sich zu fragen, ob zwischen ihnen jemals alles wieder gut werden konnte.

Kapitel 16

Hallo, Travis«, sagte eine Stimme von der Tür her. »Ich hab mir schon halb gedacht, dass ich dich hier antreffe.«

Dr. Stallings war Mitte dreißig und machte jeden Morgen Visite. Er und seine Frau waren mit Travis und Gabby gut befreundet, und im vergangenen Sommer waren sie zu viert mit den Kindern nach Orlando gefahren. »Wieder Blumen?«

Travis nickte und merkte, dass sein Rücken ganz steif war.

Stallings blieb auf der Schwelle stehen. »Ich schließe daraus, dass du noch nicht bei ihr warst?«

»Ja. Ich habe sie vorhin zwar kurz gesehen, aber ...«

Er verstummte, und Stallings brachte den Satz für ihn zu Ende. »Aber du hast noch ein bisschen Zeit für dich gebraucht, stimmt's?« Endlich kam er herein und setzte sich neben Travis. »Ich würde sagen, das beweist, dass du ein ganz normaler Mensch bist.«

»Aber ich fühle mich nicht wie ein normaler Mensch. Zurzeit kommt mir überhaupt nichts normal vor.«

»Das kann ich verstehen.«

Travis nahm die Blumen und versuchte, seine Gedanken unter Kontrolle zu halten. Über bestimmte Dinge konnte er nicht reden.

»Ich weiß nicht, was ich tun soll«, gab er schließlich zu.

Stallings legte ihm die Hand auf die Schulter. »Ich wollte, ich könnte dir einen Rat geben.«

Travis schaute ihn an. »Was würdest du an meiner Stelle tun?«

Stallings schwieg für eine ganze Weile. »Was ich an deiner Stelle tun würde?« Er presste nachdenklich die Lippen aufeinander, und auf einmal wirkte er viel älter als vorher. »Ehrlich gesagt – keine Ahnung.«

Travis nickte. Im Grund hatte er nichts anderes erwartet. »Ich möchte so gern das Richtige tun.«

Seufzend legte Stallings die Handflächen aneinander. »So geht's uns allen.«

Als Stallings gegangen war, wurde Travis immer unruhiger. Ja, er hatte die Papiere in der Tasche. Am Anfang hatte er sie in seinem Schreibtisch aufbewahrt, aber nun musste er sie immer bei sich haben. Dabei waren sie der greifbare Beweis dafür, dass alles, was ihm wichtig war, zu Ende sein konnte.

Der Rechtsanwalt, der die Papiere aufgesetzt hatte, war ein älterer Mann, der an ihrem Anliegen nichts Außergewöhnliches zu finden schien. Seine Kanzlei für Familienrecht befand sich in Morehead City, nicht weit entfernt von dem Krankenhaus, in dem Gabby arbeitete – vom Fenster des holzgetäfelten Besprechungszimmers aus konnte man es sehen. Die Beratung hatte nicht lang gedauert: Der Anwalt hatte ihnen die entscheidenden Paragrafen erläutert und ein paar Anekdoten aus seinem reichen Erfahrungsschatz zum Besten gegeben. Travis konnte sich eigentlich nur noch an den laschen Händedruck erinnern, mit dem der Mann sich von ihm verabschiedete.

Wie seltsam, dass diese Papiere tatsächlich das offizielle Ende seiner Ehe bedeuten konnten. Es waren juristische Standardformulierungen, weiter nichts, aber plötzlich hatten sie eine Macht, die ihm fast zerstörerisch erschien. Wo blieb in diesen Sätzen die Menschlichkeit? Wohin mit den Gefühlen, die durch diese Formulierungen beeinflusst wurden? Nirgends tauchte das Leben auf, das Gabby und er miteinander geführt hatten, bis die Katastrophe kam. Und warum hatte Gabby überhaupt den Wunsch gehabt, diese Papiere zu unterschreiben?

So durfte es nicht enden, und dass es je so weit kommen würde, hätte er im Traum nicht gedacht, als er Gabby einen Heiratsantrag machte. Sie waren im Herbst nach New York gefahren; und während Gabby den Wellnessbereich des Hotels aufsuchte, um sich massieren zu lassen und um eine Pediküre zu bekommen, war er heimlich in die West 47th Street geeilt, um Verlobungsringe zu kaufen. Nachdem sie im berühmten Tavern on the Green zu Abend gegessen hatten, waren sie mit einer Pferdekutsche durch den Central Park gefahren. Unter dem bewölkten Himmel – nur ab und zu konnte man einen Blick auf den Vollmond erhaschen – hatte er um ihre Hand angehalten und war ganz ergriffen gewesen, als sie ihm stürmisch um den Hals fiel und ihm immer wieder »Ja, ich will!« ins Ohr flüsterte.

Und dann? Dann begann ihr gemeinsames Leben, ihr gemeinsamer Alltag. Zwischen ihren Schichten im Krankenhaus plante Gabby die Hochzeit. Und obwohl seine Freunde ihm den Rat gaben, er solle sie einfach machen lassen, hatte Travis Spaß daran, sich aktiv zu beteiligen. Er half ihr, die Einladungen, die Blumen und den Kuchen auszuwählen; er war dabei, als sie in den Fotoateliers im Stadtzentrum die Alben durchblätterte, um den richtigen Fotografen zu finden, der den großen Tag für immer festhalten sollte. Sie heirateten im Frühjahr 1997. Zu der Trauung in der kleinen, verwitterten Kapelle auf Cumberland Island luden sie achtzig Personen ein; in den Flitterwochen flogen sie nach Cancún in Mexiko, was für sie beide genau das Richtige war: Gabby wollte irgendwohin, wo sie sich ausruhen konnte, also lagen sie stundenlang am Strand in der Sonne und gingen abends vornehm essen. Travis wünschte sich eher eine Art Abenteuerurlaub, deshalb lernte Gabby tauchen und unternahm mit ihm einen Tagesausflug zu den aztekischen Ruinen.

Diese Form des Gebens und Nehmens, die sie während der Hochzeitsreise praktizierten, bestimmte fortan ihre gesamte Ehe. Ohne großen Stress entwarfen und bauten sie ihr Traumhaus – genau an ihrem ersten Hochzeitstag war es bezugsfertig. Und als Gabby mit dem Finger über den Rand ihres Champagnerglases fuhr und laut darüber nachdachte, ob sie eine Familie gründen sollten, wurde Travis bewusst, dass er diese Idee nicht nur gut fand, sondern dass er sich schon lange sehnsüchtig Kinder wünschte. Acht Wochen später war sie bereits schwanger, und die neun Monate vergingen ohne größere Komplikationen – sie fühlte sich die ganze Zeit pudelwohl. Nach Christines Geburt reduzierte Gabby ihre Arbeitszeit, und gemeinsam erstellten sie einen Zeitplan, der es ermöglichte, dass immer einer von ihnen bei dem Baby zu Hause war. Zwei Jahre später kam Lisa auf die Welt, und sie bemerkten kaum eine Veränderung – außer dass im Haus noch mehr Trubel, Gelächter und Freude herrschte.

Sie feierten Weihnachten und Thanksgiving, die Geburtstage kamen und gingen, die Mädchen wuchsen aus ihren Kleidchen heraus und brauchten neue. Sie machten Familienurlaube, aber Travis und Gabby verbrachten auch immer wieder genügend Zeit zu zweit, um die Flamme der Liebe und der Leidenschaft lebendig zu halten. Als Max in den Ruhestand ging, übernahm Travis die Praxis, und Gabby verringerte ihre Stundenzahl noch mehr, weil sie sich in der Schule bei der Elternarbeit engagieren wollte. An ihrem vierten Hochzeitstag fuhren sie nach Italien und Griechenland; am sechsten brachen sie zu einer Woche Safari in Afrika auf. Aus Anlass ihres siebten Hochzeitstages baute Travis für Gabby einen kleinen Pavillon im Garten hinter dem Haus, wo sie sitzen und lesen oder dem Spiel der Sonnenstrahlen auf dem Wasser zuschauen konnte. Er brachte seinen Töchtern Wasserskifahren und Wakeboarden bei, als sie jeweils fünf Jahre alt waren; im Herbst trainierte er ihr Fußballteam. Und wenn er sich einmal die Zeit nahm, über sein Leben nachzudenken, was selten genug vorkam, dann fragte er sich, ob es irgendjemanden auf der Welt gab, der vom Schicksal so verwöhnt wurde wie er.

Dabei war keineswegs immer alles perfekt. Ein paar Jahre zuvor hatten er und Gabby eine ziemlich schwierige Phase durchgemacht. An die Gründe konnte er sich nur noch vage erinnern, sie waren verschwunden im Nebel der Zeit, aber schon damals hatte er nie ernsthaft geglaubt, dass ihre Ehe in Gefahr sein könnte. Und Gabby war es nicht anders gegangen, da war er sich sicher. Sie wussten beide intuitiv, dass es beim Zusammenleben darum ging, Kompromisse zu schließen. Man musste dem anderen verzeihen können. Entscheidend war das Gleichgewicht, die Balance. Gabby und er ergänzten einander seit vielen Jahren ausgesprochen harmonisch. Ach, wie er sich wünschte, diese Harmonie wiederzufinden! Doch ihr Leben war vollkommen aus dem Lot geraten. Travis hätte alles dafür gegeben, um das Gleichgewicht wiederherzustellen.

Er konnte es nicht länger hinausschieben – die Zeit war gekommen, er musste zu ihr. Müde erhob er sich von seinem Stuhl und ging mit seinen Blumen den Gang hinunter. Er fühlte sich fast körperlos. Ein paar Krankenschwestern schauten ihm nach, das spürte er, und er hätte manchmal gern gewusst, was sie dachten, doch er fragte sie nie. Nein, er brauchte seine

Kraft für andere Dinge. Seine Knie zitterten, und er spürte, dass er Kopfschmerzen bekam. Dieser dumpfe Druck im Hinterkopf! Ich breche gleich zusammen, dachte er. Was für ein absurder Gedanke, so unsinnig wie ein viereckiger Golfball! Er war dreiundvierzig, nicht zweiundsiebzig, und auch wenn er in letzter Zeit ziemlich wenig aß, zwang er sich doch, regelmäßig ins Fitnessstudio zu gehen. »Du musst weiter Sport treiben«, hatte sein Vater gesagt. »Schon damit du nicht den Verstand verlierst! Du musst unbedingt auf deine Gesundheit achten.« In den letzten zwölf Wochen hatte er acht Kilo abgenommen, und im Spiegel sah er, dass seine Wangen ganz eingefallen waren.

Als er vor ihrer Tür stand, musste er sich einen Ruck geben, um einzutreten, doch bei Gabbys Anblick zwang er sich zu einem Lächeln.

»Hallo, mein Schatz.«

Er hoffte auf eine Reaktion, auf irgendeine Geste, die ihm signalisierte, dass alles wieder war wie früher. Aber da war nichts. Nur Stille. Ein maßloser Schmerz ergriff ihn. So war es jetzt immer. Er trat näher, den Blick fest auf Gabby gerichtet, als wollte er versuchen, sich ihre Gesichtszüge für immer einzuprägen – was lächerlich und überflüssig war. Er kannte ihr Gesicht besser als sein eigenes.

Er öffnete die Jalousien, um ein bisschen Sonne hereinzulassen. Die Aussicht war nicht gerade umwerfend; das Zimmer ging auf die Durchgangsstraße hinaus, die quer durch die Stadt führte. In relativ langsamem Tempo fuhren die Autos an den Fast-Food-Restaurants vorbei. Bestimmt hörten die Fahrer Musik oder sie telefonierten; sie waren auf dem Weg zur Arbeit oder unterwegs, um irgendwelche Waren pünktlich zu liefern, um Besorgungen zu machen oder um Freunde zu besuchen. Alle waren mit ihren eigenen Sorgen beschäftigt, keiner von ihnen dachte daran, was sich hier im Krankenhaus abspielte. Es war noch gar nicht lang her, da hatte er selbst auch zu diesen unbekümmerten Menschen gehört. Und wieder einmal wurde ihm schmerzhaft bewusst, dass er sein früheres Leben vielleicht für immer verloren hatte.

Er legte die Blumen auf den Fenstersims. Wieso hatte er vergessen, eine Vase mitzubringen? Er hatte einen Winterstrauß ausgewählt, und die orangeroten und violetten Farben wirkten gedämpft, fast traurig. Der Blumenverkäufer betrachtete sich als eine Art Künstler, und in all den Jahren, in denen Travis jetzt schon bei ihm einkaufte, hatte er ihn nie enttäuscht. Er war ein lieber, netter Mensch, und manchmal fragte sich Travis, wie viel er über seine Ehe wusste. Im Lauf der Jahre hatte Travis an sämtlichen Hochzeitstagen und Geburtstagen Blumen bei ihm erstanden, er hatte einen Strauß zusammenstellen lassen, um sich für irgendetwas zu entschuldigen oder als spontane Geste, als romantische Überraschung. Und jedes Mal hatte er dem Mann diktiert, was er auf die Karte schreiben sollte. Manchmal hatte er ein Gedicht zitiert, aus irgendeinem Buch oder selbst verfasst; bei anderen Gelegenheiten hatte er ganz direkt gesagt, was ihm durch den Kopf ging. In einem kleinen Bündel, das von einem Gummiband zusammengehalten wurde, bewahrte Gabby diese Karten auf. Sie waren wie eine Chronik des gemeinsamen Lebens von Travis und Gabby, in kurzen Fragmenten erzählt.

Er setzte sich auf den Stuhl neben dem Bett und nahm Gabbys Hand. Ihre Haut war blass, fast wächsern, ihr Körper schien zarter, zerbrechlicher als sonst, und er bemerkte die feinen Fältchen in ihren Augenwinkeln. Trotzdem erschien sie ihm immer noch so faszinierend wie bei ihrer ersten Begegnung. Es verblüffte ihn immer wieder von Neuem, dass er sie nun schon elf Jahre kannte. Nicht weil das eine ungewöhnlich lange Zeit war, sondern weil diese Jahre so viel mehr ... Leben enthielten als die ersten zweiunddreißig ohne Gabby. Das war der Grund, weshalb er heute ins Krankenhaus gekommen war. Weshalb er jeden Tag hierherkam! Er konnte gar nicht anders. Nicht etwa, weil es von ihm erwartet wurde – was natürlich nicht zu leugnen war –, sondern weil er sich nicht vorstellen konnte, sonst irgendwo zu sein. Sie verbrachten tagsüber viele Stunden miteinander, aber in den Nächten waren sie getrennt. Das war zwar seltsam, doch eine Alternative gab es nicht, denn er konnte die Mädchen unmöglich allein lassen. Zurzeit traf das Schicksal alle Entscheidungen für ihn.

Bis auf eine.

Vierundachtzig Tage waren seit dem Unfall vergangen. Nun musste er sich entscheiden, und er hatte immer noch keine Ahnung, was er tun sollte. In der Bibel hatte er schon nach Antworten gesucht, in den Schriften des Thomas von Aquin und des heiligen Augustinus. Gelegentlich entdeckte er eine interessante Passage, mehr nicht, sodass er die Bücher jedes Mal wieder zuklappte und mit leeren Augen aus dem Fenster starrte, als würde er hoffen, irgendwo in den Wolken am Himmel die Lösung zu finden.

Nach dem Besuch im Krankenhaus fuhr er selten direkt nach Hause. Stattdessen überquerte er die Brücke und ging am Sandstrand von Atlantic Beach ein Stück spazieren. Dabei zog er die Schuhe aus und horchte auf die Wellen, die sich am Ufer brachen. Er wusste, dass die Situation für seine Töchter genauso schwierig war wie für ihn, und nach seinen Krankenhausbesuchen brauchte er immer eine gewisse Zeit, um die Fassung wiederzufinden. Den Kindern gegenüber wäre es unfair, wenn sie seine Angst spüren würden. Er brauchte seine Töchter, weil sie die Einzigen waren, die ihn ablenken konnten. Wenn er sich auf sie konzentrierte, musste er nicht über sich selbst nachdenken. Sie freuten sich auch jetzt oft über Kleinigkeiten und schafften es immer noch, sich ganz in ihre Spiele zu vertiefen. Wenn er sie fröhlich kichern hörte, wollte er am liebsten gleichzeitig lachen und weinen. Und oft traf es ihn mit unerwarteter Wucht, wie sehr sie ihrer Mutter ähnlich sahen.

Immer wieder fragten sie nach Mom, und er wusste nicht, was er sagen sollte. Sie waren alt genug, um zu begreifen, dass es ihrer Mutter nicht gut ging und dass sie im Krankenhaus bleiben musste; sie verstanden, dass es so aussah, als würde Mommy schlafen, wenn sie zu Besuch kamen. Aber was wirklich los war, wussten sie nicht. Travis konnte sich nicht überwinden, ihnen die Wahrheit zu sagen. Stattdessen kuschelte er mit ihnen auf dem Sofa und erzählte ihnen, wie sehr sich Gabby gefreut hatte, als sie erfuhr, dass sie schwanger war, oder er erinnerte sie an jenen Tag, an dem sie alle den ganzen Nachmittag im Garten mit dem Rasensprenger gespielt hatten. Aber meistens blätterten sie in den Fotoalben, die Gabby so sorgfältig gestaltet hatte. In der Beziehung war sie nämlich ganz altmodisch gewesen. Die Bilder zauberten immer ein Lächeln auf ihre Gesichter. Travis erzählte alle möglichen Anekdoten zu den verschiedenen Fotos, und wenn er Gabbys strahlendes Gesicht auf den Bildern sah, spürte er einen Kloß in der Kehle, weil er das Gefühl hatte, noch nie etwas Schöneres gesehen zu haben.

Um der Traurigkeit zu entkommen, die ihn in solchen Momenten überwältigte, musste er manchmal wegschauen. Dann fiel sein Blick auf das große gerahmte Foto, das sie letztes Jahr am Strand aufgenommen hatten: Sie trugen alle vier beigefarbene Khakishorts und weiße Hemden und saßen mitten im Dünengras. Es war eines dieser Familienporträts, die typisch waren für Beaufort, und trotzdem erschien es ihm absolut einmalig. Nicht, weil dort seine Familie abgebildet war, sondern weil er glaubte, dass selbst wenn jemand sie gar nicht kannte, ihn dieses Bild mit Hoffnung und Optimismus erfüllen würde, denn die Menschen auf dem Foto sahen genauso aus, wie man sich eine glückliche Familie vorstellte.

Später, wenn die Mädchen dann im Bett lagen, räumte Travis die Alben wieder weg. Sie mit den Mädchen anzuschauen und ihnen dabei Geschichten zu erzählen, um sie aufzuheitern, war okay, aber allein vermochte er sie nicht durchzublättern. Das brachte er einfach nicht fertig. Stattdessen saß er allein auf der Couch, niedergedrückt von der Trauer. Gelegentlich rief Stephanie an. Sie neckten sich fast wie früher, und doch wirkten die Gespräche immer ein bisschen verkrampft. Stephanie wollte, dass er sich verzieh, das wusste er. Trotz ihrer manchmal etwas flippigen Art und trotz ihrer Frotzeleien spürte er, was sie ihm eigentlich mitteilen wollte: dass niemand ihm Vorwürfe machte. Dass es nicht seine Schuld war. Dass sie und die anderen sich um ihn sorgten. Um ihre Beruhigungsversuche etwas abzukürzen, versicherte er ihr immer, es gehe ihm gut. Auch wenn es nicht stimmte. Aber er ahnte, dass auch Stephanie im Grund die Wahrheit nicht hören wollte – und die Wahrheit war, dass er bezweifelte, ob es ihm je wieder gut gehen würde. Und dass er nicht einmal wusste, ob er sich das überhaupt wünschte.

Kapitel 17

Warmes Sonnenlicht durchflutete den Raum. Stumm drückte Travis Gabbys Hand und zuckte zusammen, als er den Schmerz in seinem Handgelenk spürte. Bis vor einem Monat hatte es noch im Gips gelegen, und die Ärzte hatten ihm Schmerztabletten verschrieben. Sein Arm war gebrochen, die Bänder gerissen, aber nach der ersten Dosis Tabletten hatte er sich geweigert, sie weiterhin zu schlucken, weil er den benebelten Zustand, in den sie ihn versetzten, nicht ausstehen konnte.

Gabbys Hand war weich. Wie immer. An den meisten Tagen hielt er stundenlang ihre weiche Hand und stellte sich vor, wie es wäre, wenn sie den Druck erwidern würde. Er saß da, schaute sie an und fragte sich, was sie dachte. Ob sie überhaupt etwas dachte. Ihre innere Welt war ihm ein Buch mit sieben Siegeln.

»Den Mädchen geht es gut«, begann er. »Christine hat ihre Lucky Charms beim Frühstück aufgegessen, und Lisa hat es auch fast geschafft. Ich weiß, du machst dir Gedanken darüber, ob sie genug essen, weil sie beide so klein und zart sind, aber auch bei den

Snacks, die ich nach der Schule immer für sie hinstelle, greifen sie kräftig zu.«

Draußen vor dem Fenster landete eine Taube auf dem Sims. Sie spazierte ein paarmal auf und ab, bis sie sich an derselben Stelle wie immer niederließ. Sie schien zu wissen, wann Travis zu Besuch kam. Es gab Zeiten, da hielt er diese Taube für eine Art Omen. Allerdings hatte er keine Ahnung, wofür.

»Nach dem Abendessen machen wir die Hausaufgaben. Du fängst lieber gleich nach der Schule damit an, das weiß ich, aber es funktioniert ganz gut, so wie wir es jetzt machen. Ich glaube, du wärst begeistert, wenn du sehen könntest, wie gut Christine in Mathematik ist. Weißt du noch, wie sie am Schuljahrsanfang überhaupt nichts verstand? Inzwischen hat sie wirklich die Kurve gekriegt. Wir arbeiten fast jeden Abend mit den Übungskarten, die du gekauft hast, und bei der letzten Klassenarbeit hat sie sämtliche Aufgaben gelöst. Du wärst wirklich stolz auf sie.«

Durch die Glasscheibe hörte man gedämpft das Gurren der Taube.

»Und Lisa schlägt sich auch tapfer. Wir sehen uns jeden Abend entweder *Dora the Explorer* oder *Barbie* an. Es ist verrückt, wie oft sie sich dieselbe DVD anschauen kann, aber sie ist jedes Mal völlig gefesselt. Und zum Geburtstag will sie eine Prinzessinnenparty geben. Ich habe mir überlegt, ob ich einen Eiscremekuchen bestellen soll, aber sie möchte unbedingt im Park feiern, und ich fürchte, dann schmilzt der Kuchen, bevor er gegessen wird. Wahrscheinlich muss ich mir doch etwas anderes einfallen lassen.«

Er räusperte sich.

»Ach, und habe ich dir schon erzählt, dass Joe und Megan sich überlegen, noch ein Kind zu bekommen? Ich weiß, es ist wahnsinnig, wenn man bedenkt, wie viele Probleme Megan bei ihrer letzten Schwangerschaft hatte und dass sie inzwischen schon über vierzig ist, aber Joe sagt, sie will unbedingt noch einen kleinen Jungen. Was ich davon halte? Meiner Meinung nach ist Joe derjenige, der einen Sohn möchte, und Megan lässt sich mehr oder weniger überreden, aber bei den beiden kann man nie sicher sein, das weißt du ja auch.«

Travis zwang sich, so zu klingen, als würden sie sich ganz normal unterhalten. Seit Gabby hier lag, bemühte er sich, in ihrer Gegenwart so unbefangen wie möglich zu sein. Weil sie vor dem Unfall auch immer pausenlos über die Kinder geredet und viel darüber diskutiert hatten, was im Freundeskreis los war, hatte er sich angewöhnt, über diese Themen zu reden, wenn er Gabby besuchte. Er hatte keine Ahnung, ob sie ihn hörte; die Mediziner waren sich da nicht einig. Manche Ärzte und Wissenschaftler behaupteten steif und fest, dass Komapatienten hören konnten – und sich möglicherweise später an das Gesagte erinnerten. Andere behaupteten genau das Gegenteil. Travis wusste nicht, wem er glauben sollte, aber er verhielt sich so, als wäre er auf der Seite der Optimisten.

Aus demselben Grund griff er, nach einem kurzen Blick auf die Uhr, zur Fernbedienung. Manchmal hatte Gabby, wenn sie nicht arbeiten musste, heimlich den Fernseher angemacht und mit schlechtem

Gewissen die Gerichtssendung *Judge Judy* geschaut – Travis hatte sie immer damit aufgezogen, dass sie sich für so eine Show interessierte und ein fast perverses Vergnügen daran fand, sich die Schicksale von Leuten anzuhören, die das Pech hatten, in Judge Judys Gerichtssaal zu landen.

»Ich mache den Fernseher an. Gerade läuft nämlich deine Lieblingssendung. Ich glaube, wir erwischen noch den Schluss.«

Auf dem Bildschirm ließ die Fernsehrichterin weder Kläger noch Beklagte zu Wort kommen, sondern schimpfte mit allen, was aber bei dieser Sendung wohl dazugehörte.

»Sie ist mal wieder ganz schön in Fahrt, was?«

Als die Sendung zu Ende war, machte er den Fernseher wieder aus. Ob er die Blumen näher holen sollte?, fragte er sich. Vielleicht konnte Gabby ja doch etwas riechen, und er wollte auf jeden Fall ihre Sinneswahrnehmung stimulieren. Gestern hatte er ihr für eine ganze Weile die Haare gebürstet, am Tag davor hatte er ihr Parfüm mitgebracht und ihr damit die Handgelenke betupft. Aber heute erschien ihm das alles ungeheuer mühsam.

»Sonst gibt's eigentlich nicht viel Neues«, sagte er mit einem Seufzer. Die Worte klangen leer in seinen Ohren. »Mein Dad vertritt mich immer noch in der Praxis. Du würdest staunen, wie gut er das macht, wenn man bedenkt, wie lange er schon im Ruhestand ist. Es ist fast so, als wäre er nie weg gewesen. Die Leute mögen ihn sehr, und ich habe den Eindruck, ihm macht es richtig Spaß.«

Es klopfte, und Gretchen trat ein. Im vergangenen Monat war sie ihm eine große Stütze gewesen. Anders als die übrigen Krankenschwestern hielt sie unbeirrt an der Überzeugung fest, dass Gabby wieder aufwachen würde, und behandelte sie deshalb auch so, als wäre sie bei Bewusstsein.

»Hallo, Travis«, sagte sie. »Entschuldigen Sie die Störung, aber ich muss einen neuen Tropf anhängen.«

Als Travis nickte, kam sie näher. »Ich wette, Sie haben Hunger«, sagte sie zu Gabby. »Ich brauche nur ein paar Sekunden, okay? Dann lasse ich euch beide wieder allein. Sie wissen ja, dass ich zwei Turteltäubchen nicht gern störe.«

Mit schnellen, geschickten Handgriffen entfernte sie den Tropf, ersetzte ihn durch einen anderen, und dabei sprach sie die ganze Zeit mit Gabby. »Sie haben bestimmt noch Muskelkater von unseren Übungen heute Morgen. Da haben wir ganz schön losgelegt, was? Wir sind wie die Leute in der Fitnesswerbung. Diesen Bereich trainieren, jene Problemzone angehen – ich bin wirklich stolz auf Sie.«

Jeden Morgen und dann wieder gegen Abend kam eine der Krankenschwestern, um mit Gabby Gelenk- und Muskeltraining zu machen. Den Fuß nach oben drehen, Knie beugen und strecken und so weiter, bis alle Gliedmaßen dran gewesen waren.

Nachdem sie den Tropfbeutel ausgetauscht hatte, überprüfte Gretchen, ob die Flüssigkeit richtig durchfloss, zog die Laken zurecht und wandte sich dann an Travis.

»Geht's Ihnen gut heute?«

»Ich weiß es nicht.«

Gretchen schien es zu bedauern, dass sie überhaupt gefragt hatte. »Ich finde es sehr lieb, dass Sie Blumen mitgebracht haben«, sagte sie und zeigte mit einer Kopfbewegung zum Fensterbrett. »Ihre Frau freut sich bestimmt.«

»Ich hoffe es.«

»Kommen später auch die Mädchen?«

Travis schluckte. Wie so oft spürte er einen dicken Kloß in der Kehle. »Nein, heute nicht.«

Gretchen nickte verständnisvoll, und gleich darauf verabschiedete sie sich.

Zwölf Wochen zuvor war Gabby in die Notaufnahme gerollt worden, bewusstlos und mit einer tiefen, stark blutenden Wunde in der Schulter. Die Ärzte konzentrierten sich zuerst auf die Wunde wegen des großen Blutverlusts, wobei sich Travis im Rückblick fragte, ob eine andere Vorgehensweise den weiteren Verlauf anders beeinflusst hätte.

Er wusste es nicht, und selbstverständlich würde man es nie erfahren. Genau wie Gabby war er selbst auf einer Trage ins Krankenhaus transportiert worden, und genau wie Gabby hatte er die Nacht in tiefer Bewusstlosigkeit verbracht. Aber an diesem Punkt endeten die Gemeinsamkeiten. Er war am Morgen wieder aufgewacht, mit rasenden Schmerzen in seinem gebrochenen Arm, während Gabby nicht wieder zu Bewusstsein kam.

Die Ärzte waren sehr freundlich, aber sie konnten ihre Besorgnis nicht verbergen. Gehirnverletzungen müsse man sehr ernst nehmen, sagten sie, aber sie hofften, dass die Wunden heilten und Gabby im Lauf der Zeit wieder gesund würde.

Im Lauf der Zeit.

Manchmal fragte sich Travis, ob die Ärzte überhaupt ahnten, welche emotionale Bedeutung der Faktor Zeit für ihn hatte. War ihnen auch nur im Entferntesten klar, was ihn quälte? Nein, niemand wusste, wie er litt, keiner konnte ermessen, vor welcher Entscheidung er stand. An der Oberfläche schien es einfach. Er konnte genau das tun, was Gabby wollte und was er ihr hatte versprechen müssen.

Aber was, wenn ...

Und genau das war der Punkt. Er hatte lange und intensiv über die ganze Situation nachgedacht. Oft konnte er nachts nicht schlafen, weil die Frage ihn nicht losließ. *Was ist wahre Liebe?*, fragte er sich. In der Dunkelheit wälzte er sich hin und her und wünschte sich, jemand anderes könnte die Entscheidung für ihn treffen. Aber er musste allein kämpfen, und wenn er morgens aufwachte, war das Kissen auf Gabbys Seite oft von Tränen durchnässt. Seine ersten Worte waren immer dieselben:

»Es tut mir so leid, Schatz.«

Die Entscheidung, die Travis jetzt treffen musste, ging auf zwei verschiedene Ereignisse zurück. Beim ersten spielte das Ehepaar Kenneth und Eleanor Baker die Hauptrolle. Das zweite war der Unfall selbst, der an einem regnerischen, windigen Abend passierte.

Er war einfach zu erklären. Wie bei vielen Unfällen

hatte eine Kette von isolierten und scheinbar unwichtigen Fehlern ineinandergegriffen und zu einer entsetzlichen Katastrophe geführt. Mitte November waren sie ins RBC-Center in Raleigh gefahren, um David Copperfield auf der Bühne zu sehen. In den letzten Jahren hatten sie dort immer eine oder zwei Veranstaltungen pro Jahr besucht, nicht zuletzt auch deswegen, weil es für sie ein guter Vorwand war, ein paar Stunden allein, ohne die Kinder, zu verbringen. Meistens gingen sie vorher essen, aber an dem betreffenden Abend taten sie das nicht. Travis war länger in der Praxis beschäftigt gewesen als erwartet, sie kamen erst spät aus Beaufort weg, und als sie den Wagen parkten, war es schon kurz vor Beginn der Show. In der Eile vergaß Travis seinen Regenschirm, trotz der dunklen Wolken und des auffrischenden Windes. Das war der erste Fehler.

Die Vorstellung war fantastisch, sie waren begeistert, aber als sie aus dem Theater kamen, hatte sich das Wetter extrem verschlechtert. Es regnete in Strömen. Travis erinnerte sich noch genau daran, wie er mit Gabby vor dem Theater stand und sie sich überlegten, wie sie am besten zu ihrem Auto kommen konnten, ohne patschnass zu werden. Ein paar Freunde, die sie auch schon bei der Show gesehen hatten, gesellten sich zu ihnen, und Jeff bot an, er könnte doch Travis zu seinem Auto begleiten, damit er nicht so nass wurde, wenn er den Schirm holte. Aber Travis wollte nicht, dass Jeff seinetwegen einen Umweg machen musste, und lehnte sein Angebot ab. Stattdessen rannte er durch den Regen, platschte unterwegs durch knöcheltiefe Pfützen und war nass bis auf die Haut, als er endlich auf den Fahrersitz kletterte. Vor allem seine Schuhe waren total durchweicht. Das war der zweite Fehler.

Weil es schon spät war und sie beide am nächsten Tag zur Arbeit mussten, fuhr Travis trotz des Unwetters ziemlich schnell, um bei der Fahrt, die normalerweise zweieinhalb Stunden dauerte, ein paar Minuten einzusparen. Durch die Windschutzscheibe konnte man kaum etwas sehen, aber er wechselte trotzdem auf die Überholspur, fuhr schneller, als die Geschwindigkeitsbegrenzung erlaubte, raste an mehreren Wagen vorbei, deren Fahrer auf das Wetter vorsichtiger reagierten. Das war der dritte Fehler. Gabby bat ihn immer wieder, langsamer zu fahren, was er auch zwischendurch tat, aber dann gab er wieder Gas. Als sie Goldsboro erreichten – das heißt, sie waren immer noch anderthalb Stunden von zu Hause entfernt –, war Gabby so böse auf ihn, dass sie nicht mehr mit ihm redete. Sie lehnte den Kopf zurück, schloss die Augen und sagte kein Wort mehr, weil es sie unglaublich frustrierte, dass er nicht auf sie hörte. Das war der vierte Fehler.

Der Unfall selbst – er hätte vermieden werden können, wenn all die anderen Dinge nicht passiert wären. Hätte er sich von seinem Freund zum Auto bringen lassen, dann wäre er nicht schutzlos durch den strömenden Regen gelaufen. Seine Schuhe wären nicht ganz so durchnässt gewesen. Hätte er das Tempo reduziert, wäre es ihm vielleicht gelungen, den Wagen wieder unter Kontrolle zu bekommen.

Hätte er Gabbys Wünsche respektiert, dann hätten sie sich nicht gestritten, und sie hätte mitbekommen, was er machte, und ihn zurückgehalten, bevor es zu spät war.

Bei Newport fuhren sie auf eine breite Kreuzung mit Ampel zu. Inzwischen – es waren keine zwanzig Minuten mehr bis zu ihrem Ziel – machte Travis das Jucken an den Füßen fast verrückt. Seine Schuhe hatten Schnürsenkel, die Knoten waren durch die Feuchtigkeit fester geworden, und sosehr er sich auch bemühte, die Schuhe auszuziehen, die Spitze des einen Schuhs rutschte immer von der Ferse des anderen ab. Schließlich beugte er sich vor, die Augen nur knapp über dem Armaturenbrett, und fasste mit der Hand nach dem linken Schuh. Weil er einen kurzen Blick nach unten warf, um den Knoten zu lösen, merkte er nicht, dass die Ampel auf Gelb schaltete.

Der Knoten ging nicht auf. Und als er sich dann doch lockerte, war es zu spät. Die Ampel war rot. Ein silberner Lastwagen fuhr in die Kreuzung. Instinktiv trat Travis auf die Bremse, die Hinterräder des Wagens drehten auf der regennassen Straße durch, der Wagen kam ins Schleudern. Sie schafften es zwar, dem Lastwagen auszuweichen, aber sie schlingerten immer weiter, kamen von der Straße ab und rutschten auf die Bäume zu.

Der Matsch war noch glitschiger als die Straße, und Travis konnte nichts mehr tun. Er drehte das Lenkrad – keine Wirkung. Eine Sekunde lang bewegte sich die Welt wie in Zeitlupe. Das Letzte, was er hörte, bevor er das Bewusstsein verlor, war splitterndes Glas und schepperndes Metall.

Gabby hatte nicht einmal mehr genug Zeit, um zu schreien.

Travis strich ihr eine Haarsträhne hinters Ohr. Plötzlich hörte er, wie sein Magen knurrte. Er hatte Hunger, aber die Vorstellung, etwas zu essen, war ihm unerträglich. Sein Magen war immer verkrampft, und in den seltenen Momenten, in denen er sich ein wenig entspannte, musste er sofort an Gabby denken und an die Vergangenheit.

Es erschien ihm wie eine seltsame Ironie des Schicksals, dass er ausgerechnet nicht mehr richtig essen konnte. In ihrem zweiten Ehejahr hatte Gabby es sich nämlich zur Aufgabe gemacht, ihm beizubringen, dass man auch etwas anderes zu sich nehmen durfte als die Schonkost, von der er sich normalerweise ernährte. Vermutlich hatte sie einfach genug davon, dass er sich immer derartig einschränkte. Er hätte merken sollen, dass sich Veränderungen anbahnten, als sie anfing, samstagmorgens immer wieder davon zu schwärmen, wie lecker belgische Waffeln schmeckten und dass es an kalten Wintertagen nichts Besseres gab als einen Teller heißen Rindereintopf.

Bis zu dem Zeitpunkt war Travis der Koch in der Familie gewesen, aber nach und nach arbeitete sich Gabby in die Küche vor. Sie kaufte zwei, drei Kochbücher, und Travis beobachtete, wie sie abends auf dem Sofa lag, die Bücher studierte und ab und zu die Ecke einer Seite umknickte. Zwischendurch fragte sie ihn manchmal, ob etwas gut klang. Sie las ihm die Zutaten für *Cajun jambalaya* oder *Veal Marsala* vor, und auch wenn Travis ihr versicherte, das schmecke bestimmt alles ganz hervorragend, gab er durch seinen Tonfall deutlich zu verstehen, dass er diese Gerichte aller Wahrscheinlichkeit nach nicht essen würde, falls Gabby sie tatsächlich zubereiten sollte.

Aber Gabby war beharrlich. Zuerst nahm sie kleine Ergänzungen vor. Sie kochte Soßen mit Butter oder Sahne oder Wein und servierte sie zu den Hähnchenportionen, die Travis fast jeden Abend aß. Ihre einzige Bitte war, dass er wenigstens daran roch, und meistens musste er zugeben, dass die Soßen sehr appetitanregend dufteten. Später gab sie, nachdem sie etwas Soße auf ihren Teller gegossen hatte, auch ein paar Tropfen zu seiner Portion. Und mit der Zeit fand er zu seiner eigenen Verwunderung tatsächlich Geschmack an diesen Soßen.

Zu ihrem dritten Hochzeitstag bereitete Gabby einen mit Mozzarella gefüllten, italienisch gewürzten Hackbraten zu, und sie bat Travis, statt eines Geschenks dieses Gericht mit ihr zu essen; nach dem vierten Hochzeitstag kochten sie manchmal gemeinsam. Obwohl sein Frühstück und sein Mittagessen immer noch so eintönig waren wie früher, musste Travis zugeben, dass dieses gemeinsame Kochen etwas Romantisches hatte, und im Lauf der Jahre pendelte es sich auf mindestens zweimal in der Woche ein. Oft trank Gabby ein Glas Wein dazu, und während sie die Mahlzeit zubereiteten, mussten die Mädchen im Wohnzimmer bleiben, dessen wichtigster Einrichtungsgegenstand ein smaragdgrüner Berberteppich war – weshalb sie immer von der »grünen Teppichzeit« sprachen. Während er mit Gabby schnippelte und rührte und dabei leise über die Ereignisse des Tages redete, genoss er das Gefühl der Zufriedenheit, das sie in sein Leben gebracht hatte.

Würde er je wieder die Möglichkeit haben, mit ihr zu kochen? In den ersten Wochen nach dem Unfall hatte er in seiner Panik darauf bestanden, dass die Nachtschwester seine Handynummer immer griffbereit hatte. Weil Gabby selbstständig atmen konnte, wurde sie nach einem Monat von der Intensivstation in ein Einzelzimmer verlegt, und Travis war fest davon überzeugt, dass diese Verlegung sie aufwecken würde. Aber die Tage vergingen, und es trat keine Verbesserung ein. Seine manische Energie verwandelte sich in eine nagende Angst, die noch viel schlimmer war. Gabby hatte ihm einmal erzählt, sechs Wochen seien die Grenze – danach würden die Chancen, dass jemand aus dem Koma erwachte, drastisch sinken. Aber er gab die Hoffnung nicht auf. Gabby war eine Mutter, eine Kämpferin! Sie war anders als die übrigen Menschen. Die sechs Wochen gingen vorüber. Noch zwei Wochen. Er wusste, wenn jemand drei Monate im Koma lag, wachte er aller Wahrscheinlichkeit nie mehr auf, sondern wurde in ein Pflegeheim verlegt. Dieser Tag war heute. Und Travis sollte der Verwaltung mitteilen, was er vorhatte. Aber es war nicht *diese* Entscheidung, die ihn beunruhigte.

Viel schlimmer war der Aspekt, der mit Kenneth und Eleanor Baker zu tun hatte. Er konnte es Gabby nicht vorwerfen, dass die beiden in ihr Leben getreten waren, natürlich nicht, aber er dachte nur sehr ungern an dieses Paar.

Kapitel 18

Das Haus, das sie gemeinsam bauten, war wunderbar – Travis konnte sich ohne Probleme vorstellen, dort den Rest seines Lebens zu verbringen. Obwohl es ein Neubau war, hatte es von Anfang an etwas Lebendiges, fand er. Bestimmt lag das daran, dass sich Gabby die größte Mühe gab, ein Heim zu schaffen, in dem man sich zu Hause fühlte, sobald man zur Tür hereinkam.

Sie hatte alle Details, die das Haus wohnlich gestalteten, sorgfältig überwacht. Während Travis die Grundstruktur entwarf, die Quadratmeterzahl für die Zimmer festlegte und die Baumaterialien auswählte, die geeignet waren, der salzigen, schwülen Feuchtigkeit der Sommermonate standzuhalten, fügte Gabby ganz spezielle Elemente hinzu, die ihm nie eingefallen wären. Einmal fuhren sie während der Bauarbeiten an einem alten Bauernhaus vorbei, das schon lange nicht mehr bewohnt war, und Gabby bestand darauf, dass sie am Straßenrand anhielten. Zu der Zeit hatte er sich schon daran gewöhnt, dass sie hin und wieder sehr eigenwillige Einfälle hatte, also gab er nach, und wenig später standen sie vor der ehemaligen Eingangstür. Sie gingen durch die Räume, deren Fußböden vor Schmutz starrten, und versuchten, den Schimmel ringsum zu ignorieren. Ganz am anderen Ende befand sich ein verrußter Kamin, und Travis nahm an, dass Gabby ihn dort vermutet hatte. Sie kauerte sich daneben nieder und fuhr mit der Hand über die Umrandung. »Siehst du das?«, rief sie verzückt. »Ich glaube, die Kacheln sind alle handbemalt. Das sind doch sicher Hundert, wenn nicht noch mehr. Stell dir nur vor, wie schön dieser Kamin gewesen sein muss, als er neu war!« Sie nahm seine Hand. »So etwas brauchen wir auch.«

Nach und nach setzte sie im Haus Akzente, auf die er selbst nie gekommen wäre. Sie ahmten nicht etwa das Design des Kamins nach, sondern Gabby machte die Besitzer ausfindig, nahm Kontakt mit ihnen auf und überredete sie, ihr den gesamten Kamin zu verkaufen, und das zu einem Preis, der geringer war als die Kosten der Reinigung. Im Wohnzimmer wollte sie dicke Eichenbalken und eine gewölbte Decke aus weichem Pinienholz, die vom Stil her gut zu den Dachgiebeln passte. Die Wände waren gegipst oder gemauert oder farbig tapeziert. Manche der Tapeten sahen aus wie Leder und alle wie Kunstwerke. Gabby verbrachte unzählige Wochenenden mit der Suche nach Stilmöbeln und anderen Antiquitäten, und manchmal schien es fast so, als wüsste das Haus schon im Voraus, was sie vorhatte. Wenn sie im Parkettfußboden eine Stelle fand, die knarzte, ging sie, ein Lächeln auf dem Gesicht, immer wieder vor und zurück, um zu überprüfen, ob sie sich das auch wirklich nicht einbildete. Sie liebte Teppiche, je lebhafter das Muster, desto besser, und überall im Haus lagen welche auf dem Boden.

Gabby war aber auch sehr praktisch. Die Küche, die Badezimmer und Schlafzimmer waren luftig, hell und modern, mit großen Fenstern, von denen man wunderschöne Ausblicke hatte. Das Bad, das zum Elternschlafzimmer gehörte, hatte eine Badewanne mit Klauenfüßen und eine geräumige Dusche mit Glaswänden. Außerdem wollte Gabby eine riesige Garage, damit Travis genügend Platz hatte. Weil sie davon ausging, dass sie viel Zeit auf der Veranda verbringen würden, die ums ganze Haus herumlief, bestand sie darauf, dass sie eine Hängematte anschafften und zusammenpassende Schaukelstühle, dazu einen Grill für draußen und viele Sitzgelegenheiten an geschützten Stellen, sodass man auch bei Wind und Regen im Freien sein konnte, ohne nass zu werden. Insgesamt wusste man oft gar nicht, ob man es drinnen oder draußen gemütlicher fand. Es war die Art von Heim, in das man mit schmutzigen Schuhen eintreten konnte, ohne deswegen gleich ein schlechtes Gewissen zu bekommen. Und als sie am ersten Abend in ihrem neuen Haus in dem Himmelbett lagen, drehte sich Gabby glückstrahlend zu Travis um und schnurrte wie eine Katze: »Dieses Haus und du bei mir – genau das habe ich mir immer gewünscht.«

Die Kinder hatten Probleme, auch wenn er dies Gabby gegenüber lieber nicht erwähnte.

Das war nicht weiter verwunderlich. Aber oft

wusste sich Travis nicht zu helfen. Christine fragte ihn mehr als einmal, ob Mommy nie wieder nach Hause komme. Er versuchte, sie zu beschwichtigen, und sagte, natürlich komme sie wieder heim, doch Christine war und blieb unsicher, vermutlich auch deswegen, weil Travis selbst nicht wusste, ob er wirklich an seine Worte glaubte. Kinder spürten solche Ambivalenzen, und mit ihren acht Jahren hatte Christine längst begriffen, dass die Welt nicht so einfach war, wie sie früher gedacht hatte.

Sie war ein ausgesprochen hübsches Kind mit strahlend blauen Augen. Sie trug gern Schleifen in den Haaren und legte Wert darauf, dass ihr Zimmer immer ordentlich aufgeräumt war. Bei ihrer Kleidung musste alles zusammenpassen, sonst zog sie die Sachen nicht an. Überhaupt hatte sie ein großes Harmoniebedürfnis. Aber seit dem Unfall war sie schnell frustriert und bekam öfter Wutanfälle. Die ganze Familie ging zu einer psychologischen Beratung, auch Stephanie; Christine und Lisa hatten zwei Termine in der Woche, aber die Anfälle schienen sich eher zu steigern. Und als Christine am Tag zuvor ins Bett kroch, war ihr Zimmer das reinste Chaos.

Lisa war seit ihrer Geburt klein und zerbrechlich. Sie hatte dieselbe Haarfarbe wie Gabby und insgesamt ein sonniges Gemüt. Sie trug immer eine Schmusedecke mit sich herum und folgte Christine auf Schritt und Tritt wie ein kleines Hündchen. Sie klebte Sticker auf alle ihre Hefte und Ordner, und in der Regel wurden ihre Schulaufgaben von den Lehrern mit Sternchen ausgezeichnet. Aber jetzt weinte sie sich oft in den Schlaf. Über das Babyfon konnte Travis sie schluchzen hören, während er unten im Wohnzimmer saß, und er musste sich zusammenreißen, um nicht ebenfalls in Tränen auszubrechen. An solchen Abenden ging er hinauf zum Zimmer der Mädchen. Noch eine Veränderung: Seit dem Unfall wollten die beiden unbedingt in einem Zimmer schlafen. Travis legte sich zu Lisa, strich ihr über die Haare, während sie wimmerte: »Ich will, dass Mommy kommt«, immer und immer wieder, und es war das Traurigste, was Travis je gehört hatte. Es schnürte ihm die Kehle zu, sodass er kaum ein Wort herausbrachte. Mit belegter Stimme murmelte er nur: »Ich weiß, mein Schatz, ich weiß. Ich möchte das auch.«

Er war nicht fähig, Gabby zu ersetzen, nicht einmal ansatzweise. Da, wo Gabby hingehörte, war eine schmerzliche Lücke entstanden, die er nicht füllen konnte. Wie alle Eltern waren sie bei den Kindern für unterschiedliche Dinge zuständig, und Gabby hatte einen wesentlich größeren Teil der Verantwortung übernommen. Das merkte er jetzt und bedauerte es natürlich sehr. Es gab so viele Dinge, die er nicht konnte und die bei Gabby ganz leicht und mühelos gewirkt hatten. Oft waren es Kleinigkeiten. Er konnte den Mädchen die Haare kämmen, sie jedoch nicht flechten – theoretisch wusste er zwar, wie das ging, aber irgendwie schaffte er es nicht. Er wusste nicht, welche Art von Joghurt Lisa meinte, wenn sie sagte, sie wolle »den mit der blauen Banane«. Wenn eins der Mädchen eine Erkältung hatte, stand er im Supermarkt vor dem Regal mit den Hustensäften und überlegte, ob er Trauben- oder Kirschgeschmack nehmen sollte. Christine zog nie die Sachen an, die er für sie bereitlegte, und dass Lisa freitags immer Schuhe mit Glitzerzeug tragen wollte, war ihm völlig neu. Vor dem Unfall hatte er nicht einmal die Namen der Lehrer gekannt, und erst jetzt hatte er herausgefunden, wo im Schulhaus ihre Klassenräume lagen.

Am schlimmsten war Weihnachten. Es war seit jeher Gabbys Lieblingsfest gewesen. Sie liebte die Jahreszeit, sie liebte das ganze Drumherum: Es machte ihr Freude, den Baum zu schmücken, das Haus zu dekorieren, Plätzchen zu backen. Selbst das Einkaufen gefiel ihr. Travis hatte es schon immer erstaunlich gefunden, dass sie so ruhig und gelassen bleiben konnte, während sie sich durch die hektische Menschenmenge in den Kaufhäusern kämpfte. Abends, wenn die Mädchen im Bett lagen, holte sie dann voller Vorfreude die Geschenke hervor, und sie packten die Sachen, die sie gekauft hatte, gemeinsam ein, ehe Travis sie anschließend im Speicherzimmer versteckte.

Das letzte Weihnachtsfest hingegen hatte überhaupt nichts Fröhliches gehabt. Travis gab sein Bestes und zwang sich zu einer Munterkeit, die natürlich alles andere als echt war. Er wollte es genauso machen, wie Gabby es immer gemacht hatte. Aber es strengte ihn furchtbar an, die glückliche Fassade aufzubauen, vor allem, weil weder Christine noch Lisa ihn dabei unterstützten. Es war nicht ihre Schuld – aber wie sollte er damit umgehen, dass bei beiden ganz oben auf dem Wunschzettel stand, ihre Mutter solle wieder gesund werden? Diesen Wunsch konnte er ihnen unmöglich erfüllen, und weder ein Leapster noch ein Puppenhaus konnte ihre Mom ersetzen.

In den letzten beiden Wochen hatte sich die Situation entspannt. Jedenfalls ein bisschen. Christine bekam zwar immer noch ihre Wutanfälle, und Lisa weinte sich in den Schlaf, aber die beiden schienen sich allmählich an das Leben ohne Mutter zu gewöhnen. Wenn sie nach der Schule nach Hause kamen, riefen sie nicht mehr automatisch nach Gabby; wenn sie hinfielen und sich den Ellbogen aufschrappten, kamen sie zu ihm, damit er sie mit einem Pflaster verarztete. Auf einem Bild, das Lisa in der Schule von der Familie malte, sah Travis nur drei Figuren, aber dann verschlug es ihm fast den Atem, als er in der Ecke noch eine horizontale Gestalt entdeckte, die im Nachhinein hinzugefügt schien. Sie fragten nicht mehr ständig nach ihrer Mutter und gingen nur noch selten mit ins Krankenhaus. Diese Besuche fielen ihnen sowieso schwer, weil sie nicht wussten, was sie sagen und wie sie sich verhalten sollten. Travis verstand das sehr gut und bemühte sich, es ihnen so leicht wie möglich zu machen. »Sagt einfach irgendwas zu ihr«, riet er seinen Töchtern, und sie versuchten es, aber weil sie keine Antwort bekamen, gaben sie auf und verstummten wieder.

Meistens schlug Travis vor, sie sollten irgendetwas mitnehmen, wenn sie ihre Mutter besuchten – hübsche Steine, die sie draußen gefunden hatten, Blätter, die sie laminiert hatten, selbst gemalte und mit Glitzer verzierte Karten. Aber auch das war schwierig für sie. Lisa legte ihr Geschenk immer auf den Bauch ihrer Mutter, trat einen Schritt zurück, schob es dann ein wenig näher zu Gabbys Hand – bis sie es schließlich auf den Nachttisch legte. Christine konnte nicht still halten, sie setzte sich erst auf die Bettkante, stand auf, ging ans Fenster, kam aber gleich wieder zurück, um das Gesicht ihrer Mutter aus der Nähe zu studieren, und bei allem sagte sie kein einziges Wort.

»Wie war's heute in der Schule?«, hatte Travis sie bei ihrem letzten Besuch gefragt. »Ich bin mir sicher, dass deine Mom das gern wissen möchte.«

Statt darauf einzugehen, schaute sie ihn nur trotzig an. »Wieso denn? Du weißt doch genau, dass sie mich nicht hören kann.«

Im Erdgeschoss des Krankenhauses gab es eine Cafeteria, und an den meisten Tagen ging Travis dorthin, vor allem, um ein wenig unter Leuten zu sein und nicht immer nur seine eigene Stimme zu hören. Normalerweise wählte er die Mittagszeit, und im Verlauf der letzten Wochen hatte er die Stammgäste kennengelernt. Die meisten waren Krankenhausangestellte, aber es gab eine ältere Frau, die fast immer da war, wenn er kam. Gesprochen hatte er noch nie mit ihr, doch von Gretchen wusste er, dass der Mann dieser Dame schon auf der Intensivstation lag, als Gabby eingeliefert wurde. Er litt an irgendwelchen Komplikationen aufgrund seines Diabetes, und immer, wenn Travis die Frau mittags ihren Teller Suppe essen sah, dachte er an ihren Mann, der oben im Bett lag. Er stellte sich das Schlimmste vor: einen Patienten, der an Dutzende von Geräten angeschlossen ist, der immer wieder operiert wird, dem vielleicht ein Bein abgenommen werden muss und dessen Leben an einem seidenen Faden hängt. Er konnte die Frau ja schlecht fragen, oder? Und Travis war sich nicht einmal sicher, ob er die Wahrheit wissen wollte, weil er beim besten Willen nicht die Anteilnahme aufbringen konnte, die in solch einem Fall nötig war. Seine Fähigkeit, mit anderen Menschen mitzufühlen, schien sich in Luft aufgelöst zu haben.

Trotzdem beobachtete er die Frau, weil er dachte, er könnte vielleicht etwas von ihr lernen. Während sein Magen immer so verkrampft war, dass er kaum einen Bissen hinunterbrachte, aß diese Frau nicht nur ihre ganze Mahlzeit, sondern schien sie sogar zu genießen. Während er es unmöglich fand, sich längere Zeit auf irgendetwas anderes zu konzentrieren als auf seine Sorgen und den Alltag seiner Kinder, las sie beim Essen immer einen Roman. Mehr als einmal beobachtete er, dass sie leise in sich hineinlachte, weil sie wohl eine Stelle besonders lustig fand. Und im Gegensatz zu ihm hatte sie sich die Fähigkeit zu lächeln bewahrt – sie lächelte allen Leuten, die an ihrem Tisch vorbeigingen, freundlich zu.

Manchmal glaubte er, in diesem Lächeln eine Spur von Einsamkeit zu entdecken, wies sich jedoch gleich zurecht, weil er sich bestimmt etwas einbildete, was gar nicht da war. Wegen ihres Alters nahm er an, dass sie und ihr Mann schon Silberhochzeit gefeiert hatten, wenn nicht sogar goldene Hochzeit. Sicher hatten sie Kinder, auch wenn er noch nie eines gesehen hatte. Aber sonst? Er hatte keine Ahnung. Waren die beiden glücklich gewesen? Sie schien die Krankheit ihres Mannes sehr stoisch hinzunehmen. Er selbst hingegen wanderte durch die Krankenhausflure und hatte dabei das Gefühl, wenn er auch nur einen falschen Schritt machte, würde er hinfallen und nie wieder aufstehen.

Bei dem Gedanken an die Frau fragte er sich zum Beispiel, ob ihr Mann je Rosenstöcke für sie gepflanzt hatte. Er, Travis, hatte das für Gabby getan, als sie mit Christine schwanger war. Wie gut er sich daran erinnerte! Gabby saß auf der Veranda, eine Hand auf dem Bauch, und verkündete, sie brauche im hinteren Garten noch mehr Blumen. Er schaute sie nur an und wusste gleich, dass er ihr diese Bitte nicht abschlagen konnte – so wenig wie er unter Wasser atmen konnte. Seine Hände waren aufgeschürft und seine Fingerspitzen bluteten, nachdem er die Büsche gepflanzt hatte, aber die Rosen erblühten genau an dem Tag, an dem Christine geboren wurde, und er brachte Gabby einen großen Strauß ins Krankenhaus.

Oder er hätte gern gewusst, ob der Mann seine Frau oft aus dem Augenwinkel betrachtet hatte, so wie er Gabby beobachtete, wenn die Mädchen auf den Schaukeln im Park spielten. Er fand es immer rührend, wie Gabbys Gesicht vor Stolz leuchtete, während sie ihren Töchtern zuschaute. Oft hatte er dann ihre Hand genommen und hätte sie am liebsten nie wieder losgelassen.

Und fand ihr Ehemann sie schön, wenn er morgens neben ihr aufwachte und ihre Haare ganz zerzaust waren? Ach, wie hatte er Gabby in diesen Augenblicken immer geliebt! Manchmal, trotz des geordneten Chaos, das ihre frühen Morgenstunden kennzeichnete, blieben sie noch ein paar Minuten eng umschlungen im Bett liegen, als würden sie auf diese Weise Kraft schöpfen für den Tag.

Travis wusste nicht, ob seine Ehe besonders glücklich war oder ob in allen Ehen der Alltag so aussah. Er wusste nur, dass für ihn ein Tag ohne Gabby ein verlorener Tag war, er fühlte sich ohne Halt, während andere, wie zum Beispiel die Frau in der Cafeteria, offenbar die Kraft fanden, trotz allem weiterzuleben. Sollte er sie bewundern oder sie bemitleiden? Er schaute schnell weg, bevor sie merkte, dass er sie anstarrte. In dem Moment kam hinter ihm eine Familie herein, alle redeten aufgeregt durcheinander und hatten Ballons dabei. Er sah, dass ein junger Mann in seiner Tasche nach Münzen suchte. Schnell schob Travis sein Tablett fort. Ihm war übel. Sein Sandwich hatte er nur zur Hälfte gegessen, und er überlegte, ob er es mit hinauf ins Zimmer nehmen sollte. Aber da würde er es auch nicht essen, das wusste er. Ratlos schaute er zum Fenster.

Von der Cafeteria blickte man hinaus auf eine kleine grüne Wiese. Dort draußen konnte man den Wechsel der Jahreszeiten gut verfolgen. Bald kam der Frühling, und die Hartriegelsträucher würden winzige Knospen treiben. In den letzten drei Monaten hatte Travis hier jede Art von Wetter erlebt. Regen und Sonne und Sturm, mit Windgeschwindigkeiten von mehr als fünfzig Meilen in der Stunde, sodass es aussah, als würden die Bäume weiter hinten nicht überleben. Vor drei Wochen hatte es heftig gehagelt, und ein paar Minuten später war am Himmel ein spektakulärer Regenbogen erschienen, der die Azaleensträucher umrahmte. Die Farben waren so kräftig, so voller Leben, dass Travis wie verzaubert war. Vielleicht stimmte es ja, dass die Natur den Menschen manchmal ein Zeichen schickte. Und dieses Zeichen hieß: Man darf nicht vergessen, dass auf Verzweiflung wieder Freude und Glück folgen. Doch gleich darauf war der Regenbogen verblasst, es fing wieder an zu hageln, und ihm wurde klar, dass Freude und Glück manchmal nur eine Illusion waren.

Kapitel 19

Später bewölkte sich der Himmel. Es war Zeit für Gabbys nachmittägliche Routine. Sie hatte die Übungen am Morgen schon gemacht, und gegen Abend kam eine Krankenschwester, um noch einmal mit ihr zu trainieren, doch Travis hatte sich bei Gretchen erkundigt, ob es in Ordnung sei, wenn er zusätzlich nachmittags die Übungen mit ihr machte.

»Ich glaube, das würde ihr gefallen«, hatte Gretchen erwidert.

Sie hatte ihm die einzelnen Griffe gezeigt und anfangs sorgfältig überwacht, dass er alles richtig machte und begriff, wie die verschiedenen Muskeln und Gelenke behandelt werden mussten. Während Gretchen und die anderen Krankenschwestern immer mit Gabbys Fingern anfingen, begann Travis mit den Zehen. Er hob die Bettdecke an und griff nach ihrem Fuß, beugte ihren kleinen Zeh vor und zurück, ein paarmal, ehe er zum nächsten Zeh überging.

Travis machte das inzwischen ausgesprochen gern. Wenn er Gabbys Haut berührte, weckte das unzählige Erinnerungen in ihm: Er dachte daran, wie es war, wenn er ihr während der Schwangerschaft die Füße massierte; er dachte an die ausgedehnten, verführerischen Rückenmassagen bei Kerzenlicht, bei denen sie genüsslich schnurrte, oder wie er ihr Schultergelenk bearbeitete, als sie es sich ausgerenkt hatte, weil sie unbedingt einen schweren Beutel Hundefutter mit einer Hand hochheben wollte. Sosehr es ihm fehlte, mit Gabby zu reden – manchmal glaubte er, dass der simple Akt der Berührung das war, was er am allermeisten vermisste. Er hatte über einen Monat gewartet, bevor er Gretchen gefragt hatte, ob er ihr bei der Behandlung helfen dürfe, und bis dahin hatte er immer, wenn er Gabbys Bein streichelte, das Gefühl gehabt, sie irgendwie auszunutzen. Dabei spielte es keine Rolle, dass sie verheiratet waren, entscheidend schien nur, dass es eine einseitige Angelegenheit war, ohne den angemessenen Respekt vor der Frau, die er so liebte.

Aber so ...

Die Massagen brauchte sie. Dringend. Ohne diese Übungen würden ihre Muskeln schwinden, und falls sie wieder aufwachen sollte – wenn sie dann aufwachte, korrigierte er sich schnell –, wäre sie auf Dauer bettlägerig. Das redete er sich jedenfalls ein. Tief in seinem Inneren wusste er, dass er es ebenfalls brauchte, und sei es auch nur, um die Wärme ihrer Haut zu fühlen, den sanften Pulsschlag an ihrem Handgelenk. In solchen Augenblicken war er fest davon überzeugt, dass sie wieder zu sich kommen würde und ihr Körper nur dabei war, sich selbst zu heilen.

Nachdem er ihr die Füße massiert hatte, ging er zu

den Fußgelenken über, dann beugte und streckte er die Knie, drückte sie bis an ihre Brust und dehnte sie dann wieder. Wenn Gabby zu Hause auf dem Sofa lag und irgendwelche Zeitschriften las, machte sie manchmal gedankenabwesend genau diese Bewegung. Ihn erinnerte das immer an die Übung einer Tänzerin, und bei Gabby sah es mindestens so graziös aus.

»Fühlt sich das gut an, Liebling?«

Ja, ganz wunderbar. Danke. Meine Gelenke waren schon ein wenig steif.

Er wusste, dass er sich ihre Antwort nur einbildete. Gabby hatte sich nicht gerührt. Aber wie aus dem Nichts schien ihre Stimme zu ihm zu sprechen, wenn er sie massierte. Immer wieder fragte er sich, ob er vielleicht kurz davor war, durchzudrehen. »Wie geht es dir insgesamt?«

Ich langweile mich furchtbar, ehrlich gesagt. Dabei fällt mir ein – danke für die Blumen. Sie sind hübsch. Hast du sie bei Frick gekauft?

»Wo sonst?«

Was machen die Mädchen? Sag mir die Wahrheit.

Travis wechselte zum anderen Knie. »Alles okay. Du fehlst ihnen, und oft ist es schwer für sie. Na ja, ich weiß manchmal nicht, was ich tun soll.«

Du tust sicher dein Bestes. Das ist es, was zählt. Sagen wir das nicht immer zueinander?

»Ja, stimmt.«

Mehr kann niemand von dir erwarten. Sie werden es schon überstehen. Sie sind zäher, als sie aussehen.

»Ich weiß. Da schlagen sie dir nach.«

Travis stellte sich vor, wie sie ihn mit kritischem Blick musterte.

Du hast abgenommen. Ich finde, du siehst richtig mager aus.

»In letzter Zeit habe ich nicht besonders viel gegessen.«

Ich mache mir Sorgen um dich. Du musst gut auf dich aufpassen. Den Mädchen zuliebe. Sie brauchen dich. Und ich brauche dich auch.

»Ich bin immer für dich da.«

Ich weiß. Das macht mir ja auch manchmal Angst. Erinnerst du dich an Kenneth und Eleanor Baker?

Travis hörte auf, sie zu massieren. »Ja, klar.«

Dann weißt du, was ich meine.

Er seufzte und nahm seine Tätigkeit wieder auf. »Ja.«

Ihr Tonfall wurde weicher. Jedenfalls in seinem Kopf. *Weißt du noch, wie du uns alle letztes Jahr gezwungen hast, einen Campingausflug in die Berge zu machen? Du hast hoch und heilig versprochen, dass die Mädchen und ich begeistert sein würden.*

Er begann nun, ihre Finger und Arme zu bearbeiten. »Weshalb erwähnst du das jetzt?«

Ich denke hier über alles Mögliche nach. Was soll ich sonst tun? Aber egal – du erinnerst dich bestimmt, wir haben nicht sofort die Zelte aufgebaut, als wir ankamen, sondern nur alles vom Truck geladen. Dabei hat man schon gehört, dass es in der Ferne donnert. Aber du wolltest uns unbedingt als Allererstes den See zeigen. Dafür mussten wir allerdings fast einen Kilometer zu Fuß gehen, und kaum waren wir am Ufer, da fing es an, wie aus Kübeln zu schütten. Das Wasser rauschte nur so auf uns nie-

der – als würde uns jemand mit einem Schlauch anspritzen. Und als wir dann wieder zu unserem Platz kamen, waren unsere Sachen völlig durchnässt. Ich war furchtbar sauer auf dich und habe durchgesetzt, dass du uns in ein Hotel bringst.

»Ich weiß es noch wie heute. Jede Einzelheit.«

Es tut mir leid. Ich hätte mich nicht so aufregen sollen. Auch wenn es deine Schuld war.

»Wieso ist eigentlich immer alles meine Schuld?«

Er stellte sich vor, dass sie ihm zublinzelte, während er vorsichtig ihren Kopf von einer Seite zur anderen drehte.

Weil du immer so nett reagierst, wenn ich das sage.

Er beugte sich über sie und gab ihr einen Kuss auf die Stirn.

»Du fehlst mir so.«

Du mir auch.

Als er mit den Übungen aufhörte, wurde ihm eng ums Herz. Gabbys Stimme würde verstummen, das wusste er. Er hielt sein Gesicht dicht vor ihres. »Du weißt, dass du aufwachen musst, oder? Die Mädchen brauchen dich. Ich brauche dich.«

Ich weiß. Ich gebe mir alle Mühe.

»Du musst dich beeilen.«

Sie schwieg, und Travis spürte, dass er sie zu sehr bedrängt hatte.

»Ich liebe dich, Gabby.«

Ich liebe dich auch.

»Kann ich noch irgendetwas für dich tun? Soll ich die Rollos schließen? Dir etwas von zu Hause mitbringen?«

Bleibst du noch ein bisschen bei mir? Ich bin sehr müde.
»Ja, natürlich.«
Und hältst du meine Hand?
Er nickte und deckte sie wieder zu. Dann setzte er sich auf den Stuhl neben dem Bett, nahm ihre Hand und rieb zärtlich mit dem Daumen über die Handfläche. Die Taube war zurückgekommen, und er sah, dass sich hinter ihr am Himmel schwere Wolken türmten und Figuren wie aus anderen Welten bildeten. Er liebte seine Frau, aber das Leben, das sie jetzt führten, ertrug er kaum. Und diese Reaktion konnte er sich nicht verzeihen. Er küsste ihre Fingerspitzen, eine nach der anderen, und drückte dann ihre Hand an seine Wange. Wieder fühlte er die Wärme ihrer Haut und wünschte sich sehnlichst, dass sie die Finger bewegen würde. Nur ein kleines bisschen! Aber es rührte sich nichts. Traurig legte er ihre Hand wieder aufs Bett und merkte nicht einmal, dass die Taube auf dem Fenstersims ihn anstarrte.

Eleanor Baker war achtunddreißig, Hausfrau und Mutter von zwei Söhnen, die sie über alles liebte. Vor acht Jahren war sie in die Notaufnahme eingeliefert worden, weil sie sich ständig übergeben musste und einen quälenden Schmerz im Hinterkopf spürte. Gabby arbeitete zufällig an dem Tag, weil sie für eine Freundin die Schicht übernommen hatte. Allerdings war sie nicht diejenige, die sich um Eleanor kümmerte. Sie wurde stationär aufgenommen, und Gabby hörte erst am darauffolgenden Montag von ihr. Es hieß, sie sei auf die Intensivstation verlegt worden, weil sie seit Sonntagmorgen ohne Bewusstsein war. »Sie ist eingeschlafen und einfach nicht mehr aufgewacht«, sagte eine der Krankenschwestern.

Ihr Koma war durch eine schwere virale Meningitis ausgelöst worden.

Ihr Mann Kenneth, ein Geschichtslehrer an der East Carteret Highschool und ein leutseliger, freundlicher Mann, verbrachte seine ganze Zeit im Krankenhaus. So lernte Gabby ihn kennen. Zuerst wechselten sie nur hier und da ein paar Worte, aber nach einer Weile begannen sie, längere Gespräche zu führen. Er liebte seine Frau und seine Kinder über alles, trug immer einen sauberen Pullover und gebügelte Hosen, wenn er Eleanor besuchte, und er trank literweise Mountain Dew. Er war ein gläubiger Katholik, und Gabby sah oft, wie er den Rosenkranz betete, während er am Bett seiner Frau saß. Die beiden Söhne hießen Matthew und Mark wie die beiden ersten Evangelisten im Neuen Testament.

Travis wusste das alles, weil Gabby nach der Arbeit oft von ihm erzählte. Nicht von Anfang an, erst später, nachdem sie sich mit Kenneth angefreundet hatte. Ihre Gespräche verliefen immer ähnlich: Gabby fragte sich, wie Kenneth es schaffte, Tag für Tag ins Krankenhaus zu kommen, und was ihm durch den Kopf ging, während er stumm am Bett seiner Frau saß.

»Er wirkt immer abgrundtief traurig«, sagte Gabby.

»Wahrscheinlich, weil er abgrundtief traurig *ist*. Seine Frau liegt im Koma.«

»Aber er ist die ganze Zeit bei ihr. Wer kümmert sich um die Kinder?«

Aus den Wochen wurden Monate, und Eleanor Baker wurde schließlich in ein Pflegeheim verlegt. Ein Jahr verging. Und noch eines. Wahrscheinlich hätte Gabby nicht mehr so intensiv an die Bakers gedacht, wenn Kenneth nicht im selben Supermarkt eingekauft hätte wie sie. Dort begegneten sie sich hin und wieder zufällig, und natürlich kamen sie jedes Mal darauf zu sprechen, wie es Eleanor ging. Ihr Zustand war und blieb unverändert.

Im Lauf der Jahre fiel Gabby allerdings auf, dass *Kenneth* sich veränderte. »Sie lebt noch«, so beschrieb er nun ziemlich salopp die Lage. Während seine Augen früher immer geleuchtet hatten, wenn er von Eleanor sprach, wirkten sie jetzt glanzlos; wo damals Liebe zu spüren war, schien jetzt nur noch Teilnahmslosigkeit zu herrschen. Seine dunklen Haare waren innerhalb weniger Jahre grau geworden, und er war so dünn, dass seine Kleider schlotterten.

Gabby begegnete ihm oft in dem Gang mit den Frühstücksflocken oder bei den Tiefkühlgerichten. Sie konnte und wollte ihm nicht ausweichen, und so wurde sie eine Art Vertraute für ihn. Er schien sie zu brauchen, schien ihr unbedingt alles erzählen zu wollen. Und dabei jagte ein schreckliches Ereignis das andere. Er verlor seinen Job, dann musste er sein Haus verkaufen; er konnte es kaum erwarten, bis seine Kinder endlich selbstständig wurden, aber der ältere Sohn hatte die Highschool ohne Abschluss hingeschmissen, und der jüngere war verhaftet worden, weil er mit Drogen dealte. *Schon wieder.* Diese Worte betonte Gabby, als sie Travis später davon erzählte, und fügte hinzu, sie sei davon überzeugt, dass Kenneth betrunken war, als sie sich begegneten.

»Ich habe solches Mitleid mit ihm«, sagte sie.

»Das weiß ich«, sagte Travis.

Sie schwieg für eine Weile. Dann sagte sie leise: »Manchmal denke ich, es wäre einfacher, wenn seine Frau nicht mehr leben würde.«

Travis starrte aus dem Fenster und dachte an Kenneth und Eleanor. Er hatte keine Ahnung, ob Eleanor immer noch im Pflegeheim war und ob sie überhaupt noch lebte. Seit dem Unfall hatte er fast jeden Tag diese Gespräche über die Bakers in Gedanken noch einmal abgespult. Er erinnerte sich an jedes Wort, das Gabby damals zu ihm gesagt hatte. Waren Eleanor und Kenneth Baker vielleicht aus einem bestimmten Grund in ihr Leben getreten? Wie viele Leute kannten schon jemanden, der im Koma lag?

Aber Gabby arbeitete in einem Krankenhaus, dadurch stiegen natürlich die Chancen. Und falls es tatsächlich einen Grund gab, weshalb die Bakers in sein Leben getreten waren – wie lautete dann dieser Grund? Sollte ihr Beispiel ihn warnen und ihn darauf hinweisen, dass ein Unglück drohte? Dass seinen Töchtern etwas zustoßen könnte? Solche Gedanken ängstigten ihn, deshalb achtete er darauf, dass er immer schon zu Hause war, wenn die Kinder von der Schule heimkamen. Ja, deshalb ging er mit ihnen in den Park, wenn die Schule aus war, und erlaubte Christine, bei einer Freundin zu übernachten. Jeden Morgen dachte er beim Aufwachen voller Mitleid, mit wie vielen Schwierigkeiten die beiden Mädchen zu kämpfen hatten. Aber unter den gegebenen Umständen war das normal, und er bestand darauf, dass sie sich trotz allem zu Hause und in der Schule gut benahmen. Und wenn sie sich unmöglich aufführten, schickte er sie abends zur Strafe in ihr Zimmer. Genau das hätte Gabby nämlich auch getan.

Seine Schwiegereltern sagten manchmal, er sei zu streng mit den Mädchen. Dass sie nicht mit ihm einverstanden waren, erschien ihm nicht weiter verwunderlich, denn vor allem seine Schwiegermutter hatte schon immer Vorurteile gegen ihn gehabt. Während Gabby und ihr Vater sich gut und gern eine geschlagene Stunde lang am Telefon unterhalten konnten, waren die Gespräche mit ihrer Mutter meistens auffallend kurz. Am Anfang verbrachten Travis und Gabby die Feiertage in Savannah, so wie es sich gehörte, und wenn sie anschließend nach Hause kamen, war Gabby immer völlig erledigt. Aber nach der Geburt der ersten Tochter erklärte sie ihren Eltern, sie wolle nun ihre eigenen Festtagstraditionen beginnen. Sie würde ihre Eltern sehr gern sehen, aber dafür müssten sie nach Beaufort kommen. Was sie nie taten.

Nach dem Unfall quartierten sich ihre Eltern jedoch in einem Hotel in Morehead City ein, um in der Nähe ihrer Tochter zu sein, und während des ersten Monats saßen sie oft zu dritt bei Gabby. Zwar hatten die beiden nie explizit gesagt, dass sie ihm die Schuld an dem Unfall gaben, aber Travis spürte trotzdem, dass sie ihm Vorwürfe machten – das merkte er an der Art, wie sie auf Distanz zu ihm gingen. Wenn sie mit Christine und Lisa etwas unternahmen, hielten sie sich immer nur ein paar Minuten im Haus auf und brachen gleich mit ihnen auf, um irgendwo ein Eis oder eine Pizza zu essen.

Nach einem Monat mussten sie wieder nach Hause und kamen jetzt nur noch gelegentlich am Wochenende. Travis vermied es dann meistens, mit ihnen ins Krankenhaus zu gehen. Er redete sich ein, er tue es aus Rücksicht, weil die Eltern sicher mit ihrer Tochter allein sein wollten, und teilweise stimmte das auch. Was er nicht gern zugab, war, dass er sich auch deswegen fernhielt, weil sie ihn immer wieder, wenn auch unabsichtlich, daran erinnerten, dass er für alles verantwortlich war und Gabby seinetwegen im Krankenhaus lag.

Seine Freunde hatten so reagiert, wie es zu erwarten war. Allison, Megan und Liz kochten sechs Wochen lang abwechselnd Essen für ihn und die Kinder. Gabby war längst ihre Freundin geworden, und manchmal war es so, dass Travis die drei trösten musste und nicht umgekehrt. Sie kamen mit rot geweinten Augen und einem erzwungenen Lächeln ins Haus, brachten Plastikschüsseln, die bis zum Rand mit Lasagne oder mit Eintopf gefüllt waren, dazu verschiedene Beilagen und alle möglichen Nachtische. Ganz besonders betonten sie immer, dass sie kein rotes Fleisch gekocht hatten, sondern Huhn, um sicherzugehen, dass auch Travis etwas aß.

Sie waren sehr lieb zu den Mädchen und nahmen sie in den Arm, wenn sie weinten. Christine mochte Liz am liebsten. Liz flocht ihr Zöpfe, half ihr, Freundschaftsbändchen zu basteln, und spielte immer mindestens eine halbe Stunde mit ihr Fußball. Sobald Travis aus dem Zimmer ging, begannen sie zu tuscheln. Wie gern hätte er gewusst, worüber sie redeten! Weil er Liz gut kannte, war er überzeugt, dass sie ihm sofort Bescheid sagen würde, wenn etwas Wichtiges zur Sprache käme. Aber meistens sagte sie, Christine wolle einfach nur reden. Travis war dankbar für ihre Hilfe, aber gleichzeitig war er eifersüchtig auf ihre Beziehung zu Christine.

Lisa fühlte sich Megan näher. Die beiden saßen miteinander am Küchentisch und malten, oder sie schauten gemeinsam fern. Manchmal beobachtete Travis, wie sich Lisa an Megan kuschelte, so wie sie es bei Gabby immer getan hatte. In solchen Momenten sahen die beiden aus wie Mutter und Tochter, und für den Bruchteil einer Sekunde hatte Travis fast das Gefühl, die Familie sei wieder komplett.

Allison hingegen achtete ganz besonders darauf, den Mädchen zu vermitteln, dass sie bei aller Trauer immer noch Pflichten hatten. Sie ermahnte sie, ihre Zimmer aufzuräumen, half ihnen bei den Hausaufgaben und forderte sie auf, nach dem Essen ihre Teller in die Spüle zu stellen. Sie tat es mit sanftem Nachdruck, und auch wenn sich die Mädchen an den Abenden, an denen Allison nicht kam, manchmal vor diesen Aufgaben drückten, passierte es doch wesentlich seltener, als Travis gedacht hätte. Unbewusst schienen sie zu merken, dass sie in ihrem Leben eine ordnende Struktur brauchten, und genau die personifizierte Allison.

Dadurch, dass sich die drei Freundinnen um die Mädchen kümmerten und seine Mutter jeden Nachmittag und fast immer auch am Wochenende kam, war Travis in der ersten Zeit nach dem Unfall selten allein mit seinen Töchtern, und seine Helferinnen konnten die Mutterrolle natürlich viel besser ausfüllen als er. Er war dringend auf sie angewiesen. Mit Mühe und Not schaffte er es, morgens rechtzeitig aufzustehen, und meistens hatte er das Gefühl, als müsste er sofort in Tränen ausbrechen. Die Schuld lastete bleischwer auf ihm – und nicht nur wegen des Unfalls. Er wusste nicht, wohin mit sich. Wenn er im Krankenhaus war, wünschte er sich, er wäre zu Hause bei seinen Töchtern; und wenn er mit Christine und Lisa zu Hause war, sehnte er sich danach, bei Gabby zu sitzen. Nichts fühlte sich richtig an.

Aber nachdem er sechs Wochen lang schlecht gewordene Lebensmittel in die Mülltonne geworfen hatte, sagte Travis seinen Freundinnen, er freue sich sehr, wenn sie auch weiterhin kämen, aber sie müssten nicht mehr für ihn und die Mädchen kochen. Er wollte auch nicht, dass sie ganz selbstverständlich jeden Tag vorbeischauten. Ihm war klar geworden, dass er das, was von seinem Leben übrig geblieben war, in den Griff bekommen musste. Immer wieder sah er in Gedanken Kenneth Baker vor sich. Nein, so wollte er nicht enden. Er musste wieder der Vater sein, der er früher gewesen war, der Vater, den Gabby haben wollte, und ganz allmählich gelang ihm das auch. Leicht war es nicht, und es gab immer wieder Tage, an denen Christine und Lisa die Zuwendung der anderen zu vermissen schienen, aber Travis bemühte sich, diesen Mangel wettzumachen. Natürlich war längst nicht alles wie früher, aber jetzt, nach drei Monaten, war ihr Leben wieder so normal, wie man es unter den Umständen erwarten konnte. Und dadurch, dass er Verantwortung für seine Töchter übernahm, rettete er auch sich selbst – das merkte er immer wieder.

Besonders belastete es ihn allerdings, dass er seit dem Unfall kaum noch Zeit für Joe, Matt und Laird hatte. Sie kamen gelegentlich vorbei, um mit ihm ein Bier zu trinken, wenn die Mädchen im Bett waren, aber ihre Gespräche waren nie richtig locker. Die Hälfte der Zeit erschien ihm alles, was sie sagten, irgendwie ... falsch. Wenn sie sich nach Gabby erkundigten, hatte er keine Lust, über sie zu sprechen. Wenn sie über irgendetwas anderes reden wollten, fragte er sich, warum sie dem Thema Gabby auswichen. Er wusste, seine Reaktion war unfair, aber durch das Zusammensein mit den dreien spürte er sehr intensiv den Unterschied zwischen seinem Leben und ihrem. Klar, sie waren nett und geduldig, sie brachten ihm Mitleid und Verständnis entgegen, aber er musste ständig daran denken, dass Joe gleich zu Megan nach Hause gehen würde und dass die beiden sich im Bett aneinanderschmiegen und leise über die Ereignisse des Tages reden konnten. Und wenn Matt ihm die Hand auf die Schulter legte, fragte er sich, ob Liz froh war, dass ihr Mann ihn jetzt besuchte, oder ob sie ihn lieber zu Hause gehabt hätte, weil sie für irgendetwas seine Hilfe brauchte. Bei Laird ging es ihm nicht anders. Er wollte es wirklich nicht, aber er reagierte oft unerklärlich wütend und gereizt, wenn seine Freunde da waren. Während er selbst gezwungen war, immer mit dem Unvorstellbaren zu leben, konnten sie ihre Sorgen an- und abschalten. Und irgendwie schaffte er es einfach nicht, seine Wut über die Ungerechtigkeit der Welt zu überwinden. Er wollte das haben, was sie hatten! Sie würden nie verstehen, was ihm fehlte, auch wenn sie noch so sehr versuchten, sich in seine Lage hineinzuversetzen. Er hasste sich selbst für solche Gedanken und bemühte sich, seine Frustration zu verbergen, aber er spürte, dass seine Freunde trotzdem merkten, wie sehr sich alles verändert hatte. Mit der Zeit wurden ihre Besuche seltener, und wenn sie kamen, blieben sie nicht lange. Travis fand es furchtbar, dass er sich von ihnen entfernte, aber er wusste nicht, was er dagegen tun konnte.

In ruhigeren Momenten dachte er darüber nach, warum er so wütend auf seine Freunde war, während er ihren Frauen gegenüber Dankbarkeit empfand. Vor allem, wenn er abends allein auf der Terrasse saß, geriet er ins Grübeln, und letzte Woche hatte er lange zum zunehmenden Mond hinaufgeschaut und endlich akzeptiert, was er schon die ganze Zeit gewusst hatte. Der Unterschied lag darin, dass Megan, Allison und Liz sich vor allem um seine Töchter kümmerten, während Joe, Matt und Laird sich stärker auf ihn konzentrierten. Seine Töchter verdienten diese Unterstützung.

Er hingegen hatte etwas anderes verdient. Strafe.

Kapitel 20

Travis schaute auf die Uhr. Es war gleich halb drei, und normalerweise würde er sich jetzt von Gabby verabschieden, um pünktlich zu Hause zu sein, wenn die Mädchen aus der Schule kamen. Heute sah es allerdings etwas anders aus: Christine war bei einer Freundin, und Lisa war zu einer Geburtstagsparty im Aquarium von Pine Knoll Shores eingeladen. Deshalb erwartete er die beiden nicht vor dem Abendessen zurück. Es passte gut, dass seine Töchter ausgerechnet heute etwas vorhatten, denn er musste länger im Krankenhaus bleiben, weil er noch einen Termin mit der Neurologin und dem Verwaltungsleiter hatte.

Worum es bei dieser Besprechung ging, wusste er, und die beiden waren bestimmt voller Mitgefühl und Verständnis und wollten ihm die Sache möglichst leicht machen. Er antizipierte folgendes Gespräch: Die Neurologin kündigte an, dass Gabby in ein Pflegeheim überwiesen werden musste, weil das Krankenhaus nichts mehr für sie tun konnte. Da ihr Zustand stabil war, brachte eine Verlegung keine Risiken mit sich, und mindestens einmal in der Woche schaute auch dort ein Facharzt nach ihr. Außerdem war das Pflegepersonal in solchen Heimen kompetent und konnte Gabby im Alltag bestens versorgen. Falls Travis Einspruch erhob, würde sich der Verwaltungsleiter einmischen und darauf hinweisen, dass die Versicherung nur einen dreimonatigen Krankenhausaufenthalt bezahlte, es sei denn, Gabby läge noch auf der Intensivstation. Oder er würde die Achseln zucken und erklären, das Krankenhaus sei für die ganze Stadt zuständig und sie hätten nicht genug Betten, um Gabby noch länger zu behalten – auch wenn sie früher hier angestellt gewesen sei. Man könne wirklich nichts mehr für sie tun. Dadurch, dass sie ihm zu zweit gegenübersaßen, wollten sie erreichen, dass sie ihr Anliegen auf jeden Fall durchsetzten.

Was sie allerdings nicht wussten, war, dass es eine zweite Entscheidungsebene gab. Unter der Oberfläche lauerte noch eine andere Wirklichkeit: Solange Gabby im Krankenhaus lag, hieß das nämlich, dass man annahm, sie würde wieder aufwachen, weil man dort nur Menschen behielt, die nicht als Langzeitkomapatienten galten. Patienten, die vorübergehend im Koma lagen, brauchten Ärzte und Krankenschwestern um sich herum, die sofort auf jede Veränderung reagieren konnten – eine Veränderung, die eventuell eine Verbesserung des Zustands ankündigte, mit der man schon die ganze Zeit gerechnet hatte. Die Verlegung in ein Pflegeheim bedeutete jedoch etwas anderes: Man erwartete nicht mehr, dass Gabby wieder aufwachte. Travis war noch nicht bereit, das zu akzeptieren, auch wenn ihm keine andere Wahl zu bleiben schien.

Aber Gabby selbst hatte eine Wahl getroffen, und letzten Endes basierte Travis' Entscheidung nicht darauf, was die Neurologin oder der Verwaltungsleiter ihm mitteilten. Für ihn galt nur das, was Gabby wünschte.

Die Taube war vom Fenstersims verschwunden. War sie weggeflogen, um andere Patienten zu besuchen, wie ein Arzt, der seine Visite machte?, fragte sich Travis. Und nahmen die anderen Patienten den Vogel genauso wahr wie er?

»Entschuldige, dass ich vorhin geweint habe«, flüsterte er. Gabbys Brust hob und senkte sich mit jedem Atemzug. »Ich konnte nichts dagegen machen.«

»Weißt du, was ich so an dir mag?«, fuhr er fort. »Neben allem anderen?« Er zwang sich zu einem Lächeln. »Ich mag es, wie du mit Molly umgehst. Übrigens – sie ist gesund und munter. Ihre Hüften sind nicht schlimmer geworden, und sie liegt immer noch gern im Schlickgras. Wenn ich sie da sehe, muss ich immer an unsere ersten gemeinsamen Jahre denken. Weißt du noch, wie wir mit den Hunden diese langen Strandspaziergänge gemacht haben? Wir sind immer extra früh aufgebrochen, damit wir sie von der Leine lassen konnten. Es war so schön, wenn sie frei herumrannten! Ich fand es lustig, wie du hinter Molly hergerannt bist, immer im Kreis, um ihr einen Klaps auf den Hintern zu geben. Das hat sie ganz verrückt gemacht, ihre Augen haben gefunkelt, und sie hat gehechelt, während sie darauf gewartet hat, dass es von vorn losgeht.«

Er schwieg, machte sich aber keine Illusionen, dass

er bei diesem Gespräch ihre Stimme vernehmen würde. Das passierte immer nur einmal am Tag.

Doch dann bemerkte er zu seiner Überraschung, dass die Taube zurückgekommen war. Wahrscheinlich wollte sie hören, was er zu erzählen hatte.

»Bei diesen Spaziergängen ist mir klar geworden, dass du bestimmt auch wunderbar mit Kindern umgehen kannst. Schon als wir uns das erste Mal begegnet sind ...« Er schüttelte den Kopf, weil die Erinnerungen zu stark waren. »Ob du's glaubst oder nicht – ich fand es großartig, dass du an dem Abend wegen Molly einfach zu mir gekommen bist. Nicht nur, weil dieser Besuch letztlich dazu geführt hat, dass wir geheiratet haben. Du kamst mir vor wie eine Löwenmutter, die ihr Junges verteidigt. So aufgebracht ist man nur, wenn man fähig ist, tiefe Liebe zu empfinden, und nachdem ich gesehen hatte, wie du Molly behandelst – du hast ihr so viel Liebe und Zuneigung geschenkt und dir solche Sorgen um sie gemacht, niemand durfte ihr etwas antun –, da habe ich gewusst, dass du das mit Kindern genauso gut kannst.«

Er strich mit den Fingerspitzen zärtlich über Gabbys Arm. »Weißt du eigentlich, wie viel mir das bedeutet? Zu wissen, wie sehr du unsere Töchter liebst? Du hast keine Ahnung, wie froh mich das macht.«

Nun beugte er sich über sie, um ihr ins Ohr zu flüstern: »Ich liebe dich, Gabby, ich liebe dich mehr, als du dir vorstellen kannst. Du bist alles, was ich mir je von einer Frau ersehnt habe. Du erfüllst alle meine Hoffnungen, alle meine Träume. Und du machst mich so glücklich, wie ein Mann nur sein kann. Ich möchte dieses Glück nicht hergeben. Das kann ich nicht! Verstehst du das?«

Er wartete auf eine Antwort, doch er bekam keine. Es war fast so, als wollte Gott ihm zu verstehen geben, dass seine Liebe nicht ausreichte. Plötzlich fühlte er sich unendlich müde und alt. Hilflos zupfte er die Bettdecke zurecht. Wie allein er war, wie weit weg von seiner Frau! Und er wusste, dass er als Ehemann versagt hatte, denn seine Liebe konnte sie beide nicht retten.

»Bitte«, flüsterte er. »Du musst aufwachen, Liebling. Bitte! Uns bleibt nicht mehr viel Zeit!«

»Hey!«, rief Stephanie. In ihren Jeans und dem T-Shirt sah sie nicht gerade wie eine erfolgreiche Geschäftsfrau aus. Dabei arbeitete sie in Chapel Hill als Projektmanagerin bei einem rapide expandierenden Biotechnikunternehmen. Seit einem Vierteljahr kam sie allerdings drei oder vier Tage in der Woche nach Beaufort. Sie war die Einzige, mit der Travis seit dem Unfall wirklich offen reden konnte. Nur Stephanie kannte seine tiefsten Geheimnisse.

»Hey«, antwortete Travis.

Sie trat näher und küsste Gabby auf die Wange. »Hallo, Gabby«, sagte sie leise. »Alles so weit in Ordnung?«

Travis fand es wunderbar, wie sie mit seiner Frau umging. Außer ihm schien sie die Einzige zu sein, die sich in Gabbys Gegenwart nicht verkrampfte.

Stephanie holte sich einen Stuhl und setzte sich neben Travis. »Und wie geht's dir, großer Bruder?«

»Geht so.«

Sie musterte ihn prüfend. »Du siehst beschissen aus.«

»Danke für das nette Kompliment.«

»Ich glaube, du isst einfach nicht genug.« Schon holte sie eine Tüte Erdnüsse aus ihrer Handtasche. »Hier. Die schmecken gut.«

»Ich hab keinen Hunger. Ich habe gerade etwas zu Mittag gegessen.«

»Wie viel?«

»Genug.«

»Willst du mir etwas vormachen?« Mit den Zähnen riss Stephanie die Tüte auf. »Komm, iss die Erdnüsse, und ich verspreche dir, dass ich kein Wort mehr sage und dich nie mehr mit guten Ratschlägen belästige.«

»Das sagst du jedes Mal, wenn wir uns sehen.«

»Weil du jedes Mal so beschissen aussiehst.« Mit einer Kopfbewegung deutete sie auf Gabby. »Ich wette, sie sagt dir das auch.« Stephanie stellte es nie infrage, dass Travis Gabbys Stimme hören konnte. Oder falls sie doch nicht daran glaubte, ließ sie es sich nicht anmerken.

»Stimmt.«

Sie drückte ihm die Nüsse in die Hand. »Dann nimm und iss.«

Travis legte die Tüte auf seinen Schoß.

»Und jetzt steckst du dir brav ein paar in den Mund, kaust sie gut und schluckst sie hinunter.«

Sie klang genau wie ihre Mutter.

»Hat dir eigentlich schon mal jemand gesagt, dass du ganz schön nervig sein kannst?«, sagte Travis.

»Das höre ich jeden Tag. Und glaub mir, du brauchst dringend jemanden, der dich ab und zu nervt. Sei froh, dass du mich hast. Ich bin ein Segen für dich!«

Zum ersten Mal an diesem Tag musste Travis lachen. »Du – ein Segen? Das ist genau das richtige Wort für dich.« Er schüttete sich ein paar Nüsse auf die Handfläche und begann zu essen. »Wie läuft's mit dir und Brett?«

Seit zwei Jahren war Stephanie mit Brett Whitney zusammen, einem der erfolgreichsten Hedgefonds-Manager in den ganzen Staaten, wahnsinnig reich, gut aussehend und der begehrteste Junggeselle weit und breit.

»Es läuft.«

»Wolken am Liebeshimmel?«

Stephanie zuckte die Achseln. »Er hat schon wieder gesagt, ich soll ihn heiraten.«

»Und was hast du geantwortet?«

»Dasselbe wie immer.«

»Wie hat er reagiert?«

»Gut. Das heißt, zuerst war er natürlich sauer, wie jedes Mal, aber nach ein paar Tagen hat er sich wieder eingekriegt. Letztes Wochenende waren wir zusammen in New York.«

»Wieso heiratest du ihn nicht einfach?«

»Irgendwann mache ich das schon.«

»Darf ich dir einen Tipp geben? Sag Ja, wenn er dich das nächste Mal fragt.«

»Warum sollte ich? Er wird schon nicht lockerlassen.«

»Du klingst so, als wüsstest du das ganz genau.«

»Tu ich auch. Und ich sage erst Ja, wenn ich davon überzeugt bin, dass er mich tatsächlich heiraten will.«

»Aber er hat dich schon drei Mal gefragt! Was muss er denn noch tun, um dich zu überzeugen?«

»Er *denkt* nur, dass er mich heiraten will. Brett ist ein Typ, der die Herausforderung liebt, und im Moment bin ich eine Herausforderung für ihn. Solange das so bleibt, wird er mich fragen. Aber erst wenn ich weiß, dass er ehrlich bereit ist, eine Ehe zu schließen, sage ich Ja.«

»Also ich weiß nicht ...«

»Vertrau mir«, sagte Stephanie. »Ich kenne die Männer, und ich habe meine Tricks.« Ihre Augen blitzten übermütig. »Er spürt, dass ich ihn nicht brauche, und das bringt ihn fast um den Verstand.«

»Du hast recht. Du brauchst ihn wirklich nicht.«

»Gut, dass du wenigstens *das* verstehst. Aber jetzt mal was ganz anderes – wann fängst du wieder an zu arbeiten?«

»Bald«, brummelte er.

Sie griff in die Tüte und steckte sich drei Erdnüsse in den Mund. »Dir ist klar, dass Dad nicht mehr der Jüngste ist, nicht wahr?«

»Ja, natürlich.«

»Also ... nächste Woche?«

Als Travis nichts erwiderte, faltete Stephanie die Hände und setzte zu einer längeren Predigt an. »Okay, dann sage ich dir jetzt mal, wie das hier weiterläuft – weil du dich ja offensichtlich nicht entschließen kannst. Du wirst wieder in die Praxis gehen. Du arbeitest jeden Tag mindestens bis ein Uhr mittags. Das ist dein neuer Stundenplan. Ach ja, und freitags kannst du die Praxis schon um zwölf schließen. Dann muss Dad nur noch an vier Nachmittagen in der Woche da sein.«

Travis betrachtete sie mit zusammengekniffenen Augen. »Wie ich sehe, hast du alles schon genau durchgeplant.«

»Irgendjemand muss das ja tun. Und damit du's weißt – ich sage das nicht nur wegen Dad. Du musst wieder anfangen zu arbeiten.«

»Aber wenn ich noch nicht so weit bin?«

»Pech gehabt. Du musst trotzdem. Und wenn nicht deinetwegen, dann wegen Christine und Lisa.«

»Was redest du da?«

»Ich rede von deinen Töchtern. Erinnerst du dich an sie?«

»Ich glaube, ja.«

»Und du liebst sie, oder?«

»Was soll die Frage?«

»Wenn du deine Töchter liebst, dann solltest du dich wieder wie ein Vater verhalten. Und das bedeutet, dass du arbeiten gehst.«

»Warum?«

»Um ihnen zu zeigen, dass man immer weitermachen muss – egal, was für schreckliche Dinge im Leben passieren. Das ist deine Aufgabe. Wer soll es ihnen sonst beibringen?«

»Steph...«

»Ich behaupte ja gar nicht, dass es einfach ist, ich sage nur, du hast keine andere Wahl. Du hast ihnen doch auch nicht erlaubt, einfach aufzugeben und alles hinzuschmeißen. Sie gehen jeden Tag in die Schule, und du passt auf, dass sie ihre Hausaufgaben machen. Hab ich recht, oder hab ich recht?«

Travis schwieg.

»Wenn du von ihnen erwartest, dass sie ihre Pflicht tun – obwohl sie erst sechs und acht sind –, dann gilt das für dich mindestens genauso. Sie sollen sehen, wie du wieder ein normales Leben führst, und dazu gehört die Arbeit. Tut mir leid, so ist das nun mal.«

Travis schüttelte den Kopf, weil er merkte, dass er wütend wurde. »Du verstehst das nicht.«

»Ich verstehe es sehr gut.«

»Gabby ist ...«

Als er nicht weitersprach, legte Stephanie ihm die Hand aufs Knie. »Leidenschaftlich? Intelligent? Liebevoll? Witzig? Großzügig? Geduldig? Alles, was du dir von einer Frau und Mutter wünschen kannst? Mit anderen Worten, so gut wie perfekt?«

Er hob überrascht den Blick.

»Ich weiß«, fuhr Stephanie leise fort. »Ich liebe sie auch. Schon immer. Sie ist für mich nicht nur die Schwester, die ich nie hatte, sie ist auch meine beste Freundin. Manchmal habe ich sogar das Gefühl, sie ist meine einzige richtige Freundin. Und du hast vollkommen recht – sie ist ein Segen für dich und die Kinder gewesen. Du hättest es gar nicht besser treffen können. Was denkst du, warum ich dauernd hierherkomme? Ich mache das nicht nur ihretwegen oder für dich. Ich komme meinetwegen. Ich vermisse sie auch.«

Weil er nicht wusste, wie er reagieren sollte, schwieg Travis weiterhin. Stephanie seufzte tief.

»Hast du dich schon entschieden?«, fragte sie.

Travis schluckte. »Nein. Noch nicht.«

»Es sind jetzt drei Monate.«

»Ich weiß.«

»Wann ist der Termin?«

»Ich treffe mich in einer halben Stunde mit der Neurologin und dem Verwaltungsleiter.«

Sie warf ihm einen fragenden Blick zu, dann nickte sie. »Okay. Dann werde ich dich jetzt in Ruhe lassen, damit du noch ein bisschen nachdenken kannst. Ich fahre schnell zu dir nach Hause und sag den Mädchen Hallo.«

»Sie sind nicht da. Heute kommen sie erst später zurück.«

»Hast du was dagegen, wenn ich dort auf sie warte?«

»Nein, überhaupt nicht. Der Schlüssel liegt –«

Sie ließ ihn nicht ausreden. »Unter dem Gipsfrosch auf der Veranda, ich weiß. Und falls es dich interessiert – ich bin mir sicher, dass die meisten Einbrecher ebenfalls auf diese geniale Idee kämen.«

Er grinste. »Du bist einfach wunderbar, Steph.«

»Du auch, Travis. Und du weißt auch, dass ich immer für dich da bin, nicht wahr?«

»Ja, ich weiß.«

»Zu jeder Tages- und Nachtzeit.«

»Ich weiß.«

»Ich warte auf dich, einverstanden?« Sie musterte ihn aufmerksam. »Schließlich möchte ich wissen, was ihr beschließt.«

»Okay.«

Sie stand auf, nahm ihre Handtasche und küsste Travis auf den Kopf.

»Wir sehen uns später, Gabby«, sagte sie noch, ohne eine Erwiderung zu erwarten. Als sie schon fast zur Tür hinaus war, fragte Travis plötzlich:

»Wie weit darf man gehen im Namen der Liebe?«

Stephanie drehte sich halb zu ihm um. »Die Frage stellst du mir nicht zum ersten Mal.«

»Ich weiß.« Travis schwieg für ein paar Sekunden, ehe er fortfuhr: »Aber jetzt frage ich dich ganz konkret, was ich tun soll.«

»Und ich gebe dir dieselbe Antwort wie immer. Es ist deine Entscheidung. Sonst nichts.«

»Und was bedeutet das?«

Jetzt war auch Stephanie ratlos. »Ich weiß es nicht, Trav. Was denkst du?«

Kapitel 21

Vor über zwei Jahren hatte Gabby Kenneth Baker wieder einmal zufällig getroffen. Es war einer dieser zauberhaften Sommerabende, für die Beaufort berühmt war. An der Uferpromenade spielten verschiedene Bands, im Hafen drängelten sich die Boote, und Gabby und ihre Familie waren unterwegs, um ein Eis zu essen. Während sie mit den Kindern in der Schlange warteten, erwähnte Gabby betont beiläufig, sie habe im Vorbeigehen in einem der Läden einen wunderschönen Kunstdruck entdeckt. Travis lächelte. Inzwischen durchschaute er ihre kleinen Hinweise.

»Hast du Lust, ihn dir genauer anzusehen?«, fragte er. »Ich kann ja hier bei den Mädchen bleiben.«

Sie blieb länger fort, als er erwartet hatte, und als sie zurückkam, wirkte sie bedrückt. Als sie wieder zu Hause waren und die Kinder im Bett lagen, sah Travis ihr an, dass sie mit ihren Gedanken weit weg war.

»Ist irgendwas?«, fragte er.

Gabby setzte sich anders hin, schwieg erst noch für eine Weile, doch dann begann sie zu erzählen. »Vorhin bin ich Kenneth Baker begegnet. Als ihr das Eis gekauft habt.«

»Ach, wirklich? Wie geht es ihm?«

Sie seufzte. »Ist dir klar, dass seine Frau jetzt schon sechs Jahre im Koma liegt? *Sechs Jahre!* Stell dir mal vor, wie das für ihn sein muss.«

»Das kann ich mir nicht vorstellen.«

»Er sieht aus wie ein alter Mann.«

»Ich glaube, ich würde in solch einer Situation auch sehr schnell altern. Es ist bestimmt unglaublich schwer für ihn.«

Gabby nickte. »Ja, und tief innen ist er wütend. Man hat das Gefühl, dass er richtig böse auf sie ist. Er sagt, er besucht sie nur noch gelegentlich. Und seine Kinder ...« Sie sprach nicht weiter.

Travis schaute sie fragend an. »Was willst du sagen?«

»Würdest du mich besuchen? Ich meine – wenn mir so etwas passieren würde?«

Zum ersten Mal packte ihn ein diffuses Angstgefühl, er hatte keine Ahnung, wieso. »Ja, natürlich!«

»Aber nach einer Weile würdest du seltener kommen.« Ihre Stimme war todtraurig.

»Nein, ich würde dich jeden Tag besuchen.«

»Mit der Zeit würdest du mich als Belastung empfinden.«

»Nein, nie!«

»Kenneth geht es so mit Eleanor.«

»Aber ich bin nicht Kenneth.« Er schüttelte den Kopf. »Warum reden wir überhaupt darüber?«

»Weil ich dich liebe.«

Er öffnete den Mund, um etwas zu erwidern, aber sie hob die Hand. »Lass mich bitte ausreden.« Sie versuchte, ihre Gedanken zu ordnen.

»Als Eleanor ins Krankenhaus gekommen ist«, begann sie, »hat man genau gespürt, wie sehr Kenneth sie liebt. Jedes Mal, wenn wir miteinander geredet haben, konnte man das merken. Und im Lauf der Wochen hat er mir ihre ganze gemeinsame Geschichte erzählt – sie haben sich im Sommer nach dem College-Abschluss am Strand kennengelernt, er hat sie gefragt, ob sie mit ihm ausgehen will, worauf sie mit Nein geantwortet hat, aber irgendwie hat er doch ihre Telefonnummer herausgefunden, und am dreißigsten Hochzeitstag ihrer Eltern hat er ihr das erste Mal gestanden, dass er sie liebt. Aber es war nicht so, dass er mir nur verschiedene Anekdoten erzählt hat – ich hatte eher das Gefühl, dass er die Stationen ihrer Liebe immer und immer wieder durchlebte. In gewisser Weise hat er mich an dich erinnert.« Sie nahm Travis' Hand. »Du machst das nämlich auch. Ist dir das eigentlich klar? Weißt du, wie oft ich schon gehört habe, dass du anderen Leuten von unserer ersten Begegnung erzählst? Versteh mich nicht falsch – ich liebe das. Ich mag es sehr, dass du diese Erinnerungen in deinem Herzen lebendig hältst und dass sie dir genauso viel bedeuten wie mir. Und die Sache ist die ... Wenn du das tust, spüre ich richtig, wie du dich jedes Mal von Neuem in mich verliebst. Eigentlich rührt mich das am allermeisten an dir.« Nach einer kurzen Pause fügte sie hinzu: »Na ja – das und die Tatsache, dass du die Küche aufräumst, wenn ich zu müde dafür bin.«

Travis musste lachen, ob er wollte oder nicht. Gabby schien es gar nicht zu merken.

»Aber heute wirkte Kenneth so ... so verbittert! Als ich mich nach Eleanor erkundigt habe, wusste ich intuitiv, er wünscht sich, sie wäre tot. Wenn ich das damit vergleiche, wie er früher über seine Frau gesprochen hat – und wenn ich daran denke, wie es seinen Kindern geht ... Ach, es ist alles so schrecklich.«

Travis drückte ihre Hand. »Das wird uns nicht passieren ...«

»Darum geht es nicht. Aber ich kann nicht in dem Wissen weiterleben, dass ich nicht getan habe, was ich hätte tun sollen.«

»Wovon redest du?«

Sie fuhr mit dem Daumen über seine Handfläche. »Ich liebe dich sehr, Travis. Du bist der beste Ehemann, der beste Mensch, den ich mir vorstellen kann. Und ich möchte, dass du mir etwas versprichst.«

»Was immer du willst.«

Sie schaute ihm fest in die Augen. »Wenn mir so etwas zustößt, dann lässt du mich sterben, das musst du mir versprechen.«

»Wir haben doch eine Patientenverfügung«, entgegnete er. »Sie liegt bei unserem Testament und bei den anderen Vollmachten.«

»Ich weiß«, sagte Gabby. »Aber unser Anwalt ist im Ruhestand und lebt jetzt in Florida, und meines Wissens ist außer uns dreien niemand darüber informiert, dass ich keine lebensverlängernden Maßnahmen haben möchte, wenn ich nicht mehr fähig bin, selbstständige Entscheidungen zu treffen. Es wäre dir und den Kindern gegenüber nicht fair, wenn euer Leben meinetwegen zum Stillstand käme. Und nach und nach würde ich zwangsläufig zu einer Belastung. Du würdest leiden, und die Kinder würden leiden. Davon bin ich überzeugt – spätestens, seit ich Kenneth heute Abend gesehen habe. Ich möchte nicht, dass du unseretwegen je verbittert wirst. Dafür liebe ich dich viel zu sehr. Der Tod ist immer etwas Trauriges. Aber man kann ihm nicht entrinnen. Deshalb habe ich die Patientenverfügung unterschrieben. Weil ich euch alle so sehr liebe.« Sie sprach jetzt leiser, aber umso entschlossener. »Hör zu ... ich möchte mich nicht gezwungen sehen, meinen Eltern oder meinen Schwestern von dem Entschluss zu erzählen, den wir gemeinsam gefasst haben. Ich möchte auch keinen anderen Anwalt suchen und die Verfügung noch einmal aufsetzen. Ich will mich darauf verlassen können, dass du genau das tust, was ich festlege. Und deshalb musst du mir hier und heute versprechen, dass du meinen Wunsch respektierst.«

Das Gespräch erschien Travis völlig unwirklich. »Ja ... natürlich«, murmelte er.

»Nein, nicht so. Ich will, dass du es mir versprichst. Dass du es gelobst.«

Travis musste schlucken. »Ich verspreche dir, dass ich genau das machen werde, was du willst. Ich schwöre es.«

»Egal, wie schwer es dir fällt?«

»Egal, wie schwer es mir fällt.«

»Weil du mich liebst.«
»Weil ich dich liebe.«
»Ja«, sagte sie. »Und weil ich dich auch liebe.«

Die Patientenverfügung, die Gabby beim Anwalt unterschrieben hatte, war das Dokument, das Travis ins Krankenhaus mitgenommen hatte. Unter anderem war dort festgelegt, dass eine künstliche Ernährung nach zwölf Wochen eingestellt werden sollte. Heute war der Tag, an dem er die Entscheidung fällen musste.

Während er neben ihrem Krankenhausbett saß, dachte er an das Gespräch, das sie an jenem Abend geführt hatten. Er dachte an sein Gelöbnis. In den letzten Wochen hatte er diese Sätze im Kopf immer und immer wieder nachgesprochen, und je näher das Ende der vereinbarten drei Monate rückte, desto verzweifelter hoffte er darauf, dass Gabby endlich aufwachen würde. Genau wie Stephanie. Vor sechs Wochen hatte er ihr von seinem Versprechen erzählt, von seinem Schwur. Das Bedürfnis, mit jemandem darüber zu reden, war übermächtig geworden.

Die nächsten sechs Wochen waren vergangen, ohne dass sich etwas verändert hatte. Gabby rührte sich nicht, und auch bei ihrer Gehirntätigkeit war keinerlei Verbesserung eingetreten.

Bei seinen imaginären Gesprächen mit Gabby hatte er immer wieder versucht, sie umzustimmen. Er hatte ihr erklärt, dass es kein faires Versprechen gewesen war. Er habe nur Ja gesagt, weil es ihm völlig unwahrscheinlich vorkam, dass der Fall je eintreten würde. Wenn er fähig gewesen wäre, die Zukunft vorherzusehen, hätte er die Unterlagen noch im Anwaltsbüro zerrissen, versicherte er ihr. Denn obwohl sie nicht mehr mit ihm sprechen konnte, erschien ihm ein Leben ohne sie unvorstellbar.

Er würde nie so werden wie Kenneth Baker. Er empfand keine Bitterkeit gegenüber Gabby, und dazu würde es auch niemals kommen. Nein, er brauchte sie, er brauchte die Hoffnung, die ihn erfüllte, wenn sie zusammen waren. Aus seinen Besuchen bei ihr schöpfte er Kraft. Heute Morgen war er leer und lethargisch gewesen, aber im Lauf des Tages war seine Zuversicht gewachsen – er glaubte fest, dass er eines Tages wieder mit seinen Töchtern lachen würde und für sie der Vater sein konnte, den Gabby sich wünschte. Drei Monate lang hatte es schon funktioniert, und er wusste, dass er so weitermachen konnte. Wie sollte er weiterleben, wenn Gabby nicht mehr da war? So seltsam es klang – die neue Routine in seinem Alltag hatte in ihrer Vorhersagbarkeit auch etwas Tröstliches.

Draußen vor dem Fenster spazierte erneut die Taube auf und ab, und Travis hatte beinahe den Eindruck, als würde sie gemeinsam mit ihm über die Entscheidung nachdenken. Es gab Momente, in denen er eine eigenartige Verbindung zu dieser Taube verspürte. Wollte sie ihm etwas beibringen? Aber was konnte das sein? Travis hatte nicht die geringste Ahnung. Einmal hatte er ein Stückchen Brot mitgebracht, aber ihm war nicht klar gewesen, dass man wegen des Gitters gar nichts auf den Fenstersims legen konnte. Die Taube stand auf der anderen Seite der Glasscheibe, beäugte das Brot und gurrte leise. Gleich darauf flog sie davon, kam aber schon bald zurück und blieb den ganzen Nachmittag. Danach schien sie alle Angst vor ihm verloren zu haben. Travis konnte an die Fensterscheibe klopfen – die Taube blieb sitzen. Es war eine eigenartige Situation, und während er in dem stillen Zimmer saß, dachte er viel darüber nach. Wie gern hätte er der Taube die zentrale Frage gestellt: *Muss ich über Leben und Tod entscheiden?*

Ob er wollte oder nicht – an diesen Punkt gelangte er immer wieder. Darin unterschied er sich von allen anderen Menschen, von denen erwartet wurde, dass sie die in einer Patientenverfügung vereinbarten Details ausführten. Sie taten genau das Richtige; ihre Entscheidung beruhte auf echtem Mitgefühl. Aber in seinem Fall lagen die Dinge anders, und wenn auch nur aus logischen Gründen. Wenn A und B galten, dann galt auch C. Aber wenn er nicht einen Fehler nach dem anderen gemacht hätte, wäre der Unfall nicht passiert, und wenn der Unfall nicht passiert wäre, läge Gabby jetzt nicht im Koma. Er war an ihren Verletzungen schuld – aber sie war nicht gestorben. Und jetzt sollte er die Sache zu Ende bringen, mithilfe eines offiziellen Dokuments. Er würde ein für alle Mal die Schuld an ihrem Tod auf sich laden. Dieser Unterschied erdrückte ihn, und mit jedem Tag, der ihn näher an die Entscheidung heranführte, aß er weniger. Manchmal kam es ihm so vor, als wollte Gott nicht nur, dass Gabby starb, nein, er wollte mehr – er wollte Travis zeigen, dass einzig und allein *ihn* die Schuld traf.

Gabby würde das natürlich bestreiten. Der Unfall war nichts anderes als – ein Unfall. Und *sie*, Gabby, nicht er, hatte festgelegt, wie lange sie künstlich ernährt werden wollte. Trotzdem konnte er die Bürde der Verantwortung nicht abschütteln, schon aus dem einfachen Grund, weil außer Stephanie kein Mensch wusste, was Gabby festgelegt hatte. Letzten Endes blieb es ganz allein seine Aufgabe.

Im grauen Licht des späten Nachmittags wirkte der Raum noch melancholischer als sonst. Travis war wie gelähmt. Um Zeit zu gewinnen, holte er die Blumen vom Fensterbrett, legte sie Gabby auf die Brust und setzte sich wieder hin. In dem Moment betrat Gretchen das Krankenzimmer, um Gabbys Werte zu überprüfen. Sie sagte kein Wort, notierte etwas auf ihrer Karte und lächelte knapp. Vor einem Monat, als sie gerade die Übungen machten, hatte Gabby zu ihm gesagt, sie sei davon überzeugt, dass sich Gretchen in ihn verliebt habe.

»Wird sie uns bald verlassen?«, hörte er Gretchen jetzt fragen.

Er wusste, dass sie die Verlegung in ein Pflegeheim meinte; draußen auf dem Flur hatte er die Schwestern darüber sprechen hören, dass es demnächst so weit sein werde. Trotzdem hatte Gretchens Frage noch eine andere, tiefer gehende Bedeutung, von der sie selbstverständlich nichts ahnte. Travis brachte kein Wort über die Lippen.

»Ich werde sie vermissen«, sagte Gretchen. »Und Sie auch.«

Sie schaute ihn teilnahmsvoll an.

»Ich meine das ernst. Ich arbeite hier schon länger als Gabby, und Sie hätten hören sollen, wie sie immer über Sie gesprochen hat. Und natürlich auch über die Kinder. Sie liebte ihren Job, aber man hat ihr trotzdem ganz deutlich angemerkt, dass sie am glücklichsten war, wenn sie am Ende des Tages nach Hause gehen konnte. Bei ihr war das anders als bei uns. Wir waren froh, dass wir endlich mit der Arbeit fertig waren. Aber sie hat sich gefreut, dass sie nach Hause durfte und wieder mit ihrer Familie zusammen sein konnte. Ich habe sie bewundert und fand es beneidenswert, dass sie so ein schönes Privatleben hat.«

Travis wusste nicht, was er sagen sollte.

Gretchen seufzte. Sah er Tränen in ihren Augen schimmern? »Es bricht mir das Herz, wenn ich sie hier liegen sehe. Und wenn ich Sie hier sitzen sehe. Habe ich Ihnen schon gesagt, dass alle Schwestern im Krankenhaus wissen, dass Sie Ihrer Frau zum Hochzeitstag immer Rosen geschenkt haben? Fast jede Frau hier im Haus hat sich gewünscht, ihr Mann oder ihr Freund würde so etwas auch einmal machen. Und dann, nach dem Unfall – die Art, wie Sie sich für sie einsetzen ... Ich weiß, Sie sind traurig und wütend, aber ich habe beobachtet, wie Sie die Übungen mit ihr machen. Ich habe gehört, wie Sie mit ihr reden ... Es scheint beinahe so, als gäbe es zwischen Ihnen und Gabby eine Verbindung, die nicht abbrechen kann. Das ist herzzerreißend und gleichzeitig wunderschön. Und es tut mir entsetzlich weh, dass Sie beide so viel leiden müssen. Ich bete jeden Abend für Sie und Ihre Frau.«

Travis musste die Tränen hinunterschlucken.

»Ich glaube, ich will damit vor allem eines sagen: Durch Sie und Ihre Frau habe ich gelernt, dass es wahre Liebe gibt. Und dass diese Liebe selbst in den dunkelsten Stunden weiterlebt.« Sie schwieg, und Travis sah ihr an, dass sie glaubte, sie hätte zu viel geredet. Verlegen wandte sie sich ab. Bevor sie gleich darauf aus dem Zimmer ging, legte sie ihm die Hand auf die Schulter. Ihre Hand war warm und leicht, und nach dieser kurzen Berührung war Travis wieder ganz allein mit seinem Gewissen.

Es war Zeit. Ein Blick auf die Uhr sagte ihm, dass er den Aufbruch nicht länger hinauszögern konnte. Die anderen warteten auf ihn. Er schloss die Rollos, und aus reiner Gewohnheit machte er den Fernseher an. Zwar wusste er, dass die Schwestern ihn später wieder abstellen würden, aber er wollte nicht, dass Gabby allein in diesem Raum zurückblieb, in dem es stiller war als in einem Grab.

So oft schon hatte er sich ausgemalt, wie er den anderen erzählen würde, was passiert war. Er sah sich bei seinen Eltern am Küchentisch sitzen. »Ich habe keine Ahnung, warum sie aufgewacht ist«, hörte er sich selbst kopfschüttelnd sagen. »Soviel ich weiß, gibt es keine Erklärung. Eigentlich war alles genau wie bei meinen anderen Besuchen ... außer dass sie plötzlich die Augen geöffnet hat.« Seine Mutter würde Freudentränen vergießen, und dann würde er Gabbys Eltern anrufen. Manchmal schien ihm das alles so greifbar, als wäre es wirklich geschehen, und er hielt den

Atem an, um dieses Gefühl des Staunens und des Glücks auszukosten.

Aber heute bezweifelte er, dass dieses Wunder je passieren würde. An der Tür drehte er sich noch einmal um und betrachtete Gabby. Wer waren sie eigentlich, Gabby und er? Wie waren sie in diese Situation geraten? Es hatte eine Zeit gegeben, in der er eine einleuchtende Antwort auf diese Fragen gehabt hätte, aber das war lange her. Inzwischen verstand er gar nichts mehr. Die Neonlampe an der Decke sirrte leise. Wie sollte er sich entscheiden? Er wusste es immer noch nicht. Nur eines schien ihm sonnenklar: Gabby lebte noch, und wo Leben war, da gab es Hoffnung. Aber wie konnte es sein, dass ein Mensch, den er so gut kannte, so weit weg von ihm war?

Heute war der Tag der Entscheidung. Wenn er die Wahrheit sagte, bedeutete das, dass Gabby sterben würde. Wenn er log, hieß es, dass er Gabbys Wunsch nicht respektierte. Ach, wenn sie ihm doch sagen könnte, was er tun sollte! Und plötzlich war es, als würde er aus der Ferne ganz leise ihre Stimme hören.

Ich habe es dir doch schon gesagt, mein Schatz. Du weißt, was du tun musst.

Aber die Verfügung beruhte doch auf falschen Grundvoraussetzungen!, wollte er einwenden. Wenn er die Zeit zurückdrehen könnte, würde er sein Versprechen rückgängig machen. Er fragte sich, ob sie ihn unter anderen Bedingungen überhaupt darum gebeten hätte. Wäre sie mit dieser Bitte an ihn herangetreten, wenn sie gewusst hätte, dass er derjenige sein würde, der an ihrem Koma schuld war? Oder wenn sie geahnt hätte, dass es auch einen Teil von ihm umbringen würde, weil er zusehen musste, wie sie allmählich verhungerte, nachdem die künstliche Ernährung eingestellt worden war? Oder wenn er ihr gesagt hätte, er sei überzeugt, ein besserer Vater sein zu können, solange sie noch am Leben war, selbst wenn sie nie wieder zu Bewusstsein kam?

Er konnte es nicht mehr ertragen. Etwas in ihm schrie verzweifelt: *Bitte, wach auf!* Das Echo dieses stummen Schreis schien jede Zelle seines Körpers zu erschüttern. *Bitte, Liebling, tu es für mich. Für unsere Töchter. Sie brauchen dich. Ich brauche dich. Mach die Augen auf, bevor ich gehe – solange noch Zeit ist ...*

Und in dem Moment glaubte er, ein Zucken zu sehen – er hätte schwören können, dass sie sich bewegte. Es schnürte ihm die Kehle zu, er brachte kein Wort heraus, denn er wusste ja, dass er es sich nur eingebildet hatte. Sie hatte sich nicht gerührt, und während er sie durch einen Schleier aus Tränen anschaute, spürte er, wie seine Seele zu sterben begann.

Er musste gehen, aber vorher wollte er noch etwas versuchen. Wie alle Menschen kannte auch er das Märchen von Dornröschen. Der Kuss des Prinzen hatte den bösen Zauber besiegt. Daran dachte er jeden Tag, wenn er sich von Gabby verabschiedete. Heute erschien es ihm noch dringender. Es war seine letzte Chance. Trotz allem spürte er wieder einen Hoffnungsschimmer. Vielleicht war diesmal wirklich alles anders. Natürlich war seine Liebe zu Gabby schon immer da gewesen, aber der Druck der endgültigen Entscheidung war neu, und möglicherweise ergab sich ja aus dieser Kombination die magische Formel, die er bisher noch nicht gefunden hatte. Er trat ans Bett. *Diesmal wird sie aufwachen*, sagte er sich. Sein Kuss würde ihre Lungen mit Leben erfüllen. Sie würde leise stöhnen, noch ein wenig verwirrt, aber dann würde sie begreifen, was er tat. Sie würde spüren, wie sein Leben auf sie überging. Sie würde die Tiefe seiner Liebe erfassen, und mit einer Leidenschaft, die ihn überraschte, würde sie seinen Kuss erwidern.

Er beugte sich über sie, bis sein Gesicht ganz dicht vor Gabbys war. Sein Atem vermischte sich mit ihrem. Stumm schloss er die Augen, weil er nicht an die tausend bisherigen Küsse denken wollte, und presste seine Lippen auf ihren Mund. In dem Moment spürte er einen Funken, spürte, wie sie zu ihm zurückkam. Sie war der Arm, der sich in Zeiten der Angst tröstend um ihn legte, sie war das Flüstern neben ihm auf dem Kopfkissen mitten in der Nacht. *Es funktioniert*, dachte er, *es funktioniert tatsächlich ...* doch noch während sich sein Herzschlag beschleunigte, wurde ihm bewusst, dass sich nichts verändert hatte, gar nichts.

Er löste sich von ihr. Alles, was er nun noch tun konnte, war, ihr zärtlich mit dem Finger über die Wange zu streichen. Seine Stimme war heiser, kaum hörbar, als er sagte:

»Leb wohl, Liebling.«

Kapitel 22

Wie weit darf ein Mensch gehen im Namen der Liebe?

Selbst jetzt, nachdem er sich entschieden hatte, wusste Travis noch keine Antwort auf diese Frage. Er bog in die Einfahrt. Stephanies Wagen stand vor dem Haus, aber alle Räume waren dunkel – bis auf das Wohnzimmer. Wie gut, dass seine Schwester da war. Ein leeres Haus hätte er jetzt nicht ertragen.

Beim Aussteigen schlug ihm eisige Luft entgegen, und er zog seine Jacke fester um sich. Der Mond war noch nicht aufgegangen, aber die Sterne funkelten schon am Himmel. Wenn er sich anstrengte, konnte er sich an die Namen der Sternbilder erinnern, die Gabby ihm damals gezeigt hatte. Ein Lächeln spielte um seine Lippen, als er an diesen Abend dachte. Die Erinnerung war so klar wie der Nachthimmel über ihm, aber er schob sie weg, weil er nicht die Kraft hatte, sie zu ertragen. Nicht heute Abend.

Der Rasen glänzte feucht. Bestimmt war morgen früh alles spiegelglatt. Travis nahm sich vor, gleich für die Mädchen Handschuhe und Schals bereitzulegen, damit er nicht vor der Schule hektisch danach suchen musste. Sie würden in ein paar Minuten nach Hause kommen, und trotz aller Müdigkeit freute er sich auf sie. Die Hände tief in den Taschen vergraben, eilte er zum Eingang.

Als sie seine Schritte hörte, drehte sich Stephanie zu ihm um. Er merkte, dass sie seinen Gesichtsausdruck zu entziffern versuchte.

»Travis«, sagte sie nur und kam ihm entgegen.

»Hallo, Steph.« Er zog die Jacke aus und schüttelte irritiert den Kopf – komisch, dass er sich an die Heimfahrt überhaupt nicht erinnern konnte.

»Ist alles in Ordnung?«

Er zögerte für einen Moment, ehe er antwortete. »Ich weiß es nicht.«

Sie legte ihm die Hand auf den Arm. »Soll ich dir etwas zu trinken bringen?«, fragte sie leise.

»Ja, das wäre nett. Am liebsten ein Glas Wasser.«

Sie schien erleichtert, dass sie etwas für ihn tun konnte. »Ich bin gleich wieder bei dir.«

Müde setzte er sich aufs Sofa und lehnte sich zurück. Diese abgrundtiefe Erschöpfung! Es war fast so, als hätte er den ganzen Tag am Meer verbracht und mit den Wellen gekämpft. Stephanie kam zurück, ein Glas Wasser in der Hand.

»Christine hat gerade angerufen. Sie kommt ein paar Minuten später. Lisa ist schon unterwegs.«

Er nickte. Fast automatisch fiel sein Blick auf das Familienfoto.

»Möchtest du darüber sprechen?«

Bevor er antwortete, trank er einen Schluck. Seine

Kehle war wie ausgetrocknet. »Hast du über die Frage nachgedacht, die ich dir vorhin gestellt habe? Wie weit darf man gehen – im Namen der Liebe?«

Sie legte die Stirn in Falten. »Ich dachte, ich hätte sie beantwortet.«

»Ja, irgendwie schon.«

»Wie bitte? Willst du etwa behaupten, meine Antwort war dir nicht gut genug?«

Er musste grinsen. Ach, er war Stephanie unglaublich dankbar dafür, dass sie noch so mit ihm reden konnte wie immer. »Eigentlich wollte ich von dir hören, was du in meiner Situation getan hättest.«

»Ich weiß genau, was du hören wolltest, aber …« Sie zögerte. »Ich weiß es nicht, Trav. Wirklich nicht. Ich kann mir nicht vorstellen, wie es wäre, wenn ich so eine Entscheidung treffen müsste. Und – ehrlich gesagt – ich glaube, das kann niemand.« Mit einem Seufzer fügte sie hinzu: »Manchmal wäre es mir lieber, du hättest es mir nie erzählt.«

»Ja, du hast recht. Ich hätte dich nicht mit meinen Problemen belasten dürfen.«

Sie schüttelte den Kopf. »Nein, so habe ich es nicht gemeint. Du musst mit jemandem darüber reden, und ich bin froh, dass du mir so viel Vertrauen schenkst. Ich habe nur unendlich viel Mitleid mit dir, weil ich weiß, was du durchmachst. Der Unfall, deine eigenen Verletzungen, die Angst um die Kinder, deine Frau, die im Koma liegt … und dann stehst du außerdem noch vor der Entscheidung, ob du dich nach Gabbys Wunsch richten sollst oder nicht. Das ist einfach zu viel.«

Travis schwieg.

»Ich mache mir Sorgen um dich«, fuhr Stephanie fort. »Seit du es mir erzählt hast, habe ich kaum geschlafen.«

»Tut mir leid.«

»Du brauchst dich nicht zu entschuldigen. Eigentlich muss ich *dich* um Verzeihung bitten. Ich hätte gleich, als es passiert ist, wieder hierherziehen sollen. Dann hätte ich Gabby viel öfter besuchen können und wäre immer für dich da gewesen, wenn du mit jemandem reden wolltest.«

»Mach dir keine Gedanken. Ich bin froh, dass du deinen Job nicht gekündigt hast. Du hast viel Zeit und Mühe investiert, um dorthin zu gelangen, wo du jetzt bist, und Gabby weiß das auch. Außerdem warst du viel häufiger hier, als ich erwartet hätte.«

»Es tut nur furchtbar weh, zu sehen, wie du leidest.«

Er legte ihr den Arm um die Schulter. Schweigend saßen sie nebeneinander. Travis hörte, wie die Heizung ansprang. Stephanie seufzte wieder. »Ich möchte noch etwas sagen, was du unbedingt wissen solltest: Egal wie du dich entscheidest, ich unterstütze dich. Okay? Ich weiß besser als die meisten Leute, wie sehr du Gabby liebst.«

Travis schaute nach draußen. Im Nachbarhaus leuchteten die Fenster. »Ich habe es nicht über mich gebracht«, murmelte er schließlich.

Er versuchte, seine Gedanken zu sammeln, und setzte noch einmal an: »Ich dachte, ich kann es, ich habe mir sogar die Formulierung zurechtgelegt, wie ich den Ärzten sagen will, dass sie den Schlauch für die künstliche Ernährung entfernen sollen. Ich weiß, so hat Gabby es sich gewünscht, aber ich ... ich kann es einfach nicht. Selbst wenn ich sie für den Rest meines Lebens im Pflegeheim besuchen muss. Ich liebe sie viel zu sehr, um sie gehen zu lassen.«

Stephanie lächelte traurig. »Ich weiß. Ich habe es dir gleich angesehen, als du zur Tür hereingekommen bist.«

»Denkst du, ich habe das Richtige getan?«

»Ja«, antwortete sie, ohne auch nur eine Sekunde zu zögern.

»Für mich – oder für Gabby?«

»Für euch beide.«

Er schluckte. »Glaubst du, sie wacht wieder auf?«

Stephanie schaute ihm fest in die Augen. »Ja, das glaube ich. Ihr zwei – zwischen euch ist irgendetwas ganz Besonderes. Ich meine, die Art, wie ihr einander anschaut, die Art, wie sie sich an dich schmiegt, wenn du ihr die Hand auf den Rücken legst, und wie ihr immer zu wissen scheint, was der andere gerade denkt ... Ich fand schon immer, dass euch etwas Außerordentliches verbindet. Das ist übrigens einer der Gründe, weshalb ich das Heiraten noch hinausschiebe. Ich möchte eine ähnliche Beziehung haben wie ihr, und ich bin mir nicht sicher, ob ich sie schon gefunden habe. Ich weiß nicht mal, ob ich sie je finden werde. Und wenn man einander so liebt ... Es heißt ja immer, dann ist alles möglich. Du liebst Gabby, und Gabby liebt dich, und eine Welt, in der ihr zwei *nicht* zusammen seid, kann ich mir einfach nicht vorstellen. Ihr seid füreinander bestimmt.«

Travis nahm das, was sie gesagt hatte, schweigend in sich auf.

»Und wie geht es jetzt weiter?«, fragte seine Schwester. »Soll ich dir helfen, die Patientenverfügung zu verbrennen?«

Gegen seinen Willen musste er lachen. »Vielleicht später.«

»Und der Anwalt? Meinst du, er meldet sich bei dir und weist dich zurecht?«

»Ich habe seit Jahren nichts mehr von ihm gehört.«

»Siehst du, das ist doch auch ein Zeichen dafür, dass du dich richtig entschieden hast.«

»Ja, vielleicht.«

»Wie sieht's mit Pflegeheimen aus?«

»Gabby soll nächste Woche verlegt werden. Ich muss jetzt die entsprechenden Vorbereitungen treffen.«

»Brauchst du Hilfe?«

Er rieb sich die Schläfen, weil er auf einmal wieder entsetzlich müde war. »Ja«, sagte er. »Das fände ich gut.«

»Hey –« Sie schüttelte ihn ein bisschen. »Ich sag's noch mal: Du hast die richtige Entscheidung getroffen. Mach dir keine Vorwürfe, in keiner Hinsicht. Sie will leben. Sie möchte die Chance haben, zu dir und den Mädchen zurückzukommen.«

»Ich weiß. Aber …«

Er konnte den Satz nicht zu Ende bringen. Die Vergangenheit war verschwunden und die Zukunft noch nicht sichtbar, und er wusste, dass er sich jetzt ganz auf die Gegenwart konzentrieren musste ... doch der Alltag erschien ihm plötzlich unerträglich und endlos.

»Ich habe Angst«, gab er schließlich zu.

»Ich weiß«, sagte Stephanie und zog ihn an sich. »Ich auch.«

Epilog

JUNI 2007

Die gedämpften Farben der Winterlandschaft waren dem üppigen Grün des Frühsommers gewichen. Travis saß auf der hinteren Veranda und hörte die Vögel singen, Dutzende, vielleicht sogar Hunderte zwitscherten und gurrten in den Bäumen, und immer wieder stieg ein Starenschwarm auf und überquerte in einer so geordneter Flugformation den Himmel, dass es aussah wie einstudiert.

Es war Samstagnachmittag. Christine und Lisa spielten mit der Autoreifenschaukel, die Travis letzte Woche für sie aufgehängt hatte. Weil sie in einem langen, niedrigen Bogen schaukeln sollten – anders als bei den üblichen Schaukeln –, hatte er ein paar der niedrigen Zweige abgesägt, bevor er das Seil so hoch wie möglich im Baum befestigt hatte. Vorhin hatte er mehr als eine Stunde damit verbracht, die Mädchen anzustoßen und ihrem vergnügten Lachen zuzuhören. Sein T-Shirt war am Rücken nass geschwitzt gewesen, aber seine Töchter konnten einfach nicht genug bekommen.

»Euer Daddy muss sich mal ein paar Minuten ausruhen«, hatte er schließlich geächzt. »Ich bin müde. Ihr könnt euch jetzt auch gegenseitig anstoßen.«

Man sah ihnen ihre Enttäuschung an, sie zogen einen Flunsch und ließen die Schultern hängen, aber es dauerte nicht lange, da quietschten und kicherten sie wieder fröhlich. Ein Lächeln spielte um Travis Lippen, während er ihnen zuschaute. Er liebte den harmonischen Klang ihrer Stimmen, und ihm wurde warm ums Herz, wenn er sah, wie schön sie miteinander spielten. Hoffentlich blieben sie einander immer so nahe. Wenn er und Stephanie in irgendeiner Weise als Vorbild dienten, dann würden sie, wenn sie älter waren, sogar noch besser miteinander auskommen. Doch solche Dinge wusste niemand im Voraus, man konnte nur hoffen. Hoffnung, das hatte er gelernt, war manchmal das Einzige, was einem Menschen noch blieb. Vor allem in den vergangenen vier Monaten war ihm das noch einmal bewusst geworden.

Nachdem er seine Entscheidung getroffen hatte, war das Leben langsam zu einer gewissen Normalität zurückgekehrt. Jedenfalls äußerlich. Gemeinsam mit Stephanie hatte er verschiedene Pflegeheime besichtigt, bestimmt ein halbes Dutzend. Vor dieser Aktion hatte er ziemliche Vorurteile gehabt: Pflegeheime waren alle schlecht beleuchtet, die Zimmer schmutzig, verwirrte Patienten wanderten klagend durch die Flure, sogar mitten in der Nacht, und sie wurden von Pflegern bewacht, die ziemlich bedrohlich aussahen. Das traf aber alles nicht zu. Jedenfalls nicht auf die Heime, die er und Stephanie besuchten.

Die meisten waren hell und luftig und wurden von gewissenhaften, klugen, gut gekleideten Männern und Frauen mittleren Alters geleitet, die größten Wert darauf legten, zu beweisen, dass ihre Einrichtung noch hygienischer als die meisten anderen war und dass ihr Personal höflich, einfühlsam und professionell arbeitete. Während sich Travis bei den Besichtigungstouren vor allem überlegte, ob es Gabby hier gefallen würde und ob sie die jüngste Patientin wäre, stellte Stephanie die zentralen Fragen. Sie erkundigte sich, wie die Mitarbeiter ausgewählt wurden, welche Notfallmaßnahmen eingeplant waren; sie überlegte laut, wie schnell auf Beschwerden reagiert wurde, und beim Gang durch die Korridore gab sie zu verstehen, dass sie die gesetzlichen Vorschriften bis ins Detail kannte. Sie entwickelte hypothetische Situationen und fragte, wie die Beschäftigten und die Leitung sich in einem entsprechenden Fall verhalten würden, und sie wollte wissen, wie häufig man Gabby drehen würde, um zu verhindern, dass sie sich wund lag. Manchmal kam sie Travis vor wie eine Staatsanwältin, die einen Verbrecher überführen will, und wenn sie auch den einen oder anderen Heimleiter sicher etwas nervte, war Travis froh darüber, dass sie so gut aufpasste. In seiner Verfassung schaffte er es kaum, einigermaßen zu funktionieren.

Schließlich wurde Gabby mit dem Krankenwagen in ein Heim transportiert, das nur zwei Straßen vom Krankenhaus entfernt lag und von einem Mann namens Elliot Harris geleitet wurde. Harris hatte sowohl auf Travis als auch auf Stephanie einen ausgezeichneten Eindruck gemacht. Stephanie füllte die Formulare aus und deutete dabei an, dass sie Leute im Justizministerium kannte. Ob das stimmte, vermochte Travis nicht zu sagen, aber mit ihrer Beharrlichkeit sorgte sie dafür, dass Gabby ein wunderschönes Einzelzimmer bekam, das auf den Innenhof hinausging. Wenn Travis sie besuchte, rollte er immer als Erstes ihr Bett ans Fenster und schüttelte die Kissen auf. Er stellte sich vor, dass sie sich über die Geräusche im Innenhof freute, wo sich Patienten mit Freunden und Familienmitgliedern aufhielten und plauderten. Und dass ihr das Sonnenlicht guttat. Das hatte sie ihm nämlich einmal gesagt, als er die gymnastischen Übungen mit ihr machte. Außerdem hatte sie ihm eröffnet, dass sie seine Entscheidung nachvollziehen konnte – und froh darüber war. Jedenfalls hatte ihre imaginäre Stimme ihm das mitgeteilt.

Nachdem sie in das Heim verlegt worden war, verbrachte Travis noch eine knappe Woche lang den ganzen Tag bei ihr, damit sie sich gemeinsam an die neue Umgebung gewöhnen konnten. Danach begann er wieder in der Praxis zu arbeiten. Er befolgte Stephanies Rat und blieb anfangs an vier Tagen nur bis ein Uhr, danach löste sein Vater ihn ab. Ihm war nicht klar gewesen, wie sehr ihm der Kontakt zu anderen Menschen gefehlt hatte, und wenn er sich nun mit seinem Vater zum Mittagessen verabredete, hatte er wieder mehr Appetit. Dadurch, dass er regelmäßig arbeitete, musste er seine Besuche bei Gabby entsprechend organisieren. Zuerst brachte er die Mädchen zum Schulbus, anschließend ging er eine Stunde ins Pflegeheim zu Gabby. Nach der Arbeit saß er wieder etwa eine Stunde bei ihr, ehe die Mädchen von der Schule nach Hause kamen. Freitags war er fast die ganze Zeit bei ihr und auch am Wochenende meistens mehrere Stunden. Das hing zum Teil von den Plänen seiner Töchter ab. Gabby hätte darauf bestanden, dass er sich nach ihnen richtete, davon war er überzeugt. Manchmal wollten sie am Wochenende mit zu ihrer Mutter gehen, aber meistens hatten sie keine große Lust, oder sie hatten andere Pläne – Fußballspiele, Kindergeburtstage, Rollschuh laufen. Weil er jetzt nicht mehr mit der Entscheidung konfrontiert war, ob Gabby leben oder sterben sollte, störte es ihn weniger als früher, dass die Mädchen sich immer weiter von ihr entfernten. Seine Töchter taten das, was sie tun mussten, damit ihre Wunden heilten und sie weiterleben konnten. Genau wie er selbst. Er war alt genug, um zu wissen, dass jeder Mensch seine Trauer anders verarbeitete. Nach und nach schienen sie alle ihr neues Leben zu akzeptieren. Und dann, neun Wochen, nachdem Gabby ins Pflegeheim gekommen war, erschien eines Nachmittags die Taube an ihrem Fenster.

Zuerst konnte Travis es nicht glauben. Natürlich wusste er nicht mit hundertprozentiger Sicherheit, ob es tatsächlich derselbe Vogel war. Woran hätte er das auch feststellen sollen? Grau und weiß und schwarz, mit glänzenden Augen, die aussahen wie kleine Perlen – irgendwie sahen Tauben alle gleich aus, und meistens waren sie ziemlich lästig. Und trotzdem ... Instinktiv wusste er, dass es dieselbe war, die auch im Krankenhaus immer an Gabbys Fenster gesessen hatte. Es konnte gar nicht anders sein. Die Taube spazierte auf dem Sims hin und her und erschrak überhaupt nicht, wenn Travis ans Fenster trat. Und auch ihr Gurren klang ... vertraut. Eine Million Menschen hätten ihn sofort für verrückt erklärt, und ein Teil von ihm hätte ihnen sogar zugestimmt, und doch ...

Es war dieselbe Taube, auch wenn es noch so übergeschnappt klang.

Travis beobachtete sie voller Staunen und Verwunderung. Am nächsten Tag brachte er ein paar Scheiben helles Toastbrot mit, und zerkrümelte es auf dem Fenstersims. Immer wieder hielt er nach der Taube Ausschau, aber sie kam nicht. An den folgenden Tagen war er richtig deprimiert, weil sie sich nicht mehr blicken ließ. Er redete sich ein, sie habe nur vorbeigeschaut, um sich zu versichern, dass Travis immer noch auf Gabby aufpasste. Entweder das – oder sie war gekommen, weil sie ihm sagen wollte, er dürfe die Hoffnung nicht aufgeben und seine Entscheidung sei die richtige gewesen.

Während er jetzt auf der hinteren Veranda saß und an diese Begegnung mit der Taube dachte, erschien es ihm plötzlich ganz seltsam, dass er tatsächlich hier war, seinen spielenden Töchtern zuschaute – und so glücklich sein konnte. Er hatte dieses Gefühl fast vergessen, diese innere Sicherheit, dass alles auf der Welt in Ordnung war. Hatte das Erscheinen der

Taube die Veränderungen angekündigt, die sich in seinem Leben anbahnten? Über solche Phänomene nachzudenken, war sicher sehr menschlich, und Travis wusste, dass er den Rest der Geschichte immer und immer wieder erzählen würde – bis an sein Lebensende.

Was war passiert? Es geschah mitten am Vormittag, sechs Tage, nachdem die Taube wieder aufgetaucht war. Travis arbeitete gerade in der Praxis. In einem der Behandlungszimmer wartete eine kranke Katze, im zweiten ein junger Dobermann, der geimpft werden musste. Travis befand sich im dritten Raum und war dabei, einen verletzten kleinen Mischling, halb Labrador, halb Golden Retriever, zu nähen. Er hatte sich eine tiefe Wunde gerissen, als er unter einem Stacheldraht durchkrabbeln wollte. Travis machte den letzten Stich, verknotete den Faden und wollte dem Besitzer erklären, worauf er achten musste, damit sich die Wunde nicht entzündete, als eine Helferin ohne anzuklopfen ins Zimmer gestürmt kam. Verwundert drehte sich Travis um.

»Es ist Elliot Harris«, verkündete die Helferin. »Er möchte Sie unbedingt sprechen.«

»Können Sie nicht seine Nachricht entgegennehmen?«, fragte Travis mit einem Blick auf den Hund und seinen Herrn.

»Aber er sagt, es ist dringend.«

Travis entschuldigte sich bei dem Hundebesitzer und bat die Helferin, kurz im Raum zu bleiben. Dann ging er in sein Büro und schloss die Tür hinter sich.

Das Telefon blinkte, um zu signalisieren, dass Harris in der Leitung wartete.

Rückblickend wusste Travis nicht mehr, was er eigentlich gedacht hatte. Aber ihn beschlich ein sehr eigenartiges Gefühl, als er zum Hörer griff. Es war das erste – und einzige – Mal, dass Elliot Harris ihn bei der Arbeit anrief. Er atmete einmal tief durch und drückte die Taste.

»Hier ist Travis Parker.«

»Doktor Parker, hier spricht Elliot Harris«, sagte der Leiter des Pflegeheims. Seine Stimme klang ruhig und beherrscht. »Ich glaube, Sie sollten so schnell wie möglich herkommen.«

In der kurzen Stille, die nun folgte, schossen Travis Hunderttausend Gedanken durch den Kopf: Gabby atmete nicht mehr, ihr Zustand hatte sich verschlechtert, es bestand keine Hoffnung mehr. Er umklammerte den Hörer, als könnte er so das Unglück abwehren.

»Ist etwas mit meiner Frau?«, fragte er mit erstickter Stimme.

Wieder schwiegen sie beide. Vermutlich waren es nur ein, zwei Sekunden – ein Lidschlag, der ein halbes Jahrhundert dauerte, so beschrieb er es später. Und als er die drei Wörter hörte, fiel ihm der Hörer aus der Hand.

Er war merkwürdig gefasst, als er sein Büro verließ. Jedenfalls erzählten ihm seine Mitarbeiterinnen das später. Man habe ihm überhaupt nichts angemerkt, sagten sie. Er sei an der Anmeldung vorbeigegangen, ohne jemanden zu beachten. Alle in der Praxis, auch die Besitzer mit ihren Tieren, wussten, dass seine Frau in einem Pflegeheim lag. Madeline, ein achtzehnjähriges Mädchen, das in der Anmeldung arbeitete, starrte ihn mit großen Augen an, als er sich noch einmal umdrehte und auf sie zukam. Inzwischen hatten alle Anwesenden erfahren, dass der Leiter des Pflegeheims angerufen hatte. Auch hier verbreitete sich jede Neuigkeit wie ein Lauffeuer.

»Würden Sie bitte meinen Vater anrufen und ihn fragen, ob er in die Praxis kommen kann?«, sagte Travis zu Madeline. »Ich muss ins Pflegeheim.«

»Ja, selbstverständlich, gern«, sagte sie und fügte schüchtern hinzu: »Ist alles okay?«

»Könnten Sie mich vielleicht hinfahren? Ich glaube, es wäre nicht gut, wenn ich mich ans Steuer setze.«

»Natürlich.« Sie musterte ihn ängstlich. »Ich rufe nur noch schnell Ihren Vater an.«

Während sie die Nummer wählte, stand Travis wie gelähmt neben ihr. Im Wartezimmer war alles mucksmäuschenstill; selbst die Tiere schienen die Spannung in der Luft zu spüren. Wie aus weiter Ferne hörte Travis, dass Madeline mit seinem Vater sprach. Er registrierte gar nicht, wo er eigentlich war. Erst als Madeline auflegte und ihm mitteilte, sein Vater werde gleich da sein, schien er seine Umgebung wieder wahrzunehmen. Er sah die Angst in Madelines Augen. Vielleicht, weil sie noch so jung war und nicht viel Ahnung hatte, sprach sie die Frage aus, die alle anderen nicht zu stellen wagten.

»Was ist passiert?«

Travis sah die Anteilnahme auf den Gesichtern der anderen. Die meisten kannten ihn seit Jahren, manche sogar schon seit seiner Kindheit. Einige hatten auch Gabby kennengelernt und waren nach dem Unfall tief betroffen gewesen. Eigentlich ging sein Schicksal niemanden etwas an, und doch betraf es auch die anderen, weil hier seine Wurzeln waren. Sie lebten alle in Beaufort, das Städtchen war ihr Zuhause, und als er sich umschaute, wurde ihm klar, dass ihre Neugier eigentlich so etwas war wie Familienliebe. Trotzdem brachte er kein Wort über die Lippen. Tausendmal hatte er sich diesen Tag vorgestellt, aber jetzt war sein Kopf plötzlich ganz leer. Seine Gedanken waren weit weg, er bekam sie nicht zu greifen, und in Worte fassen konnte er sie erst recht nicht. Er wusste nicht, was er denken sollte. Hatte er Harris überhaupt richtig verstanden – oder war alles nur ein Traum? Er wollte die Wirklichkeit hinter den Worten verstehen, doch sosehr er sich auch bemühte, er konnte keinen Satz zu Ende zu denken. Der Schreck verhinderte, dass er irgendetwas fühlte. Später sollte er die Situation so beschreiben, dass er sich vorkam wie auf einer Wippe – am einen Ende befand sich das höchste Glück und am anderen unendliches Leid, und er stand in der Mitte, gelähmt von der Angst, durch eine einzige falsche Bewegung in den Abgrund zu stürzen.

Er legte die Hand auf die Anmeldungstheke, um Halt zu finden. Madeline kam mit ihrem Autoschlüssel. Travis sah sich um, warf einen Blick ins Wartezimmer, schaute Madeline an und dann zu Boden. Und als er wieder aufblickte, schaffte er es endlich, die drei Wörter zu wiederholen, die er gerade am Telefon gehört hatte.

»Sie ist aufgewacht.«

Zwölf Minuten später, nachdem sie dreißigmal die Spur gewechselt und drei Ampeln bei Gelb – wenn nicht sogar bei Rot – überquert hatten, hielt Madeline vor dem Eingang des Pflegeheims. Travis hatte während der Fahrt kein Wort gesagt, aber er lächelte ihr beim Aussteigen dankbar zu.

Die Fahrt hatte nichts geholfen, er war noch genauso verwirrt wie vorher. Er hatte die Hoffnung nie aufgegeben, obwohl sie längst grundlos zu sein schien. Und nun konnte er innerlich kaum an sich halten vor Freude – aber gleichzeitig war er nicht fähig, die Angst abzuschütteln. Hatte er etwas missverstanden? Vielleicht war sie nur einen Augenblick lang aufgewacht und sofort wieder ins Koma gefallen, vielleicht hatte jemand falsche Informationen weitergegeben. Und es konnte doch auch sein, dass Harris nur einen obskuren medizinischen Zustand gemeint hatte, bei dem sich die Gehirnfunktion verbessert, sonst nichts. In Travis' Kopf drehte sich alles, mit rasender Geschwindigkeit wechselten sich Bilder der Zuversicht und der Verzweiflung ab. Er betrat das Gebäude.

Elliot Harris erwartete ihn bereits und wirkte sehr gelassen – Travis konnte sich nicht vorstellen, selbst je wieder so ruhig zu sein.

»Ich habe den Arzt und die Neurologin bereits angerufen. Die beiden müssten auch in ein paar Minuten hier sein«, sagte er. »Aber Sie können gern schon mal nach oben gehen.«

»Heißt das – sie ist wirklich wach?«

Harris, der ihn kaum kannte, legte ihm begütigend die Hand auf die Schulter und sagte: »Gehen Sie zu ihr. Sie hat nach Ihnen gefragt.«

Jemand hielt ihm die Tür auf – er konnte sich später beim besten Willen nicht daran erinnern, ob es ein Mann oder eine Frau war –, und er betrat den Patiententrakt. Gleich rechts war die Treppe, er rannte die Stufen hinauf, merkte aber unterwegs, wie seine Kräfte nachließen. Im ersten Stock riss er die Tür zur Station auf und sah eine Krankenschwester und einen Pfleger da stehen, als würden sie auf ihn warten. Sie lächelten beide. Sicher wollten sie ihm alle Details mitteilen, aber Travis lief einfach weiter, und sie hielten ihn auch nicht auf. Kurz vor Gabbys Zimmer hatte er das Gefühl, als würden seine Knie nachgeben. Er musste sich einen Moment lang an die Wand lehnen und tief durchatmen.

Es war die zweite Tür links. Sie stand offen, und er hörte Stimmen. Wieder zögerte er. *Wenn ich mir doch wenigstens die Haare frisiert hätte*, dachte er – obwohl er genau wusste, dass das jetzt wirklich keine Rolle spielte. Er trat ein und sah Gretchens strahlendes Gesicht.

»Ich war im Krankenhaus und stand zufällig gerade neben dem Arzt, als der Anruf kam, und da bin ich sofort losgelaufen …«

Travis hörte kaum, was sie sagte. Er hatte nur Augen für Gabby, für seine Frau, die aufrecht in ihrem Bett saß, die Kissen im Rücken. Sie wirkte etwas schwach und desorientiert, aber ihr glückliches Lächeln sagte ihm alles, was er wissen musste.

»Ich denke, ihr zwei habt euch bestimmt viel zu erzählen«, murmelte Gretchen und zog sich zurück.

»Gabby?«, flüsterte Travis tonlos.

»Travis«, krächzte sie. Ihre Stimme klang anders als früher, kratzig und heiser, weil sie so lange geschwiegen hatte, aber trotzdem war es eindeutig Gabbys Stimme. Mit langsamen Schritten ging Travis auf ihr Bett zu, ohne auch nur für den Bruchteil einer Sekunde die Augen von ihr zu nehmen. Dass Gretchen auf Zehenspitzen das Zimmer verließ und leise die Tür hinter sich schloss, registrierte er gar nicht.

»Gabby?«, wiederholte er ungläubig. Und wie im Traum – es erschien ihm immer noch wie ein Traum – sah er, dass sie die Hand hob und sie dann erschöpft auf ihren Bauch sinken ließ, als würde ihre Kraft nicht weiter reichen.

Er setzte sich zu ihr auf die Bettkante.

»Wo warst du?«, fragte sie. Sie sprach etwas schleppend, aber voller Liebe, voller Leben. Sie war wach! »Ich wusste gar nicht, wo du bist.«

»Jetzt bin ich hier«, antwortete Travis, und dann brach es aus ihm heraus, er schluchzte hemmungslos, beugte sich zu Gabby – ach, wie lange hatte er sich danach gesehnt, dass sie ihn umarmen würde, und als er ihre Hand auf seinem Rücken fühlte, weinte er noch heftiger. Es war kein Traum. Gabby hielt ihn in ihren Armen, sie wusste, wer er war und wie viel sie ihm bedeutete. *Es ist wahr*, dachte er nur, *dieses Mal ist es wahr* ...

Weil Travis nicht von Gabbys Seite weichen wollte, übernahm sein Vater während der nächsten Tage erneut die Vertretung in der Praxis. Erst vor Kurzem hatte Travis wieder begonnen, fast Vollzeit zu arbeiten, und an Wochenenden wie jetzt – die Mädchen tobten lachend und vergnügt im Garten herum, Gabby war in der Küche – passierte es ihm immer wieder, dass er versuchte, die Einzelheiten der vergangenen Monate zu rekonstruieren. Seine Erinnerung an die Tage, die er im Krankenhaus verbracht hatte, war ganz verschwommen, wie im Nebel, als wäre er fast genauso bewusstlos gewesen wie Gabby.

Gabby war natürlich nicht ohne Nachwirkungen aus dem Koma erwacht. Sie hatte stark abgenommen, sie litt an Muskelschwund, und ihre rechte Körperhälfte war wie taub. Es dauerte mehrere Tage, bis sie ohne Hilfe aufrecht stehen konnte. Die Behandlung war langwierig, und auch heute noch verbrachte sie zwei Stunden am Tag bei einem Physiotherapeuten. Am Anfang war sie oft frustriert gewesen, weil sie nicht einmal die einfachsten Dinge tun konnte, die ihr früher absolut selbstverständlich erschienen waren. Sie ärgerte sich darüber, dass sie so abgemagert war, und sagte öfter, sie sehe fünfzehn Jahre älter aus. In solchen Augenblicken versicherte Travis ihr immer, sie sei wunderschön, und er meinte es ehrlich.

Christine und Lisa brauchten eine Weile, um sich an die neue Situation zu gewöhnen. An jenem Nachmittag, an dem Gabby aufwachte, bat Travis den Heimleiter, seine Mutter anzurufen, damit sie die Mädchen von der Schule abholte. Eine Stunde später war die ganze Familie vereint, aber weder Lisa noch Christine trauten sich, auf ihre Mom zuzugehen. Stattdessen klammerten sie sich an Travis, und auf alles, was Gabby sie fragte, antworteten sie nur sehr einsilbig. Es dauerte eine halbe Stunde, bis Lisa schließlich zu ihrer Mutter aufs Bett krabbelte. Christine öffnete sich erst am nächsten Tag, und selbst da behielt sie ihre Gefühle noch für sich. Es war fast so, als würde sie Gabby das erste Mal sehen. Abends wurde Gabby zu weiteren Untersuchungen wieder ins Krankenhaus gebracht, und als Travis mit den Mädchen nach Hause kam, fragte Christine: »Ist Mommy wirklich wieder da, oder schläft sie wieder ein?« Zwar konnten die Ärzte mit großer Sicherheit sagen, dass Gabby nicht erneut ins Koma fallen werde, aber ganz ausschließen mochten sie es nicht, jedenfalls *noch* nicht. Christines Ängste spiegelten Travis' eigene Befürchtungen wider, und jedes Mal, wenn er Gabby nach einer anstrengenden Behandlung schlafend oder auch nur ruhend antraf, krampfte sich sein Magen zusammen. Er bekam dann kaum noch Luft und stieß seine Frau vorsichtig an. Wenn sie nicht sofort die Augen öffnete, geriet er in Panik. Und wenn sie ihn dann endlich anschaute, konnte er seine Erleichterung und Dankbarkeit nicht verbergen. Zuerst akzeptierte Gabby diese Ängste – sie gab zu, dass sie selbst auch oft solche Gedanken hatte –, aber nach einer Weile fand sie seine Besorgnis eher lästig. Letzte Woche hatte es zum Beispiel folgende Situation gegeben: Der Mond stand hoch am Himmel, die Grillen zirpten, und Travis begann, während sie neben ihm schlief, unruhig ihren Arm zu streicheln. Sie wachte auf und schaute auf die Uhr. Es war kurz nach drei Uhr morgens. Verärgert richtete sie sich auf.

»Du musst aufhören mit dem Quatsch! Ich brauche meinen Schlaf. Ich möchte endlich mal wieder ungestört durchschlafen wie alle Menschen auf der Welt. Ich bin erschöpft, verstehst du das denn nicht? Und ich habe keine Lust, von jetzt an damit leben zu müssen, dass du mich nachts jede Stunde aufweckst!«

Mehr sagte sie nicht. Im Grund konnte man nicht einmal von einem Streit sprechen, weil Travis gar nicht genug Zeit blieb, um etwas zu erwidern – sie drehte ihm einfach den Rücken zu, brummelte noch ein bisschen vor sich hin und schlief wieder ein. Aber dieses Verhalten erschien Travis so typisch für seine Frau, so … *Gabby-mäßig*, dass er einen Seufzer der Erleichterung ausstieß. Wenn *sie* nicht mehr befürchtete, sie könnte wieder ins Koma fallen – und sie schwor inzwischen, dass sie davor keine Angst mehr hatte –, dann gab es für ihn auch keinen Grund mehr, sich dauernd Sorgen zu machen. Zumindest sollte er sie schlafen lassen. Ob seine Ängste jemals wieder ganz verschwinden würden, wusste er, ehrlich gesagt, nicht. Was sollte er also tun, mitten in der Nacht? Er horchte er auf ihren Atem, und wenn er merkte, dass sich der Rhythmus leicht veränderte – was nie vorgekommen war, als sie im Koma lag –, konnte auch er wieder schlafen.

Sie mussten sich alle in der Situation zurechtfinden, und Travis war klar, dass das eine Weile dauern würde. Ziemlich lange sogar. Irgendwann würden sie auch darüber sprechen müssen, dass er sich nicht an ihre Verfügung gehalten hatte. Oder würde dieses Gespräch vielleicht nie stattfinden? Er wollte Gabby auch von den imaginären Unterhaltungen erzählen, die sie im Krankenhaus mit ihm geführt hatte. Über das Koma selbst wusste sie wenig zu sagen. Sie konnte sich an nichts erinnern, weder an irgendwelche Gerüche noch an das Geräusch des Fernsehers, auch nicht an seine Berührungen. »Es ist, als wäre die Zeit einfach ... *verschwunden.*«

Aber das war okay. Alles war so, wie es sein sollte. Jetzt hörte er, wie sich hinter ihm quietschend die Fliegengittertür öffnete. In der Ferne sah er Molly im hohen Gras liegen, seitlich vom Haus, und Moby, der alte Knabe, döste in der Ecke. Travis schmunzelte stillvergnügt, während Gabby einen prüfenden Blick auf ihre Töchter warf. Wie zufrieden sie aussah! Gerade stieß Christine ihre Schwester auf der Schaukel an, und die beiden kicherten pausenlos. Gabby setzte sich in den Schaukelstuhl neben Travis.

»Das Mittagessen ist fertig«, sagte sie. »Aber ich

glaube, ich lasse die Mädchen noch ein bisschen spielen. Es macht ihnen solchen Spaß.«

»Das stimmt. Vorhin haben sie mich völlig geschafft.«

»Ob wir, wenn Stephanie nachher kommt, ins Aquarium fahren können? Und anschließend essen wir irgendwo Pizza – was meinst du? Ich habe solche Lust auf Pizza.«

Er lächelte und dachte, dass er am liebsten immer hier sitzen würde. »Klingt gut. Dabei fällt mir ein – deine Mutter hat angerufen, als du unter der Dusche warst.«

»Ich rufe sie später zurück. Und ich muss auch noch wegen der Heizungspumpe telefonieren, im Zimmer der Mädchen ist es gestern Abend einfach nicht kühl geworden.«

»Vielleicht kann ich das ja reparieren.«

»Glaube ich eher nicht. Bei deinem letzten Reparaturversuch mussten wir anschließend das ganze System auswechseln, erinnerst du dich?«

»Ich erinnere mich vor allem daran, dass du mir nicht genug Zeit gelassen hast.«

»Ja, klar, daran lag's!« Sie zwinkerte ihm zu. »Möchtest du hier draußen essen oder lieber im Haus?«

Er tat so, als würde er über die Frage nachdenken. Dabei war es ihm völlig egal – Hauptsache, sie saßen alle gemeinsam am Tisch. Er war mit seiner Frau und seinen Töchtern zusammen, mit den Menschen, die er liebte. Brauchte man mehr im Leben? Was sonst konnte man sich wünschen? Die Sonne schien, die Blumen blühten, und die Stunden vergingen sorglos und unbeschwert – wovon er im vergangenen Winter nicht einmal zu träumen gewagt hätte. Es war ein ganz normaler Tag, ein Tag wie jeder andere. Vor allem aber war es ein Tag, an dem alles genau so war, wie es sein sollte.

Dank

Okay, ich will ehrlich sein. Manchmal fällt es mir schwer, eine Danksagung zu schreiben – und zwar aus einem ganz einfachen Grund: Mein Leben als Schriftsteller zeichnet sich durch eine Stabilität aus, die heutzutage wohl ziemlich selten ist. Wenn ich in meinen bisher veröffentlichten Romanen blättere, lese ich zum Beispiel in der Danksagung von *Weit wie das Meer* oder *Das Schweigen des Glücks* die Namen von Menschen, mit denen ich auch heute noch zusammenarbeite. Seit den ersten professionellen Schritten habe ich dieselbe Literaturagentin, und ich werde von denselben Pressefrauen, derselben Filmagentin, demselben Anwalt, derselben Grafikerin und demselben Verkaufsteam begleitet. Und für drei der vier Verfilmungen zeichnet ein und dieselbe Produzentin verantwortlich. Das ist fantastisch, aber wenn ich mich bei allen bedanke, komme ich mir immer vor wie eine kaputte Schallplatte. Dabei hat jede und jeder Einzelne meinen aufrichtigen Dank verdient.

Selbstverständlich beginne ich, wie immer, mit meiner Frau Cat. Wir sind schon achtzehn Jahre verheiratet, und unser gemeinsames Leben ist seit jeher ziemlich turbulent: fünf Kinder, acht Hunde (allerdings nicht alle gleichzeitig), sechs verschiedene Wohnorte in drei verschiedenen Staaten, drei sehr schmerzliche Todesfälle in meiner Familie. Zwölf Romane, ein Sachbuch. Das Leben – ein Wirbelsturm. Das war von Anfang an so, und ich kann mir das alles nur mit einer einzigen Frau vorstellen, mit Cat.

Meine Kinder – Miles, Ryan, Landon, Lexie und Savannah – werden immer größer. Ich liebe sie von ganzem Herzen und bin auf jedes von ihnen maßlos stolz.

Theresa Park, meine Agentin bei der Park Literary Group, ist nicht nur eine meiner besten Freundinnen, sondern überhaupt ein wunderbarer Mensch. Sie ist intelligent, charmant, großzügig – ein absoluter Glückstreffer in meinem Leben. Ich möchte mich bei ihr für alles, was sie getan hat, herzlich bedanken.

Auch Jamie Raab, meiner Lektorin bei Grand Central Publishing, bin ich zu großem Dank verpflichtet. Mit ihrem spitzen Bleistift gibt sie meinen Texten den letzten Schliff, und ich bin froh und dankbar, dass sie mir ihre Klugheit beim Umgang mit Romanen zur Verfügung stellt. Außerdem freut es mich sehr, dass ich sie als Freundin bezeichnen darf.

Denise DiNovi, die fabelhafte Produzentin von *Zeit im Wind*, *Weit wie das Meer* und *Das Lächeln der Sterne*, ist meine beste Freundin in Hollywood, und ich freue mich immer auf die Tage am Filmset – schon allein deswegen, weil wir uns dann sehen.

David Young, der neue Geschäftsführer von Grand Central Publishing (na ja, so neu ist er inzwischen auch nicht mehr, oder?), ist längst ein guter Freund geworden, und auch ihm danke ich von Herzen – ganz besonders, weil ich die schlechte Angewohnheit habe, meine Manuskripte immer in letzter Minute abzugeben. Dafür möchte ich mich hier noch einmal in aller Form entschuldigen!

Jennifer Romanello und Edna Farley sind nicht nur meine Pressefrauen, wir sind auch befreundet, und ich arbeite unglaublich gern mit ihnen zusammen – seit 1996 *Wie ein einziger Tag* veröffentlicht wurde. Vielen Dank für alles!

Bei Harvey-Jane Kowal und Sona Vogel, die immer das Schlusslektorat machen, bedanke ich mich vor allem auch dafür, dass sie die »kleinen Fehler« aufspüren, die sich unvermeidlich in meine Romane einschleichen.

Howie Sanders und Keya Khayatian bei UTA verdienen meinen Dank – ich hatte bei den Verfilmungen meiner Bücher enormes Glück und weiß eure Arbeit sehr zu schätzen.

Scott Schwimer passt immer gut auf alles auf, und auch ihn betrachte ich längst als Freund. Danke, Scott!

Außerdem geht mein Dank an Marty Bowen, der als Produzent für die Verfilmung von *Das Leuchten der Stille* verantwortlich ist. Ich kann das Ergebnis kaum erwarten!

Vielen Dank auch an Flag für das schöne Cover der amerikanischen Ausgabe!

Und schließlich möchte ich noch Shannon O'Keefe, Abby Koons, Sharon Krassney, David Park, Lynn Harris und Mark Johnson danken.

Der Autor
1. Biografie
2. Leser fragen – Nicholas Sparks antwortet

Das Werk

> Bonusmaterial

© Brad Styron

HEYNE <

1. Biografie

Nicholas Sparks, in der Silvesternacht des Jahres 1965 in Nebraska geboren, lebt in North Carolina. Er hatte eine glückliche Kindheit, auch wenn die Familie bis zu seinem neunten Lebensjahr weit unterhalb der Armutsgrenze lebte. Das fiel ihm damals gar nicht auf, meint er. Er war ein guter Schüler und ein guter Leichtathlet, der über ein Sportstipendium studieren konnte.

Das Schreiben war schon immer seine Leidenschaft, doch ehe es auch zu seinem Beruf wurde, versuchte er sich unter anderem als Immobilienmakler, Hausrestaurator und Kellner. Sein Debütroman *Wie ein einziger Tag* wurde zum sensationellen Bestseller. Heute gilt Nicholas Sparks als einer der meistgelesenen Autoren der Welt. Seine Romane eroberten ausnahmslos die internationalen Bestsellerlisten und erscheinen in über 50 Sprachen. Viele seiner Bestseller wurden erfolgreich verfilmt.

Wenn Nicholas Sparks nicht gerade für seinen neuesten Roman recherchiert, widmet er sich vor allem seinen fünf Kindern. Auch Sport ist ihm sehr wichtig. Er besitzt den Schwarzen Gürtel in Taekwondo, läuft und trainiert jeden Tag und leitete mit großem Erfolg ein Jugend-Laufteam. Zudem fördert er Jugendliche durch großzügige Ausbildungsstipendien und hat sogar eine eigene Privatschule gegründet. Die wenige Zeit, die ihm daneben noch bleibt, nutzt er – zum Lesen: Rund 125 Bücher verschlingt der Erfolgsautor im Jahr.

2. Leser fragen – Nicholas Sparks antwortet

Immer wieder ereilen die Helden Ihrer Romane tragische Schicksalsschläge. Halten Sie ein ungetrübtes Glück für unmöglich? Und wie ist es am ehesten möglich, einen derartigen Schlag zu überwinden?
Es gibt Momente puren Glücks, aber niemand geht unversehrt durchs Leben. Das spiegeln meine Romane einfach wider. Es gibt keinen »richtigen« Weg, mit Schicksalsschlägen umzugehen. Ich würde nur sagen, dass jede Gefühlsregung normal ist und man sie als solche versuchen sollte zu akzeptieren. Man kann seine Gefühle nicht beherrschen, letztlich kann man nur sein Verhalten beherrschen.

Ihr Leben mit fünf Kindern muss oft auch anstrengend sein. Wie schaffen Sie es, daneben noch laufend Bestseller zu schreiben?
Sagen wir so: Mein täglicher Zeitplan ist ziemlich voll, aber ich versuche trotzdem, jeden Tag auch die Dinge unterzubringen, auf die es wirklich ankommt. Ich verbringe Zeit mit meinen Kindern, lese, schreibe, treibe Sport und entspanne. Richtige Faulenzertage ohne jede Arbeit sind da nicht drin, aber das macht mir nichts aus.

Woher haben Sie die Ideen zu Ihren Romanen?
Schwer zu sagen. Ganz von selber kommen die Ideen nie. Da meine Romane sich mit universellen Themen und Charakteren beschäftigen, ist es schwierig, eine Geschichte zu erfinden, die unterhaltsam, interessant und originell ist und gleichzeitig noch nie erzählt wurde, weder als Buch noch als Film. Üblicherweise arbeite ich mich durch Hunderte von Ideen und Figuren – ein Prozess, der Monate dauern kann –, bevor ich mich endlich entscheide und mit dem Schreiben beginne.

Was ist der allererste Schritt, wenn Sie einen neuen Roman in Angriff nehmen?
Als Allererstes muss ich ein großes neues Thema finden, das dann alles Weitere prägt: den Schreibstil, die Erzählperspektive, die Figuren, das Setting und die Länge des Buches.

Wie weit kennen Sie eine Geschichte, wenn Sie mit dem Schreiben beginnen? Wissen Sie zum Beispiel das Ende im Voraus?
Wenn ich mich einmal für ein Thema entschieden habe, arbeite ich die Geschichte in Gedanken aus und spiele alle möglichen Ideen durch. Noch vor dem Schreiben kenne ich den Anfang und das Ende der Story ebenso wie die fünf oder sechs wichtigen Ereignisse dazwischen, die Wendepunkte in der Geschichte sind. Wenn diese Dinge feststehen, kann ich loslegen. Die Handlung zwischen diesen fünf bis sechs Höhepunkten entwickle ich dann beim Schreiben.

Arbeiten Sie mit einem Exposé?
Manchmal ja, manchmal nein. *Wie ein einziger Tag* habe ich beispielsweise ohne jede schriftliche Gliederung geschrieben. Für *Weit wie das Meer* hatte ich keinerlei Exposé für die ersten 120 Seiten – aber dafür ein sehr detailliertes für die letzten 120. *Du bist nie allein* entstand auf Basis einer genauen Gliederung, *Ein Tag wie ein Leben* wiederum nur in der zweiten Hälfte. Kurz: Ich handhabe es von Roman zu Roman unterschiedlich.

Verfassen Sie Ihre Romane handschriftlich oder am Computer?
Am Computer.

Stimmt es, dass Ihre Romane auf Ihrem eigenen Leben basieren?
Sie basieren nicht direkt auf meinem Leben, aber sie sind inspiriert von wahren Begebenheiten daraus – zumindest die meisten, allerdings nicht alle. *Das Lächeln der Sterne* beispielsweise ist komplett erfunden.

Was lesen Sie selbst?
Ich lese durchschnittlich 125 Bücher im Jahr, schon seit Jugendzeiten. Darunter kommerzielle Romane ebenso wie ausgewählte moderne Literatur, die »Penguin Classics« – allerdings die unbekannteren, die großen Namen und Bücher habe ich alle schon gelesen –, historische Sachbücher und Biografien.

Wer ist Ihr Lieblingsautor?
Ich lese so viele Bücher, dass es unmöglich ist, mich auf einen Lieblingsautor festzulegen. Aber es gibt nur einen zeitgenössischen Schriftsteller, dessen Werk meiner Meinung nach noch in hundert Jahren gelesen wird: Stephen King. Ich bewundere ihn sehr.

Warum spielen alle Ihre Romane in North Carolina?
Zum einen lebe ich mit meiner Familie in der Gegend, zum anderen sind dort nur wenige andere Romane angesiedelt. Und nicht zuletzt mag ich den Lesern ein Gefühl der Vertrautheit vermitteln, wenn sie ein neues Buch beginnen.

Was würden Sie sich wünschen, dass Leser aus Ihren Romanen mitnehmen?
Generell würde ich sagen: Mein Ziel ist, eine gut lesbare, unterhaltsame und originelle Liebesgeschichte zu schreiben, die ein mitreißendes Ende hat – ein Ende, das richtig große Gefühle hervorruft. Das würde ich gerne bei meinen Lesern erreichen. Stilistisch versuche ich effizient, auf den Punkt und originell zu schreiben, in klarer, unverschwurbelter Sprache.

Das Werk

Wie ein einziger Tag

The Notebook

Nach vierzehn Jahren kehrt Allie an den Ort zurück, an dem sie die schönsten Ferien ihres Lebens verbracht hat: Sie war erst siebzehn, als sie dort Noah begegnete. Die beiden verliebten sich ineinander und waren den Rest des Sommers unzertrennlich. Danach sah Allie ihn nie wieder. Doch kurz vor ihrer Hochzeit beschließt Allie, Noah zu besuchen. Das Wiedersehen ändert ihr Leben auf immer … Gleichnamig verfilmt mit Ryan Gosling, Rachel McAdams und James Garner.

Weit wie das Meer

Message in a Bottle

Seit der Scheidung von ihrem Mann hat die Journalistin Theresa Osborne nicht wieder richtig in den Alltag zurückgefunden. Bis sie eines Tages bei einem Strandspaziergang auf eine Flaschenpost stößt: Der Absender des Briefs, ein gewisser Garrett, beschreibt darin in so anrührenden Worten den Verlust seiner großen Liebe, dass Theresa sofort ergriffen ist. Sie fasst den folgenschweren Entschluss, Garrett aufzuspüren. Verfilmt mit Kevin Costner und Robin Wright unter dem Titel »Message in a Bottle«.

Zeit im Wind

A Walk to Remember

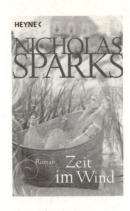

Die beiden Teenager Landon Carter und Jamie Sullivan scheinen keine Gemeinsamkeiten zu haben: Landon gehört zu den beliebtesten Schülern der Highschool, Jamie dagegen gilt als Außenseiterin. Doch das Schicksal führt die beiden beim Schulball zusammen. Beide sind überrascht, wie gut sie sich verstehen. Gemeinsame Proben für das Weihnachtsstück der Schule bringen sie einander noch näher. Aber erst als ein Schicksalsschlag sie für immer zu trennen droht, erkennt Landon, wie viel Jamie ihm wirklich bedeutet. Er kämpft um sie – und um seine zart erwachende Liebe zu ihr.
Verfilmt mit Mandy Moore und Shane West unter dem Titel »Nur mit Dir«.

Das Schweigen des Glücks

The Rescue

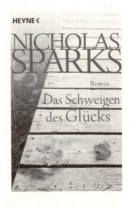

Denises Leben dreht sich einzig und allein um ihren vierjährigen Sohn Kyle, der unter einer unbekannten Form des Autismus leidet. Als Kyle nach einem Autounfall in einer dramatischen Aktion vom Feuerwehrmann Taylor gerettet wird, scheint zum ersten Mal ein Fremder Zugang zur Welt der beiden zu bekommen. Doch bevor Denise ihr Glück richtig fassen kann, ziehen neue Wolken am Himmel auf: Irgendetwas hält Taylor davon ab, sich ganz auf Denise und ihre Liebe einzulassen.

Die Suche nach dem verborgenen Glück (zusammen mit Billy Mills)

Wokini: A Lakota Journey to Happiness and Self-Understanding

Die Suche nach dem verborgenen Glück erzählt die Geschichte des Lakota-Jungen David. Zutiefst unglücklich über den Tod seiner älteren Schwester, begibt er sich auf eine Reise, um einen Weisen zu finden, der ihm erklären kann, wie das verlorene Glück zurückzugewinnen ist. David taucht in die Welt der Indianer ein und findet auf ihren uralten Wegen der Meditation und der Träume zu seiner inneren Ruhe.

Weg der Träume

A Bend in the Road

Abgesehen von seinem kleinen Sohn Jonah gibt es wenig Licht im Leben von Miles Ryan, Deputy-Sheriff in einem kleinen Ort in North Carolina. Seine geliebte Frau Missy kam bei einem Verkehrsunfall ums Leben, seit zwei Jahren ist er auf der Suche nach dem flüchtigen Fahrer. Als eine neue Lehrerin in die Schule kommt und Jonahs Klasse übernimmt, stellt sie fest, dass der Junge kaum lesen und schreiben kann. Kurz entschlossen nimmt sie Kontakt mit Jonahs Vater auf. Was dann passiert, hätten sich weder Miles noch Sarah, die selbst eine schwere Enttäuschung hinter sich hat, je träumen lassen: Auf den ersten Blick verlieben sie sich ineinander.

Das Lächeln der Sterne

Nights in Rodanthe

Adrienne ist 42, als ihre Welt aus den Fugen gerät: Ihr Mann verlässt sie wegen einer jüngeren Geliebten. Da bittet eine Freundin sie, für ein paar Tage ihre kleine Pension zu hüten. Nur ein einziger Gast, Paul Flanner, hat sich für das Wochenende angemeldet. Kurz nach seiner Ankunft zieht ein fürchterlicher Sturm auf. Mehrere Tage lang wird das Unwetter Paul und Adrienne in der Pension einsperren, und diese Tage werden ihr Leben für immer verändern …
Gleichnamig verfilmt mit Richard Gere und Diane Lane.

Du bist nie allein

The Guardian

Noch vier Jahre nach dem Tod ihres Mannes trägt Julie schwer an ihrer Trauer. Doch als der attraktive, weltgewandte Richard sie zu umwerben beginnt, zeigt Julie erstmals wieder so etwas wie Interesse am anderen Geschlecht. Richard liest ihr jeden Wunsch von den Lippen ab. Julie ist wie verzaubert – und merkt lange nicht, dass ihr bester Freund Mike ebenfalls in sie verliebt ist. Sie muss sich zwischen den beiden Männern entscheiden. Doch als sie ihre Wahl getroffen hat, schlägt die Leidenschaft eines ihrer Verehrer in Besessenheit um, und Julie gerät in größte Gefahr.

Ein Tag wie ein Leben

The Wedding

Seit fast dreißig Jahren sind Wilson und Jane verheiratet. Nach außen hin scheint alles perfekt. Doch als Wilson ihren 29. Hochzeitstag vergisst, ist Janes Enttäuschung so maßlos, dass Wilson beginnt, an ihrer Ehe zu zweifeln. Empfindet Jane für ihn, den unromantisch veranlagten Anwalt, überhaupt noch etwas? Wilson sucht Rat bei Janes Vater Noah, dessen einzigartige, fünfzig Jahre währende Liebe zu seiner Frau Allie jedem in der Familie als Vorbild gilt. Dank seiner Hilfe versteht Wilson, dass er alles tun muss, um Janes Herz zurückzugewinnen.

Nah und fern (zusammen mit Micah Sparks)

Three Weeks with my Brother

Als Nicholas Sparks und sein Bruder Micah im Januar 2003 eine Weltreise antreten, sind sie voll der Erwartung. Ihre Reise zu den Wundern der Welt gerät gleichzeitig zu einer Reise in die Erinnerung, und ihr Bericht spiegelt auch die bewegende Geschichte ihrer Familie wider, die eine tragische Serie von Schicksalsschlägen verkraften musste. Ein Buch, so dramatisch und anrührend wie Nicholas Sparks' beste Romane.

Die Nähe des Himmels

True Believer

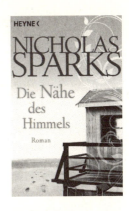

Jeremy Marsh ist ein Wissenschaftsjournalist, der sich auf die Entlarvung angeblich übernatürlicher Phänomene spezialisiert hat. Nun lockt ihn ein neuer Fall nach North Carolina. Entgegen all seiner wohlgeordneten Pläne verliebt er sich gleich Hals über Kopf in Lexie – die Enkelin einer Hellseherin. Lexies Verhalten verstärkt seinen Gefühlstumult nur noch. Sie scheint durchaus etwas für Jeremy zu empfinden, doch dann begegnet sie ihm wieder schroff und abweisend.

Das Wunder eines Augenblicks

At First Sight

Für seine große Liebe ist der New Yorker Journalist Jeremy ins Örtchen Boone Creek gezogen. Alles scheint perfekt – wären da nur nicht die Zweifel, die an Jeremy nagen: Für ihn war es Liebe auf den ersten Blick, aber kennt er Lexie wirklich? Kann er sich ihrer Gefühle auch im grauen Alltag sicher sein? Als er eine anonyme Nachricht erhält, ist ihm, als würde ihm der Boden unter den Füßen weggezogen. Sein ganzes Glück steht mit einem Mal auf dem Spiel.

Das Leuchten der Stille

Dear John

Als John Tyree Savannah begegnet, weiß er, dass er die Frau seines Lebens gefunden hat. Zum ersten Mal hat er ein klares Ziel vor Augen: so schnell wie möglich seinen Militärdienst beenden und dann mit Savannah eine Familie gründen. Aber alles läuft anders als geplant, und immer wieder verzögert sich seine Rückkehr. Dann erhält er einen Brief von Savannah: Sie will nicht mehr länger auf ihn warten – denn sie hat sich in einen anderen verliebt. Doch John kann sie nicht vergessen.

Gleichnamig verfilmt mit Channing Tatum und Amanda Seyfried.

Bis zum letzten Tag

The Choice

Travis Parker lebt in einem Haus mit wunderbarer Aussicht, verbringt traumhafte Wochenenden mit seinen Freunden beim Wassersport oder Grillen und liebt seine Arbeit als Tierarzt. Für eine Frau ist in seinem Leben kein Platz mehr, meint er und scheut jede feste Bindung. Doch dann tritt Gabby Holland in sein Leben, seine neue Nachbarin, zu der er sich sofort hingezogen fühlt. Gegen viele Widerstände gelingt es ihm, sie für sich zu gewinnen. Travis ahnt nicht, dass seine größte Prüfung noch bevorsteht.

Verfilmt mit Benjamin Walker und Teresa Palmer.

Für immer der Deine

The Lucky One

Kann es wirklich so etwas wie einen Glücksbringer geben? Logan Thibault würde so einen Gedanken weit von sich weisen – bis er selbst in höchster Gefahr das Foto einer schönen Frau findet. Er nimmt es an sich und fühlt sich ab diesem Moment auf wunderbare Weise beschützt. Quer durch ganz Amerika sucht er die Frau. Und als er sie schließlich findet, nimmt sein Leben eine ebenso wunderbare wie dramatische Wendung.
Verfilmt unter dem Originaltitel »The Lucky One« mit Zac Efron und Taylor Schilling.

Mit dir an meiner Seite

The Last Song

Ronnie ist entsetzt: Sie soll die gesamten Sommerferien bei ihrem Vater verbringen, der von der Familie getrennt im langweiligen North Carolina lebt. Die 17-Jährige ist wild entschlossen, ihrem Vater das Leben zur Hölle zu machen. Bis der junge Will in ihr Leben tritt, der alles verändert: Zum ersten Mal verliebt Ronnie sich wirklich und wahrhaftig. Die beiden verleben eine wunderbare Zeit. Gleichzeitig nähert Ronnie sich auch wieder ihrem Vater an. Doch dann droht ein schreckliches Geheimnis alles zu zerstören.
Verfilmt mit Miley Cyrus (»Hannah Montana«) und Greg Kinnear.

Wie ein Licht in der Nacht

Safe Haven

Niemand im Küstenort Southport weiß, wer die neue Einwohnerin Katie ist und woher sie kommt. Sie lebt völlig zurückgezogen und vermeidet jeden Kontakt mit anderen. Erst dem jungen Witwer Alex, der zwei kleine Kinder hat, gelingt es langsam, ihr näherzukommen. Doch Katie hütet ein dunkles Geheimnis. Wird sie für die Liebe alles aufs Spiel setzen?

Verfilmt von Lasse Hallström unter dem Originaltitel »Safe Haven« mit Josh Duhamel und Julianne Hough.

Mein Weg zu dir

The Best of Me

Amanda und Dawson sind erst siebzehn, als sie sich unsterblich ineinander verlieben. Doch ihre Familien bekämpfen die Beziehung, und widrige Umstände trennen sie schließlich endgültig. Fünfundzwanzig Jahre später kehren die beiden in ihr Heimatstädtchen zurück. Sie empfinden noch genauso tief füreinander wie damals. Aber beide sind von Schicksalsschlägen gezeichnet, und die Kluft zwischen ihnen scheint größer denn je zu sein ...

Verfilmt von Michael Hoffman unter dem Originaltitel »The Best of Me« mit James Marsden und Michelle Monaghan.

Kein Ort ohne dich

The Longest Ride

Der 91-jährige Ira steht nach einem schweren Unfall an der Schwelle des Todes. Nur die Erinnerungen an seine verstorbene Frau Ruth halten ihn am Leben. Währenddessen kämpfen Luke und Sophia, ein junges Paar, um ihre Liebe: Sie sind so verschieden, dass eine gemeinsame Zukunft kaum vorstellbar ist. Können sich die beiden Generationen gegenseitig retten?
Verfilmt mit Britt Robertson, Scott Eastwood und Alan Alda.

Wenn du mich siehst

See Me

Mitten auf einer einsamen nächtlichen Landstraße bleibt Marias Auto liegen. Ein Wagen hält, ein bedrohlich aussehender, muskelbepackter Mann steigt aus – und wechselt ihr freundlich den Reifen. Der vorbestrafte Colin und die zielstrebige Maria scheinen überhaupt nicht zusammenzupassen. Dennoch verlieben sie sich rettungslos ineinander. Aber ihnen droht größte Gefahr, denn ein finsteres Kapitel aus Marias Vergangenheit holt sie ein. Kann ihre Liebe Colin und Maria in der dunkelsten Stunde retten?

Seit du bei mir bist

Two By Two

Mit 34 glaubt Russell auf der absoluten Glücksseite des Lebens zu stehen: Er hat eine umwerfende Frau, eine süße kleine Tochter und beruflichen Erfolg. Aber dann zerbricht sein Traum binnen kürzester Zeit: Er verliert seinen Job, und in seiner Ehe zeigen sich gefährliche Risse. Plötzlich steht er als beinahe alleinerziehender Vater da und fühlt sich vollkommen überfordert. Doch noch größere Herausforderungen warten auf ihn – und mit ihnen die Chance auf ein neues Glück.

Wo wir uns finden

Every Breath

Die 36-jährige Hope steckt in einer tiefen persönlichen Krise. Im idyllischen Strandhaus der Familie hofft sie, ihr Leben wieder in den Griff zu bekommen. Doch dann trifft sie den sympathischen Abenteurer Tru, der alles durcheinanderwirbelt. Für beide ist es Liebe auf den ersten Blick, sie verbringen herrliche romantische Tage miteinander. Aber beide spüren auch den Druck familiärer Verpflichtungen, die ihrer Beziehung entgegenstehen. Und so drohen Hope und Tru sich zu verlieren, bevor sie sich überhaupt richtig gefunden haben ...